Olivier GRÜN

Les Médaillons de Déragona

Tome I : Eolia

Éditions Baudelaire

Envois de manuscrits :
Éditions Baudelaire – 27, place Bellecour – 69002 Lyon

Chapitre premier
la Finale…

Le soleil *Déragona* rayonne de toute sa splendeur sur *l'Arène aux Mille combats*. Le *Dôme Solaire*, plus scintillant que jamais après les larmes, le sang et la sueur versés au cours des batailles précédentes, gronde sous les cris des cent vingt mille supporters venus assister à cette mémorable Finale du Championnat Mondial des Arts Martiaux d'*Eolia*. Jamais pareille affluence n'avait peuplé les gradins de ce stade mythique !

Au centre de l'Arène se tiennent trois hommes : l'un vêtu d'un smoking et tenant un micro de la main droite, le deuxième portant une curieuse tunique jaune et kaki aux bords découpés en pointes, et le dernier arborant la couleur blanche d'un kimono de karatéka. Les deux premiers ressemblent à des souris marchant sur deux pattes : ils ont le poil beige, le museau élancé se terminant par une truffe noire, une petite corne blanche au bout noir et arrondi pointant au milieu du front, des oreilles allongées et tombantes, la barbe drue et panachée et sont dotés d'une longue queue légèrement poilue. Le troisième est un jeune homme européen : un beau garçon d'une vingtaine d'années aux cheveux châtains mi-longs légèrement bouclés, le sourire fier et le regard déterminé.

Alors que le commentateur porte le micro à sa bouche, le silence commence peu à peu à absorber la bruyante excitation des spectateurs survoltés. « L'homme-souris » débute :

« *Bienvenue à tous, ô, peuples d'*Eolia *! Vous qui êtes ici présents, allez avoir l'honneur et le privilège d'assister à un combat de légende dont la retransmission se fait en ce moment même sur les écrans de cent trente-huit des cent cinquante États de la planète !* Une salve d'applaudissements mêlée de cris de joie se fait entendre. *Les deux combattants qui se tiennent à mes côtés vont s'affronter, afin de déterminer l'identité du Champion du Monde des Arts Martiaux, qui succèdera au vaillant Myklandrac et aura l'honneur de porter à son cou le* Médaillon Céleste ! »

Un tonnerre d'applaudissements retentit de plus belle, tandis qu'une ravissante jeune femme-souris vêtue d'une longue robe bordeaux tressée de cordelettes vert émeraude, gravit les marches de l'arène pour rejoindre les trois hommes. Elle porte sur un épais coussin rouge, un pendentif composé d'une élégante chaînette dorée aux maillons très fins, à laquelle est suspendu un médaillon jaune doré éblouissant sur lequel est gravé le symbole d'un éclair. Le commentateur reprend :

« *Voici le légendaire* Médaillon Céleste ! » Un silence religieux s'abat instantanément. « *Le vainqueur de cette Finale, qui, après une série de dix combats au cours des cinq dernières semaines, parviendra aujourd'hui à terrasser son adversaire finaliste, deviendra pendant vingt-cinq ans le détenteur de ce précieux pendentif, arraché au cœur de la* Grotte Étincelante, *il y a plus de deux mille ans par le héros légendaire Ptélia, pour être le seul et unique* Empereur Céleste, *le guerrier de légende qui nous défendra contre l'envahisseur xinyen !!!* »

De nouveaux applaudissements nourris, pleins d'espoir et d'impatience, résonnent sous la coupole du *Dôme Solaire*, spécialement rénové pour accueillir les combattants et les spectateurs de ce tournoi millénaire, et où il plane une douce et apaisante fraîcheur – malgré le bouillonnant été qui règne à *Pradiax* – prodiguée par les bienfaits de la climatisation avancée.

« *Je vous présente les glorieux finalistes du Championnat ! Après avoir enchaîné une terrible série de dix victoires consécutives, huit par KO et deux par abandon, le plus fort de tous les Terraliens se tient à ma gauche : voici Lépita !* » Le Terralien est acclamé chaleureusement par la foule à laquelle il répond en dressant le poing droit haut vers le ciel. « *Et à ma droite, fort d'une admirable suite de dix victoires par KO, voici le Terrien, ceinture noire de karaté : Sylvain Béryl !* » De nouveaux cris d'encouragement s'élèvent des gradins, tandis que Sylvain, les yeux pleins de fierté, lève son poing à l'instar de son adversaire. « *Lépita, Monsieur Béryl, veuillez vous saluer.* » Les deux combattants se serrent respectueusement la main avec un sourire sincère, mais des éclairs dans le regard.

« C'est un véritable honneur de t'avoir pour adversaire, Lépita, dit Sylvain.
— Honneur partagé. Que le meilleur gagne, Sylvain ! répond le Terralien. »

Alors que la belle présentatrice quitte le ring, emportant avec elle le *Médaillon Céleste*, le commentateur et arbitre rappelle aux finalistes les règles de base, comme le veut la coutume. Lépita et Sylvain n'écoutent qu'à moitié les paroles de leur interlocuteur, tant ils sont submergés, chacun par le courage et la détermination émanant du regard de l'autre. Une fois le protocole respecté, l'arbitre quitte à son tour la scène de la Finale, laissant seul à seul, sous les yeux avides des spectateurs du monde entier, les deux adversaires qui trépignent intérieurement d'impatience.

Sous les acclamations de la foule, Lépita et Sylvain se mettent en garde et la voix de l'arbitre se fait à nouveau entendre pour annoncer le début du combat : « *GO !* »

Pour commencer, Sylvain prend les choses en main et attaque d'entrée par un high kick vers le visage de Lépita, mais le Terralien se cabre en arrière pour esquiver, fléchit les genoux et enchaîne par une balayette ; le karatéka saute pieds joints par-dessus et poursuit d'une ruade du plat du pied que Lépita évite en se baissant davantage, après quoi il effectue instantanément un demi tour sur lui-même, plaque ses deux mains au sol, dos au Terrien, et brandit très haut sa jambe gauche pour lui porter un formidable coup de talon à la mâchoire ! Sylvain, projeté par la puissance de l'attaque, tombe à terre sur le dos, entraînant les cris terrifiés du public.

« *Formidable retourné du talon de Lépita qui envoie valser Sylvain trois mètres plus loin ! Le Terrien va-t-il se relever après une telle attaque ?* » Sylvain se relève comme si de rien n'était.
« *Incroyable ! Sylvain ne semble nullement affecté !*
— Encore un peu et je l'aurais évité ! commente le karatéka.
— Bien joué ! Tu as su relever ton menton au moment de ma frappe pour amortir l'impact. Tes yeux ont vu mon coup arriver, mais ton corps n'a pas suivi assez vite.

— Merci du compliment, Lépita. C'est vrai que je manque un peu de vitesse dans mes gestes, contrairement à toi, mais je connais la science du combat ! »

Dans le public, un Eolien du nom de Falkahn assiste avec dégoût au combat. Il est assis à même le sol à la manière d'un canidé, de même que quelques milliers d'individus comme lui, dans une partie de la tribune Ouest dépourvue de sièges. Ils sont quadrupèdes, pourvus de longs poils gris ou brun foncé, les oreilles charnues et dressées, les yeux bridés, le museau long terminé par une truffe noire, une longue corne blanche au bout noir et pointu au sommet du crâne, les griffes pareilles à des serres d'aigle et la queue très longue et poilue, et portent tous des toges d'une seule pièce aux couleurs vives. On dirait des souris longues de deux mètres. Falkahn est un scientifique et chercheur de renommée mondiale ; il songe :

« Quel déshonneur pour *Eolia*… Non seulement, aucun Eolien de sang pur n'a pu accéder à la Finale, mais en plus, c'est ce sale bâtard de Terralien qui semble dominer la rencontre. Je me demande pourquoi j'assiste à cette mascarade… »

Sylvain se met en posture défensive et avance prudemment vers Lépita qui l'attend imperturbablement. Soudain arrivé à sa hauteur, le Terrien décoche un direct du gauche que Lépita pare de sa main droite, Sylvain enchaîne avec un low kick du pied droit, que Lépita s'apprête à bloquer en levant sa jambe gauche, mais le karatéka tape en fait dans le sol et profite de l'impulsion pour lancer un middle kick du gauche vers le flanc droit du Terralien ; Sylvain croit avoir trompé son vis-à-vis grâce à cette feinte, mais ce dernier cambre son bassin vers sa gauche et se sert de sa queue pour attraper le pied gauche de

Sylvain, le soulever de terre en le faisant passer au-dessus de lui et le rebattre brutalement au sol ; mais Sylvain, emporté par la queue de Lépita parvient, arrivé au-dessus de lui à lui décocher un coup de pied du droit dans la tempe et à se rattraper au sol sur ses deux mains avant de dégager son pied gauche en se rétablissant grâce à une rondade.

« OOOH ! » crie la foule emportée par la stupeur. Dans un des premiers rangs de la tribune Nord, une séduisante jeune fille aux longs cheveux blonds et bouclés vêtue d'une légère robe estivale bleue ciel ronge son frein dans le public. Le visage crispé et angoissé, elle tortille entre ses mains un bandeau noir. Elle prie : « Courage Sylvain. Tu as tant rêvé de ce combat face à Lépita… Donne tout ce que tu as et tu m'accompagneras sur *Rockaia* ! » A sa gauche se tient un jeune homme roux portant une chemise à carreaux rouge qui ressemble à Sylvain, mais âgé de quelques années de plus que le karatéka, qui lui dit : « Détends-toi, Sirénia. Mon frère est surentraîné et Lépita est un adversaire fair-play ; tu n'as rien à craindre.

— Je sais, Marc, mais j'ai peur tout de même… Il s'agit d'une Finale d'Arts Martiaux ! Les deux êtres les plus forts de la planète s'affrontent et ils ne font pas semblant quand ils frappent !

— Je te comprends, Sirénia, mais dis-toi que Sylvain croit en notre soutien. Il faut qu'on l'encourage. » Marc se lève. « VAS-Y, MON FRÈRE !!! T'ES L'MEILLEUR !!!

— *Quel magnifique rétablissement aérien ! La maîtrise de l'air est une des qualités essentielles dont doit disposer le futur* Empereur Céleste *; est-ce un signe de bonne augure pour le Terrien ? Toujours est-il qu'il vient de rendre la pareille à Lépita ! Un partout !* »

Lépita, visiblement irrité par ce commentaire, passe à l'attaque. Sans crier gare, il effectue un bond magistral de cinq mètres de long vers le karatéka et lance sa jambe droite vers son visage ; Sylvain bloque le coup de son poing gauche et enchaîne avec un uppercut du droit que le Terralien pare de ses deux mains jointes, avant de défoncer le crâne du jeune homme grâce à un furieux coup de boule aérien. Sylvain, recule de quelques pas, chancelant, mais reste debout.

« *Égalité pour les attaques aériennes et Lépita reprend l'avantage.*

— Bravo, Papa ! lance un petit Terralien qui saute de joie au premier rang de la tribune Sud. T'as vu ça, Maman ?!

— Oui, mon chéri ! Ton Papa est très fort ! (S'il ne se laisse pas emporter par ses émotions… Garde ton sang froid, mon cœur, ou cela risque de te jouer des tours), se dit Brylna, la femme de Lépita.

— Humpf ! C'est certain, cette fois ; l'échauffement est terminé, conclut Sylvain. (J'ai intérêt à faire gaffe aux contre-attaques qui suivent ses parades. Mais au vu de son comportement, je pense qu'il serait judicieux d'adopter la technique de la mante religieuse.)

— *Sylvain change de posture de combat,* reprend l'arbitre. *Il se déplace en effectuant des petits bonds les deux mains prêtent à attaquer et il commence à tourner autour de Lépita. Le Terralien pivote en même temps que lui pour lui faire face. Sylvain continue de tourner tout en se rapprochant peu à peu de son adversaire. Lépita ne cesse de l'attendre sans broncher. LE TERRIEN ATTAQUE ! Trois petits coups de poing très rapides de Sylvain que Lépita pare sans problème ; et Sylvain recule à nouveau et recommence à tourner autour de son vis-à-vis.* »

Marc se lève : « C'est la technique de la mante religieuse !

— La mante religieuse ? s'étonne Sirénia.

— Il a remarqué que Lépita avait tendance à s'emporter facilement, alors il va essayer de l'énerver en l'attaquant par petites salves et en se rétractant tout de suite après. C'est une option intéressante, mais il joue à quitte ou double.

— Sylvain se rapproche de Lépita tout en bondissant toujours autour de lui. Et il décoche trois petits low kicks du gauche tout en se penchant en arrière pour éloigner son visage de son adversaire, Lépita a paré sans problème en levant la jambe droite et Sylvain se rétracte à nouveau.

— À quoi il joue, ce con ?! s'indigne Lépita.

— Le karatéka poursuit sa rotation perpétuelle autour du Terralien... Il envoie trois petits coups de poing que Lépita bloque, mais qui, cette fois-ci, contre-attaque d'une droite rageuse que Sylvain esquive en se baissant, puis saute en arrière et recommence son manège.

— C'est pas vrai !!! lance Lépita qui commence à perdre patience.

— Mon chéri, reste calme, s'il te plaît, prie Brylna dans le public.

— Pourquoi le Terrien fait ça, Maman ? Papa a l'air en colère.

— Ne t'inquiète pas, Windo. Papa va s'en sortir ! (S'il ne se laisse pas emporter...) ajoute-t-elle pour elle-même.

— Sylvain n'a de cesse de tourner encore et encore. Attention il s'approche... et nous refait le coup des low kicks, parés sans soucis par Lépita.

— CA SUFFIT !!! crie le Terralien. »

Il se jette, fou de rage sur le Terrien : crochet du gauche, coup de pied retourné du droit, coup de pied sauté du gauche, middle kick du droit, direct du poing gauche et Sylvain esquive tout, car ces coups irréfléchis sont trop lents, prévisibles et faciles à éviter. Lépita s'épuise inutilement… Encore un high kick du droit et c'est le moment que choisit le karatéka pour passer dans le dos de Lépita, et, rapide comme l'éclair, Sylvain enchaîne trois coups de poing dans le dos du Terralien, puis un coup du lapin (coup du tranchant de la main dans la nuque) ; Lépita s'effondre et Sylvain poursuit encore par une descente du coude toujours dans le dos de son adversaire allongé sur le sol.

« CHÉRI ! hurle Brylna.

— PAPA ! crie Windo simultanément.

— *Époustouflant ! La stratégie de Sylvain a fait mouche ! Il cherchait en fait à mettre son adversaire hors de lui. Lépita a fini par répliquer de manière irraisonnée et Sylvain, maître de lui l'a contre-attaqué de manière imparable, mettant son vis-à-vis à terre ! Le pauvre Lépita gît sur le sol pavé de l'*Arène aux mille combats *et semble KO.*

— Bravo, frérot ! Tu maîtrises la mante religieuse comme un dieu ! félicite Marc.

— Formidable, Sylvain ! C'est toi le plus fort ! ajoute Sirénia.

— Oh non, je le savais, se désespère Brylna ; tu es beaucoup trop fougueux, mon Chéri, c'est ton pire défaut, et voilà qu'il t'est fatal lors d'une finale où ton adversaire l'a décelé…

— Maman ! Papa i' va pas perdre, hein ? »

Tout le monde est sous le choc après ce coup de théâtre, mais à la stupeur générale, Lépita se relève, indemne, fait craquer ses cervicales en hochant la tête de droite à gauche, effectue une génuflexion et se remet en garde. Il dit avec un sourire amer : « Félicitations, Sylvain ! Tu as profité de mon défaut :

ma fougue incontrôlable. Tu as su m'énerver et répliquer au moment propice, mais il y avait une faille dans ta technique : ton punch est nul ! Ou c'est mon corps qui est trop entraîné !

— Tu… C'est pas poss… Comment… (Bon sang ! J'y avais mis toutes mes forces et j'étais sûr de moi ! Lépita est vraiment un terrible adversaire !)

— *Que de retournements de situation dans cette Finale,* poursuit le commentateur, *Lépita qu'on croyait vaincu est indemne et Sylvain se retrouve quelque peu décontenancé, mais n'en perd pas moins son sang froid. L'intensité du combat atteint son paroxysme !* »

Le combat continue ainsi sur un tempo effréné pendant une longue demi-heure, chaque combattant rivalisant d'astuce, d'agilité, d'intelligence tactique ou de force physique pure pour tenter de déstabiliser son adversaire, mais rien n'y fait ; aucun d'entre eux ne parvient à prendre le dessus. Ils ne se quittent pas un seul instant du regard, observant mutuellement le moindre mouvement de l'autre, pour espérer déceler une faille dans sa garde, et les temps morts ne sont que de courte durée. Le spectacle est exaltant pour le public, car même si les assauts auxquels ils assistent sont le plus souvent neutralisés, le déploiement de force et la science du combat dont Lépita et Sylvain ne manquent pas de faire montre sont tout bonnement stupéfiants. A contrario, pour les acteurs de cette finale c'est une véritable guerre des nerfs, plus éprouvante psychologiquement que physiquement. Néanmoins, au milieu de cette extrême intensité, Lépita, qui a recouvré tout son sang froid semble particulièrement calme, contrairement au Terrien, qui de rage, laisse éclater verbalement sa colère :

« Lépita ! Je sais que tu espères m'épuiser en esquivant mes attaques, pendant que tu te réserves en n'utilisant qu'une partie de ton potentiel ! Tu me caches ta vraie puissance, je le sens ! Bats-toi à fond ! Je veux te vaincre en pleine possession de tes moyens !

— Ton arrogance te perdra. Mais soit : je vais accomplir ton souhait. »

Tous les Terraliens du public laissent éclater leur enthousiasme : « LEPITA ! LEPITA ! LEPITA ! » Et les Terriens répliquent : « SYLVAIN ! SYLVAIN ! SYLVAIN ! » C'est une autre bataille d'encouragements que se livrent à présent les spectateurs du *Dôme solaire*, chacun acquis à la cause de son favori. Galvanisés par la ferveur de leurs supporters, les deux combattants s'apprêtent à reprendre leur lutte.

Ils courent simultanément l'un vers l'autre et frappent ensemble du poing droit. Les deux poings s'entrechoquent ! Lépita tient bon, la jambe droite d'appui fléchie et la jambe gauche fermement tendue vers l'arrière, mais Sylvain est repoussé par la violence du coup, et son poing droit ayant été dévié de sa trajectoire laisse une faille dans sa garde brisée : l'occasion est trop belle pour Lépita, qui sans perdre une seule seconde, enchaîne d'un direct du gauche dans la poitrine du karatéka !

« *Ah ! Lépita avait effectivement dissimulé sa véritable puissance ! On voit à quel point il est supérieur à Sylvain en force pure ! Faisant jouer sa rapidité, il a repoussé Sylvain de son poing gauche !* »

Le karatéka, la main gauche pressée contre son sternum et la main droite tendu en direction de son adversaire, se tient penché en avant, mais le regard plein de rage, fixé sur le Terralien qui le scrute impassiblement, toujours en garde.

Falkahn qui observe toujours le combat avec aversion depuis la tribune Ouest, grommelle : « Grrr ! Sale bâtard de Terralien ! Je n'arrive pas à croire que c'est toi qui va remporter la Finale !...

— Marc ! Sylvain ne peut-il pas faire quelque chose pour reprendre l'avantage ?! supplie Sirénia.

— En combat, tout est possible. On ne sait jamais ce qui peut arriver avant la fin du match. Mais dans cette situation, si Sylvain veut l'emporter, il va devoir faire preuve d'une ingéniosité incroyable pour trouver « l'idée-miracle ».

— « L'idée-miracle » ? répète Sirénia. Sylvain, tu dois absolument garder les idées claires et confiance en toi !

— Exactement, confirme Marc.

— Moi, j'ai confiance en toi ! affirme Sirénia. COURAGE SYLVAIN !!!

— YO, MON FRÈRE ! MONTRE-LUI CE QUE TU SAIS FAIRE !!! »

Dans la tribune Sud, c'est l'extase : « OUAIS, PAPA ! T'ES TROP FORT ! exulte Windo.

— Bravo, mon Chou ! Tu dois rester maître de tes émotions et tu seras un guerrier parfait ! certifie Brylna. »

Sur l'Arène où il commence à se faire tard, comme en témoigne un magnifique soleil rougeoyant encore voilé par une nappe de nuages roses, Sylvain se redresse et respire un grand coup :

« Très bien, Lépita ! Je vois qu'en te battant à fond, ta force et ta rapidité surpassent les miennes, c'est indéniable. Mais tu n'as pas gagné pour autant !

— Que veux-tu dire ? demande le Terralien qui n'a pas bougé, toujours en garde.

— Je ne vais pas te le dire. Ça gâcherait l'effet de surprise…

— Je ne sais pas ce que tu me réserves, mais j'espère pour toi que tu es sûr de ce que tu dis.

— *Les deux combattants se tiennent prêts ! Qui va agir le premier ?* »

Sylvain reprend la posture de combat de la mante religieuse : « *Oh, Sylvain se remet à se déplacer par petits bonds en tournant autour de Lépita !*

— Tu es trop naïf, Sylvain ! La même technique ne fonctionnera pas deux fois face à moi !

— *Insensible à la mise en garde de Lépita, le Terrien continue sa rotation.*

— Comme tu voudras ; je t'aurai prévenu, menace le Terralien.

— *Cette fois-ci, au lieu de rester sur place, Lépita avance prudemment vers Sylvain.*

— (Parfait ! C'est exactement ce que j'espérais), sourit le Terrien. »

Au fur et à mesure que Lépita se rapproche de Sylvain, ce dernier s'éloigne, en bondissant simplement de droite à gauche. L'impatience du Terralien commence à nouveau à prendre le dessus sur son flegme : Lépita courent vers Sylvain, mais, alors qu'ils ne sont plus qu'à deux mètres l'un de l'autre, Sylvain effectue un bond prodigieux très haut au-dessus de son vis-à-vis, pour se retrouver dans son dos. Lépita qui était obnubilé par les mouvements de Sylvain, n'a pas remarqué qu'il se trouve à présent très près du bord du ring ! Se retournant pour faire face au Terrien, il se retrouve complètement aveuglé par le soleil couchant – que le nuage qui le cachait cesse de masquer à cet instant précis – juste au-dessus de la tribune Ouest et ne parvient plus à distinguer son adversaire.

Sylvain, qui s'était retourné en l'air pendant son saut, court en silence mais à la vitesse de l'éclair vers Lépita et, tout en tendant sa jambe droite pour un fabuleux coup de pied sauté, il crie : « J'ai GAGNÉÉÉ !!! » Lépita n'a que le temps de protéger son visage en se baissant, mais Sylvain le frappe de toutes ses forces contre ses bras croisés et le Terralien se retrouve projeté hors ring.

« *Oh ! Inouï ! Quelle intelligence de Sylvain ! Lépita va tomber hors du ring !!!* »

Pendant que Lépita est balancé hors ring, il se passe dans sa tête un phénomène étrange qui se produit souvent durant le court instant qui précède la mort ou l'imminence d'une fatalité tragique : c'est cet instant où l'on voit sa vie entière défiler devant ses yeux… Il revoit une infinité d'images pendant une fraction de seconde qui semble être une éternité…

Il revoit sa première rencontre avec Brylna, un soir, lors de la *Fête du Soleil*, où elle avait laissé tomber son mouchoir et où ils s'étaient accroupis tous les deux pour le ramasser ; leurs doigts s'étaient effleurés et leurs yeux ne s'étaient plus quittés, depuis.

Certains souvenirs qui lui semblent étrangers reviennent même à la surface, comme un jour où il avançait à quatre pattes dans une caverne aux parois scintillantes, ou encore la réminiscence d'un matin où, marchant dans la forêt, gravement blessé, titubant et recouvert de terre, il cherche désespérément quelqu'un pour lui venir en aide et le soigner…

Il re-vit aussi le plus beau jour de sa vie : la naissance de son fils, Windo. Il se voit même portant autour du cou le *Médaillon Céleste* ; certainement est-ce un rêve qu'il avait fait une nuit et qui revient le narguer, maintenant que la victoire lui échappe… Tout ceci se passe en une fraction de seconde pendant qu'il est dans les airs, sans recourt, condamné à être jeté en pâture aux mâchoires de la défaite…

Mais alors que tout semble perdu, il distingue par miracle une faille entre deux dalles tout au bord de l'arène. Est-ce un signe du destin ? La déesse de la victoire voudrait-elle lui signifier qu'il ne doit pas perdre ? Toujours est-il que Lépita ne peut pas laisser passer une telle occasion : avec une précision d'orfèvre, il va planter sa queue dans l'espace laissé entre les deux dalles pour se rattraper, concentre toute son énergie dans son cinquième membre pour se rétablir, et il parvient miraculeusement à se retrouver sur pieds !

« *C'est incroyable ! Lépita est parvenu à se rattraper grâce à sa queue ! Il est toujours dans le combat !* »

Puis, sans laisser à Sylvain le temps de se remettre de son horrible stupéfaction, le Terralien saute de côté pour ne plus être gêné par le soleil, puis fonce sur le Terrien pour l'attaquer avec fureur !

« Voici ma technique spéciale : *PLUIE DE POINGS !!!*

— Lépita se jette sur Sylvain ! Il est déchaîné et le roue de coups de poing à une vitesse phénoménale ! Sylvain semble éviter ou parer la majeure partie des coups de Lépita, mais ce dernier commence peu à peu à prendre l'avantage ! C'est absolument incroyable, la vitesse à laquelle les coups sont portés ! À tel point que j'en ai du mal à distinguer ses mains ! Sylvain ne peut qu'essayer de se défendre, il lui est totalement

impossible de tenter d'attaquer, tant Lépita frappe vite et avec précision sans le lâcher d'une semelle ! »

Lépita ne semble nullement épuisé malgré la vitesse vertigineuse de ses coups et la durée de son attaque. Sylvain faiblit peu à peu, tant il peine à contenir la rage incontrôlable du Terralien, dont l'assaut se fait de plus en plus vigoureux ! Les Terraliens du public crient : « VAS-Y, LÉPITA ! ENCORE ! C'EST TOI LE PLUS FORT ! » Et les Terriens répliquent : « TIENS BON, SYLVAIN ! TU PEUX Y ARRIVER ! COURAGE ! » Mais les deux combattants n'entendent pas un seul mot alentour ; ils sont dans leur monde ; plus rien d'autre autour d'eux ne compte à part ce combat ! Cette Finale, qu'ils ont tant attendue et pour laquelle ils ont déjà versé tant de leur sueur et tant de leur sang, mais dont ils savent aussi qu'elle touche à sa fin, car cette phase d'attaque sera sûrement la dernière !

Dans sa tête, Sylvain se dit : « Bon sang ! Quel adversaire, ce Lépita ! Il cachait bien son jeu au début du combat. Il a essayé de me jauger, en étant fair-play au point de me laisser une chance alors qu'il me surclasse complètement par son talent ! Son seul défaut est le fait qu'il ne parvienne pas à maîtriser sa colère. Mais contre toute attente, en cette fin de combat, il a réussi à faire de ce défaut une force, dont il se sert pour me vaincre sans que j'y puisse quoi que ce soit… J'ai eu beau faire preuve d'ingéniosité, la puissance et l'agilité de Lépita restent supérieures aux miennes… Le Lièvre serait-il donc plus rapide que la Tortue ? »

Marc y songe aussi : « Bravo, Sylvain ! Tu as su trouver « l'idée-miracle » : te servir de la luminosité du soleil pour t'en sortir, en bon *Empereur Céleste* que tu désires tant devenir, celui qui maîtrise le ciel et sa magie, et qui fait de l'air et de tout ce qui vole ses alliés. Malheureusement, Lépita reste le plus fort… La raison du plus fort serait-elle donc la meilleure ? »

Sirénia prie tout en serrant fort dans ses mains le bandeau noir qu'elle tient depuis le début de la rencontre ; elle n'ose pas regarder la fin du combat : « Mon Dieu, je t'en conjure ! Donne la force à Sylvain d'accomplir encore un miracle pour revenir dans la course. Il a tant travaillé et s'est tant entraîné pour participer à ce tournoi, dont il savait qu'il atteindrait la Finale. J'ai tellement confiance en lui ! J'aimerais tant que ma confiance puisse lui donner des ailes pour qu'il s'envole jusqu'à la victoire ! Je t'aime, Sylvain !... Tu as trop donné jusqu'à présent pour perdre au seuil des portes de la gloire… La fourmi qui s'est donné tant de mal ne pourrait-elle donc rien contre la cigale qui n'a fait que chanter ? »

Falkahn, toujours aussi antipathique, se lamente, rageur : « Oh, maudits soyez-vous, sales Terraliens ! Ignoble race inférieure ! C'est le noble Zoltahn, qui devrait être *Empereur Céleste*, lui qui est un pur Eolien. Si ce sale Lépita ne l'avait pas forcé à abandonner au cours de la demi-finale !... Pourquoi faut-il toujours que l'honneur de notre planète soit bafoué par ces étrangers et leurs maudits descendants ?! »

Le petit Windo se réjouit de voir son père retourner la situation en sa faveur et mener cette fin de combat tambour battant : « Vas-y, Papa ! T'es l'meilleur ! Je suis trop fier de toi ! J'espère qu'un jour je deviendrai aussi fort que toi. Et alors, je t'accompagnerai pour combattre Xinyorg et sauver la galaxie ! »

À l'instar de son fils, Brylna est rassurée de voir la victoire se profiler entre les poings de son mari, mais elle sait aussi très bien que rien n'est encore joué : « Chéri, je suis heureuse de m'apercevoir que, malgré la mauvaise influence que la colère peut avoir sur toi, tu sois parvenu à l'utiliser à bon escient pour la canaliser, et en faire une énergie salvatrice qui devrait t'ouvrir les portes de la victoire. Je sais que tu respectes tous tes adversaires ; tu es un combattant juste et loyal qui possèdes toutes les qualités requises pour devenir le nouvel *Empereur Céleste*. Vas-y, mon Chou ! Jette toutes tes dernières forces dans la bataille ! Je suis là pour t'encourager jusqu'au bout ! J'ai confiance en toi et je t'aime ! »

Et enfin, Lépita qui est en train de rouer de coups son adversaire se pose des questions essentielles : « Suis-je vraiment digne de devenir l'*Empereur Céleste* ? J'ai beau surpasser physiquement Sylvain, ce courageux Terrien a quand même fait preuve par deux fois, au cours de ce combat, d'une intelligence incroyable, en employant des astuces dignes des plus grands maîtres, qui auraient pu me priver définitivement de la victoire si je n'avais pas été aussi résistant physiquement ou si je n'avais pas eu de la chance !... Sylvain est un stratège hors paire. Il est tout aussi méritant que moi, c'est certain ! Enfin… Justement… Par loyauté et par respect envers lui, je me dois de me battre à fond jusqu'au bout pour ne pas gâcher l'opportunité qui m'est offerte d'honorer le statut de champion. Rien ne serait plus humiliant plus lui que de savoir que j'ai retenu mes coups par excès d'altruisme. Je te félicite pour ce combat, Sylvain ! Mais aujourd'hui, la victoire sera mienne !!! »

« La « Pluie de poings » de Lépita ne cesse de s'abattre furieusement sur Sylvain qui semble succomber sous la célérité, la puissance et la précision dont fait preuve le Terralien ! Oh, mais voilà que dans un dernier élan d'espoir, pour échapper à l'assaut de Lépita, Sylvain saute en l'air et s'arrache aux griffes acérées de son adversaire ! Mais Lépita, tel un fauve sanguinaire qui s'acharne sur sa proie jusqu'au bout, s'élance lui aussi dans les airs ! Le karatéka puise dans ses dernières ressources pour porter un high kick au Terralien, mais ce dernier se penche en arrière pour l'esquiver, se sert de sa queue pour attraper le pied de Sylvain, l'attire à lui et le renvoie furieusement au sol par un fulgurant crochet du droit !!!

— OH NON PAS ÇA !!! MON DIEU ! SYLVAIN !!! s'affole Sirénia.

— MEEERDE ! FRÉROT !!! se désole Marc.

— *Sylvain s'écrase violemment au sol ! Il est à terre les bras en croix et paraît inconscient ! Je commence le décompte : Un...Deux...Trois... Sylvain reprend conscience et tente de se redresser à l'aide de ses coudes ! Quatre...*

— Non, Sylvain ! Reste à terre, il faut que tu ailles te faire soigner ! crie Sirénia.

— Tu t'es bien battu jusqu'au bout, Frérot, ne soit pas obstiné ! ajoute Marc.

— *Cinq...Six...*

— Ton courage est exemplaire, Sylvain. Tu n'as pas à rougir, félicite calmement Lépita.

— Ce n'est... pas... fini... ! Je n'aban... donne... rai... JAMAIS !!! s'obstine Sylvain.

— *Sylvain est parvenu à s'asseoir ! Sept...Huit... INCROYABLE, IL SE RELÈVE !!!*

— Mon Dieu, Sylvain, pleure Sirénia.

— ...NEUF... OH NON ! SYLVAIN S'ÉCROULE À NOUVEAU !!! Il a essayé de donner tout ce qui lui restait d'énergie pour démontrer son abnégation indéfectible, mais il a présumé de ses forces. DIX !!! LE VAINQUEUR DU CHAMPIONNAT MONDIAL DES ARTS MARTIAUX EST ...

— LÉPITA !!! crie la foule en liesse.

— C'est mon Papa le Champion !!! Ouais !!! exulte Windo.

— Bravo, Chéri ! Cette victoire est amplement méritée ! affirme Brylna.

— Pourvu que Sylvain ne soit pas gravement blessé, s'inquiète Sirénia. Je vais le rejoindre !

— Attends ! La rappelle Marc qui la suit en sortant de la tribune.

— Lépita, le Terralien, remporte cette Finale face au Terrien, Sylvain Béryl, après un combat d'une durée d'une heure et treize minutes ! Bravo au nouveau champion !!! »

Un tonnerre d'applaudissements s'élève des gradins où tous les supporters se lèvent pour féliciter Lépita et rendre hommage au courage de Sylvain. Du moins, tous les supporters, sauf un : Falkahn. « Tu ne perds rien pour attendre, Lépita ! J'étais venu en espérant voir ta défaite, pour venger Zoltahn... Si les Terriens ne peuvent rien face à toi, je m'occuperai de ton cas... PERSONNELLEMENT ! Tu me le paieras !!! » Falkahn quitte la tribune.

Lépita, fair-play, s'avance vers Sylvain et lui tend la main pour l'aider à se relever : « Bravo, Sylvain ! Tu as été un adversaire de taille et ton opiniâtreté est digne d'éloges !

— Mais j'ai perdu. C'était vraiment toi le plus fort. Félicitations, Lépita !

— Les deux adversaires se congratulent mutuellement et se serrent à présent la main. Quelle belle preuve de fair-play ! Ils méritent vraiment tous deux vos applaudissements ! Bravos à vous deux !

À présent, voici le moment que vous attendez tous : le vainqueur va maintenant être sacré Empereur Céleste. *Et c'est Sa Majesté le Roi Vihndorn III, accompagné de l'ex-*Empereur Céleste *Myklandrac, qui vont lui remettre le* Médaillon Céleste. *Veuillez accueillir sa Majesté le Roi Vihndorn III !* »

Le Roi, qui est aussi un Terralien, entre très solennellement par le tunnel s'ouvrant entre la tribune Est et la tribune Nord où le tapis rouge a été déroulé pour lui. Il est vêtu d'une longue cape jaune bordée de fourrure blanche tachée de noir et porte une imposante couronne en or blanc sertie de saphirs jaunes. À ses côtés s'avance également le Terralien Myklandrac, le tenant du titre d'*Empereur Céleste*, qui va procéder à la solennelle passation de pouvoir en confiant au vainqueur du Championnat le médaillon qu'il a dignement porté pendant vingt-cinq ans.

Les deux hommes sont accompagnés par la ravissante présentatrice qui porte sur son coussin le fameux Médaillon jaune scintillant de mille feux. L'Orchestre National de *Pradiax* interprète majestueusement l'hymne d'*Eolia*, symbole de paix et de fraternité entre les peuples, que tous les spectateurs chantent d'une seule voix, la main droite posée sur le cœur. Lépita et Sylvain, soutenu par son frère Marc qui l'a rejoint sur le ring pour l'aider à se tenir debout, chantent aussi l'hymne avec respect et ferveur.

Une fois l'œuvre merveilleusement entonnée, une salve d'applaudissements se fait entendre de plus belle, puis le silence s'abat à nouveau, car l'arbitre s'avance vers le Roi pour porter le micro à ses lèvres. Une voix grave, profonde et pleine de majesté se fait entendre :

« Mes chers compatriotes, je vous remercie d'être venus aujourd'hui si nombreux assister à cette Finale du Championnat Mondial des Arts Martiaux d'*Eolia* qui rassemble tous les vingt-cinq ans, les meilleurs combattants de toute la planète pour désigner celui qui sera digne de porter le légendaire *Médaillon Céleste.*

Son nouveau propriétaire va devenir le nouvel *Empereur Céleste*, dont les super pouvoirs seront notre force suprême pour nous défendre contre Xinyorg, l'*Empereur Obscur* de *Xinya* et contre ses armées, qui terrorisent la galaxie entière en tentant d'envahir toutes les planètes de notre système solaire de *Déragona,* afin de s'emparer de tous les médaillons. D'après le dernier rapport de nos enquêteurs, Xinyorg possède déjà trois des six médaillons et s'apprête à coloniser la planète *Rockaia* pour s'approprier le *Médaillon Lapidaire*. Notre conseil de guerre s'est réuni, et a décidé qu'il était temps de venir en aide aux peuples de *Déragona* en déclarant la guerre aux Xinyens pour sauver nos frères opprimés !

C'est pourquoi le nouvel *Empereur Céleste* à qui je vais remettre le *Médaillon Céleste* deviendra aussi le Général des forces armées d'*Eolia* pour une expédition sur *Rockaia* où la mission consistera à s'emparer du *Médaillon Lapidaire* avant Xinyorg et d'apporter notre aide à nos frères rockaiens pour repousser ces envahisseurs !

Je vais à présent prononcer le nom du nouvel *Empereur Céleste* et l'Empereur Myklandrac lui remettra le médaillon…

— Attendez ! s'écrie Lépita. »

Tout le monde se tait et se tourne incrédule, vers Lépita qui semble avoir quelque chose à ajouter. L'arbitre s'avance vers lui et lui tend le micro :

« Votre Majesté et vous tous ici présents, j'ai une déclaration importante à vous faire. Je tiens à tous vous remercier pour votre soutien et vos encouragements durant cette Finale, ils ont été ma force pour me permettre de triompher dans cette rencontre avec le plus fort des Terriens. Mais au vu de ce combat, je ne pense pas être digne de porter le *Médaillon Céleste.*

— QUOI ???!!! C'est pas vrai ?! Tu peux pas nous faire ça ! Espèce de lâche ! s'indigne le public.

— Je comprends votre réaction, reprend Lépita. Mais je sais que le combattant ici présent qui mérite sans contestation de porter ce médaillon est Sylvain Béryl !

— OOOH ! crient les spectateurs médusés.

— Au cours de ce combat, poursuit Lépita, Sylvain a démontré toutes les qualités dont doit disposer l'*Empereur Céleste* : le courage, la détermination, la confiance en soi, mais aussi et surtout, l'intelligence du combat ! J'ai peut-être surclassé Sylvain par ma puissance et ma célérité, parce que je suis plus expérimenté que lui, mais ce vaillant Terrien a su faire preuve d'ingéniosité pour trouver sur le champ de bataille les solutions adaptées pour me mettre en défaut.

Par deux fois, il aurait pu remporter la victoire à ma place si mon corps n'avait pas été aussi résistant, quand il est passé dans mon dos pour m'attaquer, et si je n'avais pas eu la chance de remarquer une faille dans l'arène pour me rattraper – ou si je n'avais tout simplement pas été doté d'une queue – quand il a failli me projeter en dehors du ring. Et de plus, j'ai une fâcheuse tendance à m'emporter et à perdre mes moyens si on me met en colère, ce qui est un handicap fatal. J'ai gagné parce que je dispose de capacités physiques supérieures aux siennes, mais il me surpasse largement en ce qui concerne la stratégie. Qui plus est, il a su réagir en véritable futur *Empereur Céleste* en se servant des vertus éblouissantes du soleil pour me déstabiliser. Le Ciel est avec lui.

C'est un homme comme Sylvain Béryl qui doit être *Empereur Céleste* : un homme qui sache prendre les bonnes décisions au bon moment, qui trouve toujours une solution pour s'en sortir, même quand la situation paraît critique et qui sache se servir de son environnement pour triompher.

Sylvain, je te concède ma place de champion. C'est toi qui méritais de gagner aujourd'hui. Veux-tu accepter d'être le nouvel *Empereur Céleste* ? »

Le Terrien, toujours soutenu par son frère, fait signe à l'arbitre qu'il souhaite répondre au micro : « Merci Marc, tu peux me lâcher. Je peux me tenir debout tout seul.

Lépita, je suis très étonné par ta décision ; je ne m'attendais pas du tout à ce que tu déclines ta nomination en tant qu'*Empereur Céleste.* Au vu de ce combat où tu m'as totalement surpassé et où je me suis retrouvé dans l'incapacité totale de répliquer à tes attaques quand tu t'es mis à te battre à fond, il serait vraiment injuste de ma part d'accepter d'usurper le titre qui te revient de droit !

Certes, je parviens souvent à trouver une solution pour m'en sortir, même dans les situations les plus désespérées, mais ce qu'il ne faut pas oublier, c'est qu'au cours de cette Finale, j'ai eu beau mettre tout en œuvre pour tenter de t'ébranler, jamais tu n'as succombé à mes techniques ! Tu t'es toujours relevé et tu as toujours trouvé un moyen de ne pas fléchir ! Ce n'est pas un hasard ! C'est le destin, et je fais toujours confiance au destin : le médaillon t'a choisi pour être son propriétaire, c'était écrit.

C'est de toi, dont *Eolia*… Non… dont *Déragona* toute entière a besoin en tant que défenseur de la paix. Tu possèdes une force incommensurable, une endurance inébranlable et une vitesse à couper le souffle ! Tu as déjà l'étoffe d'un super héros, alors même que tu ne portes aucun médaillon. De plus, tu es honnête, droit et juste au point de concéder la victoire à un petit jeune comme moi, qui même en s'entraînant pendant dix ans, n'atteindra jamais ton niveau et qui n'a aucune leçon de morale à te donner. Certes, je suis ingénieux et je connais la science du combat, mais je suis jeune, effronté et un peu trop sûr de moi… Chacun a ses défauts, personne n'est parfait.

Toi, Lépita, tu as l'expérience et la sagesse ; et sur le champ de bataille, ton endurance te permettra de résister à une légion entière, alors que moi, Sylvain Béryl, j'aurai beau me creuser la tête pour trouver une « idée-miracle », comme dirait mon frère Marc ici présent, je ne pourrai qu'au mieux trouver une solution idéale pour m'enfuir et me cacher.

Non vraiment, c'est toi, Lépita, qui est sans conteste le véritable *Empereur Céleste* d'*Eolia*. Et je te supplie d'accepter ce titre qui te revient légitimement de droit. »

L'ensemble des spectateurs se lève pour applaudir ce magnifique discours du courageux Terrien, tandis que l'arbitre se déplace à nouveau vers Lépita pour recueillir sa réponse : « Sylvain, tu es véritablement un garçon plein de sagesse et de grandeur d'esprit. Ton courage n'a d'égal que ta loyauté, et les propos que tu viens de tenir respirent la sincérité et sonnent tout à fait justes du point de vue de l'intérêt général.

Je pensais qu'en t'entraînant quelques années, tu pourrais dépasser mon niveau et faire un meilleur *Empereur Céleste* que moi, mais vue l'imminence des conflits qui nous attendent et du besoin pressant de notre aide, sollicitée par nos frères lointains, surtout sur *Rockaia*, le nouvel *Empereur Céleste* se doit d'être prêt pour le combat le plus rapidement possible. C'est pourquoi j'accepte d'être le propriétaire du *Médaillon Céleste,* mais à une condition : que toi, Sylvain Béryl, tu acceptes d'être mon commandant en second et de m'accompagner dans ma quête pour la paix ! »

L'arbitre retourne vers Sylvain : « J'accepte avec honneur ! »

Le public tout entier, Myklandrac et le Roi applaudissent les deux héros qui viennent d'être nommés pour œuvrer au maintien de la paix au péril de leur vie dans tout *Déragona.*

Sirénia, debout au bord du ring, pleure de joie, sous le coup de l'émotion : « Bravo, Sylvain ! Je suis tellement fière de toi ! »

Brylna, qui ne s'attendait pas à cette réaction de la part de son mari, commente : « (Ce Sylvain a vraiment dû t'impressionner pour que tu lui fasses une telle confiance et lui tiennes un tel respect. Mais je suis fière que ce soit toi le nouvel *Empereur Céleste* ; tu le mérites amplement. Tu es beaucoup trop altruiste, mon Chéri ; voilà un autre défaut : mais celui-ci fait ton charme. C'est pour ça que je t'aime.) »

« *Merci à tous pour votre ferveur*, reprend le commentateur. *À présent, sa Majesté le Roi Vihndorn III et l'Empereur Myklandrac vont pouvoir procéder à la remise du médaillon.*

— Merci à nos deux héros pour leur dévouement au service de la paix dans le monde, reprend le Roi. C'est grâce à des hommes comme vous qu'on peut encore avoir la naïveté de croire qu'un jour, nous vivrons sereinement, sans conflits et sans peur du lendemain, dans un monde plus fraternel. Vous méritez tous deux la victoire ! Néanmoins, le Ciel protecteur de notre planète *Eolia* a choisi le Terralien Lépita, pour être le nouvel *Empereur Céleste.* »

Alors que la présentatrice s'approche de Lépita, le médaillon se met à briller de plus en plus fort. Myklandrac prend entre ses mains la chaînette du médaillon qu'il connaît si bien et le lui passe autour du cou en disant : « Lépita, toi qui as su triompher de tous tes adversaires lors de ce Tournoi, t'imposant ainsi comme l'être le plus fort de tout *Eolia*, sois revêtu de puissance et de majesté par les pouvoirs du *Médaillon Céleste.* Au vu de tes performances et de ton esprit altruiste et respectueux, je ne pouvais pas trouver mieux que toi comme successeur. Je te nomme *Empereur Céleste*, le maître de l'Air et des Cieux. Puisses-tu honorer ce titre avec sagesse et loyauté. »

Quand il fut au cou de son nouveau propriétaire, les yeux de ce dernier revêtirent une couleur jaune dorée et le médaillon se mit à briller si fort que tout le monde dut détourner ses yeux devant cette splendeur incarnée, tandis que Lépita, *Empereur Céleste*, s'envolait dans les cieux pour tester ses nouveaux pouvoirs !

Chapitre Deux
Nouvelle Genèse pour un monde en péril

Sur Terre dans les années 2500 de notre ère, l'existence sur la planète bleue avait commencé à devenir totalement invivable. D'une part, les mesures mises en place pour recycler les déchets, et les décrets sur la protection de l'environnement n'avaient pas suffi à empêcher la pollution de devenir un fléau toujours plus redoutable et mortel pour la couche d'ozone et les nappes phréatiques ; et d'autre part, la prolifération toujours plus abondante des naissances avait provoqué une surpopulation incontrôlable, sans compter toutes les personnes âgées qu'on pouvait garder en vie beaucoup plus longtemps – mais dans quel état – grâce aux « progrès » de la médecine…

Les hommes se marchaient littéralement dessus, dans tous les pays ! La forêt amazonienne fut massivement déboisée pour pouvoir y construire de nouvelles habitations et même l'Antarctique fut habitée grâce à l'avancée de la science, « aidé » aussi en cela par le réchauffement climatique. De nouvelles îles artificielles furent construites sur l'Océan Pacifique pour y installer des gratte-ciel immenses, et même la lune fut rendue habitable, envahie et surpeuplée… Néanmoins, au comble de l'excès, toutes ces étendues exploitées restaient toujours insuffisantes pour contenir la masse humaine incalculable qui comptait à ce moment près de trente milliards d'habitants !!!

De plus, la faune et la flore se mourraient par manque d'espace vital et la famine s'installait même dans les villes les plus riches ! Des guerres civiles éclataient partout, à la fois par désespoir et par désir fatidique de tuer et tuer encore pour gagner de l'espace et réduire la population excessive ! Le monde était devenu complètement fou et courait irrémédiablement à sa perte…

Des scientifiques se réunirent dans le but de trouver une solution : les progrès de la science en matière d'adaptation environnementale rendaient possible l'idée de la terraformation de Mars, depuis longtemps envisagée ; c'est-à-dire la transformation de la planète rouge voisine de la Terre en une nouvelle planète dotée d'une atmosphère dense et respirable, et donc, habitable. Mais cette entreprise prendrait encore cinq à dix ans avant de pouvoir être réalisable et ce délai était trop court. L'Humanité sentait que sa fin approchait… Elle savait pertinemment que la science ne pourrait pas la sauver, tout simplement parce que c'est la science elle-même qui l'avait conduite à cette apocalyptique situation ! À force de vouloir grandir toujours plus grâce à la science, la science finit par devenir plus grande que les hommes, jusqu'à avaler ses propres créateurs dans le gouffre vorace de l'inextricable fatalité, inhérente à notre condition humaine. L'Homme doit à tout prix cesser de croire qu'il peut s'élever sans fin, toujours plus haut, jusqu'à devenir l'égal de Dieu !

Tout ce qui vit est voué à mourir. Même les étoiles, qui paraissent éternelles, naissent grâce à la gravité, par la contraction sur elle-même de la matière interstellaire et finissent, après des milliards d'années de luminosité éclatante, par exploser en supernova, pour être réduites, à la toute fin de leur existence, à un misérable état de naine noire, condamnée à ne plus jamais briller. Tout ce qui existe est voué à disparaître (ou plutôt à se transformer, car rien ne se perd dans l'univers). Et tant que l'Homme continuera de croire naïvement qu'il peut, par son savoir, contourner ses lois immuables, il ne fera que précipiter son inévitable déchéance ! Toute force est vouée à devenir une faiblesse, si on n'a pas la lucidité de stopper sa progression à temps. C'est toujours quand il est déjà trop tard, que l'on songe enfin à revenir en arrière… L'Homme est à ce point stupide…

Mais l'Homme, malgré l'entêtement qui le caractérise, est capable d'humilité. S'il pouvait simplement accepter l'évidence de sa condition, s'il était simplement capable de se dire qu'il est allé assez loin et qu'il ne doit pas tenter de dépasser les frontières du raisonnable, il pourrait, peut-être, enfin, vivre en paix dans l'harmonie entre les êtres et dans l'acceptation de ses limites.

C'est pourquoi, certains élus et tous ceux qui n'avaient pas encore perdu la raison et voulaient s'en sortir pour construire un nouveau monde meilleur se réunirent pour prendre une décision radicale : ils pensèrent à une idée totalement insensée, certainement vouée à l'échec, mais qu'il fallait tenter, car de toute évidence, aucune solution ne pouvait être pire que de continuer à vivre sur Terre. Ils décidèrent de tout quitter, d'abandonner leurs maisons, leur richesse, leur luxe et leur confort, et de partir à l'aventure à travers l'espace infini. Les progrès réalisés dans le domaine des voyages spatiaux permettaient de voyager très loin dans l'espace ; en effet, l'avancée scientifique fulgurante, poussant toujours plus loin les performances dans tous les domaines de la physique, rendit concevable la fabrication de navettes spatiales capables de traverser l'espace sans carburant à une vitesse de deux cents mille kilomètres par seconde (soit environ deux tiers de la vitesse de la lumière !).

Partir… Oui, partir ! Mais où ?! Toutes les galaxies, que nous pouvons observer depuis la Terre grâce aux télescopes et aux satellites, se trouvent pour la plupart à des millions, voire des milliards d'années-lumière ! Ce qui signifie que même si nos vaisseaux pouvaient se déplacer à la vitesse de la lumière – qui est la vitesse la plus rapide possible dans l'univers (environ deux cents quatre-vingt-dix neuf mille huit cents kilomètres par seconde) – il faudrait des millions, voire des milliards d'années pour atteindre ces galaxies, ce qui est bien entendu physiquement impossible, compte tenu de l'espérance de vie moyenne d'un être humain (repoussée à cette époque jusqu'à cent cinquante ans, mais avec les capacités mentales souvent gravement et irrémédiablement diminuées à un âge si avancé).

Mais qu'importe, ces courageux aventuriers étaient prêts à tout pour fuir la folie humaine, en espérant trouver refuge sur une nouvelle terre habitable où ils pourraient rebâtir un nouveau monde de paix. Ils le savaient, cette Terre Promise ne pourrait leur être accordée que s'ils cessaient définitivement de se laisser dévorer par leur désir de grandeur, qui ne peut que provoquer leur propre décrépitude. Ce voyage intersidéral en quête de l'inconnu était comme un parcours expiatoire au travers duquel ils pourraient purifier leur âme pour renaître meilleurs.

Ils étaient une dizaine de milliers, seulement, pour toute la Terre, à tenter le voyage, à bord d'une centaine de vaisseaux immenses, ayant pour destination les exoplanètes repérées en dehors du système solaire, au fin fond de la Voie Lactée. Etant donné la faible probabilité que ce voyage aboutisse, et qui, au mieux, durerait plusieurs dizaines d'années, ils emportèrent avec eux toutes les réserves de nourriture qu'ils pouvaient encore rassembler, ainsi que quelques troupeaux de bétail (et autres animaux domestiques) encore non contaminés par la pollution, en espérant pouvoir pratiquer l'élevage, ou en dernier recours cloner les bêtes ; ils emportèrent également tout l'équipement médical nécessaire à la survie, des réserves d'eau et autres boissons, ainsi que des appareils qui convertissent l'urine en eau potable, et des bandes de terre à cultiver sous conditions climatiques artificiellement reconstituées. Toutes ces méthodes issues de la science ultramoderne étaient certes contraires à la nouvelle éthique qu'ils voulaient mettre en place, mais elles étaient malheureusement nécessaires à la réalisation de cette expédition ; tous avaient juré d'abandonner ces pratiques s'ils arrivaient un jour à découvrir la Terre Promise.

Symboliquement et à juste titre, les organisateurs de cette entreprise baptisèrent leurs navettes spatiales les « Arches de Noé » et leurs passagers les « néo-Noé ». Ils entretenaient la ferme décision de tout recréer en partant de rien, une fois arrivés à destination, en espérant que la sincérité de leur promesse leur permette de voir un magnifique arc-en-ciel se dresser sous leur regard pour les accueillir sur leur nouvelle Terre, à l'instar de celui que Dieu fit resplendir aux yeux émerveillés de Noé et de sa famille après le Déluge. L'Histoire nous a appris que cette promesse d'Alliance entre Dieu et les hommes symbolisée par l'arc-en-ciel n'aura finalement pas été tenue par les êtres humains… Espérons que l'Histoire ne se renouvelle pas.

Le hasard incroyable, à moins que ce ne soit le destin, voulut que le jour du départ des Arches de Noé fut le 20 juillet 2569, soit six cents ans, au jour près, après le jour mémorable où le vaisseau américain Apollo 11 se posa sur la Mer de la Tranquillité, et où Neil Armstrong devint le premier homme à poser le pied sur la Lune. Pourvu que cette coïncidence soit de bon augure, quant à la réussite de cette expédition salutaire.

Ils quittèrent ce monde fou en proie à lui-même, pour rejoindre l'immensité de l'Espace et ne jamais revenir sur ce très saint sol qu'ils avaient souillé, et où la nature pourrit quand leurs mains sales la frôlent. Ils virent à travers les hublots, cette planète bleue, devenue grise s'éloigner, puis disparaître de leur vue, en se demandant ce qu'elle allait devenir. Ils ne le sauront certainement jamais…

Le voyage s'effectua dans des conditions censées imiter le plus fidèlement possible la vie que les voyageurs avaient connue sur Terre. L'apesanteur était maîtrisée, afin de conserver la gravité terrestre, de véritables parcs pleins de verdure avaient été recréés, de petites cités avaient été bâties à l'intérieur même des vaisseaux, pour former un cadre intime où il faisait bon vivre, car ils savaient qu'ils ne remettraient pas pieds à terre avant très, très longtemps… En effet, un voyage de plusieurs années, enfermé à l'intérieur d'un espace confiné tel qu'un vaisseau spatial, ne peut qu'avoir des effets psychologiques dévastateurs ! La promiscuité résultant de cette situation pourrait conduire les voyageurs, à plus ou moins long terme, à s'entretuer (comme cela s'était produit sur Terre au moment où ils la quittaient). C'est pourquoi il était primordial, malgré leur profond désir de repartir de zéro, d'user une toute dernière fois de la science pour entretenir, autant que faire se peut, le maigre espoir de voir cette quête insensée aboutir. Les néo-Noé s'efforcèrent de s'entraider, de vivre en harmonie dans leurs microsociétés mobiles à travers l'espace, séparées en une centaine de vaisseaux.

La structure desdits vaisseaux avait beau être protégée du rayonnement cosmique et des éruptions solaires, les conditions de vol n'en étaient pas moins extrêmement difficiles pour les pilotes, qui durent manœuvrer pour éviter la collision avec les champs d'astéroïdes ou les chutes de météores. Pour garder espoir et courage, à travers les dangers de cet incertain périple, ils chantaient :

« *La noirceur infinie de l'espace sans fin*
Attire tous les cœurs et attise leur faim.

Témoin de déchéance, tu souhaites t'échapper,
Éprouvée par la science, ta vie a basculé.
Redonner à ce monde son esprit d'amour,
Rayonnant d'altruisme et de joie alentour,
Est une utopie qui ne verra point le jour…

Pars ! Vas-t'en ! Quitte ce monde devenu fou !
Résiste ! Opiniâtre et vaillant pour ton futur.
Oublie la science et la puissance et oublie tout !
Mais respecte avant tout tes frères et la nature.
Inonde tous les cœurs d'espoir en l'avenir,
Sonde tout le cosmos en quête d'un sourire,
Et garde de la Terre un petit souvenir… »

Et tandis que cet hymne du Nouveau Monde répandait sa douce allégresse pleine d'espérance au sein des Arches de Noé, les journées, les semaines, les mois et les années s'écoulaient, et les vaisseaux filaient toujours inexorablement à travers la galaxie à une vitesse de deux cent mille kilomètres par seconde. Les voyageurs s'efforçaient de respecter leurs plantations et de bien traiter les animaux qu'ils élevaient. Ils s'étaient volontairement répartis de manière interraciale entre les vaisseaux, afin de permettre aux blancs, aux noirs, aux beurs et aux jaunes de cohabiter, de se comprendre, d'apprendre les uns des autres, de se respecter et de s'aimer.

Aucune arme n'avait été emportée et il était strictement interdit d'en fabriquer ; des contrôles très sérieux étaient effectués chaque jour en ce sens, pour empêcher toute possibilité de violence armée. Seuls les vaisseaux étaient équipés d'armes à l'extérieur en cas d'attaque extra-terrestre. Tous les habitants avaient chacun un rôle : certains étaient boulangers ou bouchers, d'autres agriculteurs, éleveurs, prêtres, instituteurs ou docteurs, mais aussi musiciens et sportifs. En effet, on continua de jouer de la musique, d'organiser des concerts, mais aussi de pratiquer toutes sortes de sports et d'organiser des tournois ; parfois l'apesanteur expressément non maîtrisée permettaient d'établir de nouvelles règles pour ces sports, les rendant plus amusants et élargissant les possibilités ainsi offertes. Cette nouvelle vie plus juste et plus harmonieuse avait été miraculeusement rendue possible, renforcée par la cohésion qui émanait de leur but commun : atterrir un jour sur une nouvelle planète habitable et vivre en préservant cet esprit fraternel qui les unit.

Au bout de trente longues années de voyage, les premières exoplanètes apparurent aux yeux émerveillés des néo-Noé, telles de véritables saints graals, car elles représentaient leur espoir, leur avenir, leur vie, leur but ultime. Malheureusement, les appareils d'analyse atmosphérique ne leur donnèrent que des informations négatives : chaleur insoutenable ou froideur insupportable, nuages d'acide ou absence d'oxygène, sol impraticable ou absence de l'élément le plus indispensable à la vie : l'eau. Chaque année, ils découvraient de nouvelles planètes, mais toutes, sans exception, ne pouvaient décemment pas être habitées de manière durable. Par désespoir, certains membres du voyage voulurent se suicider, mais l'esprit fraternel qui régnait dans les Arches était si inébranlable que l'espoir renaissait toujours, et que la conviction qu'un jour ils trouveraient la Terre Promise finissait toujours par habiter à nouveau les âmes, même les plus pessimistes.

En revanche, certaines personnes mourraient de vieillesse ou de crise cardiaque. On cessa de les garder en vie jusqu'à cent cinquante ans, par acharnement thérapeutique, comme cela se faisait sur Terre ; au lieu de cela, on les laissait tout simplement mourir en paix, quand leur heure était venue. Leurs enterrements étaient célébrés de manière très solennelle avec un respect immense pour ces hommes et ces femmes qui avaient pris part à cette expédition dans le but de construire un nouveau monde meilleur, mais pour qui la fin du voyage était arrivée plus tôt que prévu. Mais d'un autre côté, les enfants qui avaient pris part au voyage grandissaient et devenaient des adultes responsables, porteurs des valeurs et de l'espoir de leurs parents, et des bébés nés d'un nouvel amour intersidéral voyaient le jour et apprenaient cette vie sous conditions artificielles ; si bien que la population se maintenait ou n'augmentait que très peu.

Les habitants des Arches s'étaient habitués à cette vie, à plus forte raison pour certains d'entre eux qui n'avaient même jamais connu la vie sur Terre. Pour eux, poser le pied sur un sol ferme représentait quelque chose de tellement inconnu, de tellement magique, qu'ils ne pouvaient qu'imaginer cette sensation incroyable de sécurité, qui nous paraît banale, mais qui pour eux, serait un cadeau bien plus précieux que toutes les richesses du monde. Poser pied à terre était devenu pour eux un rêve merveilleux, mais auquel ils croyaient dur comme fer, car c'était cette conviction inébranlable qui donnait un sens à leur vie et qui légitimait leur expédition, ayant pour but sous-jacent de préserver la race des Terriens au sein de l'Univers.

Au bout de quarante-sept interminables années, depuis leur départ de la Terre en 2569, ce qui nous amène en 2616, la patience des néo-Noé commença sérieusement à s'amenuiser... Après toutes les exoplanètes inhabitables croisées au cours de leur périple, ils durent se rendre à la plus cruelle des évidences : la planète bleue qu'ils avaient quittée il y a quasiment un demi siècle était certainement la seule planète où la vie était possible dans toute la Voie Lactée. Il est vrai que, grâce à sa position par rapport au Soleil, grâce à la position de la Lune par rapport à elle et grâce aux forces puissantes de l'eau et du vent, qui en se combinant pour réguler le climat, aident la Terre à garder une température relativement stable, la présence de vie y est possible ; mais il suffirait d'un grain de sable dans ce formidable engrenage pour briser cette mécanique fabuleuse. Il a fallu une somme de coïncidences innombrables pour que la vie sur Terre soit possible ! Cela tient réellement du miracle !!! Et les chances que cela soit réalisable également à l'autre bout de la galaxie sont véritablement infimes…

Mais alors que leur rêve de Terre Promise commençait peu à peu à s'évanouir, les néo-Noé furent témoins d'un spectacle aussi incroyablement exaltant et stupéfiant que particulièrement terrifiant : à environ un milliard de kilomètres devant eux (c'est-à-dire à un peu moins d'une heure et vingt-cinq minutes de vol), la vigie de l'Arche de Noé 3 remarqua ce qui semblait être une éruption volcanique sur la croûte d'une planète à la couleur curieusement jaune. Il alerta aussitôt la vigie de l'Arche de Noé 4, qui passa le message à la vigie de l'Arche de Noé 5 et bientôt, tous les télescopes de toutes les arches furent braqués sur cette planète dont l'étrange activité éveilla leurs soupçons. En s'approchant un peu, ils constatèrent que ces projections lumineuses n'étaient pas dues à une quelconque activité volcanique, mais à des explosions provoquées par une attaque spatiale ! Encore quelques millions de kilomètres et ils virent très nettement une effroyable armada d'une cinquantaine de vaisseaux spatiaux aux formes allongées et pointues en train de bombarder à coups de canons laser la belle planète jaune. Ces vaisseaux avaient une allure effrayante avec leurs longues ailes griffues et leur couleur noire aux reflets violacés.

Une décision capitale face à cet horrible spectacle devait être prise d'urgence ! Les néo-Noé étant un peuple pacifique, ils ne doivent se servir de leurs armes que pour se défendre ou défendre un allié en détresse ; étant donné que les habitants présumés de la planète jaune devaient être en position de faiblesse, ils décidèrent de porter l'offensive contre les vaisseaux noirs ! Le branle-bas de combat fut lancé, et les pilotes de guerre et les soldats prirent les commandes à bord des Arches. Ils sont les seuls néo-Noé ayant l'autorisation de faire la guerre quand l'occasion s'avère nécessaire ; ce sont des militaires surentraînés qui, durant ces longues années de voyage interstellaire, se sont préparés à une éventuelle bataille, en s'exerçant grâce à un programme de simulation ultra perfectionné. De leur côté, tous les civils pacifiques qui répugnaient d'avoir recours à la violence, allèrent se réfugier dans des salles spéciales conçues pour s'abriter en cas d'attaque ; dans ces salles, des cocons protecteurs sont alignés par dizaines, dans lesquels les passagers peuvent s'asseoir pour être protégés des turbulences et des déplacements ultra rapides des arches pendant le combat.

Les vaisseaux noirs étant tous agglutinés au même endroit et trop occupés à leur offensive, devenaient une proie facile pour une attaque par surprise, d'autant plus que les Arches de Noé étaient deux fois plus nombreuses. Le plan de guerre était simple : les arches se séparèrent en dix groupes de dix pour attaquer sur dix fronts différents. Les vaisseaux noirs, bombardés de toutes parts, se retrouvèrent complètement pris de court, ne s'attendant pas à être chassés alors qu'ils étaient eux-mêmes prédateurs. À coups de rayons laser et de micro missiles nucléaires bien placés, les arches surclassèrent complètement leurs adversaires, dont les appareils explosaient les uns après les autres. Durant la bataille qui ne dura qu'une demi-heure, les Arches n° 31, 43 et 62 furent touchées de plein fouet et désintégrées, et une quatrième, l'Arche de Noé 8, atteinte au niveau des propulseurs, perdit le contrôle et dériva dans l'espace sans pouvoir être secourue… Si près du but, les habitants de ces quatre arches disparurent sans pouvoir goûter à la joie d'avoir peut-être enfin atteint leur objectif inespéré.

Quel gâchis… Les néo-Noé avaient quitté la Terre, leur cœur rempli de belles et grandes idées pacifiques, à la recherche d'une vie extra-terrestre, dont les êtres la représentant pourraient peut-être les accueillir pour qu'ils puissent tout recommencer, mais à peine eurent-ils été en contact avec ces extra-terrestres après quarante-sept années d'attente, qu'ils les assassinèrent sans merci et sans préambule. Ces êtres semblaient certes nocifs et belliqueux, et l'intervention des néo-Noé avaient certes peut-être permis de sauver les habitants de la planète jaune, s'il en est, mais quelle ironie que de voir ces êtres si pacifiques se transformer en tueurs impitoyables dès qu'ils rencontrent des êtres différents d'eux… La tolérance et la justice n'entrent plus en ligne de compte dans ces cas-là. Néanmoins, leur objectif tant convoité semblait être enfin à portée de main.

Pour les survivants, malgré la perte de ceux qui avaient succombé à l'attaque, l'impatience était à son comble quand ils demandèrent à leurs appareils d'analyse atmosphérique si la fameuse planète jaune présentait les conditions nécessaires pour pouvoir être habitée. Oh combien leur joie fut immense quand ils lurent les résultats : température 24 °C, gravité à peine plus élevée que sur Terre, constitution de l'air : 75% d'azote, 24,5 % d'oxygène, 0,4 % de dioxyde de carbone et 0,1 % de vapeur d'eau (quasiment le même air que sur Terre, mais avec un peu plus d'oxygène). Les résultats étaient plus que concluants ; par ailleurs la faible proportion de vapeur d'eau présente dans l'air semblait indiquer qu'on pouvait également trouver de l'eau sur cette planète. Après quarante-sept années de voyage intersidéral, la patience des néo-Noé allait enfin être récompensée. Certains d'entre d'eux, dont les soldats, auteurs de la victoire éclatante sur les vaisseaux noirs, avaient passé leur vie entière dans leur arche et allaient enfin connaître la joie de poser pied à terre. Six cent quarante-sept ans après Neil Armstrong sur la Lune, le capitaine Mikhaïl Garbatchov, 78 ans, pilote de l'Arche de Noé 1 depuis son décollage du sol russe, allait devenir le premier Terrien à poser le pied sur le sol d'une exoplanète habitable.

Les arches amorcèrent leur atterrissage sur la planète jaune. Ils repérèrent une grande plaine sur laquelle la majorité des vaisseaux pourrait se poser, les autres cherchèrent une autre plaine un peu plus loin. Enfin, l'Arche de Noé 1 se posa, l'escalier de sortie déroula ses marches que le capitaine Garbatchov descendit solennellement en se demandant encore s'il n'était pas en train de rêver, si ce qu'il était sur le point de faire était bien réel. Arrivé à la dernière marche, il s'arrêta un instant. Les autres néo-Noé attendaient en haut des escaliers, en retenant leur souffle. Finalement il effectua le dernier pas qui le séparait de ce sol tant convoité, et au moment où son pied droit foula la terre ferme, des larmes se mirent à couler sur ses joues. Ses premières paroles furent : « Un petit pas pour l'homme, un grand pas vers une nouvelle Humanité. »

À l'instar du vieux Garbatchov, tous les néo-Noé descendirent tour à tour de leurs arches en goûtant au plaisir immense de sentir enfin un vrai sol ferme et stable sous leurs pieds, et le vent caresser leurs visages rayonnants de joie après l'exploit qu'ils venaient de réaliser. Une incommensurable allégresse les submergeait à tel point qu'ils en tombaient à genoux, les yeux ruisselants d'intarissables torrents de bonheur, issus de glandes lacrymales qui n'avaient su pleurer que de désespoir sur Terre, et qui, maintenant, pouvaient enfin vider leur semence sur un nouveau sol fertile où un nouvel amour entre les êtres devrait pouvoir germer. Il faut avouer qu'une partie de leur euphorie devait aussi être due à la teneur en oxygène dans l'air, plus élevée que celle qu'ils avaient précédemment connue sur Terre. Leurs cœurs étaient débordants d'une joie si sincère et profonde que la plupart d'entre eux se mirent à embrasser ce sol jaune, aussi brillant que leur espérance en un monde plus juste…

Tout était jaune sur cette étrange et belle planète, où plane une douce impression de sérénité réconfortante et apaisante. L'herbe est jaune comme de beaux épis de blé dorés au soleil, le sable y ressemble à de l'or en poudre, et le ciel éclatant irradie une aura profondément jaune, qui transmet une belle teinte jaune à la mer, que les néo-Noé pouvaient voir luire à l'horizon… Le vent y a quelque chose de particulier : il semble constant. En effet, cette planète, pour une raison que les Terriens ignoraient encore, est sans cesse balayée par un vent perpétuel d'une quarantaine de kilomètres par heure, mais un vent doux et chaud, qui augmente encore l'impression de bien-être qui y règne, tel un souffle divin, propice à apaiser toutes les angoisses, et appelant à une vie calme et prédisposée à l'amour. En somme, on aurait dit un véritable Paradis « sur terre », si bien que certains néo-Noé se demandèrent s'ils n'avaient pas succombé à l'attaque spatiale qu'ils venaient de vivre, et n'étaient pas arrivés aux portes du Jardin d'Eden… Les habitants de cette planète, disposant de telles conditions de vie, ne peuvent qu'être bons et bienveillants, pensa Nelson Mandeli, un prêtre catholique sud-africain, qui scrutait l'horizon tout autour de lui, espérant apercevoir la silhouette d'un quelconque être vivant. Où étaient donc les autochtones ? Les Terriens n'allaient plus tarder à le savoir.

Du côté de la mer, comme sortis d'un rêve, à demi masqués à la vue des néo-Noé par l'incroyable luminosité provenant du soleil se reflétant dans l'océan, tel un mirage, une délégation d'une vingtaine d'êtres quadrupèdes, s'avançait calmement vers le lieu d'atterrissage des Arches de Noé. Ils ne semblaient ni inquiets, ni surpris de la présence d'étrangers sur leur territoire et marchaient lentement à quatre pattes vers les Terriens. Ces derniers restèrent cois devant cette vision tout à la fois troublante, rassurante, inquiétante, insolite et hallucinante : ces curieux êtres étaient pourvus de longs poils gris ou brun foncé, les oreilles charnues et dressées, les yeux bridés, le museau long terminé par une truffe noire, une longue corne blanche au bout noir et pointu au sommet du crâne, les griffes pareilles à des serres d'aigle et la queue très longue et poilue, et portaient tous des toges d'une seule pièce aux couleurs vives. Le capitaine Garbatchov, qui était le plus proche du lieu de la rencontre improbable entre des êtres issus de deux civilisations distantes d'une trentaine d'années-lumière, fut le premier devant lequel les étranges « souris » s'arrêtèrent.

Garbatchov était comme pétrifié, les yeux écarquillés, la bouche bée, avec un semblant de sourire incertain au coin des lèvres, mais les mains tremblantes et ne savait pas comment réagir. Devait-il avoir peur ? Ce n'était pas le cas. Devait-il prendre une attitude plus naturelle et décontractée ? Il en était totalement incapable. Devait-il parler ? Leur dire « Zdravstvouy[1] ! » ? Ils ne comprendraient sûrement pas sa langue. Mais alors que toutes ces questions fourmillaient dans sa tête, leur réponse lui fut donnée comme une évidence. L'autochtone qui semblait le plus âgé et le plus sage, dont les yeux brillent d'une lueur dorée, et qui précédait le cortège prit la parole : « Bonjour, vénérables

1 « Bonjour » en russe.

amis qui nous venez de si loin dans l'espace ! Merci infiniment de votre intervention armée de tout à l'heure ! Beaucoup de nos frères sont décédés durant cette attaque… Mais sans votre aide providentielle, les *Ailes Noires* xinyennes nous auraient tous exterminés à coup sûr. Je me présente : je m'appelle Majax, et voici mes frères, les Eoliens. Vous venez de mettre le pied sur *Eolia*, la troisième planète du système solaire de *Déragona*.

— M… Mais… Mais vous… Vous parlez notre langue ?! parvint à peine à bredouiller Garbatchov. C'est inouï ! Comment un tel prodige est-il possible ?!

— Votre question me paraît bien étrange, répondit Majax interloqué. Le *Créateur* nous a à tous donné la parole pour que nous puissions communiquer avec tous les êtres vivants, que ce soit à haute voix ou par télépathie, poursuivit-il cette fois sans remuer les lèvres, mais en s'adressant directement à l'esprit de tous les néo-Noé. Parler est pour nous une fonction tout à fait spontanée et naturelle, comme le fait de marcher ou de respirer, et tous les habitants de toutes les planètes de ce système solaire peuvent de la même façon communiquer les uns avec les autres.

— Incroyable ! commenta Mandeli. Il y a donc d'autres planètes habitables dans ce coin de la galaxie. Il semblerait que cette partie de la Voie Lactée ait été épargnée par la tragédie de la Tour de Babel[2], que nous avons connue sur Terre, nous

---

2 L'*Ancien Testament* raconte que les descendants de Noé, seul peuple vivant sur Terre après le Déluge et qui parlaient tous une même langue unique, décidèrent de construire à Babel (Babylone) une tour dont le sommet atteindrait les cieux, afin de se placer à l'égal de Dieu. Ce dernier, trouvant ce projet plein d'orgueil, le contrecarra en multipliant les langues pour que les hommes ne se comprissent plus. Ils durent donc arrêter la construction de la tour et se dispersèrent à travers le monde.

obligeant à parler une autre langue dans chaque pays et à ne plus comprendre les habitants des pays voisins.

— Mais ?! s'étonna Garbatchov en se tournant vers le prêtre, venez-vous de parler en anglais ou en russe ?

— En anglais. Et vous, à l'instant, était-ce du russe ?

— Bien sûr ! Je ne parle que la langue de Pouchkine depuis ma plus tendre enfance ! Et pourtant, je viens de comprendre toutes vos paroles dans ma propre langue maternelle ! C'est insensé !!!

— On se croirait à la Pentecôte[3]… en déduit Mandeli. Le fait de nous trouver dans cette partie de l'univers nous donne la faculté de nous comprendre les uns les autres quelle que soit notre langue, c'est tout bonnement prodigieux !

— Veuillez les excuser, honorable Majax, reprit un homme d'une quatre-vingtaine d'années au regard bienveillant et au sourire rassurant qui s'avança à son tour. Ils sont encore tout étonnés comme nous tous, par la magie de ces lieux enchanteurs et ont omis de se présenter. Je m'appelle Hô Chi Munh et je suis un violoncelliste vietnamien ; le Vietnam est un pays de la Terre, la planète d'où nous venons. Et voici, le père Nelson Mandeli, un prêtre catholique sud-africain, et le capitaine Mikhaïl Garbatchov, un brillant astronaute russe qui a su conduire à bon port notre vaisseau jusqu'à votre belle planète… euh… *Eolia* ? C'est bien cela ?

— Tout à fait, répondit calmement Majax, toujours en s'exprimant par télépathie. Hô Chi Munh, Nelson Mandeli,

---

3 Le *Nouveau Testament* raconte que cinquante jours après la résurrection du Christ, l'Esprit Saint descendit sur Terre et se posa sur les apôtres sous forme de langues de feu, leur permettant de parler toutes les langues de la Terre afin de répandre la Bonne Nouvelle à travers le monde. Cet événement est fêté chaque année par les chrétiens sous le nom de Pentecôte.

Mikhaïl Garbatchov et vous tous ici présents, je vous souhaite la bienvenue sur *Eolia* ! C'est pour nous un grand honneur de vous accueillir, après le coup d'éclat que vous venez de réaliser, sauvant ainsi notre planète de l'envahisseur xinyen. Si vous voulez bien nous suivre jusqu'à la *Plaine des Nuages d'Or*. Vous pourrez vous y asseoir calmement et nous serons plus à l'aise pour discuter autour d'une coupe de *rapi*. Laissez là vos vaisseaux, s'il vous plaît. Vous pourrez récupérer vos biens plus tard. Suivez-nous, je vous prie.

— Je pense que nous pouvons sans crainte leur faire confiance, conclut Hô Chi Munh.

— C'est aussi mon avis, confirma Garbatchov. (Je suis stupéfait par le fait qu'ils n'aient pas un seul instant soupçonné que nos intentions pouvaient être hostiles…)

— Eh bien, mettons-nous en route, encouragea Mandeli ! »

Et les voilà tous partis pour une merveilleuse promenade à travers les sublimes contrées d'*Eolia.* Formant un immense cortège de plus de neuf mille Terriens, précédés par vingt Eoliens, ils purent admirer des rivières aux eaux claires et jaunes, où nagent de vigoureux poissons, des forêts de grands arbres aux feuilles jaunes où sont perchés de beaux oiseaux au gazouillis léger et de splendides prairies recouvertes de fleurs multicolores, parmi lesquelles gambadent de petits lagomorphes, assez semblables à des lapins. Parmi les membres du cortège, la plupart n'avait même pas pu voir à quoi ressemblent les Eoliens, mais ils avaient tous entendu la voix de Majax s'adresser directement à leur esprit et partirent en marche à l'instar de leurs émissaires. Cette expédition dura environ une heure. Ce fut un tel bonheur pour les néo-Noé qui n'avaient plus ressenti pareilles sensations depuis des décennies, sans compter ceux, nés au cours du voyage, qui découvraient tout cela pour la première fois ; ce fut pour eux comme une deuxième naissance à la vraie vie.

Après cette heure de promenade revigorante, ils arrivèrent, en sortant d'un bois, sur une plaine gigantesque où étaient alignées des milliers de tables basses faites de longs rochers plats, richement décorées et fleuries, autour desquelles des Eoliennes s'affairaient, installant avec leurs queues des coupes pour chaque convive (en effet, étant quadrupèdes, les Eoliens ne peuvent pas se servir de leurs membres antérieurs comme les Terriens de leurs mains). Mettre en place cette magnifique installation avait dû prendre de longues heures, peut-être même plusieurs jours ! C'était comme si les Eoliens savaient que les Terriens allaient débarquer sur leur planète et s'étaient déjà préparés à les recevoir autour d'un superbe banquet. Majax se retourna vers Garbatchov qui avait ouvert la marche aux côtés de ses amis, et, s'adressant à tous les néo-Noé, il leur annonça : « Veuillez prendre place autour de ces tables. Elles ont été préparées pour vous. »

Sans poser de questions, l'astronaute remercia son hôte et prit par politesse la direction d'une des tables du fond. Au bout d'une nouvelle heure, tous les Terriens étaient assis à même le sol parmi des Eoliens qui s'étaient installés avec eux pour faire connaissance. Majax monta sur un monticule pour pouvoir être vu de tout le monde, prit place en s'asseyant à la manière d'un chien, et s'adressa aux invités :

« Merci beaucoup à vous tous, amis de la Terre, d'avoir répondu à notre invitation ! Nous, Eoliens, ne pourrons jamais assez vous remercier d'avoir sauvé notre planète de l'attaque qu'elle vient de subir. C'est donc pour nous un plaisir, mais aussi un devoir de vous accueillir comme il se doit, sur cette belle *Plaine des Nuages d'Or*, qui doit son nom aux nuages jaunes au-dessus de vous, qui descendent toujours très bas dans cette région d'*Eolia*, et nous éclairent de leurs beaux reflets dorés. Fort heureusement, cette plaine n'a pas été le lieu d'attaque des armées de *Xinya*.

Comme vous devez commencer à vous en douter, nous, Eoliens, savions que vous viendriez sur notre planète. Nous ne connaissions pas le jour exact, même nous savions que l'heure de votre venue était proche. En effet, comme le stipulent les *Saintes Légendes Ancestrales*, « *le jour où des ailes noires s'abattront sur vous et vos familles pour provoquer chaos et destruction, des anges venus d'un autre monde en péril vous protègeront de leurs ailes blanches et s'installeront parmi vous. Liés avec eux jusqu'au sang, vous formerez un peuple nouveau et puissant, et ensemble, vous sauverez du mal l'univers tout entier.* »

Ces « anges venus d'un autre monde en péril », chers Terriens, vous l'aurez compris, il s'agit de vous-mêmes ! En lisant dans votre cœur, nous avons tout de suite compris que malgré la puissance de votre armée, seules des idées de paix habitent vos pensées les plus profondes. Vous avez donc pleinement votre place parmi nous, qui sommes un peuple pacifique. Si les *Saintes Légendes Ancestrales* disent vrai, vous êtes venus ici dans l'espoir de trouver refuge car la survie de votre monde était grandement menacée ; c'est donc pour nous un honneur et un privilège d'autant plus grand de pouvoir vous offrir asile. Si vous promettez de vivre en paix parmi nous, vous serez ici chez vous à tout jamais.

À présent, il est temps pour moi de vous raconter l'histoire de *Déragona*, telle qu'elle nous a été transmise à travers les textes des *Saintes Légendes Ancestrales* : à l'aube des temps, alors que l'univers était vide et obscur, le *Créateur* inventa *Déragona*, notre soleil. Puis, il créa six planètes, représentant chacune l'une des six couleurs de l'arc-en-ciel, car ces planètes sont les déclinaisons du soleil, la lumière blanche se divisant en une infinité de couleurs, dont les teintes principales sont le rouge, l'orange, le jaune, le vert, le bleu et le violet[4].

Ensuite il façonna un objet aussi fascinant que terrifiant qui attire toutes les convoitises : le *Prisme Universel*. Selon la légende, ce talisman servit au *Créateur* de réceptacle spirituel, à l'intérieur duquel il enferma toutes ses connaissances sur la science universelle, sur les origines du monde, sur l'existence ou l'inexistence de *Jéhovah*, c'est-à-dire un Dieu unique, sur ce qu'il y a après la mort, etc. Bref, toutes les questions que tous les êtres vivants doués d'intelligence se sont toujours

---

4 La théorie selon laquelle la lumière serait composée d'une échelle de sept couleurs a été établie par Isaac Newton de manière symbolique. En effet, il a choisi le chiffre sept, car c'est le chiffre de la perfection, afin de symboliser la perfection de la lumière, et aussi afin de faire l'analogie entre la lumière et le son, car dans la musique occidentale, une gamme harmonique est formée de sept degrés. Mais on reproche aujourd'hui à Newton d'avoir inclus l'indigo en tant que couleur principale de l'arc-en-ciel. En effet, l'indigo, n'est qu'une couleur intermédiaire issue du dégradé entre le bleu et le violet. Si on comptait l'indigo dans l'arc-en-ciel, il faudrait aussi retenir le turquoise, le cyan, le kaki, etc. C'est pourquoi, dans certaines cultures, on dit que l'arc-en-ciel est composé de neuf couleurs, et dans d'autres, seulement trois. En réalité, il n'y a ni sept, ni neuf, ni trois couleurs, dans l'arc-en-ciel, mais une infinité de couleurs, allant en dégradé du rouge au violet. Pour ce qui est des couleurs distinguables à l'œil nu dans un arc-en-ciel, les scientifiques d'aujourd'hui s'accordent pour en retenir six : les trois couleurs primaires, le rouge, le jaune et le bleu, et les couleurs secondaires, l'orange, le vert et le violet, obtenues par la synthèse soustractive des trois premières.

posées. Ensuite, il brisa le *Prisme Universel*, en le sectionnant en six parties dont il fit des médaillons renfermant chacun d'innombrables pouvoirs magiques bien définis, relatifs aux différents éléments qui caractérisent les différentes planètes, et confia chacun des médaillons à chacune des six planètes : aux planètes chaudes, les plus proches du soleil, *Brazia* et *Rockaia*, il confia respectivement les médaillons rouge du feu (le *Médaillon Flamboyant*) et orange de la pierre (le *Médaillon Lapidaire*), aux planètes tempérées, *Eolia* et *Floria*, il confia respectivement les médaillons jaune de l'air (le *Médaillon Céleste*) et vert des plantes (le *Médaillon Végétal*), et aux planètes froides, les plus éloignées du soleil, *Liquidia* et *Darkia* (rebaptisée *Xinya* par son empereur mégalomane *Xinyorg*, qui a voulu donner son nom à « sa » planète), il confia respectivement les médaillons bleu de l'eau (le *Médaillon Aquatique*) et violet des ténèbres (le *Médaillon Obscur*).

Chaque planète devint donc gardienne de l'un des six médaillons, mais les médaillons furent scellés dans des grottes impénétrables, renfermant mille et un périls. Pour obtenir un médaillon, le héros qui souhaite s'en emparer doit mettre sa vie en jeu, en surmontant dans cette grotte un nombre effroyable d'épreuves aussi bien mentales que physiques (dont la nature est gardée secrète) qu'il doit braver pour se montrer digne d'être le détenteur dudit médaillon. S'il parvient à tout surmonter et enfile autour de son cou, la chaînette au bout de laquelle est attaché le médaillon, il devient Empereur, obtient la vie éternelle pour demeurer à tout jamais le gardien et le défenseur de sa planète, et se retrouve doté de pouvoirs magiques sensationnels.

À titre d'exemple, le *Médaillon Céleste* que recèle *Eolia* permet à son détenteur, l'*Empereur Céleste*, de ne jamais être ébloui par la lumière la plus aveuglante qui soit et de voir dans le noir, car ce médaillon brille très fortement et peut tout illuminer autour de lui ; l'*Empereur Céleste* peut commander aux nuages, pour faire la pluie et le beau temps, il peut créer des tempêtes, des tornades ou des ouragans, pour terrasser ses ennemis, il peut lancer des éclairs et rester insensible à l'électrocution, et bien sûr, il peut voler. Bref, il devient le maître de l'Air et des Cieux. De plus, comme le confère chaque médaillon, les capacités sensorielles d'un Empereur (la vue, l'ouïe, le toucher, le goût et l'odorat) se retrouvent sensiblement accrues, et un médaillon étant le sixième du *Prisme Universel* représentant la lumière, il permet aussi de se déplacer à un sixième de la vitesse de la lumière, soit près de cinquante mille kilomètres par seconde, ce qui revient à faire le tour du monde en une seule seconde.

Sur *Eolia*, le *Médaillon Céleste* a déjà été arraché du cœur de sa grotte il y a plus de mille cinq cents ans. Si vous vous demandez où se trouve l'*Empereur Céleste*, aujourd'hui, il se tient devant vous, et vous parle en ce moment même. »

Majax se servit de son museau pour écarter un pan de l'encolure de sa toge, et tout le monde put voir resplendir à son cou le fameux médaillon jaune, sur lequel est gravé le symbole d'un éclair. Tous les Eoliens se prosternèrent respectueusement et les Terriens furent fascinés par la splendeur de ce pendentif mythique.

« Cependant, reprit Majax en refermant le col de sa toge, je ne possède pas la vie éternelle. En effet, un mystère subsiste toujours autour de l'*Empereur Céleste*. Ce n'est pas moi qui ai pénétré la *Grotte Étincelante* pour y gagner le *Médaillon Céleste* il y a mille cinq cents ans. L'auteur de ce prodige porte le nom de Ptélia. Aujourd'hui encore, personne ne sait comment il a réussi, ne serait-ce qu'à pénétrer dans la *Grotte Étincelante*. En effet, cette grotte se trouve au cœur de l'immense tornade, symbole d'*Eolia*, qui se dresse sur l'autre face de la planète et que nous appelons l'*Horizon des événements*[5]. C'est lui qui confère à la planète, ce vent balayant toute sa surface, qui la caractérise et fait notre richesse. La seule manière de pénétrer à l'intérieur de l'*Horizon des événements* sans se retrouver happé par le tourbillon, est de passer par l'œil du cyclone ; c'est-à-dire, contourner la tornade par au-dessus et passer par le centre, au cœur de la déferlante. Le cœur, cet œil, est le seul endroit de l'intérieur de l'*Horizon des événements* où son attraction ne s'exerce pas ; ce sont ses bords qui sont les plus dévastateurs.

Quoi qu'il en soit, l'*Horizon des événements* doit mesurer environ cinq mille mètres de haut et les Eoliens n'ont jamais disposé de moyen de voler, à part grâce aux pouvoirs que confère le médaillon lui-même. Mais si on avait justement besoin de son pouvoir pour l'obtenir, son obtention s'avère impossible ; c'est « le serpent qui se mord la queue ». Voilà pourquoi l'exploit de Ptélia reste un mystère.

L'autre mystère qui subsiste est la surprenante et inexplicable disparition de Ptélia. Un jour, alors que Ptélia était allé prier dans la forêt, comme à son habitude, ses disciples furent inquiets qu'il ne fût toujours pas rentré après plusieurs heures. Ils allèrent donc le retrouver, bien que Ptélia leur eût toujours demandé

---

5 Ce terme est relatif aux trous noirs. Les trous noirs sont des objets célestes, ayant une gravité si forte que rien, pas même la lumière, ne peut s'en échapper. Ils se forment quand une étoile au moins quarante-cinq fois plus massive que le soleil explose en supernova à la fin de son existence. On pense qu'il existe un trou noir notamment au centre de chaque galaxie. L'horizon des événements est la limite au-delà de laquelle rien, pas même la lumière, ne peut échapper à la gravité du trou noir et se retrouve aspiré à l'intérieur, là où le temps et l'espace n'existent plus.

de ne jamais le déranger durant sa méditation. Et, arrivés au lieu de prière habituel de leur maître, ils trouvèrent par terre, abandonné, le *Médaillon Céleste.* Mais son propriétaire avait disparu, et personne ne l'a jamais revu depuis.

L'*Empereur Céleste* dispose de la vie éternelle, donc, par définition, il n'a pas pu mourir. Le seul pouvoir suffisamment puissant pour terrasser un Empereur est le pouvoir d'un autre médaillon, utilisé contre lui par un autre Empereur. Mais à notre connaissance, jamais un habitant d'une autre planète n'a posé le pied sur *Eolia*, à part vous-mêmes, nos amis Terriens. Et si véritablement, un autre Empereur avait attaqué Ptélia, cela aurait été pour lui voler son médaillon ; il ne serait pas reparti sans son butin. Ou alors, c'est que Ptélia et l'autre présumé Empereur se seraient entretués, mais à ce moment-là, on aurait aussi retrouvé un deuxième médaillon, et ce ne fut pas le cas.

D'autres théories encore sont possibles, quant à la disparition du héros légendaire : certains pensent que, lassé de savoir qu'il ne mourrait jamais, Ptélia décida de se suicider en utilisant contre lui-même le pouvoir de son propre médaillon, pour mettre fin à ses jours, et ainsi, rester maître de sa destinée, au lieu de demeurer éternellement enchaîné à son devoir de gardien d'*Eolia*, responsabilité qui peut finir par devenir très pesante…

Personne ne sait ce qui s'est réellement passé ce jour-là… Soit Ptélia est réellement décédé, soit il est toujours vivant quelque part, car quand il est privé de son médaillon, l'Empereur se retrouve certes dépourvu de pouvoirs magiques, mais conserve tout de même la vie éternelle. Quoi qu'il en soit, après cette tragédie, il fallut nommer un nouvel *Empereur Céleste*. On décida donc d'organiser un grand tournoi basé sur des jeux d'esprit, dont le vainqueur se verrait décerner le *Médaillon Céleste.* Étant donné que seul le premier à avoir porté autour de son cou le médaillon accède à la vie éternelle, le nouvel Empereur disposerait de tous les pouvoirs que confère le médaillon, mais resterait mortel. L'espérance de vie moyenne d'un Eolien étant de trois cents ans, on décida de renommer tous les cent ans un nouvel Empereur, après victoire au Grand Tournoi de l'Esprit.

Le destin voulut que ce soit Starkos, le plus fidèle disciple de Ptélia, son premier successeur. Malheureusement, Starkos, grisé par sa nomination, fut un Empereur fourbe et malhonnête, qui maltraitait ses sujets et abusait de son pouvoir. Il exerça ainsi sa tyrannie pendant deux cent trente-sept ans, car bien entendu, il refusa de remettre son titre en jeu au bout de son premier siècle de règne ; seul sa mort de vieillesse permit enfin de désigner son successeur.

À partir de ce moment, le médaillon fut transmis tous les cent ans à des Empereurs loyaux et justes, et c'est ainsi que depuis quarante-deux ans, je suis le quinzième *Empereur Céleste* ayant succédé à Ptélia. Le but d'un *Empereur Céleste* est de défendre *Eolia* contre d'éventuels envahisseurs, car les *Saintes Légendes Ancestrales* racontent qu'un jour, Xinyorg, l'*Empereur Obscur* de *Xinya*, la planète la plus sombre et la plus froide du système solaire de *Déragona*, cherchera à envahir toutes les autres planètes pour en devenir le maître suprême et s'emparer de tous les médaillons, afin de reformer le *Prisme Universel* et d'accéder à toutes les connaissances divines et interdites.

Non seulement, la domination de tout le système solaire par ce tyran serait une abomination, mais en plus, personne ne sait si ce *Prisme Universel* permet réellement d'accéder à ces fameuses connaissances. Il se peut que l'assemblage des six médaillons ne fasse que provoquer la destruction totale des six planètes, puisqu'elles sont vouées à n'exister que pour être chacune, séparément, gardienne de chacun des médaillons…

En effet, le *Créateur* a beau être à l'origine de la création du monde, nous, Eoliens, pensons qu'il incarne le Mal Absolu, car il savait pertinemment qu'en disséminant sur les planètes des morceaux d'un talisman qui, reconstitué, permettrait d'accéder à une telle intelligence, selon des légendes qu'il a certainement lui-même fait circuler, certains esprits mauvais, comme celui de Xinyorg, finiraient par déclencher une horrible guerre interplanétaire pour s'emparer de ce prisme, faisant ainsi régner le chaos et la destruction sur des milliards de kilomètres à la ronde. Le *Créateur* est un être de chair et de sang, à ceci près qu'il est éternel, qu'il a le contrôle entier de tout le système solaire et qu'il vit au centre du soleil *Déragona*.

Nous pensons qu'il prône l'annihilation absolue et qu'il n'a créé ces planètes que dans le but que ses habitants se haïssent et s'entredéchirent, pour finalement, tous disparaître. Après quoi, il n'aurait plus qu'à recréer d'autres planètes avec d'autres médaillons et d'autres habitants aussi stupides que nous, et n'aurait plus qu'à attendre quelques millions d'années pour que la même tragédie se reproduisent, et ainsi de suite, encore et encore…

En tout cas, nous avons les moyens d'éviter que cela arrive, en empêchant coûte que coûte Xinyorg de s'emparer de tous les médaillons. Si au moins, nous parvenons à protéger le *Médaillon Céleste*, cela en fera toujours un qu'il n'obtiendra pas ! Xinyorg cherche à s'élever au niveau du *Créateur*, sans savoir qu'en essayant de l'atteindre, il ne fait qu'entrer dans son jeu… La menace est réelle ! Vous, Terriens, en avez d'ailleurs été les témoins avec l'attaque des *Ailes Noires*. La guerre est déjà déclarée ! Moi, Majax, *Empereur Céleste* d'*Eolia*, suis censé protéger la planète contre l'envahisseur, mais que puis-je, seul face à des dizaines de vaisseaux…

Il faut à tout prix empêcher Xinyorg d'accomplir ses sombres desseins ! Et pour cela, nous avons besoin de votre aide, de votre force, de votre science et de vos bras ! C'est pourquoi je me dois de vous poser cette question cruciale : chers amis Terriens, vous qui avez fait un si long voyage dans le but de rebâtir une nouvelle Terre dont les êtres pourront enfin s'aimer et vivre en paix dans l'harmonie, accepterez-vous de nous aider à sauver l'univers ? »

Les Terriens se retournèrent les uns vers les autres, cherchant dans leurs regards l'approbation générale. Finalement, ce fut le capitaine Garbatchov qui prit la parole au nom de tous, à l'aide d'un porte-voix miniature qu'il avait dans sa poche pour que tout le monde l'entende :

« Merci infiniment pour toutes ces explications, vénérable Majax. Nous savons à présent exactement où nous nous trouvons. Quelle ironie… Nous avons quitté notre Terre en proie à la guerre, à la pollution et à la surpopulation, pour bâtir un nouveau monde de paix, et à peine arrivés à destination, nous devons faire face à une nouvelle guerre. Tant que le Malin continuera d'habiter le cœur des hommes, jamais un monde de paix ne sera réalisable, car les êtres doués d'intelligence ne se satisfont jamais de ce qu'ils ont…

Oubliés, tous nos rêves de repartir de zéro en abandonnant la science, car nous allons avoir besoin de toutes nos connaissances les plus avancées pour nous prémunir contre une nouvelle attaque… Cette situation chamboule complètement nos plans de départ. Néanmoins, notre but premier était de trouver une terre habitable où nous réfugier ; et ce but est atteint, puisque vous nous accueillez à bras ouverts. Merci infiniment pour ce don si précieux ! À nous, à présent, de vous prouver notre reconnaissance, en protégeant cette planète qui nous a offert asile.

À présent, *Eolia* est aussi notre planète, et nous la défendrons au péril de nos vies, quoi qu'il en coûte ! Nous marcherons à vos côtés comme des frères et apprendrons à vivre ensemble dans la tolérance et le respect de chacun. C'est ici que notre destin doit s'accomplir, car comme le disent vos *Saintes Légendes Ancestrales*, « *Liés avec nous jusqu'au sang, vous formerez un peuple nouveau et puissant, et ensemble, nous sauverons du mal l'univers tout entier.* »

Nous avions quitté la Terre en baptisant nos vaisseaux les Arches de Noé et espérions, à notre arrivée sur la Terre Promise voir un arc-en-ciel semblable à celui que Noé vit après le Déluge, pour sceller l'Alliance entre Dieu et les hommes. Eh bien, il est là, cet arc-en-ciel, représenté par les six planètes rouge, orange, jaune, vert, bleu et violet, et nous marchons dessus. Nous sommes dans l'arc-en-ciel, ce qui signifie que le salut ne pourra venir que de nous-mêmes. Voilà un signe du destin ! Ce destin, nous le tenons entre nos mains, et c'est nous qui déciderons de ce que nous en ferons !

Aujourd'hui, je fais le serment solennel que nous, Terriens, mettrons en œuvre toutes nos connaissances scientifiques et toutes les forces vives de notre peuple pour sauver *Déragona*, de même que vous nous avez sauvés, en nous accueillant sur *Eolia.* »

Après ce discours plein de belles promesses pour l'avenir, tous les Terriens se levèrent pour approuver les dires du vieux capitaine et se mirent à applaudir chaleureusement. Submergés par tant de confiance et de reconnaissance, les Eoliens se sentirent aimés, compris et épaulés. Même le vénérable Majax laissa échapper une larme de ses grands yeux jaunes brillants de satisfaction et d'espoir pour le futur. Ces « anges venus d'un autre monde en péril » allaient enfin pouvoir construire ce nouveau monde dont ils rêvaient. Les choses ne s'étaient pas passées comme ils s'y attendaient, mais peu leur importait. Une nouvelle chance leur était offerte de racheter leurs erreurs commises sur Terre et ils n'allaient pas laisser passer cette opportunité. Pour les néo-Noé, l'aventure ne fait que commencer…

Chapitre trois
Cœur conquis pour esprit envahi, cœur brisé pour esprit éclairé

Tous les spectateurs le voient s'envoler majestueusement sous leurs acclamations et leurs cris de joie, tandis que le soleil couchant répand avec encore plus de splendeur sa rougeoyante et intense lumière, comme s'il voulait, à sa manière, célébrer l'avènement du nouvel Empereur.

Le Roi Vihndorn III remercie encore la foule pour son bel esprit de fraternité entre les races, lors d'une finale mondiale qui opposait un Terrien et un Terralien sur une planète qui, à l'origine, n'avait vu naître que des Eoliens depuis des millénaires. Il félicite également Sylvain Béryl pour son courage, sa noblesse d'esprit et sa décision d'accompagner Lépita dans son périple pour le maintien de la paix dans tout *Déragona.* Puis, après avoir serré la main du valeureux combattant, il se retire accompagné de Myklandrac, sous les chants de tous les spectateurs qui entonnent à nouveau, comme un seul homme, le merveilleux hymne d'*Eolia.*

Sirénia, qui a attendu tout ce temps au bord du ring en tortillant entre ses jolis doigts de fée son bandeau noir fétiche, a toujours les larmes aux yeux. Ses larmes mêlent à la fois sa joie immense que Sylvain ne soit pas gravement blessé, sa déception de l'avoir vu échouer aux portes de la victoire, sa reconnaissance pour le brave Lépita qui était prêt à lui laisser son titre de champion et Empereur, et son appréhension avant l'un des moments les plus importants de son existence : elle avait décidé qu'à l'issue de la Finale du Championnat Mondial des Arts Martiaux, quel qu'en soit le résultat, elle déclarerait enfin sa flamme à celui qu'elle a toujours considéré comme l'homme de sa vie. De plus, Sirénia fait actuellement des études de médecine pour devenir chirurgien dans l'Armée et elle partira elle aussi pour *Rockaia* en tant qu'infirmière stagiaire afin de parfaire sa formation. Elle sait donc à présent que l'élu de son cœur l'accompagnera pour ce voyage à travers les étoiles pour sauver l'univers, elle en soignant et lui en combattant.

Sylvain, après le départ du roi, sent soudain ses jambes défaillir, et, alors qu'il s'écroule, son frère Marc a le réflexe de bondir pour le rattraper avant qu'il ne se cogne à nouveau la tête contre le sol de l'*Arène aux mille combats* qui a déjà vu de nombreux autres crânes se fracasser contre sa rudesse.

« Merci, mon frère… Ouh… Ce coup-là, je crois que j'ai un peu présumé de mes forces… Mais je m'en fous… J'ai tout donné… Et je n'ai aucun regret…

— Bien parlé, frérot ! Je te félicite pour ce combat ! Tu es vraiment un grand guerrier ! Mais, je crois qu'il y a quelqu'un d'autre qui serait ravie de te dire bravo… »

Sirénia, le regard timide tourné vers le sol, n'ose pas croiser celui de Sylvain, tellement elle redoute d'être submergée par le bleu de ses yeux, comme par un tsunami immense qui briserait toutes les portes de son cœur, l'obligeant à perdre toute contenance et ébranlant sa retenue. Elle est resplendissante de beauté dans sa légère robe estivale bleue qui rappelle le ciel que les Terriens avaient connu sur leur planète. En revanche, ses longs cheveux blonds et bouclés rappellent plutôt les belles collines dorées et scintillantes d'*Eolia.* À elle seule, cette sublime jeune fille incarne l'image splendide qu'on peut avoir de ces néo-Terriens ayant élu domicile sur la belle planète jaune.

Elle avance timidement en traînant un peu les pieds, ses genoux se frôlant quasiment, et elle tient toujours dans ses mains son bandeau noir, qu'elle garde serré contre son ventre. Elle se mordille les lèvres en jetant quelques coups d'œil hésitants vers son bel Apollon, mais ne parvient pas à conserver une attitude naturelle, tant elle se sent envahie par le trac, réduite à l'état de petite fille désarmée devant toute la grandeur de celui qu'elle porte aux nues dans son cœur, comme s'il était l'homme le plus formidable que la terre ait porté.

Soudain, elle se dit en elle-même : « (Bon sang, mais ce n'est pas possible, ce que tu peux être gourde et empotée !... Comment veux-tu que Sylvain te tombe dans les bras si tu te comportes comme une gamine !... En plus il est épuisé, a besoin de s'allonger, de se faire soigner !... Et toi, tu lui fais perdre son temps, alors que si ça se trouve, il sait très bien ce que tu vas lui dire !... Il faut avouer que je ne suis pas douée pour cacher mes sentiments… Allez ! Courage ! Remue-toi !... C'est la fin du combat ! C'était épique, majestueux, et maintenant que c'est fini, c'est la fête ! Sylvain a gagné, en quelque sorte ! Il serait tout à fait de circonstance que tu te jettes dans ses bras sans retenue ! Cela aurait l'air tout à fait naturel ! Mais je n'ose pas… Allez, mets donc de côté ta fierté, on s'en fiche ! Si tu veux que Sylvain t'aime, il faut te montrer forte ! Bon, c'est décidé ! Je me lance !) »

Mais alors que Sirénia prend son impulsion pour courir se jeter dans les bras de l'amour de sa vie, elle se retrouve coupée dans son élan, par une intervention aussi inattendue que désastreuse : une autre jeune fille irrésistiblement sexy, un vrai canon, aux cheveux longs et noirs, aux yeux verts ensorceleurs, vêtue d'un haut décolleté blanc et d'une minijupe rouge se jette à la place de Sirénia dans les bras de Sylvain pour l'embrasser sur la joue. Abasourdie par cette vision dévastatrice, la jeune fille timide sent son cœur tomber six pieds sous terre, comme si le monde entier s'écroulait autour d'elle…

« (Qui est cette fille ? Que fait-elle ici ? Sylvain la connaît-il ? Comment peut-elle se permettre d'usurper mon plus beau rêve ? Pourquoi cherche-t-elle à m'arracher le cœur ? Pourquoi Sylvain ne la repousse pas ?) » Ce sont toutes les questions qui se mettent instantanément à grouiller dans les pensées de Sirénia, telles des fourmis dans le sable, excitées par un caillou lancé sur le sol, alors que cette scène, atroce pour la jeune fille, se déroule sous ses yeux, comme si le destin avait vicieusement décidé de transformer les traits de son plus beau rêve pour lui faire revêtir le visage de ce qui pourrait être son pire cauchemar…

« Bravo, mon héros ! crie la belle inconnue, accrochée au cou de Sylvain. Tu as été formidable ! Jamais de ma vie je n'avais été aussi émue par un combat ! »

C'en est trop pour Sirénia. Dévastée à l'intérieur d'elle-même, elle éclate en sanglots, laisse tomber son bandeau noir sur le sol de l'arène et s'enfuit en courant dans le sens opposé. « Je m'appelle Irina, reprend la belle brune. Selon moi, c'est toi qui méritais de gagner cette finale ! Tu es bien plus intelligent que ce lourdaud de Lépita !

— Euh… Irina, intervient Marc, veux-tu bien lâcher le cou de Sylvain ? Il est blessé et doit se faire soigner.

— Oui… C'est vrai… reprend le héros, je suis touché par tant d'affection de ta part, mais on ne se connaît même pas. On pourra discuter plus tard si tu veux. Là, j'ai surtout besoin de repos.

— D'accord, j'ai compris, répond Irina, je suis vraiment désolée de m'être montrée si familière. Mais c'est parce que j'ai l'impression d'avoir toujours vécu avec toi, tellement je connais ton parcours sur le bout des doigts ! Je suis ta plus grande fan ! Bon, eh bien, je vais te laisser te faire soigner. Je viendrai te voir à l'hôpital ! Je prendrai soin de toi !

— C'est ça, à plus tard ! coupe aussitôt Marc. (Quel pot de colle, cette gonzesse…)

— Tu la connais, frangin ? C'est elle dont tu disais qu'elle voulait me dire bravo ?

— Alors toi, t'es vraiment en dessous de tout… Bien sûr que non, c'est pas elle ! Je ne la connais même pas, cette nana ! Je voulais parler de Sir… Mais où est-elle ?

— Qui ça ? Sirénia ?

— Mais évidemment, Sirénia ! Espèce d'imbécile ! On dirait qu'elle a quitté l'arène, c'est malin… Tiens, elle a oublié son bandeau ? Elle a dû le laisser tomber, poursuit Marc en se baissant pour le ramasser. Elle voulait te l'offrir à l'issue du combat, triple idiot !

— Eh, tu vas arrêter de me canarder, oui ? Qu'est-ce qui te prend ?

— Réfléchis un peu ! Avec autre chose que ta tête pour changer… Tiens, je te le donne. »

Sylvain, sans saisir ce que son frère essaie vainement de lui faire comprendre, prend le bandeau noir dans ses mains. Sitôt ses yeux posés sur ce bout de tissu, il se sent bouleversé d'admiration en constatant au vu de sa confection, que c'est Sirénia elle-même qui l'a tissé pour lui. En l'observant plus attentivement, il remarque que la jeune fille y a brodé sept mots en jaune : « justice, éternité, témérité, amour, intelligence, majesté, enchantement ». Il se dit que ce doivent être les qualités qui désignent l'*Empereur Céleste*. « (Sirénia devait avoir placé de grands espoirs en moi… se dit Sylvain. Est-ce parce que j'ai perdu qu'elle est partie sans me féliciter ? Ma défaite a dû l'attrister horriblement… Je te demande pardon, Sirénia. Je ne suis assurément pas digne de porter ce bandeau, pour l'instant.) » Et il quitte l'arène, soutenu par son frère, en tenant à la main le fameux bandeau, tandis que le public qui n'a toujours pas quitté les gradins continue de chanter la gloire d'*Eolia*.

Brylna, ne voyant toujours pas son mari revenir au bout d'une demi heure, décide de rentrer à la maison avec son fils Windo. Et le *Dôme Solaire* se met peu à peu à déverser ses habitants d'un jour hors de son enceinte, tel un agrume pressé qui se viderait de son jus. Les spectateurs encore tout émus par ce magnifique combat, regagnent tous leurs demeures, la tête remplie de belles pensées pleines d'espoir pour l'avenir, maintenant qu'un nouveau et vaillant *Empereur Céleste* vient d'être nommé. Et le soleil d'achever sa descente au creux des collines, avalé par l'horizon, pour se lever de l'autre côté de la planète sur un nouveau jour plus radieux.

Zéphira, la lune d'*Eolia* pointe déjà sa lueur haut dans le ciel, quand Windo, allongé dans son lit tandis que sa maman vient lui souhaiter « bonne nuit », s'adresse à elle en ces termes : « Maman… Pourquoi Papa il rentre pas à la maison ?...

— Ne t'inquiète pas, mon chéri. Papa vient juste d'obtenir le *Médaillon Céleste* ; il doit être en train de s'amuser avec ses nouveaux pouvoirs. Tu comprends, c'est comme si je t'avais offert un merveilleux jouet que tu attendais depuis très longtemps, et…

— Comme le supra-giga-vaisseau avec plein de lumières multicolores qui obéit aux commandes vocales ?! La coupe le petit Terralien tout excité.

— Oui, c'est ça.

— Dis, tu me l'offriras, un jour ?

— Si tu es sage. Enfin, ce que je voulais t'expliquer, c'est que si je t'offrais ce… « supra-giga-vaisseau », est-ce que tu ne voudrais pas y jouer toute la nuit, en oubliant de rentrer à la maison ?

— Si bien sûr, mais je sais que tu me l'interdirais… Et puis j'aurais quand même envie de rentrer pour vous raconter tout ce que j'aurais fait avec mon vaisseau, et vous décrire la tête de mes copains quand ils m'auraient vu avec ce super jouet !

— Ne t'inquiète pas, Windo. Papa va rentrer bientôt. Et demain, tu pourras parler avec lui de son combat pendant des heures, si tu le souhaites ! Après tout, il est l'*Empereur Céleste*. Rien ne peut lui arriver !

— Ça, c'est bien vrai ! C'est lui le plus fort de tout l'univers, hein Maman ?!

— Bien sûr, mon ange. Allez, repose-toi, maintenant. Tu dois faire un gros dodo, si tu veux être en forme demain pour jouer avec Papa.

— D’accord !
— Bonne nuit, Windo.
— Bonne nuit, Maman. »

Mais alors que Brylna s’apprête à prononcer avec l’intonation requise le mot « dormir » pour que la lumière de la chambre s’éteigne, son fils la retient encore : « Maman… laisse-t-il échapper, ses yeux brillants de fatigue.
— Qu’y a-t-il, mon cœur ?
— Tu veux bien me raconter une histoire ?
— Bon d’accord, répond-elle en s’asseyant à nouveau au chevet de Windo. Mais après il faudra dormir.
— Oui, Maman, je te le promets.
— Alors… Il était une fois, un petit garçon qui vivait avec sa maman et son papa sur une belle planète où tous les gens s’aimaient. Malheureusement, il existait d’autres mondes pas très loin, où les gens étaient méchants et voulaient tout détruire et contrôler la planète où vivait le petit garçon. Tout le monde avait peur de ces gens, mais le papa du petit garçon, était un homme très fort et courageux, qui avait décidé de partir à l’aventure et de tout faire pour sauver le monde. Le jour de son départ, il dit « au revoir » à son fils et à sa femme, et monta dans un « supra-giga-vaisseau avec plein de lumières multicolores qui répond aux commandes vocales »… Arrivé sur une autre planète plus proche du soleil, le papa… »

Brylna achève là son histoire, car le petit a déjà fermé les yeux et s’est endormi paisiblement : « (Dors, mon ange… pense la douce maman. Tu n’as pas besoin d’entendre la fin de cette histoire puisque tu la vivras par toi-même. En attendant, fais de beaux rêves de voyage à travers les étoiles, et dirige le vaisseau nocturne de ton sommeil vers une belle planète où les gens ne savent conjuguer le verbe « aimer » qu'au présent...) »

Contrairement à l'apparente confiance qu'elle a manifesté aux yeux de son fils pour le rassurer, Brylna est en réalité totalement paniquée et folle d'inquiétude, maintenant qu'elle se retrouve seule dans cette grande maison dont Lépita n'a toujours pas retrouvé le chemin. Elle ne tient plus en place. Elle n'a absolument ni idée de l'endroit où il peut se trouver en ce moment, ni ce qu'il fait, ni même s'il lui est arrivé quelque chose... Mais, comme son fils s'est endormi dans un profond sommeil réparateur après cette palpitante journée, elle décide de quitter la maison en pleine nuit et de partir à la recherche de son mari.

Arrivée sur le pallier de sa demeure, elle prononce le mot « sortie », pour que la porte de sa maison lui dévoile le chemin vers l'extérieur, puis, après l'avoir refermée avec remords sur son fils endormi et tout seul, elle se met à courir de toutes ses forces, sans se rendre compte qu'elle a oublié de se couvrir un peu mieux, pour sortir par cette nuit fraîche, comme toutes les nuits sur *Eolia*. Brylna essaie d'entrer en contact avec son mari par télépathie, mais n'y parvient pas. Sans doute est-il déjà trop loin. Ou encore, ce serait à cause d'une barrière psychique dont la Terralienne ne parvient pas à définir la nature, mais qui l'empêche inexorablement d'accéder à l'esprit de son mari.

Lépita pouvant se déplacer à une vitesse phénoménale maintenant qu'il porte le *Médaillon Céleste*, peut se trouver à l'autre bout du monde, mais l'intuition féminine de Brylna lui confie que son mari n'est pas très loin, et elle dirige ses pas vers le lieu fétiche du couple : le *Lac étoilé*, où ils avaient jadis échangé leur premier baiser durant le bouquet final du feu d'artifices célébrant l'annuelle *Fête du Soleil.*

Apercevant après une heure de course effrénée les premières lueurs de *Zéphira* se refléter sur la surface mouvante du majestueux *Lac étoilé* agité par le vent éolien, Brylna constate avec un soulagement mêlé d'appréhension que Lépita est effectivement assis au bord du lac, à l'endroit précis où leurs lèvres s'étaient unies pour la première fois, il y a neuf ans de cela. Reprenant son souffle, elle s'approche tranquillement de son mari et s'aperçoit que ce dernier semble nourrir de noires pensées, car son regard est morose, fixé dans le vague, en direction du lac, ses sourcils froncés, et son visage, crispé par une terreur indescriptible, semble témoigner autant l'incompréhension que l'accablement. Que peut-il bien être arrivé à cet homme qui vient de recevoir une nomination à un titre si convoité et qui devrait exulter de joie et fêter sa victoire avec ses amis et sa famille ?

Calmement, Brylna s'assoit à côté de Lépita et, fixant la même direction que lui, débute : « Bonsoir, mon chéri. »

Lépita se retourne vers elle, effrayé : « BRYLNA ! » crie-t-il avec un sursaut ; puis après être revenu de sa surprise, il l'interroge : « Que fais-tu ici ?

— C'est plutôt à moi de te poser cette question.

— Désolé, comme je ne porte plus le *Médaillon Céleste*, je ne t'ai pas entendue arriver… »

Constatant en effet, que le pendentif n'est plus autour du cou de son mari, mais scintille sur le sable de la plage, à côté de lui, Brylna reprend : « Tu n'as pas répondu à ma question ! Tu as vu l'heure qu'il est ?!

— « L'orchidée » ? Mais de quoi parles-tu ?

— « L'heure qu'il est », pas « l'orchidée » ! J'ai l'impression que tu devrais remettre ce fichu médaillon à ton cou, ça t'aiderait à mieux entendre les cris affolés de ta femme !!!

— NOOONNN !!! hurle Lépita, comme envoûté, le regard plein de terreur, comme s'il venait de voir un fantôme. Pas le médaillon !!! Pas le médailllooonnn… Tout mais pas ça ! »

De plus en plus déconcertée, Brylna ouvre de grands yeux terrifiés devant ce comportement inattendu et incompréhensible de la part de son mari. Reprenant ses esprits, elle poursuit avec une voix manifestant plus la colère que l'inquiétude : « Mais enfin, que t'est-il arrivé ?! Pourquoi as-tu l'air si apeuré ?! Qu'est-ce qui a pu te mettre dans un état pareil ?! Tu ne peux pas imaginer à quel point je…

— TAIS-TOI ! l'interrompt sèchement Lépita. Tu me casses les oreilles avec tes cris stridents. »

Brylna, hoche la tête, les yeux déconfits devant un comportement si odieux de la part de celui qu'elle aime et qui, jamais jusqu'à cette nuit, n'avait levé la voix contre elle. Avec une voix à demi voilée par la peine, elle ose : « Je ne te reconnais plus… Jamais encore, tu ne m'avais parlé sur ce ton…

— Toi non plus, réplique simplement Lépita.

— AH ! Tu oses me répondre de la sorte ?! Mais enfin qui es-tu ?! Tu n'es pas mon mari ! Tu n'es pas l'homme que j'ai toujours aimé, avec qui j'ai eu un fils et qui a partagé ma vie jusqu'à aujourd'hui pendant neuf ans ! Le médaillon t'a-t-il rendu complètement cinglé ?!

— Pas autant que toi.

— Mais enfin mon comportement est tout à fait logique devant tant de déni et de dureté de ta part !!! crie sa femme en se relevant telle une furie. Qu'est-ce que c'est que cette attitude de demeuré que tu arbores ?! On dirait un fou, échappé d'un asile ! T'es-tu douté un seul instant que ta femme et ton fils pouvaient être morts d'inquiétude en ne te voyant pas rentrer à la maison?! Je viens de courir pendant une heure, comme une gazelle poursuivie par un prédateur, en proie aux pires inquiétudes te concernant, et tout ce que tu trouves à me dire en me voyant, c'est « que fais-tu ici ? » ?! Après quoi tu me reproches de crier, alors que c'est toi qui as un comportement des plus déconcertants ! Vas-tu enfin recouvrer tes esprits et m'expliquer une bonne fois pour toutes ce qu'il t'est arrivé ?! »

Les mots pleins de l'hystérie légitime de Brylna résonnent encore, renvoyés en écho par les collines qui les entourent, faisant presque s'agiter davantage la surface du *Lac étoilé*, témoin silencieux de cette dispute inopinée, alors que la froideur de la nuit continue de répandre son haleine glacée et tétanisante. Brylna commence à grelotter, mais Lépita ne le remarque même pas, se contentant de fixer son regard sur la surface du lac, évitant sciemment de tourner ses yeux vers le visage furieux de sa femme. Néanmoins, il reprend la parole en adoptant enfin un ton plus naturel, comme si la fureur de Brylna lui avait quelque peu remis les idées en place :

« Au moment… » débute-t-il en hésitant ; il respire à fond en fermant les yeux pour se calmer, les rouvre et reprend : « Au moment où Myklandrac a passé le médaillon autour de mon cou, je me suis senti investi d'une puissance phénoménale, telle que je n'en avais jamais ressentie, à part le fameux soir où nous nous sommes embrassés pour la première fois ici même. Porter ce médaillon procure une sensation de jouissance aussi puissante que celle de la manifestation physique d'un amour vrai, comme on peut l'éprouver lors d'un premier baiser échangé avec la personne qu'on aime. C'est comme une explosion, un état d'extase extrême où plus rien d'autre n'existe autour. Peu d'hommes ont pu avoir la chance de vivre cette émotion plusieurs fois dans leur vie.

De plus, le médaillon m'a permis de réaliser l'un des plus vieux et des plus beaux rêves de l'homme : voler. Sentir ses pieds se décoller du sol, défier les lois de l'apesanteur, parcourir les cieux et se baigner dans les nuages… Tout cela est devenu possible dès le moment où le *Médaillon Céleste* est entré en contact avec ma peau, transmettant à mon corps ses pouvoirs fantastiques. Je me suis amusé à voler très haut dans le ciel, puis le plus vite possible, j'ai lancé de petits éclairs, j'ai fait pleuvoir un nuage sur moi pour me rafraîchir après le combat épique qu'a été cette finale et je suis allé dire bonjour à l'*Horizon des événements*…

Tout cela était tellement merveilleux que j'étais impatient de venir vous retrouver au stade pour tout vous raconter, et emmener Windo faire un petit tour dans les airs ! Mais alors que tout paraissait si mirifique, je fus soudain accablé par l'envers de la médaille, au sens propre du terme… Je fus littéralement assailli à l'intérieur de mon propre esprit par des pensées étrangères, par des souvenirs qui n'étaient pas les miens ! Cela m'était déjà arrivé, lors de la finale contre Sylvain : alors qu'il avait failli me projeter hors du ring, j'avais eu l'impression de voir ma vie défiler devant mes yeux, et certains des souvenirs qui m'apparurent à ce moment m'étaient inconnus !

— Mais c'est plutôt une bonne nouvelle, non ? réplique Brylna avec optimisme. Cela signifie que le médaillon te permet de plonger si profondément dans ton esprit, qu'il fait remonter à la surface des événements que tu avais toi-même oubliés. Tu m'as toujours dit que tu ne te souvenais plus de ton enfance, que tu as dû perdre la mémoire suite à un choc violent, et que les souvenirs les plus anciens qu'ils te restent datent d'il y a dix ans, quand tu t'es réveillé à l'hôpital. Les médecins t'avaient alors raconté que c'est toi-même qui t'était présenté aux urgences, alors que tu étais gravement blessé et recouvert de terre, et que tu t'étais évanoui, une fois arrivé à l'hôpital ; comme s'il te restait tout juste assez de forces pour trouver un endroit où l'on pourrait te secourir. Le médaillon devrait te permettre de recouvrer tous tes souvenirs et de comprendre enfin ce qu'il t'était arrivé !

— Si ce que tu dis était vrai, ce serait fantastique, en effet. Mais ce ne sont pas mes souvenirs que j'ai vus... Quand je portais le médaillon, c'était comme si j'étais devenu quelqu'un d'autre ! D'après ce que j'ai compris en fouillant dans ma mémoire, les souvenirs que j'ai pu y trouver n'étaient autres que ceux de... Ptélia !

— Ptélia ? Le fameux Eolien, héros légendaire disparu il y a deux mille ans qui a découvert le premier le *Médaillon Céleste* ?! Mais alors cela signifie peut être que le médaillon permet à son détenteur de connaître la vie de tous ceux qui l'ont porté avant lui, afin de faire le bilan sur l'utilisation qui en a été faite et d'agir en conséquence, pour poursuivre la mission d'*Empereur Céleste* le mieux possible.

— C'est aussi ce que j'ai pensé dans un premier temps, mais je crois que ce n'est pas le cas et ce, pour trois raisons : premièrement, le médaillon est censé n'avoir qu'un seul propriétaire, puisqu'il confère la vie éternelle au premier être vivant avec la peau duquel il entre en contact ; l'histoire spéciale que le *Médaillon Céleste* a connue diffère donc déjà de ce qui aurait dû arriver, normalement.

Deuxièmement, si le médaillon rappelait à l'Empereur les souvenirs de la vie de ses anciens propriétaires, les précédents Empereurs en auraient forcément déjà parlé. Or, aucun témoignage d'aucun ancien Empereur n'évoque de telles visions.

Et troisièmement, si cette théorie était vraie, je devrais pouvoir accéder aux souvenirs de tous les anciens Empereurs, comme Starkos, le tyran, deuxième détenteur du médaillon, ou encore Majax, qui avait accueilli les Terriens à leur arrivée sur *Eolia*. Or, c'était toujours Ptélia… Je ne voyais que Ptélia…

C'était absolument insupportable… Si tu savais l'effet que cela fait de croire qu'on est quelqu'un d'autre, quelqu'un qui a disparu il y a plus de deux mille ans. J'avais l'impression… de perdre mon identité ! Et mon esprit était tiraillé dans tous les sens pour me faire voir en quelques instants tout ce qui était arrivé à Ptélia. Comme si on m'avait forcé à pénétrer dans son esprit et à piller tout ce que je pouvais y trouver !

Je sais presque tout de lui : ses joies, ses peines, ses secrets les plus intimes, comment il a fait pour gagner le *Médaillon Céleste*, ce qui est une révélation qu'il devrait m'être interdit de connaître, car cela fait partie des secrets ancestraux ! J'aurais même pu avoir la réponse à l'énigme que personne n'a réussi à résoudre, concernant la mystérieuse disparition de Ptélia. Mais je ne suis pas allé jusque-là dans cette indiscrète introspection, tellement c'était douloureux pour moi. Mon cerveau collectait une foultitude d'informations innombrables en quelques instants, créant comme une surcharge de données ; mon esprit était en ébullition, j'avais d'affreux vertiges accompagnés d'une douleur lancinante et interminable, et je commençais à devenir schizophrène…

C'est pourquoi je n'ai pas eu d'autre recourt pour échapper à cet assaut psychologique que d'enlever le médaillon… L'ayant retiré, je me sentais enfin revivre et mon esprit pouvait enfin respirer à nouveau, mais je suis longtemps resté prostré et bouleversé. C'est pour cette raison que je suis venu ici, au bord de ce lac, car c'est le lieu le plus paisible que je connaisse, et celui où j'ai vécu l'un des plus beaux jours de ma vie, mon premier baiser avec toi. C'est l'un de mes souvenirs les plus précieux ! Et autant les souvenirs de Ptélia me terrorisent, autant je souhaite plus que tout au monde ne jamais oublier, ce jour-ci il y a neuf ans, où notre amour naquit, aussi pur et resplendissant que ce beau ciel étoilé qui nous illuminait de sa lointaine et mystérieuse splendeur… »

Brylna sourit légèrement à présent, et Lépita consent enfin à tourner son regard vers elle. Ayant repris son calme, la belle Terralienne conclut : « Je comprends maintenant ce que tu as vécu, mon Chéri. Quelle ironie que ce médaillon dont tu as tant rêvé ait un effet si dévastateur sur ton esprit… »

Lépita remarque alors enfin que sa femme tremble de froid : « Mon Dieu, Brylna, mais tu grelottes ! Tu ne t'es pas couverte avant de sortir ? Je suis vraiment désolé de ne pas l'avoir remarqué plus tôt. » Il se lève enfin et ouvre ses bras pour la recueillir: « Viens là, ma Chérie. Je ne suis pas beaucoup couvert, moi non plus, mais je peux te réchauffer par la chaleur de mon cœur qui ne bat que pour toi. » Et Brylna se jette dans ses bras, submergée par le bonheur d'avoir enfin retrouvé son mari. Il la serre très fort contre son cœur, d'une étreinte pleine de tendresse, en lui frottant le dos pour dissiper sa tétanie ; puis il ajoute : « Je te prie de m'excuser pour le comportement odieux que j'ai manifesté envers toi tout à l'heure. J'étais dans un état second à cause des ravages causés par ce maudit médaillon... Mais je n'ai pas d'excuses. Jamais je n'aurais dû m'adresser à toi comme je l'ai fait, alors que tu t'es donné tant de mal pour me retrouver ! C'est incroyable que tu aies tout de suite deviné que j'étais venu ici, au *Lac étoilé.* Comment l'as-tu su ?

— Je suis ta femme, je te connais. Nous avons toujours été sur la même longueur d'onde. S'il m'était arrivé la même chose qu'à toi, je pense que je serais venue ici, moi aussi.

— Oh Brylna, je m'en veux tellement d'avoir levé la voix contre toi, tout à l'heure. Tu ne méritais pas ça... Veux-tu bien me pardonner ?

— De quoi parles-tu ? J'ai déjà oublié, répond-elle avec un petit sourire malicieux.

— J'ai vraiment de la chance que tu sois ma femme. Tu es vraiment la digne représentante de ton aïeule, la valeureuse Krystana, qui était si aimante et si tolérante. Regarde, avec le lac à nos côtés, il ne manque plus que le feu d'artifices pour que tout soit comme il y a neuf ans.

— Non, mon cœur ; il manque encore autre chose... » Habillant son doux visage de son plus beau sourire, elle plonge son regard encore plus profondément dans celui de son mari, ses grands yeux roses scintillant comme des morganites, elle se dresse sur la pointe des pieds, referme les yeux, sent son museau frôler celui de son époux et se laisse embarquer dans le transport si doux et enivrant d'un long baiser passionné, témoignant de la magie amoureuse infinie, dont ils débordent l'un pour l'autre ; cette magie-là est bien plus puissante que les pouvoirs de tous les *Médaillons de Déragona* rassemblés...

Après cette émouvante réconciliation, les deux amoureux rentrent à la maison. Comme pour rappeler le jour de leur mariage, mais aussi pour soulager Brylna après sa course effrénée, Lépita propose à son épouse de la porter dans ses bras jusqu'à leur demeure, ce qu'elle accepte avec un sourire plein de confiance en celui qu'elle aime, et des yeux scintillants remplis d'allégresse. Il aurait certes été plus simple à Lépita de ceindre le *Médaillon Céleste* et de voler en moins d'une seconde jusqu'à leur but, mais notre valeureux héros ne connaissant que trop bien les effets psychologiques dévastateurs du Médaillon, craint d'être pris d'un nouvel accès de démence et de laisser tomber Brylna en plein vol. Quoi qu'il en soit, cette promenade nocturne dans les bras de son mari est des plus romantiques pour la belle Terralienne, qui se laisse emporter, de même que son esprit, embrumé par toutes les émotions contradictoires aussi bien négatives que positives qu'elle a vécu dans ces dernières minutes, est emporté dans un monde merveilleux d'amour inconditionnel et inextinguible, où elle ne ressent même plus la froideur de la nuit, tant elle se sent réchauffée par la flamme de la passion réciproque qui brûle en leurs deux cœurs…

Sylvain, sentant les premiers rayons du soleil titiller ses yeux ensommeillés en dardant à travers l'embrasure de la fenêtre, émerge d'un long sommeil, bien mérité après son éprouvante journée de la veille, qui s'est achevée par une défaite aux allures positives pour les perspectives d'aventures spatiales qui s'offrent à lui aux côtés de Lépita, mais qui reste teintée de remords, car Sylvain pense que sa défaite a terriblement déçu son amie Sirénia, qui elle aussi fera partie du voyage sur la planète voisine au sein de l'équipe médicale.

Le jeune homme a à peine le temps de se redresser – sentant l'arrière de son crâne enturbanné de bandages le lancer douloureusement – que la porte de sa chambre s'ouvre en trombe sur une vision aussi inattendue que troublante : une séduisante jeune fille brune, vêtue d'un débardeur mauve beaucoup trop décolleté, d'une mini jupe verte beaucoup trop courte et d'un ruban vert, assortis à ses yeux, retenant ses longs cheveux noirs qui tombent en une cascade de petites tresses très fines depuis le sommet de sa tête, fait irruption dans la pièce, un immense bouquet de fleurs multicolores dans une main et un plateau surchargé de croissants, beignets, petits pains, confitures, beurre, café et jus de *caboline* dans l'autre. D'une voix pimpante elle salue le jeune homme :

« Bonjour Sylvain !!! Tu vas bien ? Comment te sens-tu ? Attends, je vais poser ce plateau sur la table, sinon je sens que mon bras va lâcher ! Ah, voilà, c'est mieux ! Je vais ouvrir les volets ! La la laaa ! Voooiiilà ! Je mets les fleurs dans ce vase ! Hop ! Et je suis tout à toi… » Elle s'approche du jeune homme, passe délicatement le dos de ses doigts sur sa joue gauche, tandis qu'elle l'embrasse sur sa joue droite.

« Bonjour… euh, Irina… répond Sylvain la voix pâteuse et les yeux plissés, encore tout éblouis par la lumière inondant à présent sa chambre.

— Oh, tu te souviens de mon prénom ?! Tu es vraiment un homme merveilleux, Sylvain ! Tu mérites que je prenne soin de toi et que je sois ton infirmière jusqu'à ce que tu sortes de l'hôpital !

— Oh, tu sais, il y a déjà des infirmières qui s'occupent de moi, ici…

— Taratata ! Moi, je sais bien mieux qu'elles, ce dont tu as besoin ! Tiens, regarde, je t'ai amené tout ce qu'il te faut pour reprendre des forces ! » Et Irina se dirige à nouveau vers la table où elle a posé son plateau, pour l'amener sur le lit de « son patient ».

« Euh, Irina… J'ai aussi un petit-déjeuner qui va m'être servi dans quelques minutes, précise Sylvain.

— Non, non, ne t'inquiète pas, mon Chou ! J'ai déjà dit aux infirmières que c'est moi qui m'en chargeais ! Ces gourdes ont voulu analyser ce que je t'ai apporté pour vérifier que je n'essayais pas de t'empoisonner… Quelles idiotes !

— Elles ne font que leur boulot… Euh… Bon, très bien, dans ce cas, je vais en profiter, poursuit-il en saisissant un croissant qu'il enfourne dans sa bouche affamée.

— Hum, alors, ça te plaît ?

— Mfoui ! F'est tfrès bfon ! parvient-il à articuler, en crachant quelques miettes.

— Oh, mon héros, tu as l'air d'avoir faim. J'espère que je t'ai apporté assez à manger ! Oh, mais dis-moi : ton coussin est tout raplapla ! Attends, je vais te le regonfler un peu… » Irina se penche sur Sylvain, qui sent les tresses de la jeune fille lui caresser le visage, tandis qu'un envoûtant parfum de noix de coco s'introduit dans ses narines et l'enivre totalement… En rouvrant les yeux, il se rend compte que son nez est quasiment enfoui entre les courbes généreuses de l'opulente poitrine de son infirmière qui s'affaire à tapoter le coussin dans son dos.

À cet instant précis, la porte de la chambre s'ouvre à nouveau pour laisser paraître dans son encadrure l'image d'autre jeune fille blonde aux longs cheveux bouclés, qui se retrouve bouche bée et les yeux exorbités, dégoûtée par ce spectacle déstabilisant.

Elle reste un moment figée, puis laisse tomber par terre le bouquet de fleurs qu'elle avait apporté et s'enfuit en courant de la chambre.

« Sissi ! tente de la retenir Sylvain.

— C'est une amie à toi ? lui demande Irina.

— Oui… C'est ma meilleure amie et je ne l'avais pas encore revue depuis hier matin avant la finale ! Tu veux bien essayer de la rattraper, s'il te plaît ?!

— Oh non, elle doit déjà être bien loin, maintenant. Voilà ! Tu peux à nouveau t'adosser contre un coussin bien moelleux !

— Euh… Oui. Merci, Irina. Dis, tu veux bien aller ramasser le bouquet de fleurs par terre ; on dirait qu'il y a une carte avec…

— Très bien, si c'est toi qui me le demandes… » Elle ramasse le bouquet et lit le mot noté sur la carte : « Jamais élan tragique autant inquiété mon espoir » Eh ben, elle a pas l'air drôle, cette fille. On dirait qu'elle n'a même plus envie de te parler ! Mais ne t'inquiète pas ! Moi, je suis là et je ne vais pas te laisser tomber comme elle !

— Sirénia est une fille adorable, tu sais ! Je ne te permets pas de parler d'elle comme ça ! Mais elle croyait tellement en ma victoire hier, que je pense qu'elle est terriblement déçue de m'avoir vu perdre…

— Ce n'est qu'une profiteuse ! Elle n'aime que les hommes qui montent sur les podiums, affirme Irina en jetant négligemment le bouquet de fleurs de Sirénia sur la table. D'ailleurs elle le dit elle-même, regarde : « Jamais élan tragique autant inquiété mon espoir » ; ça veut tout dire ! Ce n'est pas moi qui l'invente !

— Mouais… Tu as peut-être raison… avoue Sylvain en lisant la carte à son tour.

— Mais bien sûr, j'ai toujours raison, précise la belle brune avec un clin d'œil, de ses yeux ensorceleurs. Tiens, mange encore un beignet ! Fais « aaah »…

— Merfi… Mais f'est ma mfeilleure amie. Il faut qufand-même que fe lui pfarle.

— Tu auras tout le temps pour ça. Profite plutôt de l'instant présent, ajoute Irina en se rasseyant à côté de Sylvain sur le lit, tout en laissant une main aventureuse glisser dans les cheveux de son héros. »

À ce moment, Marc fait son entrée, accompagné de ses parents. « Sylvain, bonjour mon cœur, tout va bien depuis hier soir ? s'enquiert Mathilde, sa mère en courant vers lui sans prêter attention à son invitée bien envahissante.

— Oui, bonjour Maman, tout va bien. J'ai juste un peu mal derrière la tête mais ça va passer.

— Oh, mon pauvre chou… Ne t'inquiète pas, je t'ai amené quelque chose qui va faire passer ton mal. Tiens ! Tes madeleines préférées à l'orange !

— Merci Maman, je les mangerai plus tard parce que là, je me suis déjà empiffré de viennoiseries…

— C'est moi qui les lui ai apportées, Madame Béryl, se permet la jeune fille, c'est un honneur pour moi de me retrouver en présence de la plus célèbre romancière de la planète ! J'ai déjà lu tous vos livres ! Je me présente, je m'appelle Irina Saint-Clair et je suis la plus grande fan de votre fils !

— J'ai vu Sirénia sortir en pleurant, et qui n'a pas voulu nous adresser la parole, maugrée Marc. Je comprends pourquoi maintenant, ajoute-t-il en lançant un regard noir à Irina qui feint de l'ignorer.

— Irina ! Quel adorable prénom, s'enthousiasme Richard, le père de Marc et Sylvain. Je suis vraiment ravi d'apprendre que mon fils connaisse une jeune fille aussi ravissante que toi !

— Papa ! proteste Marc. Pense un peu à Sirénia, enfin.

— Bonjour, M. Béryl, enchaîne tout de suite Irina, je suis enchantée de rencontrer enfin le père de mon héros, le très réputé président de *Déragonaccess*, claironne-t-elle en s'inclinant suffisamment pour offrir une superbe vue plongeante sur ses attributs féminins aguicheurs.

— Tout le plaisir est pour moi ! (C'est le moins qu'on puisse dire...), songe M. Béryl dont les yeux ont soudain été attirés, comme des aimants par du fer, trente degrés plus bas. Tu peux m'appeler Richard !

— Oh, c'est pas vrai... se désespère Marc. Il est plus à sauver, lui non plus...

— Eh bien ! s'étonne Mme Béryl. On dirait que ton charme a beaucoup d'effet sur les hommes de la famille, jeune fille... souligne-t-elle les lèvres pincées en lançant un regard réprobateur à son mari. Mais il me semble qu'une jeune dame issue d'une famille aussi distinguée que la tienne devrait faire preuve d'un peu plus de décence quant à sa tenue vestimentaire, si je peux me permettre.

— Oh, je vous prie de m'excuser, Mme Béryl, si j'ai pu vous paraître un peu trop... dénudée, se défend aussitôt Irina. Mais ce sont les ensembles à la mode en ce moment et par cette chaleur accablante, quelques épaisseurs en moins ne peuvent que faire du bien, précise-t-elle avec un grand sourire adressé à M. Béryl.

— Certes, j'en conviens, répond sèchement la mère. Mais il serait de rigueur de ne pas en jouer de manière si provocante !

— Allons, Mathilde, intervient le père. Pourquoi accables-tu cette jeune fille ? Tu ne la connais même pas encore.

— Richard, rétorque la mère. J'aurai deux mots à te dire une fois rentrés à la maison.

— Aïe aïe aïe... Ça va encore être ma fête...

— Il n'y a pas de quoi s'étonner ! convient Marc les bras croisés, adossé contre le mur, les yeux tournés vers le plafond.

— Merci à tous d'être passés me voir, intervient enfin le récipiendaire. Je suis vraiment touché par votre affection à tous, mais à présent, j'aimerais rester un peu seul, s'il vous plaît.

— Oui, bien sûr, mon Chou, confirme sa mère. Tu as encore besoin de repos. N'oublie pas tes madeleines à l'orange !

— Merci, Maman.

— Repose-toi bien pour reprendre des forces, champion, lui conseille son père. Une rude épreuve t'attend, et nous sommes très fiers de toi !

— Merci, Papa.

— À bientôt, Irina, glisse encore M. Béryl. Au plaisir de te revoir !

— Richard, il suffit ! le réprimande sa femme.

— Au revoir, Monsieur et Madame Béryl, répond la jeune fille. Passez une belle journée !

— Tu as l'intention de rester ici encore longtemps ? questionne sèchement Marc à l'adresse d'Irina.

— Non non, je m'apprêtais à partir, moi aussi. À bientôt, mon beau Sylvain ! Je reviendrai te voir très vite, lui souffle-t-elle à l'oreille avant de l'embrasser sur la joue. » Elle se lève, puis jette un regard fier sur le frère de Sylvain et ajoute : « Au revoir, Marc.

— Ciao « bella » ! lui répond-il ironiquement. (Bon débarras.) » Après qu'Irina a refermé la porte, Marc s'approche de son frère et le sermonne : « Non mais à quoi tu joues avec cette aguicheuse de première ?! Tu ne te rends pas compte du mal que tu fais à Sirénia ?!

— Eh, mais j'y suis pour rien, moi ! C'est elle qui me colle tout le temps ; je vais pas lui dire « casse-toi » quand même !

— Si, justement, tu devrais !

— Et qu'est-ce que Sissi a à voir là-dedans ? Tu crois qu'elle aussi préfèrerait que je ne la voie plus ?

— Oh c'est pas vrai… Tu es réellement le mec le plus naïf qu'*Eolia* ait porté… C'est à toi-même de trouver les réponses à tes questions. Réfléchis un peu et tu comprendras.

— Mouais… T'es toujours aussi mystérieux… Bon, maintenant j'aimerais rester un peu seul, s'il te plaît.

— OK, je m'arrache. Profites-en pour méditer un peu là-dessus ; tu me feras plaisir. Allez, ciao frérot !

— Bye. »

Enfin seul, Sylvain relit la carte laissée par Sirénia : « Jamais élan tragique autant inquiété mon espoir » Il se dit : « J'ai vraiment dû la décevoir, pour qu'elle m'écrive ça sur une carte accompagnant un bouquet. Mais c'est bizarre… On dirait qu'il manque des mots… Comme s'il y avait un sens caché à comprendre… » Sylvain ouvre alors sa table de chevet et en sort le bandeau noir que Sirénia avait laissé tomber après la finale ; il relit également les mots que son amie y a brodés : « justice, éternité, témérité, amour, intelligence, majesté, enchantement ». Il songe : « Je ne sais pas pourquoi, mais j'ai l'impression que ces deux messages sont liés… Peut-être qu'en les combinant : justice jamais éternité élan témérité tragique amour autant intelligence inquiété majesté mon enchantement espoir. Mouais… Non… Ça ne veut rien dire du tout… » Puis, après un instant de réflexion : « Oh bon sang mais c'est bien sûr ! Un acrostiche ! Ce qui donne… Oh, Sissi… Et moi qui ne me suis rendu compte de rien… Je comprends tout, maintenant. Mais ça ne va pas faciliter les choses… Ça risque même de les compliquer davantage…»

Et de lourds nuages couvrirent soudain le soleil, comme pour confirmer l'inquiétude de Sylvain, tandis que les yeux du petit Windo s'ouvraient sur un nouveau jour très spécial…

Chapitre Quatre
« Liés avec eux jusqu'au sang, vous formerez un peuple nouveau et puissant... »

Tous les Terriens levèrent leurs coupes (sorte de coquilles de noix de coco coupées en deux) remplies de *rapi* (un breuvage opaque et blanchâtre aux senteurs florales très parfumées) afin de trinquer pour célébrer leur nouvelle alliance avec leurs hôtes. Ils burent goulûment et trouvèrent cette boisson exquise. Les Eoliens la buvaient en lapant dans leurs coupes, comme des chats.

Majax expliqua à ses invités que ce breuvage traditionnel éolien était obtenu à partir de la *rapodomine*, une fleur blanche odoriférante poussant sur leurs collines, qu'ils laissent macérer pendant six mois dans du lait d'Eolienne. Comprenant de quoi était fait le *rapi*, certains Terriens eurent la nausée, mais ils se retinrent de le régurgiter, par politesse et par respect envers ce peuple merveilleux et pacifique qui les recevait sur leur planète comme des frères. D'autres Terriens n'en apprécièrent cette boisson que davantage, trouvant que les Eoliens faisaient preuve d'une hospitalité tout à fait élégante en leur offrant, en sens propre du terme, une partie d'eux-mêmes, pour leur faire découvrir les saveurs de leur planète.

Après cette réception bien arrosée, Majax invita les Terriens à suivre les Eoliens présents au banquet jusqu'à leurs différents villages pour leur faire découvrir leurs demeures. Ils furent grandement stupéfaits en découvrant leur mode de vie : les Eoliens vivent en effet dans des galeries souterraines qu'ils creusent grâce à leurs pattes antérieures ! Le fait de vivre sous terre leur permet de ne pas être incommodés par le froid nocturne, car malgré ses journées douces, *Eolia* impose à ses habitants des nuits glaciales. L'intérieur de leurs appartements est très rudimentaire : une grosse pierre plate sert de table, comme les Terriens ont pu en apercevoir au banquet, et les lits sont faits de tas de feuilles moelleuses ou d'épaisses palmes superposées.

En effet, les Eoliens sont quadrupèdes et vivent donc comme des animaux, malgré leur intelligence supérieure. Le grand désavantage des Eoliens par rapport aux Terriens est le fait qu'ils ne disposent pas de mains. Leurs pattes avant sont constituées de cinq doigts parallèles qui leur permettent de marcher, de creuser, de grimper aux arbres, mais pas de prendre un objet en main, car ils n'ont pas de pouce opposable. Ils sont donc incapables de créer, de façonner des choses ; c'est pourquoi ils n'ont pas pu développer de science, comme les Terriens, bien que leur peuple existe depuis plus de cent mille ans.

Néanmoins, ce handicap a en fait été bénéfique à la survie de leur race, car ils ont pu apprendre à s'aimer, à cohabiter en étant égaux, sans disparités, se contentant de ce qu'ils ont, sans chercher à essayer de se surpasser. La science qui semble être une force est en fait ce qui corrompt l'homme et le rend mauvais, c'est pourquoi les Terriens qui sont restés sur Terre ont fini par s'entretuer, alors que les Eoliens ont toujours vécu de manière pacifique et respectueuse entre eux et vis-à-vis de leur environnement, et ce de la même façon depuis des millénaires.

La rencontre avec ce peuple d'au-delà des étoiles représentait exactement l'exemple dont les Terriens avaient besoin pour accomplir leur rédemption, face aux péchés qu'eux-mêmes et leurs ancêtres avaient commis sur Terre. Pollution, sexe, violence, corruption, vol, meurtre, égoïsme, mensonge et autre soif de pouvoir... Tous ces méfaits faisaient partie de leur quotidien sali par la banalisation, l'indifférence et la déshumanisation, alors que les Eoliens, eux, en sont toujours restés exempts, ne connaissant que l'amour, l'entraide, la tolérance, l'amitié, le respect, la fraternité, la simplicité... La vie sur *Eolia* est l'image même de ce que les néo-Noé voulaient accomplir une fois arrivés sur la « Terre Promise ». Ils n'avaient plus qu'à poursuivre ce qui avait déjà été commencé sans eux, en s'intégrant dans cette société idéale.

Mais comme partout dans l'univers, un bonheur sans taches pour l'éternité n'est qu'une utopie absolument irréalisable, car le cœur de tous les êtres vivants doués d'intelligence sera toujours perverti pas le Malin, mieux connu dans *Déragona* sous le nom du *Créateur.*

Ainsi, les Eoliens commençaient enfin à connaître la guerre depuis l'attaque des *Ailes noires* xinyennes. Ils allaient être contraints de se prémunir contre un nouvel assaut, même si pour cela, ils devaient souiller la pureté de leurs terres dorées par l'acier des canons laser et les ondes des radars les plus perfectionnés. Toutes ces technologies leur étaient totalement inconnues, mais grâce à l'arrivée providentielle des Terriens sur leur sol, ils allaient pouvoir mettre en place une défense qui pourrait faire jeu égal avec les armées de l'*Empereur Obscur* Xinyorg.

Pour les Terriens, faire à nouveau usage de leur science qui avait malmené la Terre, constituait l'équivalent d'un blasphème, eux qui durant leur long voyage interstellaire de quarante-sept ans avaient fait le serment solennel d'abandonner toutes les pratiques scientifiques avancées, ainsi que tout ce qui est lié à la guerre (sauf pour les quelques soldats), pour retrouver la pureté et la simplicité d'une vie « à l'ancienne », plus proche de la nature. Cette transgression de leur précepte fondamental était certes douloureuse, mais nécessaire pour assurer leur survie et celle des Eoliens qui les avaient accueillis sur leur planète.

Comme par un échange de bons procédés, les Terriens à leur tour, invitèrent leurs hôtes à venir découvrir leur culture et leurs richesses en les amenant jusqu'à leurs arches. De nombreux Eoliens suivirent leurs visiteurs, mais la majorité des femmes restèrent avec les Eoliennes pour discuter. Ces dernières expliquèrent aux Terriennes que les toges aux couleurs vives qu'ils portent sur *Eolia* sont appelés des *kinodos*, et sont en fait les résidus de la mue du *kinodouane*, un animal éolien au pelage très coloré (bleu, rouge, violet ou vert) qui change de peau et de couleur tous les six mois. Les Eoliens récupèrent ensuite ces peaux délaissées dans la nature et s'en servent pour se vêtir, car ils sont velus uniquement aux extrémités de leurs membres ; partout ailleurs, leur peau est nue. Bel exemple de deux races qui vivent en symbiose, l'une réutilisant ce dont l'autre n'a plus besoin. Mais les *kinodouanes* sont eux, de « vrais animaux » au sens où ils ne sont pas doués d'intelligence ou de parole.

Au niveau de leur alimentation, les Eoliens sont omnivores : ils raffolent des *cabolines*, des fruits à écorce verte et à la chair rose très juteuse et sucrée qui poussent sur les *caboliniers*, de grands arbres de dix à quinze mètres de haut au tronc fin et nu, dont seule la cime est garnie d'une boule de feuilles et de fruits. Secouer un cabolinier n'est pas suffisant pour faire tomber ses fruits car ils y sont très fermement attachés. Les Eoliens doivent donc grimper au tronc pour les détacher, ce qui est très périlleux ; mais leur morphologie est parfaitement adaptée à leur environnement : ils sont très agiles, dotés d'un grand sens de l'équilibre et leurs puissantes pattes antérieures pourvues de griffes rétractiles leur permettent de monter très facilement aux arbres.

Ils se nourrissent également de petits rongeurs ou même d'oiseaux. En effet leurs pattes postérieures également très musclées, leur prodiguent une vitesse de course prodigieuse (jusqu'à quatre-vingt-dix kilomètres par heure) et la capacité de sauter très haut (jusqu'à trois mètres) et très loin (jusqu'à dix mètres), ce qui fait d'eux des chasseurs hors pair. Ils sont vifs et puissants, ce sont de redoutables prédateurs, mais ils ne se servent de leur force que pour chasser. Les jours de fête, ils s'attaquent même aux *youronx*, de colossaux bovidés de six mètres de long et de deux mètres cinquante au garrot, pesant plus de cinq tonnes, qu'ils attaquent à dix quand l'un d'eux est isolé de son troupeau, sinon les *youronx*, solidaires, se défendent les uns les autres en cas de danger, en chargeant et en piétinant.

Les néo-Noé furent très stupéfaits par la nature si paradoxale des Eoliens, ces créatures si fortes et pourtant si pacifiques, au corps si animal et pourtant si intelligentes…

Après une heure de marche, les néo-Noé retrouvèrent leurs arches, et les Eoliens les ayant accompagnés furent ébahis en constatant la taille gigantesque de ces appareils conçus de la main de l'homme. Ils se demandèrent comment de si grands objets pouvaient être réalisés artificiellement et envièrent vraiment les Terriens d'être dotés de mains, leur conférant le pouvoir de créer des choses si impressionnantes.

Les néo-Noé purent faire sortir de leurs arches les animaux qu'ils avaient réussi à emporter, faire se reproduire et élever à travers l'espace : il y avait des vaches (qui firent rire de bon cœur les Eoliens, car elles ont l'air de *youronx* en taille miniature), des chiens, des chats, des chevaux, quelques espèces d'oiseaux, des poissons en aquariums, des tortues et des chimpanzés. Apparemment, ils pourraient s'adapter à l'environnement éolien, très proche de celui de la Terre et où l'herbe, bien qu'étant de couleur jaune, est tout à fait comestible pour les vaches, par exemple.

Les Eoliens n'étaient pas au bout de leurs surprises : l'intérieur des vaisseaux et tous les appareils dont les Terriens disposaient achevèrent de démontrer aux autochtones que ces êtres venus de l'autre bout de la Voie Lactée étaient vraiment plus évolués qu'eux. Mais les Terriens leur rappelèrent qu'il ne faut pas se laisser griser par la puissance que donnent ces technologies, car la soif de connaissance toujours plus grande finit par salir le cœur des êtres et les amène inéluctablement à mettre en danger leur environnement…

Et c'est ainsi que la cohabitation entre Terriens et Eoliens commença.

Les Terriens se mirent à construire des maisons comme celles qui existaient autrefois sur Terre. Elles étaient très simples ; ils se contentaient du minimum. De petits commerces prirent place : boucheries (qui proposaient des viandes éoliennes et terriennes), boulangeries (qui vendaient du pain issu de céréales des deux planètes), épiceries (qui offraient également des articles d'origine mixte), etc. Mais, malgré la possibilité de réaliser des appareils électroniques très perfectionnés, ils bannirent dans un premier temps tout ce qui est télévisions, jeux vidéo, marques et publicités. Tout était pensé pour permettre l'égalité entre les êtres, une vie simple et paisible, sans conflits, sans dissensions.

Les visiteurs apprirent à leurs hôtes l'agriculture et l'élevage, tandis que les Eoliens leur enseignèrent leurs techniques de chasse très évoluées et leur indiquèrent quelles plantes étaient comestibles sur *Eolia* et lesquelles étaient toxiques. Et une nouvelle vie mixte, enrichie par l'apport respectif des deux cultures, s'étendit peu à peu sur presque toute la planète, en prenant soin de préserver la nature et de penser dès le départ à éviter la surpopulation, limitant les naissances à deux enfants par couple. Tous les Eoliens sur toute la surface du globe apprirent à connaître et à aimer les Terriens, unis par cet inébranlable consensus : accueillir ces « anges venus d'un autre monde » comme des frères, pour bâtir avec eux un nouveau monde plus riche en couleurs, comme le leur dictent les *Saintes Légendes Ancestrales*.

La plupart des Eoliens continuaient à vivre dans leurs galeries souterraines, mais certains furent passionnés par le style de vie de leurs visiteurs et voulurent y goûter à leur tour. Pour ceux-là, on construisit des habitations adaptées à leur morphologie, où tout était disposé plus bas, et où les fonctions principales, comme le fourneau – les Eoliens étaient habitués à manger la viande crue mais furent évidemment enchantés en découvrant la saveur d'une bonne viande cuite – ou la douche pouvaient être actionnés par simple pression de la patte sur un bouton au sol.

Les Terriens allèrent également déblayer les terres bombardées par l'assaut venu de *Xinya*, pour y construire un magnifique cimetière fleuri et coloré, belle demeure pour le repos éternel de tous les défunts ayant succombé à cette attaque cruelle, mais héroïquement enrayée par l'intervention salvatrice des néo-Noé. Une belle célébration très émouvante, fut organisée et animée par le prêtre Nelson Mandeli et le druide éolien Astorgahn pour accompagner les défunts dans leur dernier voyage.

Ce fut une première occasion pour les deux peuples d'échanger leurs principes sur la religion. Curieusement, l'unique religion commune à tous les Eoliens ressemble quelque peu au judaïsme, à ceci près que « le Messie » attendu n'était autre que les Terriens – les Écritures venaient donc de s'accomplir – et que Satan, cet ange merveilleux, le plus beau créé par Dieu (Dieu est appelé ici *Jéhovah*, coïncidence troublante), porte le nom de *Créateur* et vit au cœur du soleil. Sur *Eolia*, on croit au fait que *Jéhovah* a créé un autre monde impalpable dans une autre dimension qu'on ne peut rejoindre qu'après la mort, et dont les premiers êtres vivants (l'équivalent d'Adam et Eve) ont été chassés à l'aube des temps. Ce monde divin est opposé au monde palpable, créé lui par le *Créateur*, qui peut à sa guise y faire naître le chaos, dans un système solaire, dont les habitants, au bout de quelques millénaires, finissent inéluctablement par s'entredéchirer pour l'obtention des *Médaillons de Déragona* et la reconstitution du *Prisme Universel.*

Au niveau du calendrier, on garda les pratiques terriennes : des semaines de sept jours, même si sur *Eolia*, un jour dure trente-deux heures, en raison du rapport entre la circonférence de la planète et sa rotation sur elle-même (les Terriens mirent un certain temps afin que leur horloge biologique s'adapte à ce rythme beaucoup plus long et plus lent) ; quant à l'année, elle dure quatre cent quarante-quatre jours, qu'on décida de diviser en douze mois de trente-sept jours, chacun.

Pour préparer la guerre, les Terriens s'affairèrent donc à la construction de nouveaux canons laser, de boucliers de protection prêts à se refermer sur les habitations en cas d'attaque extraterrestre, de nouveaux vaisseaux de guerre, plus petits et plus maniables que les arches, de radars pour permettre la détection à des milliards de kilomètres à l'avance d'un éventuel mouvement spatial anormal ou hostile, et de fusils laser pour le combat au sol. Le service militaire[6] fut remis en vigueur pour former tous les jeunes Terriens et Eoliens à la guerre, et on apprit aux Eoliens à se servir des armes à feux à l'aide de leur queue (avec des armes spécialement adaptées), afin qu'ils puissent également prendre part au projet de défense de leur planète.

---

6 Comme indiqué plus haut, les années éoliennes étant beaucoup plus longues, on décida de fixer l'âge de la majorité des Terriens et donc l'année de leur service militaire à treize ans, car cela correspond à environ vingt et un ans sur Terre. En revanche, les Eoliens qui mûrissent plus lentement ne deviennent majeurs qu'à dix-huit ans.

Quel « beau » paradoxe dans la tête de tous ces êtres d'une part idéalistes au possible, dans leur petit monde de paix bien joli, et d'autre part rompus aux pires techniques de destruction massive quand ils préparent les futurs conflits inévitables…

Comme l'espérance de vie des Terriens (environ soixante ans sur *Eolia*) est beaucoup plus courte que celle des Eoliens (environ trois cents ans), on décida d'organiser le tournoi pour la désignation du nouvel *Empereur Céleste* – auquel les Terriens pourraient évidemment prendre part, en tant que néo-Eoliens – non plus tous les cent, mais tous les vingt-cinq ans (afin qu'un éventuel empereur terrien puisse disposer de son titre pendant sa période juvénile, quand ses capacités physiques sont encore les plus aguerries). De plus, ce tournoi ne serait plus basé sur des jeux d'esprit, mais sur des combats d'arts martiaux, étant donné que l'*Empereur Céleste* deviendra le commandant en chef des forces armées de la planète et devra se battre, puisque le médaillon lui permettra de devenir à plus d'un titre, l'homme le plus fort de la planète. C'est ainsi que naquit le Championnat Mondial des Arts Martiaux d'*Eolia*.

L'impensable vie commune entre ces deux peuples si différents de par leurs origines, leur culture, leur mode de vie et leur morphologie fut miraculeusement rendue possible, car ce n'est que dans l'entraide et dans l'amour qu'on peut réaliser les plus belles choses.

Au bout d'une vingtaine d'années, il se produisit un phénomène naturel, mais malgré tout inattendu, car déconcertant : à force de vivre côtes à côté, certains Eoliens et Terriennes ou Eoliennes et Terriens, finirent par être charmé(e)s par les attraits respectifs de l'autre race et par tomber amoureux ! Voici à ce propos une belle histoire :

Un beau matin de printemps, Krystana, une jeune et séduisante Eolienne de soixante-trois ans au poil soyeux et argenté, vêtue d'un *kinodo* bleu et domiciliée seule dans une maison style terrien à *Placédonia*, un village de la province du *Blinéda* (pays de l'hémisphère sud d'*Eolia* au climat exotique), sort comme chaque premier jour du mois sur le rebord de sa fenêtre du premier étage, tenant un chiffon au bout de sa queue, pour redonner à ses carreaux un éclat rutilant digne de l'image éclatante de la planète *Eolia*.

Non loin de là, de l'autre côté de la forêt de *Sylvania*, Akiro Tariyama, un jeune Terrien de treize ans, d'origine japonaise, le teint frais et le sourire joyeux, vivant dans un village du nom de *Tokoyo*, salue ses parents en quittant la maison et marche gaiement par cette belle matinée, pour se rendre à l'Université *Masaka* où il effectue des études d'art plastique. Le doux gazouillis des oiseaux et la majesté des fleurs, révélant à nouveau leurs splendides couleurs après le rude hiver, accompagnent Akiro dans sa marche à travers la forêt de *Sylvania*, qui déploie la magnificence de ses arbres centenaires à la sortie de *Tokoyo*, sur le chemin vers l'université.

En sortant de la forêt, Akiro pénètre dans le village de *Placédonia* et se retrouve immédiatement captivé et fasciné par une vision enchanteresse qu'il a pris l'heureuse habitude de contempler chaque premier jour du mois en se rendant à l'université : c'est bien sûr la scène apparemment anodine, mais ayant un tout autre effet sur l'esprit rêveur et émancipé du jeune Terrien, d'une belle Eolienne dont il ignore le nom, vêtue d'un *kinodo* bleu et nettoyant à l'aide d'un chiffon au bout de sa queue les vitres de sa demeure.

Inconsciemment, Akiro se met à marcher beaucoup plus lentement à l'approche de cette maison aux allures divines, tant sa propriétaire semble aimer en prendre soin et éveille en lui l'image d'une fée chargée de faire resplendir les murs du palais d'un dieu de la mythologie. Il évite sciemment de s'approcher de trop près de sa fée, inaccessible depuis les hauteurs de ses fenêtres, de peur que ses yeux aient l'incommensurable fortune blasphématrice de pouvoir observer les dessous de sa « jupe », ce qui démystifierait l'apparence angélique de son égérie, qu'il avait déjà essayé maintes fois de peindre sur ses toiles, sans jamais parvenir à reproduire son inégalable beauté.

Les yeux mi-clos, un vague sourire rêveur aux lèvres, la tête légèrement penchée sur le côté, Akiro marche sans regarder devant lui tout en admirant sa fée éolienne, telle un mirage, trop parfaite pour qu'il ait un jour la chance inouïe de lui adresser la parole et de découvrir son doux nom, ce qui équivaudrait pour lui à ouvrir un coffre renfermant précieusement et jalousement le plus valeureux et inestimable des trésors…

Soudain, le jeune Terrien sent dans son dos un vent beaucoup plus vigoureux que de coutume souffler furieusement, le déséquilibrant quelque peu, lui qui était enfoui sous l'opaque couche des nuages de sa douce rêverie détachée du monde réel. Ses yeux sont alors témoins d'une image atroce et vertigineuse : la belle Eolienne, également déstabilisée par cette bourrasque inattendue, perd pied, malgré le légendaire sens de l'équilibre des Eoliens, et tombe dans le vide ! Quelle ironie, une Eolienne emportée par le vent… Mais quelle horreur dans l'esprit torturé du jeune garçon : il imagine alors que l'*Horizon des événements*, émissaire de son malheur, ne l'estimait pas digne de poser son regard impur sur cette créature divine, et avait décidé d'intensifier son souffle un court instant, juste suffisant pour que la créature en question perde l'équilibre et soit jetée en sacrifice aux monstres de Thanatos !

Mais aussi soudainement, mu par un réflexe inhumain, Akiro sent ses jambes partir devant lui, comme se dérobant de son corps, comme si son esprit avait ordonné à ses membres inférieurs d'accomplir un miracle, avant même que son cerveau n'ait pu leur envoyer l'information qu'il fallait courir. Profitant de cette impulsion venue d'ailleurs, Akiro meut ses jambes à une vitesse prodigieuse, jamais dans sa vie il n'avait imaginé qu'il était capable de courir si rapidement, comme s'il voulait aller plus vite que le vent pour vaincre l'énergie de celui qui, tout en faisant s'écrouler son rêve, allait peut-être lui permettre au contraire de le réaliser ; la scène se passe comme au ralenti dans sa tête, alors que le corps de sa fée dégringole doucement sans défense en proie au gouffre infini du vide qui déploie son effroyable ventre béant sous elle ; il court si vite, si fantastiquement vite, comme si l'amour inconditionnel qu'il éprouve pour cette merveilleuse femme animale venant d'un autre monde lui donnait des ailes, de belles ailes salvatrices d'un ange qui lui confèrerait le pouvoir de voler jusqu'au cœur de sa belle ; plus que trois mètres pour Akiro, pour qu'il atteigne enfin l'incarnation de son plus beau rêve fait femme, mais plus que trois mètres également pour que ce rêve en chute libre ne se brise contre le si dur et impitoyable sol, allié mortel du vide ;

alors le jeune homme, déjà cambré en avant dans sa course, pousse de toutes ses forces sur son pied droit et plonge si loin, si fantastiquement loin, et tout en criant « BANZAI !!! », qu'il finit par sentir son corps flotter, comme s'il était en apesanteur, et, voyant le monde se retourner autour de lui, il effectue un demi-tour sur lui-même dans son saut, afin de tomber sur le dos et ouvrant grand ses bras, il se prépare à recueillir dans ses membres mortels ce cadeau divin venu du ciel, comme s'il représentait la pierre d'angle de son bonheur, sans laquelle sa vie n'aurait aucun sens et ne mériterait même pas d'être vécue : sentant des cheveux d'anges lui caresser la main droite prête à rattraper la tête de sa majestueuse fée, il laisse légèrement tomber sa main juste un peu moins vite que la vitesse de chute de sa belle, afin d'amortir le plus possible le choc crânien, tandis que sa main gauche va recueillir le bas de son dos, après quoi, la belle Eolienne finit par atterrir élégamment sur le plus doux et le plus moelleux des tapis, alors qu'Akiro sent l'arrière de son crâne frapper très durement le sol, puis tout le décor autour de lui devenir si noir, si macabrement noir, et disparaître à tout jamais…

Quelques heures plus tard, arrivé au Paradis, Akiro, allongé sur un confortable nuage ouvre doucement les yeux pour voir apparaître au-dessus de lui l'image la plus douce, la plus réconfortante et la plus enchanteresse qu'il lui ait été donné de contempler : un ange dont les traits ressemblent à s'y méprendre à la belle fée de ses rêves, le regarde en souriant, tout en passant une serviette imbibée d'eau sur son front. Le jeune homme est stupéfait de voir que les anges ont un museau terminé par une truffe noire et sont dotés d'une queue, comme les Eoliens. Les lèvres de l'ange s'ouvrent alors, pour laisser échapper le grain de voix le plus doux, le plus réconfortant et le plus enchanteur qu'il lui ait été donné d'entendre : « Bonjour Akiro… Je m'appelle Krystana… »

Surpris et reprenant un peu ses esprits, le Terrien réplique : « Bonjour… Krystana… Quel nom merveilleux je viens de prononcer… Il est normal que tu saches comment je m'appelle puisque tu es un ange, mais je croyais que les anges avaient tous un nom finissant en « el »…

— Les anges ? Mais de quoi parles-tu ? … Je suis vraiment flattée que tu me compares à un ange, mais je ne suis qu'une Eolienne. »

Ouvrant de grands yeux stupéfaits, Akiro se met à rassembler ses derniers souvenirs et commence enfin à réaliser ce qui vient de lui arriver. Krystana reprend :

« Que t'arrive-t-il ? On dirait que tu viens de voir un fantôme… » Souriant le plus sincèrement du monde, avec un petit battement de paupière coquin illuminant ses grands yeux roses, elle ajoute : « Je te remercie du plus profond de mon petit cœur de m'avoir sauvé la vie ! Les Eoliens sont les amis du vent et savent toujours retomber sur leurs pattes, mais le vent qui m'a fait chuter avait quelque chose d'inhabituel et je me suis retrouvée paralysée en tombant, incapable de me retourner… Comme si l'*Horizon des événements* avait tout arrangé pour provoquer intentionnellement notre rencontre.

— Krystana… Alors c'est toi la merveilleuse fée qui nettoie les vitres de son palais divin chaque premier jour du mois ?

— La merveilleuse fée ? Hihi… La description que tu fais de moi est décidemment de plus en plus flatteuse, mais oui, tu as raison. C'est bien moi…

— Krystana… Je t'avais déjà baptisée de toutes les manières possibles, cherchant des noms de déesses dans toutes les mythologies, mais jamais je n'aurais imaginé que tu pouvais avoir un nom si sublime…

— Akiro… Tu ne cesses de me séduire par ta tendresse et ta sincérité…

— Krystana… » Il sentit des larmes couler sur ses joues. « Mais comment sais-tu comment je m'appelle ?

— Les Eoliens savent communiquer par télépathie, mais ils savent aussi lire dans les pensées de ceux qu'ils aiment… Pour nous, il est inutile de parler pour exprimer ce qu'on ressent, on le perçoit tout de suite. Et j'ai pu lire dans ton esprit bien des pensées élogieuses à mon sujet… J'espère que tu ne m'en veux pas… Enfin, je sais que tu ne m'en veux pas, ajouta-t-elle avec un sourire coquin.

— Comment pourrais-je avoir la moindre pensée négative envers la femme la plus fabuleuse qu'il m'ait été donné de voir durant toute mon existence ? … Puisque tu le sais certainement déjà, je n'aurai plus de honte de te l'avouer tout haut : je t'aime… Krystana… »

Refermant ses yeux sur le plus doux des rêves, la belle Eolienne penche sa tête vers le jeune homme, elle laisse glisser la chaleur affectueuse de son museau sur la joue d'Akiro jusqu'à ce que leurs lèvres se frôlent, puis se mêlent passionnément, faisant naître le tout premier amour entre deux êtres issus de deux différentes planètes…

Cette histoire n'est qu'un exemple parmi tant d'autres, pour expliquer à quel point la passion entre Eoliens et Terriens peut être forte et à quel point la sincérité de leur amour ne peut qu'amener à être touché. Malheureusement, tout le monde ne le voyait pas de cet œil.

Krystana avait ensuite rédigé un mot d'excuse – les Eoliens savent écrire grâce à leur queue – aussi émouvant que leur rencontre, destiné au professeur d'histoire de l'art d'Akiro, pour lui expliquer la raison de son absence à l'université, mais ce mot n'eut pas l'effet escompté… Tout le monde se mit à jaser à l'université, à propos de cette « dégoûtante liaison interraciale quasi-zoophile » que les deux amoureux entretenaient. Monsieur et Madame Tariyama, les parents d'Akiro, ne comprenaient pas ce qui avait pu pousser leur fils chéri dans les bras de cette « pseudo sirène au charme inexistant qui l'a ensorcelé pour mieux le manipuler ». Devant tant de déni de la part de ses parents, Akiro décida de quitter la maison familiale et de vivre avec Krystana dans sa demeure.

Krystana était veuve depuis quinze ans et n'avait jamais eu d'enfants. Son mari était décédé, aspiré par l'*Horizon des événements* un jour où il était parti l'étudier pour essayer de comprendre comment Ptélia avait fait pour pénétrer à l'intérieur et en ressortir vivant. Cet incident tragique était survenu un premier du mois, alors que la veille elle avait décidé de nettoyer les fenêtres de leur maison, mais s'était finalement ravisée… C'est pourquoi, depuis, elle lave ses carreaux tous les premiers du mois afin de conjurer le mauvais sort, espérant qu'un tel malheur n'arrive plus jamais et que son mari ressurgisse du néant pour la retrouver et l'aimer… Finalement, son prince charmant ne fut pas celui qu'elle attendait, mais le bonheur de rencontrer Akiro lui avait enfin permis de faire son deuil et de panser les blessures de son cœur, qu'elle croyait irrémédiables.

Personne ne comprenait leur amour pourtant si passionnel et si sincère… Des gens venaient tous les jours jeter des fruits pourris sur les murs de la belle maison de l'Eolienne. Ils laissaient aussi des lettres d'insultes très provocantes et Akiro se vit contraint de quitter l'université. Comment des gens d'un peuple si pacifique pouvaient soudain être animés d'un désir si sombre de persécuter ces deux êtres qui ne souhaitaient qu'avoir le droit de s'aimer ? Krystana et Akiro songèrent à s'exiler pour échapper à cette folie, jusqu'au jour où une aide inattendue leur fut apportée :

Alors que, comme chaque jour des personnes hostiles vinrent lancer leurs jurons et leurs projectiles sur la maison, ils furent interrompus par l'arrivée de plusieurs couples qui écartèrent les bras en se tenant devant la maison pour la protéger. Ces couples étaient tous formés d'un Terrien et d'une Eolienne ou d'un Eolien et d'une Terrienne. Krystana et Akiro n'étaient plus seuls ! D'autres couples comme le leur s'étaient formés dans l'ombre sans oser se montrer au grand jour, de peur qu'il ne leur arrive la même chose. Mais à présent, c'en était trop ! Il fallait intervenir ! Il fallait prouver au monde que l'amour entre les deux races était possible et tout à fait naturel, et qu'il n'avait rien de malsain.

Afin de mettre au clair cette divergence de points de vue, conduisant à un début de guerre civile, Majax, l'*Empereur Céleste*, décida d'organiser un grand débat où, au lieu de recourir bêtement à la violence pour résoudre le conflit, ne faisant que l'envenimer davantage, les deux partis pourraient discuter, exposer leur point de vue et essayer de comprendre l'avis et l'intérêt de chacun pour le bien de la planète.

Le débat eut lieu le lendemain à *Pradiax*, la ville-capitale de la planète, et nombreux furent les participants, surtout dans le clan des opposants à l'union amoureuse interraciale. On organisa ce rassemblement en plein air, de façon à ce que tous ceux qui voulaient y participer le puissent, sans souci d'une salle trop petite pour contenir tout le monde. Les Eoliens prenaient la parole par télépathie et les Terriens avec un porte-voix pour que tout le monde entende, et le débat fut animé par Majax en personne, le seul être capable d'imposer un respect inébranlable.

Il fut le premier à prendre la parole : « Chers amis, merci d'avoir répondu si nombreux à l'appel que je vous ai lancé, afin de résoudre intelligemment le conflit que vous connaissez tous, qui sévit depuis plusieurs semaines, et dont les principales victimes sont le Terrien Akiro Tariyama et l'Eolienne Krystana ici présents. »

Une salve de huées surgit soudain de la foule, accablant davantage le pauvre couple.

« SILEEENNNCE !!! cria Majax, lui qui ne perdait que rarement son sang froid en public. Cessez de vous comporter comme des enfants à qui on aurait volé un jouet ! Votre puérilité fait honte aux principes de tolérance d'*Eolia*. Un tel comportement de votre part est tout à fait inadmissible ! Je comprends votre colère, mais en bons Eoliens, vous devriez parler pour arranger les dissensions et non pas vous indigner stupidement sans essayer d'écouter le point de vue de ceux que vous accablez. C'est pourquoi j'ai décidé d'organiser ce débat, afin que vous puissiez tous prendre le temps d'entendre ce que les partisans de l'union amoureuse interraciale ont à dire et que je prenne la décision la plus juste les concernant. M. Tariyama, si vous voulez bien vous donner la peine de prendre la parole.

— Merci beaucoup, honorable Majax. Votre respect est exemplaire et digne d'éloges !

— Hé ! Il essaie de soudoyer l'Empereur, dit une voix dans la foule.

— Fayot ! hurla un autre.

— TAISEZ-VOUS, êtres indignes ! intervint à nouveau Majax hors de lui. M. Tariyama, débutez.

— Chers confrères éoliens et terriens, si j'ai choisi de prendre la parole aujourd'hui, c'est pour vous expliquer mon ressenti sur les sévices dont ma compagne Krystana et moi-même sommes victimes et pour vous prouver que nous ne faisons qu'accomplir la destinée naturelle de la planète. Oui, mes frères et sœurs, Krystana et moi-même avons vécu une rencontre très émouvante, une histoire d'amour comme n'importe qui, quelle que soit sa race, peut en vivre.

Cela faisait longtemps déjà, que j'admirais chaque mois cette belle Eolienne qui nettoyait chaque premier jour du mois les vitres de sa maison. Je la voyais en me rendant à l'université et j'étais à chaque fois fasciné par sa beauté, à tel point que je n'osais pas l'approcher. Mais un beau jour, alors que je passais près d'elle comme chaque mois et que je l'observais avec admiration, elle fut victime d'une bourrasque inattendue qui la fit chuter du rebord de la fenêtre… » Akiro, submergé par l'émotion, ne parvint plus à poursuivre son récit.

Krystana, n'y tenant plus, prit à son tour la parole : « Bonjour à tous ! Je me permets de prendre le relais pour vous raconter l'héroïsme incroyable dont Akiro a fait preuve ce jour-là. Sans hésiter une seule seconde, il a couru de toutes ses forces et a plongé pour me rattraper, sans quoi je serais peut-être morte, ou au mieux gravement blessée, car le vent m'avait paralysée dans ma chute… Sans l'intervention d'Akiro, ma tête se serait écrasée contre le sol… Malheureusement pour lui, en me sauvant, c'est Akiro lui-même qui s'est cogné très durement le crâne et a perdu connaissance. Me rendant compte de ce que ce Terrien avait fait pour moi, je fus bouleversée par un tel élan de bonheur et d'amour pour lui, que j'aurais fait n'importe quoi pour le remercier. Je l'ai donc amené jusque sur mon lit, où je l'ai soigné jusqu'à son réveil. Quand il a ouvert les yeux, nous avons échangé quelques simples mots qui voulaient tout dire. Nous avons tous deux compris que nous étions réciproquement tombés amoureux l'un de l'autre et nous nous sommes embrassés. » Krystana se mit à pleurer.

Akiro, remis de son émotion, reprit la parole : « Après cette scène idyllique, Krystana, sans se demander comment les gens réagiraient en apprenant notre union, prit sa plume et écrivit un mot d'excuse à mon professeur d'histoire de l'art pour expliquer mon absence en cours, en racontant avec émotion tout ce qui nous était arrivé, et c'est à partir de là que la nouvelle de notre relation se répandit et que tout le monde se mit à jaser et à nous blâmer, sans essayer de comprendre ce que nous avions vécu.

S'il y a une chose dont Krystana et moi-même sommes sûrs, chers amis, c'est que cette bourrasque qui l'a fait tomber de sa fenêtre était un coup de pouce provoqué par l'*Horizon des événements*, afin de permettre notre rencontre pour que les *Saintes Légendes Ancestrales* s'accomplissent ! En effet, il est dit : « *Liés avec eux jusqu'au sang, vous formerez un peuple nouveau et puissant, et ensemble, vous sauverez du mal l'univers tout entier.* » Cette citation parle d'elle-même : elle signifie que des Eoliens et des Terriens doivent s'accoupler afin de créer une nouvelle race d'êtres plus puissants qui pourront sauver l'univers ! »

Cette annonce provoqua un véritable tollé. Des cris d'indignation, de dégoût et d'insultes retentirent dans la foule et rendirent encore plus malsaine l'atmosphère déjà bien tendue qui régnait depuis le commencement du débat. Majax calma à nouveau l'assistance de sa voix puissante et autoritaire :

« Mes frères, du calme, je vous prie ! » Les voix en colère se dissipèrent aussitôt. « Merci. Chers amis, vous avez entendu le plaidoyer des partisans de l'union amoureuse interraciale. Passons maintenant au discours de l'opposition : pour cela, je donne la parole à Astorgahn, le célèbre druide éolien.

—Merci, honorable Majax. Monsieur Tariyama, Mademoiselle Krystana, au risque de vous paraître profondément discourtois, j'ose m'inscrire totalement en faux devant le tissu de bêtises que venez de nous débiter ! Comment osez-vous blasphémer en parlant d'accomplir les *Saintes Légendes Ancestrales*, alors que votre union est en elle-même particulièrement malsaine et en totale opposition avec les principes de pureté du cœur et du corps, revendiqués par ces mêmes écritures ?! Vous dites que l'*Horizon des événements* – en personne ! – aurait décidé de pousser cette pauvre Eolienne du haut de sa fenêtre pour provoquer votre rencontre. HA ! Permettez-moi de glousser de bon cœur !

Dans la très improbable éventualité où l'*Horizon des événements* aurait eu une quelconque incidence sur cet accident, cela aurait plutôt été dans le but de châtier cette Eolienne impure qui oserait salir la pureté de notre race en donnant naissance à des bâtards répugnants, dont la nature infâme ne pourrait assurément rien apporter de bon à *Eolia*. Malheureusement, vous, M. Tariyama, avez eu l'extrême infortune de vous trouver sur les lieux de ce juste châtiment pour empêcher sa réalisation tout à fait légitime ! Serait-ce donc le *Créateur* qui aurait conduit vos pas là où vos pieds impurs n'auraient jamais dû se poser ?!

Mademoiselle Krystana, il est évident que vous êtes indigne d'être nommée Eolienne ! Vous êtes visiblement l'ennemi du vent qui a voulu vous chasser et contre lequel vous n'avez rien pu faire lors de votre chute, alors que les Eoliens sont les fils du vent, nés de la gueule de l'*Horizon des événements*, qui nous a fait naître à son image : c'est-à-dire vigoureux, indomptables, mais aussi solides et inflexibles, sachant toujours retomber sur nos pattes, ce qui n'est pas votre cas, de toute évidence !

M. Tariyama, puisque vous osez vous cacher derrière les *Saintes Légendes Ancestrales* pour justifier vos actes, revenons-y : l'expression « lié avec eux jusqu'au sang » ne signifie nullement que Terriens et Eoliens doivent s'accoupler ! Ce croisement horrible conduirait certainement *Eolia* à sa perte ! Nos deux races sont tellement différentes en tout, que si on les mélangeait, cela créerait des êtres incontrôlables, sans morale, à qui ont ne pourrait inculquer aucun principe et qui provoqueraient inexorablement une guerre civile, dont nous vivions déjà les prémices avant ce débat. Cette guerre userait inutilement nos forces en nous amenant à nous battre contre nous-mêmes, nous conduisant par la suite à nous retrouver démunis et impuissants, sans la moindre cohésion de groupe, quand la véritable guerre contre les Xinyens sera déclarée !

Laissez-moi vous instruire, êtres incultes ! Écoutez une bonne fois pour toutes le véritable sens des *Saintes Légendes Ancestrales* que vous vous permettez impunément d'interpréter comme cela vous arrange ! « Liés avec eux jusqu'au sang » signifie simplement que Terriens et Eoliens se battront ensemble, pour la même cause, versant ensemble le même sang pour leur idéal commun : créer un univers pur, en endiguant cette guerre insensée que Xinyorg et ses armées souhaitent répandre à travers tout *Déragona* !

« Vous formerez un peuple nouveau et puissant, et ensemble, vous sauverez du mal l'univers tout entier ». Cette partie-là de la citation ne signifie aucunement que le nouveau peuple en question serait un peuple formé des descendants des Terriens et des Eoliens salement accouplés entre eux ! Il évoque simplement le fait que par l'association des cultures et des richesses des deux planètes, nous pouvons créer un nouveau peuple plus fort, de par l'apport des connaissances de chacun. En effet, les Terriens disposent, comme vous le savez tous, de connaissances scientifiques très évoluées que nous commençons seulement à apprendre, mais qui font déjà partie des atouts de Xinya, qui dispose d'une armée effroyable de vaisseaux spatiaux capable de réduire en cendres toute la planète !

Alors maintenant, êtres impurs, cessez de nous ennuyer avec vos soi-disant idylles abjectes et dénuées de tout sens moral qui me dégoûtent et rabaisse notre peuple au rang d'animaux sales et puants ! »

Des clameurs s'élevèrent de la foule pour soutenir les paroles du druide, tandis qu'Akiro hochait tristement la tête devant tant d'incompréhension pour son acte noble et ses rêves pleins d'espoir totalement anéantis par ce discours lapidaire. Krystana, impitoyablement souillée par les paroles assassines d'Astorgahn, éclata en un flot intarissable de sanglots…

Majax, en juge droit et juste, reprit alors la parole pour donner son verdict : « M. Tariyama, Mademoiselle Krystana et vous tous, partisans de l'union amoureuse interraciale, veuillez vous lever. » Les personnes désignées s'exécutèrent. « Comme vous venez de l'entendre, la présence d'êtres avec des idéaux comme les vôtres ne pourra jamais être admise sur nos terres, dont les habitants, ayant déjà fait preuve d'une grande ouverture d'esprit en accueillant les Terriens comme des frères, ne sont pas encore psychologiquement disposés à accepter que l'on ose aller plus loin dans l'union déjà bien avancée de nos deux peuples.

Néanmoins, je sais bien qu'il m'est totalement impossible de vous empêcher de consommer physiquement votre union amoureuse, chose que certains d'entre vous ont certainement déjà faite, mais je ne veux même pas savoir si c'est le cas. En revanche, il est de mon devoir de vous mettre en garde : il y a de très fortes chances, pour ne pas dire toutes les chances, que vos tentatives d'accouplement interracial restent stériles ! En effet, comment pouvez-vous croire une seule seconde que les Terriens et les Eoliens soient interfécondables ?

J'ai beaucoup discuté avec des scientifiques terriens spécialisés dans tous les différents domaines étudiés sur Terre afin de pallier le retard considérable que notre peuple accuse en la matière et laissez-moi vous dire que le nouveau peuple auquel vous espérez donner naissance n'est pas près de voir le jour ! Sur Terre, il était possible, par exemple, de croiser un âne et une jument, afin d'obtenir un mulet, ou encore un cheval avec une ânesse pour obtenir un bardot, mais après ce croisement, les mâles nés de cette union restaient toujours stériles. Chez les félins également, les Terriens avaient déjà réussi l'accouplement d'un tigre avec une lionne afin d'obtenir un tigron ou d'un lion avec une tigresse pour obtenir un ligre, également stériles chez le mâle.

Et même sans compter cette stérilité, on peut prendre l'exemple des premiers êtres humains qui apparurent jadis sur Terre : les hommes de Neandertal et les hommes de Cro-Magnon étaient deux espèces indépendantes d'êtres humains qui ont vécus ensemble de moins 40000 à moins 30000, comme le prouvent des ossements de ces deux espèces distinctes ayant manifestement été enterrés ensemble, à la même époque mais qu'on sait distinguer par leurs morphologies différenciables. Eh bien, il s'avère que malgré leur profonde similitude, ces deux espèces d'êtres humains n'étaient pas interfécondables ! Plus tard, pour des raisons que nous ignorons, la race des hommes de Neandertal a fini par s'éteindre et les hommes de Cro-Magnon, restés seuls ont évolué jusqu'à devenir les Terriens que nous avons en face de nous aujourd'hui.

Alors, si deux espèces aussi morphologiquement proches que les hommes de Neandertal et les hommes de Cro-Magnon n'étaient pas interfécondables, je pense que vous imaginez aisément à quel point vos chances de réussir un accouplement éolio-terrien sont infimes, pour ne pas dire nulles ! »

Après un long silence, Akiro Tariyama osa prendre la parole : « Vénérable Majax, si vous me permettez : je comprends bien, après vos explications étayées, que les chances de réussite de notre projet sont quasiment vouées à l'échec… Néanmoins, une partie de votre explication conforte encore plus l'intérêt de ce que nous envisageons.

Vous dites que vers moins 30000, si j'ai bien compris, la race des hommes de Neandertal s'est éteinte sur Terre, n'est-ce pas ? Eh bien cela signifie, que si nous ne faisons rien, il se peut très bien que la race des Terriens finisse de la même façon par s'éteindre sur *Eolia* ! En effet, nous sommes déjà beaucoup moins nombreux que nous l'étions sur Terre, étant donné que seule une petite partie d'entre nous a fui pour trouver refuge sur cette planète et de plus, cet environnement présent sur *Eolia* n'est pas exactement le même que celui que nos ancêtres avaient connu sur Terre ; ainsi, même si nous le supportons pour l'instant, il est possible que les générations futures de Terriens qui naîtront ici finissent par y succomber ! Un accouplement éolio-terrien serait donc, dans cette éventualité, une dernière chance pour nous de laisser nos gènes à une descendance physiquement différente, mais qui porterait à travers les âges une trace indélébile de ce que nous avons été et de l'apport conféré à *Eolia* sans lequel vous n'auriez jamais survécu !

— Vous êtes un homme intelligent, M. Tariyama, et vos propos respirent le bon sens, c'est indéniable. C'est pourquoi je vais vous laisser une chance d'accomplir votre projet insensé.

— COMMENT ?! répliqua Astorgahn.

— Laissez-moi finir, cher Astorgahn, je vous prie. Chers amis partisans de l'union amoureuse interraciale, comme je vous l'ai déjà dit tout à l'heure, vos idéaux par trop décalés vis-à-vis de nos convictions conservatrices, nous pousseraient à vous persécuter, si vous continuiez à vivre parmi nous. En revanche, nos idéaux sont avant tout basés sur la tolérance et le respect de chacun, quelles que soient ses idées.

C'est pourquoi j'ai décidé de vous condamner à l'exil. Il existe encore des terres inhabitées dans le Grand Nord d'*Eolia*. Le climat y est certes très rude, mais vivable. Si vous n'avez pas honte de vos convictions et que vous persistez dans votre souhait de créer cette nouvelle race utopique en vivant librement votre amour que nous jugeons dégradant, vous pourrez le faire, mais là-bas seulement. Vous avez jusqu'à demain soir avant le coucher du soleil, pour faire vos bagages et partir pour le Grand Nord.

En attendant l'heure de leur départ, tout Eolien ou Terrien qui osera tenter quelque action malencontreuse envers les exilés sera arrêté pour entrave à la justice. J'espère que j'ai été clair ! Bon vent, chers exilés. Et bonne journée à vous tous, chers compatriotes. Je déclare le grand débat clos. »

Et chacun rentra chez soi, certains soulagés de l'issue du débat, d'autres, comme Astorgahn, déçus que la sentence choisie pour punir les condamnés soit si clémente.

Quelle rude épreuve attendait à présent les exilés… Le lendemain soir, ce fut une centaine d'Eoliens, Eoliennes, Terriens et Terriennes qui partirent ensemble dans leurs vaisseaux de croisière pour le Grand Nord, une terre encore déserte au climat très hostile, mais qui leur permettrait enfin de vivre librement leur amour sans se cacher. Ils durent se vêtir très chaudement pour supporter le froid de ces terres de frimas éternel, cinglées par un vent perpétuellement glacial. N'ayant pas le temps de construire tout de suite des habitations, ils passèrent la première nuit à l'abri dans leurs vaisseaux chauffés.

Pour fêter la possibilité de vivre pleinement leur amour, tous les couples se libérèrent totalement de leurs pulsions cette nuit-là, en laissant éclater physiquement leur passion réciproque et inébranlable. Ils baptisèrent cette première nuit d'amour sur leurs nouvelles terres « la Nuits des Gémissements », qui serait fêtée chaque année de cette même façon, telle une fête orgiaque célébrant la déclaration d'indépendance de leur nation à part. Ils baptisèrent ce nouveau pays de glace *Krystania*, en l'honneur de la première Eolienne à avoir osé offrir son cœur à un Terrien.

Dès le lendemain de cette nuit sulfureuse aux effluves intenses, transpirant encore de leurs ébats, les Krystaniens se mirent au travail pour construire leurs nouvelles habitations, tout en essayant de dompter ce climat, tels des cow-boys tentant de monter un cheval sauvage. Après un mois, ils ne s'étaient toujours pas habitués à cette rudesse glaciaire, compagne inséparable de leur droit de vivre leur amour, passage obligé pour avoir le droit d'exister, tout simplement.

La nuit extrêmement longue à *Krystania*, dure six mois ; en raison de l'orientation de ces terres situées presque à l'extrême nord du globe par rapport au soleil et à cause de la rotation sur elle-même d'*Eolia* n'offrant jamais de véritable zénith à l'astre diurne, il n'y fait jamais vraiment jour pendant six mois. Mais ce matin-là, les premières véritables lueurs de *Déragona* se firent plus chaudement ressentir, réchauffant enfin un peu plus leurs cœurs engourdis qui ne pouvaient battre que grâce à la chaleur de la flamme inextinguible que leur prodiguait leur amour.

Accompagnant ces rayons de soleil messagers, porteurs d'heureuses nouvelles, les Krystaniens virent avec une stupéfaction inexprimable, mêlée d'une joie plus qu'immense, les ventres de certaines Eoliennes et de certaines Terriennes gonfler, couvant précieusement les fruits de cette descendance hybride tant espérée et en laquelle Majax n'accordait aucun crédit. Incroyable ! L'impensable commençait à devenir réalité, comme si ces exilés avaient raison depuis le début, que c'était la destinée de la planète *Eolia* d'accueillir les Terriens, non pas seulement pour leur prêter main forte, mais aussi pour leur prêter leurs gènes, afin de créer par croisement une nouvelle race supérieure qui serait plus à même de combattre l'envahisseur xinyen. Les exilés commençaient à tutoyer leur plus beau rêve.

Mais une question demeurait : à quoi ressembleraient ces êtres issus d'un croisement de races si hétérogènes ?

La réponse à cette question brûlante leur fut donnée au bout d'un an (la gestation dure en effet douze mois) : le premier être issu de l'amour éolio-terrien sortit, comme tout un symbole, par l'utérus de Krystana, et c'était une fille. Akiro décida de la baptiser Terralia, par contraction du nom des deux planètes dont ses parents étaient originaires.

Au bout de neuf mois, alors que d'autres bébés étaient nés, Terralia se mit à marcher sur deux pieds. Elle était très belle, comme sa mère. Il était impressionnant de voir à quel point son apparence combinait les caractéristiques physiques des Eoliens et des Terriens : de longs pieds terminés par des griffes, des jambes longues et fines légèrement poilues, une queue plus courte que celles des Eoliens, des mains avec pouce opposable, également griffues, le visage très fin avec un museau élancé plus court que celui des Eoliens, des yeux plus grands que les yeux terriens mais moins élargis que les yeux éoliens, des oreilles tombantes et l'ébauche d'une corne au milieu du front qui ne tarda pas à grandir au fil des années.

Les Krystaniens se rendirent compte, en voyant leurs enfants grandir, qu'ils avaient tous les mêmes caractéristiques physiques, qu'ils soient nés d'une Eolienne ou d'une Terrienne. Ils s'aperçurent qu'ils pouvaient communiquer par télépathie, qu'ils disposaient de la même agilité que les Eoliens et que, comme leur période juvénile était très longue, leur espérance de vie doit certainement avoisiner celle des Eoliens ; ajouté à cela qu'ils sont bipèdes et savent se servir de leurs mains, comme les Terriens, tout en étant toujours dotés d'une queue, ils combinent à merveille tous les avantages des deux races et bien sûr, ils sont capables de se reproduire entre eux.

Inouï ! Non seulement, leur existence déjà fortement inespérée avait été rendue possible, mais en plus ils incarnent réellement cette race supérieure comme relatée dans les *Saintes Légendes Ancestrales*. Une autre prophétie venait de se réaliser ! Astorgahn et les autres n'avaient plus qu'à se rendre à l'évidence. « Un peuple nouveau et puissant » était né ; on les appela les Terraliens.

Chapitre Cinq
le Rasoir d'Occam[7]

Lundi matin, 12 juillet 500[8] une nouvelle semaine commence. Le petit Windo, les yeux à peine ouverts, saute de son lit et court vers la chambre de ses parents pour retrouver son père qu'il n'a pas encore revu depuis sa victoire de la veille. Il est surpris de trouver Lépita et Brylna encore endormis alors que le soleil s'est déjà levé depuis une bonne heure. Sans crier gare, il saute sur leur lit en criant : « PAPA !!!

— Oh ! Bonjour Windo… répond son père en ouvrant difficilement les paupières.

— BRAVO PAPA ! C'est toi le meilleur ! T'as gagné ! T'es le plus fort du monde entier ! Tu me montres tes pouvoirs ?! Hein, dis dis dis ?! Hein, dis ?!

— Windo, mon chéri, intervient sa maman, laisse donc à ton père le temps de se réveiller ! Il a passé une longue et dure nuit

---

7 Le rasoir d'Occam est une théorie affirmant que la meilleure solution à un problème ou la meilleure réponse à une question est toujours celle qui paraît la plus évidente. Ce principe d'économie, de simplicité nous vient de Guillaume d'Occam, un frère franciscain et philosophe du XIVe siècle qui l'exprima en latin : « Pluralitas non est ponenda sine necessitate » (Les multiples ne doivent pas être utilisés sans nécessité). Autrement dit, il ne faut toujours conserver qu'une seule bonne réponse. On peut rapprocher ce principe du théorème de Bayes : l'hypothèse la plus simple a reçu la probabilité a priori la plus forte.

8 Sur *Eolia* les années se comptent en partant de l'an 1 comme étant l'année où les Terriens sont arrivés sur la planète.

et n'a pas eu le temps de beaucoup dormir. Allez, va préparer la table pour le petit déjeuner et après il te racontera tout !

— D'accord, Maman… J'y vais… »

Tandis que Windo quitte la chambre parentale, Lépita se redresse et engage la conversation sur un ton angoissé : « Chérie, qu'est-ce qu'on peut dire à Windo ? Il ne comprendrait jamais si je lui disais que je ne peux pas porter le médaillon parce qu'il me rend fou… Il est tellement content de croire que son père est le nouvel *Empereur Céleste*…

— Mais enfin, tu ES le nouvel *Empereur Céleste* ! Ne sois pas si défaitiste ! Pour l'instant, tu n'as qu'à dire à Windo que tu as encore une dernière épreuve à passer, par exemple à l'*Horizon des événements*, où toi seul peux aller, afin d'être capable de maîtriser vraiment tous les pouvoirs du Médaillon. Comme ça il comprendra que tu ne peux pas encore lui montrer tes pouvoirs, car tu ne sais pas encore bien t'en servir et tu pourrais le blesser.

— Je ne sais pas comment tu fais pour trouver de telles idées géniales, mais je te remercie ! C'est la meilleure excuse que je puisse lui donner ! Avec ça, il sera rassuré. Bon allez, habillons-nous ! »

Après s'être préparé, le couple rejoint Windo très concentré dans sa préparation méticuleuse du petit déjeuner. Il aime beaucoup s'en occuper, car cela nécessite organisation, esthétisme et inventivité, selon lui, et ce sont justement les trois principales qualités du petit Terralien ; ses parents sont certains qu'il ferait un parfait maître d'hôtel, plus tard. Quand Brylna et Lépita pénètrent dans la cuisine, Windo est encore en train de faire chauffer dans une poêle un œuf de *clidon*, le gallinacé le plus répandu, sur *Eolia*, très proche de la poule, mais au plumage vert, doté d'une seule patte et d'un long bec incurvé, idéal pour attraper les vers sous la terre. Il a déjà placé sur la table les petits pains faits maison, préparés par sa maman la veille, les confitures artisanales variées de sa grand-mère et trois grands verres remplis de jus de *caboline*. Il a pris soin de disposer les aliments de façon à ce qu'ils dessinent la forme d'un éclair, pour célébrer l'obtention du *Médaillon Céleste* par son père. On dirait un vrai petit chef, tout fier d'accueillir ses parents à ce premier repas de la journée, le plus important sur *Eolia*. Quand il aperçoit ses parents entrer dans le lieu d'expression de son art bien à lui, il s'empresse de leur lancer :

« Vous avez vu l'éclair ? Sur la table ronde, on dirait un *Médaillon Céleste* géant ! Papa, pourquoi tu le portes pas ?

— C'est… parce que je n'ai pas encore le droit de m'en servir, Windo. Il faut encore que je passe une dernière épreuve pour me montrer digne du médaillon et être capable d'utiliser tous ses pouvoirs.

— Ah bon ? Mais pourtant je t'ai vu t'envoler hier !

— Oui… Euh… C'est parce que… quand l'*Empereur Céleste* vient juste d'être nommé, il a le droit d'essayer ses pouvoirs, mais après avoir dormi, il ne peut plus s'en servir sous peine d'être foudroyé ! (Qu'est-ce que je peux raconter comme inepties à mon propre fils… Je devrais avoir honte !) C'est pourquoi je dois encore passer une épreuve à l'*Horizon des événements* pour avoir le droit d'utiliser le médaillon.

— Ah d'accord. C'est dommage… » ajoute-t-il en rattrapant habilement dans sa poêle l'œuf de *clidon* après l'avoir lancé pour le retourner comme une crêpe (ces œufs sont meilleurs cuits des deux côtés). « Dis, tu m'emmènes avec toi ?!

— Non, Windo. L'*Horizon des événements* est un endroit réservé à l'*Empereur Céleste*. Il n'y a que lui qui peut pénétrer dans la *Grotte Étincelante*, car tout y est tellement brillant qu'il faut porter le *Médaillon Céleste* pour y voir quelque chose. (J'espère qu'il va gober ça…)

— Ah bon ? Mais comment a fait Ptélia pour l'obtenir la première fois, alors ?!

— (Et merde, il est trop intelligent, ce gosse…) Windo, tu poses trop de questions ! Allez viens, profitons plutôt de ce délicieux petit déjeuner que tu as si bien préparé !

— Tu choisis la solution de facilité… lui glisse discrètement Brylna par télépathie.

— Désolé Chérie, mais j'étais à court d'idées et je déteste mentir, surtout à mon fils ! »

La petite famille s'installe autour de la table et, après une prière, se fait un devoir de dévorer « l'éclair de nourriture » préparé par Windo. Après ce copieux repas, Lépita s'apprête à quitter la maison : « Bon allez ! En route pour l'*Horizon des événements* ! Je devrais être rentré pour le déjeuner. Si ce n'est pas le cas, je vous préviens par télépat'. Quand je reviendrai, Windo, je t'emmènerai faire un tour dans les nuages !

— Ouais, SUPER ! répond son fils avec enthousiasme.

— Sois prudent, mon Chéri, lui conseille tendrement sa femme.

— Bonne chance, Papa !

— Merci. À tout à l'heure ! »

Et, tandis que Windo court retrouver ses copains pour aller jouer, Brylna referme la porte de la maison en se demandant ce que son mari va faire en réalité. Lui seul le sait…

Lépita, ne sachant pas lui-même comment résoudre son problème, décide de se rendre jusqu'à une colline au sommet de laquelle il s'assoit et se met à contempler le médaillon avec appréhension. « Et maintenant, je fais quoi ? … Je réessaie de le porter ? Non… Je vais plutôt discuter de tout ça avec quelqu'un qui sera plus à même de m'en dire plus sur le médaillon. » Et le Terralien entre en contact télépathique avec son prédécesseur :

« Lépita ! Tiens donc ? Que me vaut l'honneur d'un appel du nouvel *Empereur Céleste* ?

— Bonjour Myklandrac. Tu vas bien ?

— Allons, assez de formalités ! Appelle-moi Myk' !

— D'accord… Myk'… Alors, que deviens-tu maintenant que tu as dû rendre le médaillon ?

— Oh ben, je suis resté dans les FAMÉ (*Forces Armées Militaire d'Eolia*) ! Me battre, c'est ce que je sais le mieux faire. Mais ces salopards ont décidé de me dégrader ! Je suis plus que colonel, maintenant…

— C'est déjà pas mal. Pourquoi, c'est qui le général, maintenant ?

— Ben logiquement, c'est toi, imbécile ! Je te rappelle que tu as été désigné *Empereur Céleste* pour mener les armées d'*Eolia* dans la bataille pour sauver l'univers, rien que ça !

— Ah oui, c'est vrai…

— Eh ben, t'as pas l'air très au courant ; qu'est-ce qui t'arrive ?

— En fait… Bon, je vais t'expliquer pourquoi je t'appelle : j'ai de gros problèmes avec le *Médaillon Céleste*…

— Quoi, toutes les filles viennent te draguer ? C'est normal, ça ! Tu veux quelques conseils de pro ? Tu veux que je t'apprenne comment sortir avec dix filles dans la même journée sans qu'aucune d'elles ne s'en rende compte, grâce aux pouvoirs du médaillon ?

— Mais non, c'est pas ça du tout… Et puis je te rappelle que je suis marié et que j'ai un fils !

— Bon, je vois, t'es pas très chaud pour plaisanter… Allez, dis-moi tout !

— Le médaillon a… comment dire ?… un effet psychologique dévastateur sur moi.

— QUOI ?!

— Quand je le porte, je souffre horriblement et mon esprit est en permanence envahi par des pensés et des souvenirs qui ne sont pas les miens ! En fait, je deviens quelqu'un d'autre ! J'ai l'impression d'être… Ptélia !

— Ptélia ? Le type de la légende ? Le premier *Empereur Céleste* ?

— Lui-même. C'était absolument insupportable… À force d'être assailli par ces pensées, je commençais à devenir schizophrène, j'avais des vertiges et un mal de crâne épouvantable, à tel point que j'ai dû enlever le médaillon…

— Donc là, tu ne le portes plus ?

— Non, il est dans ma poche. J'ai trop peur de le remettre…

— Eh ben, il est beau, l'Empereur…

— Je sais, c'est ridicule… Et j'ai vraiment honte… Est-ce que toi aussi, tu avais ce souci-là ?

— Ah non, pas du tout ! Moi, quand j'ai mis le médaillon autour de mon cou la première fois, j'ai ressenti comme un orgasme ! Le plus puissant que j'ai jamais ressenti dans toute ma vie ! C'était encore mieux que quand j'ai couché avec…

— Oui, bon, ça va ! Epargne-moi les détails…

— Enfin bref, rien que pour ça, je regrette d'avoir dû te concéder ce bijou, veinard ! Avec le *Médaillon Céleste* j'étais surpuissant ! Je me déplaçais aussi vite que la lumière, je pouvais balancer des éclairs, des tornades, je contrôlais les nuages et toutes les filles étaient folles de moi ! Mais Ptélia, tout ce que je sais de lui, je l'ai appris dans les bouquins d'histoires à l'école primaire.

— Ouais, je vois… Donc j'ai vraiment un sérieux problème avec ce fichu médaillon…

— On dirait bien… Enfin, si tu veux tout savoir, pendant mon mandat, j'ai quand même fait un truc spécial en rapport avec Ptélia.

— C'est-à-dire ?

— Tu sais, la *Forêt des prières*, qu'on a appelée comme ça parce que c'est celle où Ptélia allait toujours prier…

— Ouais…

— Tout le monde la considère comme un lieu maudit, parce que c'est là que Ptélia, qui était censé avoir la vie éternelle, a disparu. Et du coup, personne n'y a mis les pieds depuis plus de deux mille ans. Eh ben moi, je m'étais dit que tout ça, c'était que des foutaises et que cette forêt devait être une forêt comme les autres, et que la disparition de Ptélia n'était pas due à la forêt elle-même, mais à une cause extérieure. Et alors, j'avais décidé qu'en tant qu'*Empereur Céleste*, je me devais de pénétrer dans cette forêt et d'aller y déposer mes prières, comme le faisait le tout premier Empereur, afin de lui rendre hommage et de prier pour le salut de son âme.

— Quelle noble décision !

— Je te remercie. Et puis donc, c'était… il y a dix ans, je crois… J'avais pénétré au cœur de la forêt interdite qui, depuis deux mille ans que personne n'y avait mis les pieds, était devenue extrêmement touffue et broussailleuse. J'étais donc allé jusqu'à ce qui semblait être la légendaire clairière où Ptélia allait prier tous les jours. Ça avait l'air d'un sanctuaire, d'un lieu sacré… Je suis vraiment étonné que personne avant moi n'ait eu l'idée d'y aller. Ça aurait pu devenir un lieu de pèlerinage régulier de tous les Empereurs. Enfin bref, la clairière, depuis deux mille ans, avait été envahie par des mauvaises herbes immenses et proliférantes, que je m'étais employé à débroussailler, grâce aux pouvoirs du médaillon, afin de lui rendre sa pureté originelle. Ceci fait, j'avais dressé une croix de bois, en l'honneur de Ptélia, je m'étais agenouillé, et j'avais prié de tout mon cœur, en espérant qu'un jour, Ptélia revienne, même si je sais que c'est impossible…

— C'est beau, ce que tu as fait. J'ai du mal à te reconnaître…

— Ce qui signifie ?! Je ne suis pas qu'un fanfaron narcissique et égocentrique, tu sais ? Je sais aussi faire preuve de respect envers ceux qui en valent la peine. Mais mon histoire ne s'arrête pas là ; il y a beaucoup plus troublant : à partir de ce jour, il y a dix ans, où j'avais pénétré pour la première fois la *Forêt des prières*, je pris l'habitude de m'y rendre chaque jour pour prier, en cachette. Je n'ai jamais dit à qui que ce soit que j'étais entré dans la forêt interdite. J'avais beau être l'*Empereur Céleste*, tu sais comment sont les gens… Tout ce qui touche au divin est tabou, et transgresser l'interdiction de mettre les pieds dans cette forêt aurait été considéré comme un péché grave. Tu es la première personne à qui j'en parle.

En tout cas, dès le deuxième jour où je me rendis dans la clairière sacrée, je fus témoin d'une vision inquiétante et terrifiante : la croix que j'avais plantée était tombée sur le sol à l'horizontal et la terre, juste en dessous avait été retournée, comme si un corps – celui de Ptélia ? – avait été exhumé. Est-ce que Ptélia était réellement enterré ici ? Est-ce que quelqu'un m'ayant vu entrer dans la forêt la veille serait entré à son tour et, ayant vu la croix, n'aurait pas pu s'empêcher de creuser sous terre pour vérifier si le corps du héros légendaire n'était pas là depuis deux mille ans ? La légende raconte pourtant que Ptélia avait disparu sans laisser de trace et que ses disciples avaient simplement retrouvé le médaillon tout seul, abandonné sur le sol… Mystère…

— C'est pour le moins troublant, effectivement. Je me demande ce qui s'est passé ce jour-là… Le médaillon devrait me permettre d'en savoir plus puisqu'apparemment, il contient tous les souvenirs de Ptélia.

— Mais oui, bien sûr !!! Tu dois absolument remettre le médaillon pour comprendre ce qu'il s'est passé ! Ptélia doit savoir comment il est mort ! C'est incroyable que moi, je n'ai jamais pu accéder à la mémoire de Ptélia avec le médaillon… Je croyais pourtant avoir épuisé toutes les possibilités qu'il m'offrait… En tout cas tu dois absolument le remettre !

— Plus facile à dire qu'à faire… Mais bon, de toute façon, il faudra bien que je le remette un jour… Demain a lieu la traditionnelle conférence de salutation du nouvel Empereur, et si je ne porte pas le médaillon, tout le monde va croire que je suis un lâche, ou que le médaillon ne m'estime pas digne d'être son propriétaire, car j'avais dans un premier temps choisi de le laisser à Sylvain Béryl…

— Ouais, tu ferais mieux de franchir ce cap au plus vite. Peut-être que Ptélia veut juste que tu saches tout ce qui lui est arrivé et qu'après il te foutra la paix ; et tu pourras à nouveau utiliser le médaillon sans être assailli psychologiquement. Laisse-toi envahir par ces pensées ! Elles viennent de quelqu'un de mythique et de légendaire que j'ai toujours voulu rencontrer.

— Tu as raison ! Je pense que je vais moi-même aller à la *Forêt des prières* pour remonter à la source, et là-bas je passerai autour de mon cou le médaillon. Merci pour tous tes conseils et tes explications, Myk' ! On se voit demain à la conférence !

— Ça marche, honorable Lépita ! Télépathe-moi quand tu as du nouveau !

— OK ! À bientôt ! »

À ce moment, derrière Myklandrac, l'ombre d'un Eolien se retire au coin d'un mur, tout en se disant d'une voix froide et vicieuse : « Hé hé hé ! Voilà qui est très intéressant ! Hé hé ! L'heure de ma vengeance a enfin sonné !... »

Et voilà Lépita parti pour la *Forêt des prières* afin de sonder le mystère de Ptélia au cœur de la forêt que ce dernier aimait tant, mais où il a disparu, voici deux millénaires. Après une heure et demi de marche, Lépita arrive à l'orée du bois, et, ne voyant aucun chemin pour y pénétrer, décide de la traverser en passant par les broussailles. Myklandrac devait y venir du ciel, en volant, quand il était encore l'Empereur. Le fait de marcher dans cette forêt semble familier à Lépita ; sans doute est-ce dû aux souvenirs de Ptélia qu'il vient de consulter la veille ; mais étrangement, le souvenir lui paraît plus récent. Arrivé à la clairière, Lépita sent une curieuse chaleur lui envahir tout le corps, il sent qu'il touche au but, que la vérité ne va pas tarder à éclater, mais quelle vérité ?

Lépita sort enfin le médaillon de sa poche, et se rend compte qu'il brille beaucoup plus fort que d'habitude. La lumière intense qu'il irradie semble indiquer que son propriétaire doit le porter pour connaître les réponses à toutes les questions qu'il se pose. Il observe l'éclat lumineux de l'éclair mythique gravé sur le fameux pendentif, ferme les yeux, respire un grand coup, et se résout à ceindre l'objet légendaire. Pendant une minute, il ne se passe rien, si bien que le Terralien se demande s'il n'a pas tout inventé, hier, et si le médaillon a vraiment un effet nocif sur lui, mais après les soixante premières secondes, Lépita entend comme la veille un horrible bourdonnement grinçant et sifflant qui lui inonde entièrement le cerveau ; la douleur est épouvantable, inhumaine, mais il résiste, il veut savoir, il est soumis à la vision d'un nombre incalculable d'images : tous les souvenirs de Ptélia, jusqu'au dernier jour où il entra dans cette forêt pour la dernière fois et fut surpris par quelqu'un ! Qui est-ce ?! Il semble à Lépita qu'il a déjà vu la tête de ce traître dans un livre d'histoire : « Aaah ! Mon Dieu, ce que ça fait mal, souffre Lépita. Starkos !!! Espèce d'enfoiré ! Tout est de ta faute ! Aaah ! Le salopard ! »

Lépita se tord de douleur ! Une douleur encore plus épouvantable que la veille, qui l'oblige à se débattre, allongé par terre, pleurant, et criant à s'en décrocher la mâchoire, car la vérité concernant ce qui est arrivé à Ptélia est trop horrible, surtout que Lépita revit la scène comme si cela lui était vraiment arrivé à lui-même, puisque les souvenirs de Ptélia semblent très curieusement être les siens quand il porte le médaillon. Il se voit se faire tuer, et ploie sous le poids de l'horrible vérité, comme s'il était égorgé par le Rasoir d'Occam !

Au bout de dix heures d'intense souffrance, pendant lesquelles il a assisté impuissant à toute la vie de Ptélia se dérouler sous ses yeux jusqu'à sa fin tragique et injuste, ne pensant qu'à résister jusqu'à ce que le *Médaillon Céleste* ait fini de lui révéler tout ce qu'il devait savoir, la lueur émanant du pendentif légendaire commence enfin à décroître, de même que la douleur se dissipe également dans le cerveau en fusion du Terralien, qui à présent, gît inanimé dans la clairière de la *Forêt des prières*, dernier lieu où le héros Ptélia avait été vu en vie.

À présent, il sait tout. Il a enfin compris tout ce qui est arrivé à Ptélia, pourquoi il a disparu, mais il n'a pas retrouvé sa propre mémoire, à moins que… Se forçant encore à rassembler les pièces du puzzle, il finit par envisager une hypothèse inconcevable, mais qui, pourtant, permettrait de tout expliquer… Non, ce n'est pas possible ! Une telle vérité ne se peut pas… C'est physiquement inconcevable !

Soudain, Lépita sent que quelqu'un essaie d'entrer en communication télépathique avec lui ; c'est Brylna : « Ah ! Lépita, mon cœur, tu réponds enfin ! Que t'est-il donc arrivé ? Où es-tu ?

— Oooh, Brylna, ma douce… Que c'est bon d'entendre ta voix !

— Comment vas-tu ? Pourquoi n'es-tu pas rentré ?

— J'ai osé… J'ai osé remettre le médaillon autour de mon cou et j'ai souffert le martyr pendant… Quelle heure est-il ?

— Il est vingt heures !

— Oh bon sang… Oui, j'ai souffert le martyr pendant environ dix heures, alors… Mais c'est enfin terminé… Je porte toujours le médaillon, mais je ne souffre plus. Du moins, plus physiquement… Mais la vérité que m'a révélée le médaillon sur la vie de Ptélia me fait arriver à des conclusions complètement ahurissantes concernant mon propre passé ! Ce n'est pas possible !!! Non ! NON ! NoOoOoN !!! Je ne peux pas croire que ça puisse être vrai !!! NON !!!

— Lépita !

— NON !!!

— Lépita, calme-toi !
— NON !!! Ce foutu médaillon me rend complètement fou !
— Lépita, où es-tu ?!
— NON !!! Je vais retiré ce machin diabolique et ne plus jamais le porter !
— LEPITA ! Où te trouves-tu, actuellement ?
— Je suis… dans la *Forêt des prières*.
— La *Forêt des prières* ?! Mais enfin, c'est un lieu interdit !
— Je le sais, figure-toi ! Mais tout ça, ce ne sont que des foutaises ! C'est une forêt tout à fait normale, si ce n'est que j'y suis mort il y a deux mille ans, il paraît !
— QUOI ?!
— Laisse tomber, je suis en train de perdre complètement la boule… Je vais rentrer à pied, ça va me changer les idées. Ces promenades nocturnes commencent à devenir une habitude.
— Lépita, sois prudent. Je t'attends avec Windo. Calme-toi et tu me raconteras tout en détail tout à l'heure, d'accord ?
— Ouais, c'est ça… Je sais pas si j'en aurai la force, mais bon… À toute. »

Et Lépita se met à marcher, les jambes en coton, le médaillon à nouveau dans sa poche. Il a la curieuse sensation que ce n'est pas la première fois qu'il emprunte cet itinéraire. Il marche alors en s'efforçant de ne penser à rien, laissant ses pas le conduire là où il espère ne pas tomber, mais c'est pourtant bien là que ses pas le mènent : à l'Hôpital Central de *Clorynthia*, là où il s'était présenté aux urgences il y a dix ans. « Oh, c'est pas vrai… Mais non ! NON ! Ce n'est pas possible ; ça ne peut pas être moi ! Je refuse de croire que ça puisse être moi ! » Lépita commence à comprendre ce qui lui est arrivé, quelle étrange et incompréhensible histoire il a vécue… Mais il refuse obstinément d'admettre cette vérité-là.

Reprenant enfin le chemin de sa demeure, où sa femme et son fils l'attendent impatiemment, il décide d'entrer à nouveau en communication avec Myklandrac, car il lui avait promis de le recontacter : « Lépita, c'est à cette heure-là que tu me rappelles ? Je commençais à désespérer… T'es encore allé draguer les filles ?

— Myk', arrête avec ça, tu veux ? Je ne suis pas un coureur de jupon.

— OK, OK ! Alors, ça y est ? Tu sais ce qui est arrivé à Ptélia ?

— Oui. Oui, je sais.

— Ben alors, t'attends quoi ?! Dis-moi !

— … Je… J'ai encore du mal à admettre ce que j'ai vu et je suis quasiment certain que si je te le disais, tu ne me croirais pas.

— Ah, là tu commences à attiser ma curiosité ! T'es allé trop loin dans tes mystères ; maintenant il faut que tu me racontes tout !

— Tu… Tu sauras tout demain à la conférence, Myk'. C'est trop dur et trop frais pour moi, pour que j'en parle maintenant. Il faut d'abord que je digère tout ça. Tout ce que je peux te dire, c'est qu'à présent, je peux porter le M*édaillon Céleste* sans souffrir. Néanmoins, je l'ai quand même retiré et je ne sais pas si j'aurai le courage de le porter à nouveau avant plusieurs jours.

— Oh, allez, tu vas pas recommencer avec tes enfantillages, Lépi' ! Tu es l'*Empereur Céleste*, merde ! Ce n'est pas une mission de tout repos ! Tu dois savoir souffrir toi-même, si tu veux pouvoir aider ceux qui souffrent !

— Je sais, tu as entièrement raison. Mais laisse-moi la nuit pour réfléchir à tout ça. Demain, tout ira mieux ! Enfin, j'espère…

— Mouais… Tu m'inquiètes, tu sais ! Allez, passe une bonne soirée, *Enpeurmeurent Sesrestes*. T'as saisi ?

— Ha ha. Vraiment hilarant. En plus, t'es pas loin de la vérité avec ton jeu de mots stupide… À demain, Myk' le comique ! »

Et, toujours à l'affût derrière Myklandrac, la même ombre d'Eolien sournois se réjouit machiavéliquement : « Hé hé hé ! Parfait ! C'est exactement ce que j'espérais. Tu n'es pas au bout de tes souffrances, maudit Terralien ! »

Lépita, ayant perdu beaucoup de temps, voit déjà le soleil se coucher derrière sa maison, alors qu'il rentre enfin chez lui. Brylna, le sentant arriver, sort pour l'accueillir et court pour se jeter dans ses bras : « Oh, Lépita, tu m'as fait une de ces peurs ! Il est déjà vingt-cinq heures, je commençais à m'inquiéter sérieusement.

— Papa ! Te voilà enfin ! Alors, tu m'emmènes voler dans les airs ?!

— Oh, pas ce soir, Windo. Il va faire nuit et je suis épuisé… Mais je t'emmènerai demain, c'est promis !

— T'es qu'un menteur ! C'est toujours demain avec toi !

— Windo, réplique sa mère, ton Papa a subi des épreuves extrêmement difficiles dans l'*Horizons des événements* et il a besoin de se reposer.

— Il a toujours besoin de se reposer ! C'est nul ! Moi qui croyais que c'était le plus fort de l'univers ! Tu m'as menti, je te déteste !

— Windo ! » tente de le retenir son père, le voyant rentrer en pleurant, puis claquer la porte derrière lui.

« Quel *Empereur Céleste* lamentable je fais… Le médaillon est hostile envers moi, et je ne suis même pas capable de tenir une promesse faite à mon fils…

— Chéri, ce n'est pas ton genre d'être si défaitiste. L'*Empereur Céleste* que tu es doit réagir dignement et encaisser les coups durs avec objectivité, pour rebondir et repartir plus fort ! Alors, veux-tu bien me raconter ce que le médaillon t'a appris ?

— Non. C'est trop dur pour moi… J'ai besoin de réfléchir à tout ce que j'ai vu pour accepter et comprendre la réalité de ce qui s'est passé. Je préfère n'avoir à raconter qu'une seule fois cette histoire tragique, et je le ferai demain à la conférence de salutation du nouvel Empereur ; tu pourras me voir à la télé.

— Lépita… Je n'aurai pas besoin d'allumer la télé, puisque Windo et moi t'accompagnerons jusqu'au *Dôme Solaire* pour la conférence !

— Ah oui, c'est vrai… Bon, je vais me coucher.

— Déjà ?! Mais tu n'as rien mangé.

— Je n'ai pas faim. Si tu n'y vois pas d'inconvénient, je préfère dormir seul sur le canapé, cette nuit.

— Quoi ?! Alors c'est ça ton plan ?! Tu passes toute la journée à souffrir le martyr loin de moi et quand tu rentres enfin, beaucoup plus tard que prévu, avec des nouvelles que tu refuses de m'avouer, tu m'annonces qu'en plus on doit faire chambres séparées ?!

— Je suis désolé, Brylna. Ta colère est légitime, mais j'ai vraiment besoin de me retrouver seul avec moi-même, cette nuit pour réfléchir.

— Mais enfin, si tu souffres, il ne faut pas tout garder pour toi ! Tu dois en parler ! Ça te déchargera d'un poids et tu te sentiras beaucoup mieux après t'être confié ! Je suis ta femme ! Tu peux tout me dire ! Je serais prête à endurer toutes les souffrances du monde avec toi, s'il le fallait ! Ne te renferme pas sur toi-même ! Parle-moi !

— Je te remercie pour ton amour et ta compréhension, Brylna. Si Windo et toi n'étiez pas là, je pense que je ne serais pas aussi fort, car je n'aurais pas de raison de me battre. Vous êtes mon idéal, et je veux vous offrir un monde de paix, sans guerre. Cela m'est possible, si je mets tout en œuvre pour utiliser le *Médaillon Céleste* à bon escient. Mais ce même médaillon ne cesse de me torturer l'esprit depuis hier… Et maintenant qu'il a fini de me délivrer son message, à savoir, tous les événements de la vie de Ptélia, qui semble étrangement liée à la mienne, j'ai besoin de me poser, et de réfléchir à tout cela, seul. C'est vraiment important pour moi. Comprends-tu, mon amour ?

— Très bien. Si c'est si important pour toi. J'irai dormir toute seule. Tu es sûr que tu ne veux rien manger ? Je t'ai préparé ton plat préféré avec amour en attendant ton retour : un rôti de *youronx*.

— Non, je te remercie, mais j'ai comme un nœud dans l'estomac et je ne peux rien avaler. Windo a déjà dîné ?

— Oui, comme il se faisait tard, j'ai préféré qu'il mange avant ton retour.

— C'est bien. Bon, je vais m'allonger et méditer un peu. Bonne nuit, ma douce !

— Bonne nuit, Chéri. »

Lépita s'allonge sur le canapé du salon et passe la nuit à scruter le plafond qui reflète faiblement la lumière de *Zéphira*, du dehors. Ses origines sont-elles vraiment celles qu'il croit avoir découvertes ? Pourquoi est-il devenu ce qu'il est aujourd'hui ? Et quelle est donc sa destinée ? Toutes ces questions existentielles s'enchevêtrent, se croisent, se décroisent et s'entrechoquent dans son esprit embrumé par tant de mystère et d'incompréhension. Au bout de six heures de réflexion, le sommeil commence enfin à le gagner, quand soudain : il est réveillé en sursaut par un horrible fracas, immédiatement suivi des cris affolés de Windo, puis de Brylna ! Quel est ce vacarme ? Pourquoi son fils et sa femme crient-ils ? Que se passe-t-il à l'étage ?

Lépita saute du canapé et s'apprête à monter en courant les escaliers, mais il n'aura pas besoin de se donner cette peine : l'auteur de ce terrifiant chahut est déjà lui-même en train de descendre les marches. Quelle vision d'horreur ! Un être entièrement robotisé, exceptée la tête – sa tête d'Eolien n'est pas étrangère à notre héros –, marche sur ses deux jambes métalliques, en tenant sous son bras droit Brylna qui se débat et essaie de faire lâcher prise à son ravisseur en le frappant sans effet sur la poitrine, et sous son bras gauche, le petit Windo qui gigote tout aussi inutilement en pleurant d'affolement. Lépita se met en garde, les sourcils froncés et le regard plein de fureur : « Zoltahn !

— Ha ha ha ! Mon très cher Lépita, tu me reconnais encore ? Quel honneur ! J'ai subi quelques petites transformations organiques, comme tu peux voir. Ha ha ha !

— Qu'est-ce que tu fais ici ? Pourquoi es-tu entré chez moi par effraction ? Lâche tout de suite mon fils et ma femme !!!

— Oh ! Quelle colère ! Je te reconnais bien là, Lépita le fougueux… Tu veux savoir ce que je fais là ? Tu n'en as vraiment pas la moindre idée ?

— J'imagine que c'est le *Médaillon Céleste* qui t'intéresse.

— Tout à fait. Je viens reprendre ce qui me revient de droit ! Car de toute évidence, tu ne mérites pas ce médaillon ! Tu as triché pour l'obtenir, quand tu m'as soi-disant battu en demi-finale du Championnat !

— Pauvre abruti, je n'ai pas triché ! Je t'ai imposé une prise de soumission ! Tu avais le choix : soit résister à la douleur, au risque que je te casse une articulation, soit capituler pour que je te lâche, et tu as choisi cette deuxième option ! C'est toi-même qui as provoqué ta propre défaite en abandonnant ! Un *Empereur Céleste* digne de ce nom doit savoir résister à la torture ! C'est donc toi qui ne méritais manifestement pas d'obtenir le médaillon !

— Ah bon ? Et tu crois vraiment que toi, tu le mérites ? Alors comment se fait-il que le médaillon te fasse tant souffrir et t'impose une torture psychologique permanente et insupportable ?

— Mais !… Comment sais-tu ça ?! Je n'en ai parlé qu'à ma femme et à Myklandrac par télépathie !…

— Eh bien il semblerait que les Terraliens, en plus d'avoir la langue bien pendue, ne sachent pas la tenir ! Ha ha ha… Trêve de plaisanteries ! Donne-moi tout de suite le médaillon ou j'égorge ton fils ! » menace Zoltahn en faisant sortir de son majeur une grande lame bien aiguisée, qu'il pointe vers Lépita d'un geste à la fois menaçant et provocateur.

Lépita est pris au piège. Que faire ? S'il lui remet le médaillon, qui sait ce que Zoltahn en fera ? De toute évidence, il n'a pas l'intention de faire pleuvoir gentiment les nuages et se fiche éperdument du sort de *Rockaia*, que l'Empereur a pour mission d'aller défendre. Mais d'un autre côté, à quoi bon vivre en conservant le *Médaillon Céleste*, si pour cela il doit perdre son fils qui est sa raison de vivre…

Ne sachant quelle décision prendre, il est soudain interrompu dans sa réflexion par la voix glaciale d'un autre personnage qui prend la parole de derrière un mur en haut des escaliers : « Allons Zoltahn… Un peu de calme. Tu ne vas pas déjà supprimer notre otage le plus précieux, alors qu'on peut prendre tout notre temps et s'amuser un peu. Hé hé hé… »

Le mystérieux personnage descend tranquillement les marches à quatre pattes : c'est un Eolien célèbre de par le monde entier, qui a la particularité de s'être fait greffer des mains artificielles à la place de ses pattes antérieures, afin de pouvoir mener une vie de scientifique, malgré son corps d'Eolien. « Belle » manière d'aller contre la nature pour ce partisan de l'avancée scientifique, dont les néo-Noé ont pourtant tout fait pour minimiser les progrès. Son intelligence supérieure lui a en effet permis de s'imposer comme le scientifique le plus prodigieux et le plus renommé de la planète, malgré son racisme ouvertement reconnu envers les Terraliens, qu'il qualifie d' « ignoble race inférieure ». Aujourd'hui, il offre ses services aux FAMÉ, où ses inventions s'avéreront extrêmement utiles pour la guerre contre les Xinyens.

« Falkahn ! s'exclame Lépita. Alors c'est toi qui es derrière tout ça, espèce de monstre ?!

— Allons, allons, mon très cher et vénéré *Empereur Céleste*. Vous utilisez tout de suite les grands mots, sans même savoir quelles sont mes intentions. Je ne fais que rendre justice à *Eolia* en récupérant le médaillon qui lui appartient. Les Terraliens ne devraient même pas avoir le droit de poser leur regard impur sur cet objet légendaire, eux qui sont nés de l'abject croisement avec les étrangers terriens, salissant ainsi la pureté de notre noble espèce.

— J'imagine que la transformation de Zoltahn en robot est ton œuvre. Tu traites les Terraliens de race impure, mais c'est pourtant cette même apparence de Terralien, soi-disant impure que tu as donnée à Zoltahn, qui à ce que je vois, est devenu bipède et doté de mains. Et tu t'es d'ailleurs toi-même fait greffé des mains artificielles, rompant ainsi avec la morphologie originelle des Eoliens. S'il y a un être impur dans cette pièce, c'est bien toi, Falkahn !

— Ha ! Pour lancer de beaux discours provocateurs, tu es fort, mais pour maîtriser le pouvoir du médaillon que tu as soi-disant gagné, et que tu tentes vainement de contrôler sans réussite, c'est tout de suite beaucoup plus difficile. Les *Médaillons de Déragona* ont été créés pour que leurs Empereurs prennent le contrôle de leurs planètes respectives et impose le respect à leurs sujets, tous inférieurs ! C'est cet idéal que je veux instaurer sur *Eolia*, comme l'avait fait jadis mon aïeul, le seul à avoir compris le véritable intérêt des Médaillons : Starkos !

— Toi, Falkahn, tu es un descendant de Starkos ?! Tout s'explique ! (Si l'histoire du *Médaillon Céleste* dit vrai, il est donc à plus d'un titre mon ennemi juré.)

— L'histoire du *Médaillon Céleste* ? Intéressant…

— Mais, comment…

— Ha ha ha ha ! Aurais-tu oublié que les Eoliens disposent de la faculté de lire dans les pensées ? C'est le seul atout de notre noble race que vous, Terraliens, ne nous avez pas lâchement volé, comme le reste ! C'est aussi grâce à cette faculté que j'ai pu lire dans les pensées de Myklandrac ce matin et ce soir, au moment même où tu étais entré en communication télépathique avec lui. Car le destin favorable a voulu que je sois près de lui à ces moments-là, alors que nous étions tous deux à la caserne des FAMÉ. C'est grâce à cela que j'ai appris les soucis dont tu souffrais à cause du *Médaillon Céleste*. Alors, souhaites-tu nous faire part cette charmante histoire que le médaillon t'a contée ?

— Tu peux toujours courir, Falkahn ! Jamais je ne répondrai à la moindre des exigences d'un être qui piétine tout ce que nous avons de plus précieux et qui détourne les préceptes fondamentaux de notre planète pour nourrir son malsain intérêt personnel !

— Peu m'importe ce que tu penses, misérable chien galeux ! Ma justice est la meilleure ! La preuve : Xinyorg qui honore le même idéal est en train de prendre le contrôle de tout le système solaire ! La moitié des planètes lui appartient déjà ! La raison du plus fort est toujours la meilleure !

— Comment oses-tu citer en exemple l'ennemi juré de notre planète ?!

— N'est pas mon ennemi celui qui respecte mes préceptes.

— Pauvre fou ! Xinyorg est un être infâme, capable des pires bassesses pour arriver à ses fins ! Il souhaite t'asservir toi aussi, comme nous tous ! Tu n'y échapperas pas sous prétexte que tu souhaites la même chose que lui ! Ouvre donc tes yeux aveuglés par l'obscure lumière émanant de ta propre cupidité et laisse-toi illuminer par la splendeur de la justice d'*Eolia* qui prône la paix et l'amour dans toute la galaxie !

— Ferme ta grande gueule, être inférieur ! Tes paroles sales poussent comme de la mauvaise herbe dans le jardin fertile de ma sainte ambition ! Je m'en vais les arracher, de même que je vais écraser de ma patte tout ce que tu as de plus cher et tu ne pourras plus qu'implorer mon pardon !

— N'aie pas peur, Windo ! Je vais vous sauver toi et Maman !

— Ha ! Laisse-moi rire. Et comment souhaites-tu t'y prendre, « Empereur » ? La lame tranchante bionique de Zoltahn est placée sous la gorge de ton misérable rat de fils ! Si tu tentes quoi que ce soit envers nous, tout ce que tu pourras contempler sera une mare de sang impur s'écoulant du cou tranché de ton rejeton sur le sol de ta maudite demeure !

— Je t'interdis de faire peur à mon fils ! Ne l'écoute pas, Windo ! Ton père va chasser les méchants ! Cette fois, je te garantis de tenir ma promesse !

— Ce n'est pas beau de mentir à son fils, tu sais ? Bon ça suffit ! Assez tergiversé ! Remets-moi tout de suite le *Médaillon Céleste* et je te jure que Zoltahn et moi déguerpirons sans faire de mal à ta famille.

— Et tu crois que je vais tomber dans ce panneau si grotesque ? Je ne suis pas si candide, Falkahn !

— Très bien, je m'attendais à cette réponse… Curieusement, je n'arrive pas à lire dans ton esprit l'endroit où tu caches le médaillon… Serais-tu capable de camoufler tes pensées secrètes ? C'est regrettable… pour toi, surtout ! Parfait. On va s'amuser un peu… Zoltahn, amène-moi la morveuse et son marmot, je me charge de les garder sous mon joug !

— Bien, maître. »

Zoltahn, sans se retourner, pour garder Lépita sous le contrôle de son regard froid et inhumain, s'avance à reculons vers Falkahn et lui confie Brylna et Windo. Le scientifique sort un pistolet laser et le pointe sur la tempe de Windo qui, terrifié, se met à pleurer.

« Ta gueule, morveux ! Ou j'te troue le crâne !

— Falkahn ! implore Brylna, n'avez-vous donc aucune compassion dans votre cœur ? Ce n'est qu'un enfant ! Je comprends que vous nous preniez comme otages, mais essayez de traiter un peu plus dignement Windo, qui est si jeune et peine à comprendre ce qui se passe !

— La ferme, sale chienne ! Ce gosse, tout comme tous les Terraliens, n'est qu'une vermine méprisable qui n'aurait jamais dû voir le jour sur une planète aussi pure que la nôtre ! Votre existence même est une erreur de la nature ! Si tu ouvres encore une seule fois ta sale bouche, tu peux dire adieu à ton gamin ! Zoltahn ! Maintenant tu vas te battre contre ce rat de Terralien et lui prouver qui est le plus fort ! Et toi, le rat, je t'interdis d'esquisser le moindre geste d'autodéfense, sinon… tu sais ce qu'il en coûtera à ce sale gosse !

— Zoltahn, réplique Lépita, vas-tu t'abaisser à ça ?

— M'abaisser ? Mon maître m'a élevé à un rang bien supérieur en faisant de moi un cyborg surpuissant capable de pulvériser n'importe quel adversaire. De plus, il m'offre la chance de prendre ma revanche sur toi !

— Mais enfin, où est passé le guerrier droit et juste que tu étais, Zoltahn ? Je serais ravi de t'accorder ta revanche, dans un autre contexte, mais comment peux-tu tirer la moindre satisfaction d'un tel combat si je n'ai même pas le droit de me défendre ?...

— Inutile d'essayer de le raisonner, reprend Falkahn. Il est sous mon total contrôle psychique. Encore une de mes inventions géniales ! Hé hé hé…

— Tu es aussi fourbe et sans scrupules que Xinyorg lui-même…

— Vas, Zoltahn ! Accomplis ton devoir !

— Bien, maître ! »

Zoltahn, par une détente beaucoup plus souple et fulgurante que ce que Lépita avait connu lors de son combat contre lui en demi-finale, bondit vers le Terralien et lui décoche un direct du droit dans l'épigastre.

« Ooouuuh… crie Lépita qui se retrouve plié en deux, mais reste debout.

— Continue, Zoltahn, lui ordonne son maître. »

Zoltahn envoie un coup de pied d'une brutalité extrême dans le museau de Lépita, tel un gardien de football qui effectuerait un dégagement aux six mètres. Le Terralien est projeté en arrière, tandis qu'une gerbe de sang s'échappant de son nez va s'étaler sur le plafond.

« Aaah ! » hurle Lépita en retombant lourdement sur le parquet de son salon. Brylna étouffe un cri d'horreur et Windo, spectateur malgré lui de cette scène horrible, crie son désespoir : « PAPAAA !!!

— La ferme, morveux ! Continue, Zoltahn !

— Approche, pourriture ! nargue Lépita en se relevant valeureusement. Je ne me laisserai pas défaire si tu continues à me frapper comme une gonzesse !

— Quoi ?! s'étonne Zoltahn. Tu oses me provoquer ?! »

Le cyborg se prépare à attaquer de plus belle, en lui effectuant son attaque favorite : il se met à quatre pattes tel un véritable Eolien, sort de ses doigts d'un bruit sec et tintant ses griffes métalliques rétractiles et bondit sur la poitrine de Lépita qui s'effondre sous les trois cents kilogrammes que pèse Zoltahn, maintenant que son corps est entièrement constitué de métal : écrasant de tout son poids le corps de sa victime, l'Eolien lui lacère la poitrine à force de dizaines de coups de griffes ! Du sang gicle partout dans la pièce ! Le spectacle est d'une horreur insoutenable, et Lépita se laisse faire, tel un agneau offert en sacrifice.

« SOOOUUUFFRE, sale chien puant ! » se réjouit Falkahn. Zoltahn se redresse, les yeux emplis d'une rage inhumaine et sans pitié, trônant toujours sur sa proie, qu'il menace d'une main griffue dégoulinant de sang, pointée juste au-dessus de son visage !

« Alors, mon cher Empereur ! Comment te sens-tu après ce passage à tabac ? l'interroge cyniquement le scientifique.

— Tout baigne, mon vieux ! C'est le cas de le dire, vu le bain de sang que je prends en ce moment, ironise Lépita. Pourquoi m'interromps-tu pendant ce moment de pure délectation ? Vas-y, Zoltahn, poursuis ! Tu me fais tant de bien !

— Tu oses encore fanfaronner, malgré l'état pitoyable dans lequel tu te trouves ? rétorque Falkahn. Quelle bravoure ! Voyons si tu es capable de résister à la peur, devant les nouvelles armes de mon cyborg. Zoltahn ! Sors le lance-flamme ! »

S'exécutant sur le champ, Zoltahn bombe le torse et sa poitrine s'ouvre sinistrement, pour laisser se profiler la forme effroyable d'un canon bouillant dont s'échappe déjà une menaçante fumée noire. « Alors, chien ! Je réitère ma question : veux-tu bien me remettre le *Médaillon Céleste*, ou préfères-tu voir tes jambes se faire carboniser par ce beau joujou !

— Vas-y, Zoltahn, réponds tranquillement Lépita. C'est vrai qu'il commence à se faire froid ; je te saurai gré de me réchauffer un peu.

— On dirait que le *Médaillon Céleste* t'a rendu complètement barjo, mon pauvre ! Comprends-tu la puissance de ce lance-flamme ? Si Zoltahn l'utilise contre toi, tes jambes vont partir en fumée et tu ne pourras plus jamais te tenir debout !

— MAIS VAS-Y !!! QU'EST-CE QUE TU ATTENDS !!! hurle de fureur le Terralien. FERAIS-TU SOUDAIN PREUVE DE COMPASSION ???!!! TU PEUX ME TORTURER TANT QUE TU VOUDRAS ! TANT QU'IL ME RESTERA UN SOUFFLE DE VIE, TU NE POURRAS JAMAIS FAIRE DE MAL NI À MA FEMME, NI À MON FILS, NI À CETTE PLANETE ET JAMAIS, TU M'ENTENDS, JAMAIS JE NE TE REMETTRAI CE PUTAIN DE MEDAILLON !!!

— Pauvre fou ! C'est toi qui l'auras cherché ! Zoltahn, accomplis ta vengeance sur ce chien et fais flamber ses sales jambes impures !

— Bien maître », lui répond sans émotion le cyborg.

Zoltahn se lève effectue un pas en arrière puis laisse son arme de destruction massive cracher impitoyablement son venin brûlant sur les membres inférieures de Lépita qui hurle de douleur tout en se forçant à continuer de narguer ses tortionnaires : « AAAAAAAH ! PUTAIN, CE QUE ÇA FAIT DU BIEN !!! OUAIS, T'ARRÊTE SURTOUT PAS, ENFOIRÉÉÉ !!! » Et Zoltahn ne stoppe pas l'œuvre diabolique de son arme. Lépita sent la chair de ses jambes se liquéfier et se tordre, comme si on les plongeait dans le cratère d'un volcan rempli de magma en fusion ! Sa peau est déjà dissoute, ses muscles partent en fumée et ses os ne tardent pas à être également réduits en cendres. Lépita, au bord de l'agonie, feint d'exulter de joie, pour tenter de rendre cette scène un peu moins atroce aux yeux de son fils horrifié, qui n'a jamais assisté à une torture si barbare se dérouler sous son regard innocent : « Hmm, oui ! Quel pied, je ne sens même plus mes pieds ! On se croirait sur *Brazia*, je n'avais pas demandé de vacances, pourtant ! »

Falkahn, fou de rage devant le comportement si détaché de sa victime, qui devrait être en train de le supplier de l'achever pour abréger sa souffrance, éclate de colère: « LÉPITA ! TU NE ME FERAS PAS CROIRE QUE TU NE SOUFFRES PAS ATTROCEMENT ! Tu sais très bien que tout est perdu pour toi, à présent ! Tu as perdu tes jambes à tout jamais, tu ne pourras plus jamais marcher ! Tu ne peux plus être l'*Empereur Céleste* de toute façon ! Ce n'est pas un combattant en chaise roulante qui va sauver la galaxie ! Ha ha ha ! Tu es fini, maudit chien !

— Ah bon ? rétorque Lépita, insensible aux provocations du scientifique. Je me sens très bien, tu sais ? Mes jambes avaient souvent péché, avec tous les coups de pieds qu'elles avaient déjà infligés à mes adversaires ! Elles ne méritaient pas mieux. Merci, Falkahn ! Et bravo à toi, Zoltahn ! Je n'ai jamais vu un pigeon aussi docile et obéissant que toi !

— QUOI ???!!! crie le cyborg, de rage. PRENDS ÇA !!! » Et l'Eolien lui envoie encore une rasade de flammes directement dans le visage ! Lépita, les poils faciaux en feu, mais les yeux toujours valides, répond puérilement : « Même pas mal !

— Maître ! reprend Zoltahn le regard dépité. Qu'est-ce qu'on peut faire ?!

— Grrr ! Maudit Terralien ! Même à l'article de la mort, tu oses nous humilier par ton arrogance !

— Je vous l'avais dit, réplique notre héros, un vrai *Empereur Céleste* doit savoir résister à toutes les formes de torture ! JE SUIS LÉPITA ! L'INVINCIBLE *EMPEREUR CÉLESTE* D'*EOLIA* ET VOUS NE POUVEZ RIEN CONTRE MOI !!!

— Imbécile ! Tu oublies que je tiens entre mes mains ton fils et ta femme ! Si tu restes insensible à la torture contre ton propre corps, on va voir si tu peux encore demeurer de marbre devant le spectacle de ton ignoble femme en train d'agoniser !

— NON !!! NE LA TOUCHE PAS, CONNARD !!!

— Je fais ce que je veux ! C'EST MOI LE MAÎTRE, ICI !!! Oh, je t'ai appelée « ignoble » ? Pardon, il est vrai que t'es plutôt sexy pour une sale Terralienne, poursuit Falkahn en saisissant de sa main droite le sein gauche de Brylna.

— Ne me touchez pas avec vos sales pattes, se défend la belle Terralienne en giflant son violeur.

— Ouh, sale peste ! Mais dis-moi, tu es aussi fougueuse que ton chien de mari ! Zoltahn, occupe-toi du mioche ! Moi je vais me charger de ce petit lot bien appétissant…

— MAMAN ! » crie Windo, qui repoussé par Falkahn, se retrouve à nouveau sous le joug du cyborg.

Falkahn donne un coup de griffes sur la poitrine de Brylna, déchirant ainsi sa tunique ! Elle tombe à terre, une main tentant de cacher ses seins découverts. L'ignoble scientifique reprend : « Tu sais que t'as de belles jambes, aussi… » Brylna repousse le sol de ses pieds pour s'éloigner de Falkahn tout en gardant les fesses à terre, tellement elle est paralysée par la peur.

« FALKAHN !!! » hurle, Lépita, les flammes léchant toujours son visage accompagnant furieusement bien le brasier qui flambe dans ses yeux rageurs. « SALE PERVERS ! LAISSE TOUT DE SUITE MA FEMME EN PAIX OU JE T'ÉCHARPE COMME UN GORET !!!

— Et en échange, tu me remets le médaillon ?

— VAS TE FAIRE FOUTRE, CONNARD !

— Tant pis pour ta femme, alors. Allez, sale chienne, tu ne me montres pas encore tout, poursuit le tortionnaire. Voyons ce que tu caches sous ta jupe… » Encore un coup de griffes bien placé, et Brylna n'a plus que sa petite culotte pour masquer sa nudité ! Terrifiée, les yeux en pleurs et l'intérieur de la cuisse droite en sang, elle recule encore, mais se retrouve stoppée dans sa retraite par le mur du salon. Elle est prise au piège, sans défense.

« Maman, sauve-toi ! » hurle le petit Windo en se débattant, tentant vainement d'échapper à l'emprise de la main de fer de son ravisseur, qui scrute avidement la scène perverse, excité par la vision du corps merveilleux de Brylna, presque intégralement dénudé. Falkahn s'approche encore à quatre pattes, tel un prédateur, sa langue léchant lentement ses babines. Brylna tremble, les jambes repliées et une main cachant toujours sa poitrine. « Tu vas souffrir, poulette… » la prévient cruellement l'Eolien.

« Bon, là c'en est trop, se résigne Lépita. Finie la plaisanterie ! » Profitant de ce que Zoltahn soit obnubilé par la scène du viol de sa femme, notre héros jusque-là impuissant, dispose enfin d'une occasion d'utiliser ses pouvoirs sans être coupé dans sa tentative. Plongeant sa main gauche horriblement mutilée – comme les autres parties de ce qui lui reste de corps – dans la poche intérieure de sa tunique, qui gardait secrètement et précieusement caché le fameux *Médaillon Céleste*, il parvient, à bout de force et d'un geste très incertain à ceindre enfin le pendentif légendaire !

Aussitôt, tout son sang qui continuait à se répandre sur le sol reprend comme par magie le chemin de ses plaies, qui elles, se referment sans laisser la moindre cicatrice, les flammes sur son visage qui commençaient à cramer ses yeux s'éteignent, ses jambes réduites en cendres réapparaissent, reprenant leur forme normale, vigoureuse et puissante, ses yeux se mettent à irradier la couleur jaune dorée du porteur du *Médaillon Céleste* et une splendide et lumineuse cape dorée apparaît par enchantement sur ses épaules. Lépita se sent investi d'une puissance incommensurable, démultipliée encore davantage par l'inextinguible fureur qu'il éprouve envers l'immonde Falkahn ! Pendant une fraction de seconde qui dans la tête du héros semble durer beaucoup plus longtemps, ce dernier entend pour la première fois le médaillon lui-même s'adresser à sa conscience ; une voix sombre et mystique s'élève dans l'esprit du Terralien :

« Noble *Empereur Céleste*, tu te résignes enfin à faire appel à moi. L'épreuve que je t'ai imposée en torturant ton esprit pendant plusieurs heures était extrêmement douloureuse, je le sais, mais nécessaire pour te remémorer en si peu te temps tout ce qui avait fait ta vie passée, toi qui as tout oublié après avoir été enterré sans moi pendant plus de deux mille ans. À présent tu sais qui tu es vraiment. Cesse de te poser des questions et accepte l'absurde évidence de ce que je t'ai fait redécouvrir. Vas terrasser ton ennemi, ô toi qui as toujours été et demeureras à tout jamais mon seul et unique véritable maître. Vas, Ptélia ! »

À la vitesse de l'éclair, Lépita, ou plutôt Ptélia, se redresse, ses yeux dorés d'*Empereur Céleste* ressuscité brillant enfin à nouveau de mille feux, puis il bondit vers Zoltahn si vite qu'on aurait dit qu'il s'était téléporté et lui décoche un

« kakato-otoshi[9] » sur son bras métallique qui retenait prisonnier le petit Windo, lui arrachant par là même ledit membre ! Zoltahn n'étant plus en contact avec l'enfant, Ptélia, encore en lévitation, sa cape flottant majestueusement dans son dos, et des éclairs crépitant autour de lui, en profite pour lui balancer une fabuleuse décharge électrique : « *LA COLÈRE DE ZEUS* ! ». Une formidable gerbe d'éclairs jaunes s'abat alors instantanément sur le cyborg, détraquant aussitôt tous les circuits de son corps robotisé qui s'effondre à terre. Falkahn, se rendant enfin compte que le Terralien s'est relevé, se retourne abasourdi en voyant son ennemi remis sur pieds comme par miracle.

« Lé… Lépi… Lépita ! parvient à peine à bredouiller le scientifique. Tu po-po… Tu po-po… Tu po-portes le… le *Mé-Mé*… le *Médaillon Céleste* ? »

Ptélia ne répond rien, se contentant de scruter impassiblement Falkahn dans les yeux en fronçant les sourcils, debout, sans être en garde, comme pour signifier qu'il ne craint rien.

« Sale Terralien, MEURS ! » crie de rage l'Eolien en envoyant avec son pistolet un puissant rayon laser en plein dans le cœur de notre héros ! Ledit rayon n'a absolument aucun effet sur le corps de l'Empereur, qui s'avance d'un pas sûr et très lent vers Falkahn, tandis que son corps est toujours parcouru d'éclairs crépitants, manifestant sa colère céleste.

« Falkahn, je ne perdrai pas de temps à t'exprimer la fureur qui inonde mon cœur quand je pense à toutes les atrocités que tu as fait subir à ma famille et à moi-même. Je vais me contenter

9 Coup du talon porté du haut vers le bas pour toucher le plus couramment le dessus du crâne de l'adversaire, cette attaque est utilisée surtout en karaté.

de te dire que tu t'es trompé par deux fois quand tu as parlé après m'avoir vu debout devant toi. D'une part, je ne suis pas un Terralien.

— Quoi ?!

— À la base j'étais un Eolien, comme toi, si ce n'est que mon corps est revenu à la vie il y a dix ans sous cette forme grâce aux pouvoirs du *Médaillon Céleste.* » Arrivé à la hauteur de Falkahn, le héros prend dans sa main le canon du pistolet laser pointé sur lui et le broie, comme s'il s'agissait d'un vulgaire biscuit, puis il poursuit. « Et d'autre part, je ne m'appelle pas Lépita. Mon véritable nom – écoute-le bien avant de sombrer en enfer – mon nom est PTÉLIA !!! » Et en même temps qu'il avoue son vrai nom à son ennemi, il lui décoche un formidable uppercut qui envoie valser le scientifique dans un fracas de verre brisé à travers la fenêtre du salon dix mètres plus loin.

Windo, enfin réjoui que les méchants soient vaincus, court vers son papa en pleurant, sans trop savoir si c'est de joie ou de peine qu'il pleure : « PAPAAA !

— Windo ! Viens là, mon grand ! » Et Ptélia peut enfin à nouveau serrer son fils encore tout tremblant dans ses bras et lui dire avec confiance : « Tu vois, je t'avais dit que je vous sauverai, toi et Maman ! Je te promets qu'à partir d'aujourd'hui, je respecterai toujours les promesses que je te ferai !

— T'es vraiment le plus fort de l'univers, Papa ! »

Ptélia s'agenouille auprès de sa femme : « Oh, Brylna, j'espère que tu me pardonneras d'avoir été si impuissant devant le spectacle de ton agression par ce savant fou de Falkahn… Tiens couvre-toi avec ça. » Et notre héros enveloppe sa femme de la chaleur apaisante que prodigue sa *Cape Céleste* enfin ressuscitée avec son vrai propriétaire, puis appliquant sa main droite contre la griffure à la cuisse qu'elle a subie, il guérit en quelques secondes la blessure dont elle souffrait.

« Je t'aime, mon Chéri, lui répond simplement Brylna. Viens dans mes bras Windo !

— Maman, j'ai eu si peur…

— Ne crains rien, mon trésor, Papa sera toujours là pour nous protéger.

— Bon, reprend Ptélia. Je vais voir dehors si Falkahn a déjà clamsé ou s'il est simplement évanoui. »

Ptélia sort par la fenêtre en volant et est stupéfait de constater que le corps de l'Eolien ne gît pas sur le sol ! Il prend de la hauteur dans les airs pour essayer de repérer Falkahn qui est certainement en train de prendre la fuite, mais ne parvient pas à retrouver sa trace : « Bon sang ! Les mauvaises herbes ont la vie dure. Il a dû se cacher, ce con ! Tant pis, tant que je porterai ce médaillon, personne ne touchera plus ni à ma famille, ni à cette planète, ni à aucune autre des planètes du système solaire de *Déragona*. J'en fais le serment solennel ici et maintenant ! »

Ptélia, redescend sur terre, et voyant avec bonheur Brylna est en train de se relever, il sourit, mais les commissures de ses lèvres retombent quand il voit, toujours allongé dans le salon, le corps inerte du cyborg Zoltahn avec une main arrachée. Ptélia s'approche de lui et le ranime d'une petite décharge électrique salvatrice qui remet ses circuits en route.

« Chéri, qu'est-ce que tu fais ?! crie Brylna apeurée.

— Ne t'inquiète pas, mon cœur, la rassure l'*Empereur Céleste* de ses grands yeux dorés pleins de confiance, il était sous le contrôle psychique de Falkahn. À présent il a repris ses esprits.
— Ooouuuh… Ma tête… se plaint l'Eolien. Mais qu'est-ce que c'est que ce corps ?! Où suis-je ? Lépita, c'est vous ?
— Oui, mon ami, c'est moi. Tu es dans ma maison. Falkahn t'a transformé en cyborg et t'avait hypnotisé pour te forcer à nous attaquer, ma famille et moi, se servant de toi comme arme pour me voler le *Médaillon Céleste*. Mais heureusement, il a échoué. En revanche, il est parvenu à prendre la fuite…
— Oh, Lépita, je suis vraiment désolé du mal que j'ai pu vous causer… Je vous respecte et vous ai toujours admiré. Jamais je ne me serais permis de…
— Je sais. Tu n'as pas à te justifier. Tu n'étais pas responsable de tes actes.
— Quand bien même. J'ai tellement honte… Je vois que vous êtes parvenu à trancher ma main gauche ?
— Oui, c'est moi. Si tu te rends à la caserne des FAMÉ, ils pourront te la regreffer.
— Non, c'est inutile. Je préfère rester comme ça. Cela me fera me souvenir toute ma vie de ma faiblesse. Et cela sera pour moi un moyen de me repentir, même si je sais que je ne mérite même pas d'être pardonné après tout ce que je vous ai fait. Vénérable épouse de l'*Empereur Céleste* et vous, son glorieux fils béni par *Jéhovah*, je vous prie d'accepter mes humbles excuses pour avoir osé porter la main sur vous. »

Zoltahn se prosterne à genou en direction de Brylna et Windo. « Maman, il est pas méchant, le robot ? demande le petit Terralien.

— Non, mon trésor. C'est l'autre vilain monsieur qui l'avait rendu méchant, mais en réalité il est gentil, tu vois ?

— Merci infiniment pour tant d'indulgence de votre part, ô noble épouse de l'*Empereur Céleste*, lui réplique Zoltahn. Vénérable Lépita, comment puis-je me faire pardonner à vos yeux, si cela vous est possible dans votre grande magnanimité ?

— Eh bien, si tu veux te racheter, je te propose de m'accompagner dans ma quête pour la paix à travers *Déragona*. Avec Sylvain Terrien, toi Eolien et moi Terralien, le commandement des armées éoliennes sera assuré par un représentant de chacune des trois espèces d'êtres vivants intelligents de notre planète. Je ne pouvais pas espérer mieux ! Si tu acceptes bien sûr.

— Comment pourrais-je refuser quoi que ce soit à mon Empereur vénéré ? C'est avec beaucoup d'honneur que j'accepte votre proposition. Je vous retrouverai demain à l'issue de la conférence de présentation du nouvel *Empereur Céleste*.

— Merci, Zoltahn.

— Si vous le permettez, je vais me retirer à présent. Je vous souhaite une bonne nuit et vous prie encore de bien vouloir me pardonner pour mes méfaits.

— D'accord, je veux bien, parce que t'as pas l'air si méchant, monsieur, répond innocemment Windo.

— Je vous serai éternellement reconnaissant pour votre grandeur d'esprit, ô noble fils de l'*Empereur Céleste*.

— J'ai dit ça juste parce que je voulais encore l'entendre m'appeler comme ça, hi hi hi… glisse le petit à sa Maman.

— Oh Windo… Ce n'est pas beau de se moquer. Bonne nuit, Zoltahn !

— Bonne nuit, honorable épouse de mon Empereur vénéré, et encore pardon.

— Finalement tu as raison, mon trésor, c'est vrai que c'est rigolo !

— Ha ha ha ! » rit à son tour Ptélia de bon cœur.

Et c'est la tête pleine de rires que la famille de Ptélia ferme les yeux sur cette étrange journée, terrible d'horreur et d'épouvante, mais qui s'est miraculeusement terminée de la plus heureuse des manières.

Mardi matin, 13 juillet 500, le jour se lève sur une nouvelle journée, celle de la conférence de présentation du nouvel *Empereur Céleste*, celle de toutes les révélations. La conférence se déroule à *Pradiax*, au *Dôme Solaire* qui avait accueilli l'avant-veille la Finale du Championnat Mondial des Arts Mariaux d'*Eolia*. Au centre de l'*Arène aux Mille combats* sont disposés une table, un fauteuil et un canapé. Le présentateur – qui se trouve être le Terralien qui avait arbitré et commenté les combats du tournoi – est assis dans le fauteuil et prend la parole en ces termes :

« *Bienvenue à tous, ô, peuples d'*Eolia *! Vous qui êtes ici présents, allez avoir l'honneur et le privilège d'assister à la traditionnelle conférence de présentation du nouvel* Empereur Céleste, *dont la retransmission se fait en ce moment même sur les écrans de cent trente-huit des cent cinquante États de la planète !*

*Mes invités d'honneur, assis auprès de moi sur ce canapé sont l'ex-*Empereur Céleste*, Myklandrac*, – de nombreux applaudissements s'élèvent pour remercier l'ex-Empereur de ses bons et loyaux services – *le vice Champion du Championnat Mondial des Arts Mariaux d'*Eolia, *Sylvain Béryl* – cette fois les applaudissements sont accompagnés de cris de folie des jeunes filles, groupies du beau jeune homme, avec Irina Saint-Clair en tête de file, méprisant toutes les autres – *et le nouvel* Empereur Céleste, *Lépita !* »

Ayant entendu ce nom, tous les spectateurs présents au *Dôme Solaire*, ainsi que chaque Eolien chez lui devant sa télévision, se lèvent tous comme un seul homme pour acclamer, applaudir et crier leur joie d'avoir été comblés par la nomination d'un nouvel Empereur.

« *À présent*, reprend le présentateur, *je demande au nouvel* Empereur Céleste *de bien vouloir prendre la parole au micro.* »

Ptélia, portant à son cou le *Médaillon Céleste* et sur ses épaules la *Cape Céleste*, se lève, et après que les applaudissements se sont tus, il s'adresse à la planète entière : « Merci à tous pour votre ferveur ! C'est pour moi un grand honneur d'avoir été nommé *Empereur Céleste* pour mener à bien la quête pour la paix dans tout le système solaire, ainsi que sa majesté le Roi Vihndorn III me l'a demandé. J'ai l'immense plaisir de pouvoir compter, à mes côtés pour commander les armées d'*Eolia*, sur le désormais Colonel Myklandrac, ici présent, qui n'a pas quitté les Forces Armées Militaires d'*Eolia*, et sur le valeureux Sylvain Béryl, ici présent, qui a accepté de me seconder dans ma tâche après ma proposition d'avant-hier à l'issue de la Finale du Championnat. Mais je dois vous annoncer qu'un quatrième valeureux combattant se joindra également à nous dans notre combat : il s'agit du courageux Zoltahn, à qui j'ai proposé hier soir de m'accompagner et qui a accepté sur le champ. Nous serons ainsi quatre, dont au moins un représentant de chacune des trois espèces de notre planète. Zoltahn doit être parmi vous aujourd'hui. Si tu veux bien te lever, cher ami ! »

Dans la tribune Nord, Zoltahn se redresse timidement, et toutes les caméras se retrouvent braquées sur lui. Les gens présents, sont stupéfaits, horrifiés ou encore interloqués, par l'apparence inhabituelle de cet Eolien, capable de se lever sur deux pattes et au corps totalement robotisé, auquel il manque une main.

« Zoltahn – si tu me permets d'en parler – a aujourd'hui cette apparence car le célèbre scientifique Falkahn, qui travaille pour les FAMÉ, a fait de lui un cyborg, après l'avoir hypnotisé pour prendre le contrôle de son esprit, et il s'est servi de lui comme arme pour tenter hier soir de me dérober le *Médaillon Céleste* ! »

Des cris d'effroi fusent parmi les gradins du stade : « Oui mes frères ! Nous avons un nouvel ennemi, un traître parmi nous, qui n'est certainement pas présent aujourd'hui, car il a fui après que je l'ai chassé de chez moi, sans parvenir à l'attraper. » Après un silence, comme personne ne se manifeste, il poursuit : « Falkahn n'est qu'un ignoble savant fou, un être fourbe et cupide, qui a voulu me voler le *Médaillon Céleste*, afin de s'en servir à ses fins personnelles, comme l'avait déjà fait son aïeul Starkos avant lui. Eh oui ! Falkahn est un descendant de Starkos qui fut le deuxième *Empereur Céleste* après m'avoir dérobé le médaillon à moi, Ptélia !

— Quoi ?! Qu'est-ce qu'il raconte ? Il est fou ! Il blasphème ! Lui, Ptélia ?! Mais non ! » Ce sont toutes les interrogations et accusations qui sont échangées à travers les gradins après cette annonce retentissante. Myklandrac se lève à son tour, furieux : « Lépita ! Comment oses-tu prétendre être le héros légendaire, Ptélia ?! Sous prétexte que le médaillon t'a raconté sa vie, tu estimes que ce sont tes propres souvenirs qu'il t'a révélés ?!

C'est impossible ! Ptélia était un Eolien et tu es un Terralien ! C'est physiquement inconcevable !

— Myk', mon ami, je te prie de me laisser me justifier. Et vous aussi, mes frères, écoutez-moi ! Cette *Cape Céleste* que je porte aujourd'hui est la preuve que je suis le seul et unique véritable *Empereur Céleste*, celui qui possède la vie éternelle. Aucun Empereur après moi, parmi tous ceux qui m'ont succédé, n'a porté cette cape. Et elle est apparue sur mes épaules hier soir, pendant mon combat contre Falkahn et Zoltahn, alors que je venais de comprendre qui j'étais réellement.

Laissez-moi vous raconter ce qu'il m'est arrivé il y a plus de deux mille ans et que le *Médaillon Céleste*, lui-même m'a rapporté quand je suis enfin entré à nouveau en sa possession après ma victoire d'avant-hier : Starkos, mon plus fidèle disciple, avait toujours prétendu qu'il s'était rendu avec mes amis à la forêt où j'allais méditer chaque jour, car ils s'étonnaient que je ne fusse, soi-disant, pas revenu au bout de plusieurs heures, et qu'ils avaient retrouvé le *Médaillon Céleste* abandonné par terre tout seul. Starkos était à ce moment accompagné de tous mes autres disciples qui avaient également été témoins de cette découverte. Ne me voyant pas revenir au bout de plusieurs mois, ils en conclurent que j'avais disparu, sans savoir pourquoi. Et cela resta un mystère pendant plus de deux millénaires.

Moi, Ptélia, je vais vous raconter ce qui s'est réellement passé, ce jour-là. Starkos savait très bien ce qui m'était arrivé, puisque c'est lui-même qui avait provoqué ma disparition, plusieurs heures avant de *retourner* dans la *Forêt des prières*, comme on l'appelle aujourd'hui, avec tous mes autres disciples. Starkos était l'un des rares, pour ne pas dire l'un des seuls Eoliens, à nourrir de noires ambitions maléfiques, contrairement à tous les autres Eoliens qui ont toujours été et sont aujourd'hui encore un peuple exclusivement pacifique. Le sang de Starkos coule dans les veines de Falkahn, qui est l'un de ses descendants, ce qui explique pourquoi il a, lui aussi, essayé de me dérober le *Médaillon Céleste*.

Starkos feignait d'être mon disciple le plus fidèle, afin de mieux pouvoir me duper ! En réalité, il fomentait un plan machiavélique consistant à me voler le *Médaillon Céleste*, afin de régner en seul maître tyrannique sur tout le peuple d'*Eolia*, ce qu'il a effectivement fait quelques mois après ma disparition, comme vous le savez déjà. Ce jour fatidique où tout a basculé, Starkos était en réalité venu me rejoindre dans la *Forêt des prières*, malgré la stricte interdiction que j'avais formulée devant tous mes disciples, de ne jamais venir perturber ma méditation, car c'était l'unique moment où je pouvais me retrouver seul, et goûter à la tranquillité apaisante du silence, sans être assailli de toutes parts par mes frères de tous les pays, me priant de les purifier pour leur apporter la paix.

Starkos était donc venu interrompre mes prières. Il eut beau marcher le plus subrepticement possible, je l'entendis tout de suite approcher, car le médaillon décuple toutes les facultés sensorielles de son propriétaire. Je me retournai donc et lui demandai ce qu'il faisait ici. Il m'expliqua alors qu'il venait de se réveiller et qu'il avait fait un rêve prémonitoire : un rêve qui lui prédit que le jour où le symbole d'une aile noire apparaîtrait au dos du *Médaillon Céleste*, cela signifierait que les *Ailes Noires* xinyennes attaqueraient *Eolia* le lendemain (ce qui était totalement faux). Starkos justifia donc sa venue en me faisant croire que ce rêve l'avait tellement chamboulé, qu'il voulait absolument me retrouver tout de suite, pour vérifier si la fameuse aile noire n'était pas apparue au dos de mon médaillon.

À l'époque, en tant qu'Eolien, la chaînette du médaillon était autour de mon cou, mais le médaillon en lui-même reposait sur mon dos, afin que malgré ma posture horizontale d'Eolien quadrupède, le pendentif puisse être sans cesse en contact avec ma peau et me conférer ses pouvoirs. Comme j'avais une totale confiance en Starkos, qui était mon disciple le plus dévoué, je le laissai passer dans mon dos et retourner le *Médaillon Céleste* avec sa queue, afin qu'il vérifiât si le symbole était apparu. Au moment où il toucha le médaillon, c'est lui qui fut investi un court instant de ses pouvoirs et il en profita pour prononcer la formule magique qu'il m'avait entendu réciter si souvent : « *Balayage foudroyant* ! » afin de lancer contre moi, l'*Empereur Céleste*, cette attaque surpuissante qui pouvait vaincre n'importe quel ennemi. N'étant plus investi à ce moment-là du pouvoir de résistance défensive que confère le médaillon, je fus abattu sur le coup. Du moins c'est ce que Starkos croyait.

Supposant que j'étais mort, il creusa un trou dans la terre et y enfouit mon corps, pour faire croire que j'avais disparu. Puis il alla dans une autre clairière de la même forêt pour y déposer le médaillon, et rentra au village. Plusieurs heures après, il alla retrouver les autres disciples, pour leur demander de l'accompagner dans la forêt pour retrouver leur maître qui était resté durant un temps anormalement long dans la forêt. Feignant que c'était la première fois qu'il pénétrait dans ces bois, il marcha « en prenant un itinéraire hésitant et incertain », selon les témoignages bien connus de ses amis concernant ma disparition, mais toujours en gardant en tête qu'il lui fallait atteindre l'endroit où il avait laissé le médaillon, sans passer par le lieu où il m'avait enterré, car en voyant la terre retournée, on aurait pu creuser et retrouver mon corps. Et finalement, arriva la scène que vous connaissez tous où ils découvrirent le *Médaillon Céleste* seul, abandonné, sans trace de ma présence autour.

Après, Starkos fit répandre le bruit que cette forêt était maudite et que personne ne devait plus jamais y poser les pieds. De cette manière, il était certain que personne ne retrouverait jamais mon corps, et que son crime demeurerait impuni. Puis il décida, plusieurs mois après, seulement, pour éviter tout soupçon, d'organiser le premier Grand Tournoi de l'Esprit, afin de désigner celui qui serait digne de me succéder. Comme il savait très bien qu'il était de loin le plus intelligent des Eoliens – il a d'ailleurs transmis cette intelligence à Falkahn par hérédité – il était aussi persuadé que c'est lui qui remporterait le Tournoi et deviendrait le nouvel *Empereur Céleste*. C'est effectivement ce qui se passa et ayant pris le pouvoir, dans tous les sens du terme, il devint ensuite jusqu'à sa mort naturelle, le souverain tyrannique dont vous avez tous entendu parler dans les livres d'histoire.

Les Empereurs se sont ensuite succédés tous les cent ans après la mort de Starkos, puis tous les vingt-cinq ans, après l'arrivée des Terriens sur *Eolia*. Et personne, jamais, n'est retourné dans la *Forêt des prières*, jusqu'à il y a dix ans. Myk', m'autorises-tu à en parler ? »

Celui-ci lui fait signe qu'il accepte, avide d'entendre la suite de cette incroyable histoire, à laquelle il commence à croire, car tous les éléments racontés par Lépita restent cohérents avec les éléments de l'histoire que tout le monde connaît.

« Merci, Myk' ! reprend Lépita. Ainsi donc, malgré l'interdiction deux fois millénaire de ne jamais pénétrer la *Forêt des prières*, soi-disant maudite, Myklandrac, alors qu'il était encore l'*Empereur Céleste* il y a dix ans, décida de se rendre dans la forêt, afin d'y déposer ses prières, comme je le faisais moi-même il y a deux mille ans. C'était pour lui une manière de me rendre hommage, car il pensait, à très juste titre, que cette forêt n'avait rien de maudit et que ma disparition était due à une cause extérieure. Il trouva donc une forêt infestée de broussailles et de mauvaises herbes immenses, et finit par rejoindre une clairière qui lui sembla être celle où je priais tous les jours. Par bonheur, il s'agissait effectivement de la clairière où Starkos m'avait jadis enterré. Myklandrac s'est donc servi des pouvoirs du *Médaillon Céleste* afin de débroussailler cette clairière envahie par les mauvaises herbes, puis il s'est agenouillé et a prié. Il ne se doutait pas à ce moment-là que mon corps, que tout le monde croyait disparu depuis plus de deux mille ans, se trouvait en fait six pieds sous terre juste au-dessous de lui. Symboliquement, il a même planté une croix de bois en mon honneur, sans savoir que l'endroit où il avait planté cette croix était situé à l'emplacement exact de ma tombe !

La magie de la situation, est que pendant les deux mille ans qu'a duré mon ensevelissement je n'étais pas mort, mais plongé dans un profond coma. En effet, quand Starkos m'avait attaqué avec le « *Balayage Foudroyant* », c'était la toute première fois qu'il utilisait les pouvoirs du médaillon et il ne les maîtrisait donc pas au point de pouvoir m'achever en une seule attaque ! Il a cru que j'étais mort, mais en réalité il n'avait fait que me plonger dans le coma. Privé du pouvoir du médaillon, je n'ai donc jamais pu me réveiller, mais conservant la vie éternelle que le *Médaillon Céleste* m'avait conférée, je n'ai également jamais pu mourir ! Et quand enfin, au bout de deux mille ans, quelqu'un s'est, sans le savoir, approché de mon corps inerte enfoui sous terre, et que ce quelqu'un s'avère être l'*Empereur*

Céleste qui porte autour de son cou le médaillon, seul objet capable de me tirer de mon sommeil, j'ai pu renaître à la vie.

Le plus incroyable, c'est que, comme le médaillon confère toujours à son propriétaire les caractéristiques morphologiques les plus performantes possibles, il a pu transformer mon corps à l'image de celui de Myklandrac, au moment où ce dernier s'est agenouillé pour prier. Les Terraliens disposant d'un corps plus apte au combat et plus évolué que celui des Eoliens, grâce aux pouces opposables de leurs mains, qui leur permettent de saisir les objets, le *Médaillon Céleste* m'a envoyé son pouvoir jusque six pieds sous terre, afin que j'obtienne le corps d'un Terralien, plus évolué que mon ancien corps et que je m'éveille enfin de mon sommeil millénaire sous cette nouvelle apparence !

Quand Myklandrac revint dans la *Forêt des prières* le lendemain, il constata avec effroi que la croix de bois qu'il avait plantée dans la clairière était tombée et qu'un grand trou avait été creusé juste au dessous. Il crut que la clairière avait été profanée. En fait, ce qui était arrivé, c'était que le médaillon étant passé au-dessus de moi m'avait réveillé et que j'avais enfin réussi à m'extirper de ma tombe. Après cette auto-exhumation il y a dix ans, j'avais marché en titubant – car malgré le fait que le médaillon m'avait soigné, j'étais quand même dans un sale état après avoir repoussé le poids immense de la terre qui me recouvrait, et que de plus, je n'étais pas encore habitué à ce nouveau corps – et j'étais parvenu à rejoindre un hôpital, l'Hôpital Central de *Clorynthia*, le plus proche de la *Forêt des prières*, où je m'étais écroulé en arrivant aux urgences, comme s'il me restait tout juste assez d'énergie pour trouver un endroit où l'on pourrait me soigner.

Je suis donc resté quelques jours en convalescence. Quand j'ouvris les yeux, on me demanda comment je m'appelais et je me rendis compte que j'avais complètement perdu la mémoire. Cherchant au plus profond de mes souvenirs, je parvins à retrouver les lettres qui composaient mon nom et je leur dis que je m'appelais « Lépita », alors qu'en fait, j'avais mélangé les lettres de mon nom, me rappelant de l'ordre des voyelles, mais pas de celui des consonnes ; « Lépita » était en fait une anagramme de mon véritable nom : « Ptélia ».

Cherchant dans tous les registres, les agents des ressources humaines ne trouvèrent personne du nom de « Lépita » et les médecins qui m'avaient soigné en conclurent que je ne me souvenais plus de mon véritable nom et que j'avais inventé celui-ci. J'étais pourtant persuadé que c'était mon nom, et on continua donc de m'appeler ainsi. Un an après, j'ai rencontré Brylna au *Lac étoilé*, lors de la *Fête du Soleil*, je me suis marié avec elle et j'ai eu un fils, Windo. Puis je suis devenu l'homme que je suis aujourd'hui, le destin ayant voulu, que je remporte le Championnat Mondial des Arts Martiaux afin de récupérer le *Médaillon Céleste* qui a toujours été le mien. »

Un intense et long silence s'abat sur le *Dôme Solaire*, car tous les auditeurs de cet incroyable récit sont abasourdis par ce qu'ils viennent d'apprendre. Ptélia retourne s'asseoir sur le canapé, à côté de Sylvain qui le regarde, bouche bée, s'installer à ses côtés. Puis, le karatéka se lève et se met à frapper ses mains l'une contre l'autre, d'abord lentement, puis de plus en plus vite, et peu à peu, tous les spectateurs, y compris Myklandrac et le présentateur, se mettent à imiter le jeune homme et se lèvent pour applaudir le nouvel *Empereur Céleste*, qui s'avère être le seul et unique véritable Empereur, qui n'aurait jamais dû perdre son titre.

Certains Eoliens mirent du temps à croire que tout ce que Ptélia avait raconté était vrai, mais avec le temps, son histoire fut acceptée par tous et permit enfin de lever le voile sur la disparition du héros légendaire. Ptélia était bien vivant, et bien décidé à sauver tout *Déragona* de l'envahisseur xinyen. La véritable aventure peut enfin commencer !

Chapitre six
Sentiments refoulés

Il était une fois, dans une des plus importantes villes éoliennes appelée Néo-Paris, dans un pays baptisé la Nouvelle-Terre, un garçon de huit ans qui vivait avec ses parents et son frère de trois ans son aîné, dans une belle maison avec un jardin, des fleurs et un chat. La Nouvelle-Terre est un pays d'*Eolia* où ne vivent que des Terriens. Tous les habitants de la planète sont certes unis dans l'amour, depuis que les Terraliens ont été admis en tant que race du troisième type, et co-habitent dans d'autres pays aussi bien avec les Terriens qu'avec les Eoliens ; néanmoins, la Nouvelle-Terre est considérée comme une réserve naturelle, pour ainsi dire, où des Terriens, réfractaires aux accouplements interraciaux, ont choisi d'élire domicile, à l'écart de leurs frères Eoliens, non pas par xénophobie, mais simplement pour ne pas être tentés de sacrifier la pureté de leurs gènes terriens en se mélangeant de trop près avec leurs hôtes, qui avaient jadis accueilli leurs aïeux voici maintenant presque cinq cents ans. Ce pays un peu à part, était comme une dernière chance de permettre à la race des Terriens d'exister encore, malgré la destruction de leur planète, à plus de trente années-lumière de la planète bleue dont ils sont originaires.

Le garçon dont il est question s'appelle Sylvain.

Son père, Richard Béryl, est un homme grand et fort, au regard fier, cheveux courts, brun, avec une fine moustache à la Don Diego de la Vega. Il est le PDG d'une importante compagnie appelée *Déragonaccess*, qui conçoit des navettes spatiales, les *Plumes d'Or*, de la matière première au produit fini. M. Béryl dirige donc à la fois les mines dont ses ouvriers extraient les minerais et métaux nécessaires à la fabrication des vaisseaux, que les usines de montage, qui embauchent les meilleurs techniciens de la planète, aussi bien Terriens, que Terraliens. Le grand-père de Sylvain, Edgar Béryl, était un passionné d'astronomie et son arrière-arrière-grand-père Firmin, fut le fondateur de la firme *Déragonaccess.* Il la créa dans le but de découvrir le système solaire de *Déragona*, ses planètes et ses habitants, afin de tisser des liens d'amour avec les autres peuples. Son slogan, qui est resté celui de la compagnie, est le suivant : « les *Plumes d'Or* feront s'envoler votre amour pour atterrir dans le cœur de vos prochains. » Mais jusqu'à présent, à part quelques astronautes qui sillonnent l'espace déragonien, aucune expédition interplanétaire n'a encore été organisée, car les habitants d'*Eolia* étaient trop occupés à moderniser la planète et à l'équiper de manière suffisamment efficace pour prévenir d'une éventuelle attaque xinyenne. Les *Plumes d'Or* ne sont donc utilisées que comme moyen de transport commun sur *Eolia* même.

La mère de Sylvain, Mathilde, quant à elle, est romancière. C'est une femme charmante, très discrète et réservée, mais aussi très psychologue, avec un regard plein de compassion ; elle est assez menue, mais l'aspect mince de sa silhouette est compensé par une abondante chevelure rousse et bouclée. Elle est célèbre sur toute la planète, grâce à ses fameux romans policiers (souvenir morbide de par leurs meurtres mais palpitant de par leurs enquêtes, vestige littéraire d'un temps où la criminalité était le lot quotidien d'une vie terrienne bien perturbée... Ce temps-là est bien loin maintenant, mais les romans traitant de ce sujet sont toujours très appréciés, même si à l'époque où ils sont écrits, le sujet choisi ressemble quasiment à de la science-fiction). Mme Béryl est une mère très douce et attentionnée qui, malgré son activité très prenante d'écrivaine, a toujours su rester auprès de ses deux fils qu'elle aime plus que tout au monde, car son métier lui permet de travailler tout en restant à la maison.

Marc, le grand frère de Sylvain, a hérité à la fois des cheveux roux de sa mère et de la grande taille de son père (à onze ans, il mesure déjà un mètre quatre-vingt-cinq). Marc est un célèbre joueur de foot-billard éolien, le sport le plus pratiqué sur la planète. Le foot-billard éolien est au billard américain, ce que le tennis est au tennis de table, au sens où les joueurs y évoluent « sur la table » : sur un billard de la taille d'un terrain de football, recouvert de gazon, avec six trous appelés fosses, trois sur chaque longueur, deux équipes de douze joueurs s'affrontent avec des balles (d'une taille 50 % supérieure à la taille d'un ballon de football), l'objectif étant de faire entrer le maximum de balles dans les trois fosses de l'équipe adverse, sans se servir de ses bras, comme au football classique ; mais nous expliquerons les règles de ce sport plus en détail un peu plus loin. Marc est champion national en titre de la Nouvelle-Terre, au niveau benjamin, avec son équipe des *Flèches d'Argent* de Néo-Paris. Il espère passer pro et être sélectionné dans l'équipe nationale de la Nouvelle-Terre, pour disputer un jour la Coupe du Monde de foot-billard éolien.

Quant à Sylvain, c'est un champion de karaté. À huit ans à peine, il est déjà ceinture noire et est parvenu, à l'instar de son grand frère, à remporter le championnat national de karaté de la Nouvelle-Terre au niveau moins de dix ans, la plupart des autres karatékas à ce niveau ayant au moins un, sinon deux ans de plus que lui. Il ambitionne également de devenir professionnel dans ce sport, voire même, pourquoi pas un jour, de porter à son cou le médaillon de l'*Empereur Céleste* d'*Eolia* qui succèdera à Myklandrac dans quatre ans.

Autant le dire sans détour : la famille Béryl scintille de mille feux, tel le merveilleux joyau que son nom évoque, par sa popularité et son succès dans tous les domaines ; elle tourbillonne allègrement sur la spirale d'une réussite sans limites. Le père, Richard Béryl, avait du mal au départ, à admettre que ses fils choisissent de se tourner vers le sport ; il espérait que l'un d'eux prenne sa succession à la direction de l'entreprise familiale *Déragonaccess*. Mais s'apercevant bien vite que ses fils étaient étonnamment doués dans leurs sports respectifs et ne tardèrent pas à être tous deux nationalement connus et reconnus, il ravisa promptement son jugement et se sent aujourd'hui très fier de ses fils.

Sylvain est un enfant que l'on peut classer dans la catégorie « béni des dieux ». Non content de disposer d'une force physique, alliée à une souplesse et une agilité époustouflantes qui font de lui un combattant hors paire malgré son jeune âge, il est de plus doté d'une intelligence supérieure à la moyenne, le plaçant premier de sa classe dans toutes les matières avec deux ans d'avance. Et comme si cela ne suffisait pas, il est beau comme un ange, avec ses cheveux châtain clair, mi-longs et légèrement bouclés, quelques taches de rousseur, des yeux bleus, profonds et charmeurs, et un sourire ravageur, un peu narquois, mais irrésistible. À huit ans, à peine, il pourrait déjà faire la couverture des magazines, si les magazines existaient encore. Tout lui réussit, enfin presque… Car si toutes les filles sont bien sûr folles de lui, une seule lui résiste : sa voisine Sirénia Netrebko, très lointaine descendante de la célèbre soprano russe, Anna Netrebko, qui rayonnait sur Terre de par sa beauté physique et vocale sur les plus grandes scènes d'opéra du monde entier entre la fin du vingtième et le début du vingt-et-unième siècles.

Sirénia est fille unique, depuis qu'elle a perdu son grand frère Gabriel, tragiquement décédé en tombant du toit de la maison il y a quatre ans. Sirénia est l'alter ego de Sylvain, mais au féminin : également très douée à l'école, elle partage la tête de classe avec Sylvain ; ils sont dans la même classe, tous deux avec deux ans d'avance et rivalisent d'intelligence de manière exaspérante pour leurs camarades ; impossible de les départager. Sirénia, huit ans, comme Sylvain, est une petite fille d'une élégance pleine de noblesse : de longs cheveux blonds et bouclés, des yeux marron, un petit nez retroussé et des lèvres pulpeuses ; son seul défaut est qu'elle ne sourit jamais. Elle rêve de devenir plus tard médecin ou vétérinaire, pour pouvoir sauver tous ceux qui souffrent et surprend déjà ses parents en soignant parfois toute seule la patte blessée d'un chien ou l'aile d'un petit oiseau qui n'arrivait plus à voler.

Par ailleurs, de même que sa lointaine aïeule Anna, elle dispose de facultés vocales impressionnantes : sa voix pure comme du cristal, alterne entre les différents registres avec une souplesse et une précision implacables et brille dans les aigus avec une facilité déconcertante, faisant d'elle une merveilleuse soprano colorature. Au cas où la médecine ne lui souriait pas, elle rêve d'embrasser une carrière à l'Opéra national de Néo-Paris, où elle pourrait être interprète des plus grands rôles féminins, grâce à sa voix et ses aptitudes innées d'actrice. Elle suivrait ainsi la route tracée par ses parents, qui travaillent également à l'Opéra, mais nous y reviendrons plus loin.

Sylvain est un frimeur invétéré, et il y a de quoi. Il lui arrive souvent de rouler des mécaniques devant les filles hystériques prêtes à se jeter sur lui, même si aucune d'elles ne l'attire vraiment. La seule qui attise sa convoitise est l'inaccessible Sirénia, la seule fille qui suscite en lui un intérêt grandissant, mais aussi la seule devant laquelle il perd tous ses moyens, car elle arbore toujours un regard dédaigneux et un comportement hautain envers lui. Sylvain est fou amoureux de Sirénia, mais n'ose en parler à personne, même si tout le monde l'a remarqué. Il lui arrive de rester accroupi dehors pendant des heures, caché dans un buisson en bas de la chambre de Sirénia, pour l'entendre chanter quand elle répète chez elle. Il se laisse bercer par cette mélopée suave et enchanteresse qui emporte son esprit aventureux vers des rêves bien plus mirifiques que toutes les victoires qu'il a pu remporter au karaté.

Quand il s'entraîne dans son jardin à frapper sur un sac de sable, il s'arrange toujours pour que ce soit au moment où Sirénia rentre de son cours de chant, mais elle ne lui accorde aucun regard, passant près de lui comme s'il n'existait pas, tandis qu'un attroupement de groupies en furie dévore des yeux le beau garçon de l'autre côté de la cour.

Quand il s'exerce dans son jardin à se battre contre un robot d'entraînement, il s'arrange toujours pour que ce soit au moment où Sirénia fait ses devoirs sur la table à l'extérieur de chez elle, mais elle s'empresse alors de remballer ses affaires et de poursuivre ses exercices à l'intérieur, sans jeter la moindre œillade vers celui qui serait prêt à se damner pour qu'elle lui accorde un sourire, ou même rien qu'un coup d'œil…

Sylvain ne comprend pas pourquoi cette fille, qui est la seule qui l'intéresse, est aussi la seule qui l'ignore sciemment. Il sait pourtant que Sirénia est une fille extrêmement intelligente et que si elle devait embrasser un garçon sur la bouche, ce serait forcément lui ! Mais rien n'y fait : Sirénia semble ne considérer Sylvain que comme un rival, voire un obstacle pour parvenir à obtenir la première place dans les résultats scolaires. Sylvain, prêt à tout pour gagner un sourire de sa belle s'est même mis à faire exprès quelques fautes dans les interrogations de leur cours de CM2, afin que Sirénia soit la seule meilleure élève, mais cela n'a servi à rien… Même dans cette situation, la jeune fille blonde reste sombre et impassible.

Un dimanche après-midi, Sylvain décide de prendre les choses en main, car il a eu une idée lumineuse : inviter Sirénia à venir assister à son combat du dimanche suivant pour la finale départementale de karaté, qualificative pour le championnat national, dont il est déjà le tenant du titre. De cette façon, sa bien aimée pourra constater à quel point il est fort et lui tombera dans les bras à l'issue du match, le considérant comme un héros qui pourra la protéger de tous les méchants ! C'est un plan de génie !

Fier de lui, mais mort de trouille, l'amoureux transi prend la décision de mettre son plan à exécution. Pour faire mouche, l'important est de choisir le moment le plus opportun pour sonner chez sa belle, afin d'être sûr de ne pas la déranger ; cela ne devrait pas être trop compliqué pour le jeune garçon : il connaît par cœur l'emploi du temps de celle qui obnubile son esprit. Il sait que ce dimanche, elle ne chante pas en concert à l'auditorium de la ville, que de 13h à 15h30, elle pratique le point de croix, et qu'elle ne commence à s'exercer au chant qu'à partir de 15h45, ce qui lui laisse un battement d'un quart d'heure pour sonner à sa porte et l'inviter. Mais cet acte apparemment anodin est pour lui une épreuve terrible ! Il n'a encore jamais sonné à la porte des Netrebko et n'a même jamais vraiment adressé la parole à Sirénia, ne parvenant qu'à lui lancer un timide « salut », toujours suivi d'un silence glacial, quand il croise l'élue de son cœur à l'école. Allez Sylvain ! Tu peux le faire ! On a confiance en toi ! Mets un pied devant l'autre, marche jusqu'au seuil de la porte du 3 impasse du rhinocéros blanc, appuie sur la sonnette et… laisse parler ton cœur (pour une fois) !

À 15h30 précises, arrivé sur le paillasson de cette maison chargée de tellement de symboles dans la tête rêveuse de notre ami, il avance prudemment le doigt hésitant de sa main tremblante, vers le bouton de la sonnette, espérant quasiment qu'elle n'entende pas, car ce serait déjà si exceptionnel qu'il franchisse le cap du pressage de sonnette, tant ce qui est censé suivre paraît sortir tout droit d'un livre de science-fiction qu'aurait pu écrire sa mère.

Il appuie : « *DING DONG !* ». Chut ! se dit-il intérieurement, elle va m'entendre. En même temps, c'est un peu pour ça que tu sonnes, mais bon… Passées cinq secondes, il s'apprête à prendre ses jambes à son cou, mais il n'a pas le temps de mettre son plan de fuite en pratique, car la porte légendaire s'ouvre en grand, laissant apparaître une grande dame très séduisante, aux longs cheveux blonds et bouclés, vêtue d'un tailleur vert anis qui l'accueille avec un grand sourire : « Bonjour Sylvain, quel plaisir de te voir ! Comment vas-tu, mon grand ?

— B… bon… bon-bon… boujour, mad… ma… ma-ma… madame Netrebko…

— Allons, ne fais pas ton timide, toi qui es si fort et musclé ! J'imagine que tu es venu voir Sirénia ?

— Non ! Si ! Enfin… oui, c'est ça… (et merde, j'aurais dû lui dire que je me suis trompé de maison…)

— Tu m'as l'air terrifié, mon pauvre ! N'aie pas peur, je ne vais pas te manger ! Attends ici, je vais la chercher. SIRÉNIA !

— (Oh non, qu'est-ce que je peux faire ? Elle va venir et moi je vais rester planté là sans savoir quoi lui dire… Mais pourquoi j'ai sonné à cette porte ?! Je dois pas être bien dans ma tête… Oh c'est pas vrai ! J'entends quelqu'un qui descend les escaliers ! C'est elle, j'en suis sûr ! Je reconnaîtrais son pas entre mille ! Oh non, bientôt elle va être là devant moi et…)

— Salut.

— (… et elle là devant moi !!! Aïe !) Hey ! Salut… Sirénia. Bien vas comment tu ?... Vas bien tu comment ?... Comment bien vas-tu ?

— Euh… Je réponds à laquelle des trois questions ?

— Ah, euh…

— Enfin apparemment tu me demandes comment je vais ?

— Oui ! C’est ça ! (Oh, c’est pas vrai, ce que je peux avoir l’air con…)

— Eh bien, je viens de finir de tricoter pour mon professeur de chant un napperon sur lequel j’ai brodé un extrait de la partition du chant que je travaille en ce moment, et il est très réussi, donc oui, je vais bien.

— Ah, c’est… c’est-c’est… c’est vraiment super !

— Oui.

— C’est génial !

— Mortel.

— C’est cool.

— C’est le délire. Dis-moi, t’es venu pour quoi à la base ?

— Ah, euh…

— T’es venu te moquer de moi parce que t’as eu 19 et demi en athlé’, alors que moi j’ai eu que 19 ?!

— Mais… m… mais non, pas du tout !

— Parce que le sport, moi c’est pas mon truc ! Je suis une artiste, moi !

— Mais si, tu es très douée ! J’adore te voir… monter à la corde…

— Ouais, c’est ça, tu aimes surtout regarder sous mon short, hein ?!

— Quoi ?! Mais… m… mais non, pas du tout !

— Sale pervers ! Vous êtes tous pareils, les garçons !

— Non, c’est pas vrai !

— Bon, tu veux quoi ? J’ai pas que ça à faire !

— Je suis venu… (et je vais repartir, parce que c’est vraiment pas mon jour !) te dire… (que je te déteste parce tu me canardes toujours sans raison !) que j’aimerais bien… (que tu souries, tu seras plus mignonne !) que tu assistes à mon… (mon quoi, déjà ? Ah oui !) à mon match de karaté, dimanche prochain. Je suis en finale départementale ! ajoute-t-il avec fierté.

— Non mais ça va pas ?! Et tu croyais que j'allais accepter ?

— (Pas vraiment, non…)

— Le karaté, c'est un sport de brute, c'est sale, c'est dégoûtant et ce n'est que de la pure violence ! Tu peux taper sur la gueule de qui tu veux, mais ce sera sans moi !

— Mais qu'est-ce que tu racontes ?! Le karaté est un art millénaire ! C'est une discipline aussi noble que le ch…

— *CLAK !* » répond la porte. Et un râteau, un !

Sylvain, énervé et déconfit, s'en retourne vers chez lui la queue entre les jambes en se disant « comment une fille aussi jolie peut avoir un aussi sale caractère ? ». Et alors qu'il a parcouru à peine quelques mètres, il entend déjà la merveilleuse voix de Sirénia qui travaille son chant, la magnificence de son talent vocal allant totalement à l'encontre de la teneur des propos qu'elle a pu échanger avec le jeune garçon quelques secondes auparavant, seulement. C'était comme si elle avait l'intention de le narguer une dernière fois pour l'enfoncer et le dégoûter encore un peu plus… « Et comment une fille aussi désagréable peut avoir une si belle voix? J'y peux rien, j'ai beau la détester pour ce qu'elle m'a dit, dès que je l'entends chanter je retombe amoureux d'elle… » Arrivé sur le pas de sa propre demeure, Sylvain constate que sa mère l'attend devant la porte. « (Oh non ! Pitié, mon Dieu, dites-moi qu'elle n'a rien entendu !...)

— Mon chou, je vois que tu as mûri ; tu as tout juste huit ans et tu dragues déjà les filles ! Tu seras un vrai coureur de jupon, comme ton père, si tu continues.

— C'est pas vrai, tu as assisté à ça ?!...

— Moui… Mais tu sais, ce n'est pas comme ça qu'il faut s'y prendre pour séduire une fille, et encore moins Sirénia Netrebko.

— Pourquoi tu dis ça ?

— Viens avec moi dans la cuisine prendre un chocolat chaud, je vais tout t'expliquer.

— OK… » s'incline-t-il en soupirant.

L'intérieur de la maison des Béryl est richement décoré. C'est une véritable villa qui porte le numéro 1 de l'impasse du rhinocéros blanc, comme pour signifier que les Béryl sont toujours les numéros 1. C'est en cela aussi, que Sylvain se sent ridicule avec les piètres résultats qu'il obtient en tentant de « séduire » Sirénia ; c'est pour lui comme si l'honneur même de la famille était en jeu. Sylvain, la tête dans les mains, assis sur le banc de la cuisine devant la table, le regard vide et la mine désemparée, ressasse dans son esprit en grande ébullition les événements dont il vient d'être le lamentable acteur, tandis que sa mère lui prépare un bol de son cacao préféré pour lui remonter le moral. Bastet[10], la chatte du jeune garçon, une petite chatte toute blanche, vient alors se pelotonner contre son maître, comme si elle savait qu'elle devait lui remonter le moral, et Sylvain la fait se coucher sur ses genoux.

Tendant vers son fils chéri le bol rempli de ladite boisson réconfortante ainsi que quelques madeleines à l'orange dont le garçon raffole, Mme Béryl s'assied en face de lui, le menton posé sur ses deux mains jointes et les coudes sur la table. Elle attend, son tendre visage revêtu de son plus beau sourire, que

---

10 Bastet est le nom de la déesse de la féminité sereine, de la joie et de la protection des naissances dans la mythologie égyptienne, représentée avec un corps de chat, ou un corps de femme et une tête de chat.

Sylvain daigne enfin relever la tête et croiser son regard doux et protecteur d'une mère à qui on peut tout dire sans la moindre honte. Quand Sylvain réagit enfin, Mathilde débute : « Sylvain, mon cœur, tu ne le sais peut-être pas encore, mais si Sirénia est tellement sombre et ne sourit jamais… c'est à cause de la mort de son frère Gabriel.

— Qu'est-ce que ça a à voir ? questionne-t-il en buvant une gorgée de cacao.

— Sirénia était très attachée à son frère, et quand il est mort il y a quatre ans, ça l'a en partie détruite psychologiquement. C'est pour ça qu'elle ne sourit plus. Elle a perdu le goût du bonheur et ne trouve sa satisfaction qu'à travers ses résultats scolaires ou son succès en chant ou encore en jouant les vétérinaires. Elle a besoin que les gens l'admirent, soient fiers d'elle et le lui disent, pour qu'elle retrouve sa confiance en elle. Mais le problème avec toi pour elle, c'est que par ta réussite, tu attires l'attention de tout le monde, la privant ainsi d'une partie de la reconnaissance qu'elle souhaiterait s'octroyer. Tu comprends ?

— C'est compliqué… bougonne-t-il en mordant dans une madeleine.

— Oui, mais tu es très intelligent et je suis sûre que quand tu auras réfléchi à tout ça, tu comprendras. Mais ce n'est pas tout !

— Ah bon ?

— Le deuxième souci qui fait qu'elle t'évite est le fait que tu pratiques le karaté.

— Ouais, elle m'a dit qu'elle déteste la violence et qu'elle trouve ce sport sale et dégoûtant…

— Ça c'est ce qu'elle te dit. C'est peut-être même ce qu'elle croit ressentir, mais la vérité est tout autre, j'en suis sûre: je pense que le véritable motif, c'est que son frère décédé pratiquait lui aussi le karaté. C'est pour cette raison qu'elle n'ose pas te regarder quand tu t'entraînes dans le jardin. Cela lui rappelle son frère et ne fait que la perturber davantage.

— Ah ouais, pas cool… Je comprends mieux pourquoi elle ne voulait pas venir voir mon match. En fait, si elle avait été fille unique, elle serait amoureuse de moi à l'heure qu'il est !

— Il ne faut pas voir les choses comme ça, Sylvain ! C'est terrible pour toute la famille Netrebko, ce qui est arrivé à Gabriel ! Et sa mort doit avoir un sens ! Pour toi aussi ! Réfléchis à tout ce que je t'ai dit et rappelle-toi que si tu veux séduire Sirénia, il faudra penser un peu plus à ce qu'elle ressent, avant de penser à toi-même. » Et ceci dit, Mme Béryl se lève et quitte la cuisine, laissant son fils seul à sa réflexion. Il prend alors sa chatte Bastet dans les bras, la regarde dans les yeux et lui confie ses pensées :

« Bon, son frère Gabriel est mort. C'est terrible, mais moi, je n'y peux rien ! Tu es d'accord, Bastet ?

— Miaou ! Miaaar !

— Tu as raison. Je pense que si je ressuscitais son frère ça rendrait le sourire à Sirénia, mais je n'ai pas ce pouvoir… Alors, qu'est-ce qui pourrait lui faire plaisir ? Elle aime soigner des animaux : je pourrais te blesser et t'apporter à elle !

— MAOUUUUH !

— Non je plaisante, rassure-toi… Euh… Elle aime le chant ; je pourrais chanter avec elle !

— Miaaah…

— Mouais, t'as pas tort ; je n'ai aucun talent pour ça, ce serait une catastrophe, mieux vaut trouver autre chose… Son père est metteur en scène et sa mère costumière à l'O2NP… Son oncle est entraîneur d'une équipe de foot-billard…

— Miaou ! Rrrrh… Ronron !

— Mais voilà ! C'est ça l'idée ! Je n'ai qu'à l'inviter à assister avec moi au match de foot-billard de samedi prochain où joue mon frère ! En plus je pourrais être assis à côté d'elle, comme ça ! Super ! L'espoir renaît ! » Et Sylvain lance plusieurs fois Bastet dans les airs et la rattrape, heureux d'avoir dégotté pareille idée. « Bon, je ne peux pas retourner la voir maintenant, vu comme elle m'a remballé, convient-il en tenant Bastet tout ébouriffée complètement à l'envers ; j'irai l'inviter demain à l'école, pendant la récréation de 10h. »

Le lendemain, alors que la cloche de l'Ecole des Devoirs Faciles (l'E.D.F.) sonne la récréation de 10h, Sylvain sent son cœur battre à deux mille pulsations à la seconde, tant le défi qu'il s'est lui-même lancé et qu'il s'apprête à relever le terrorise, même si cette fois, le plan lui paraît parfait. Il sort dans la cour avec ses trois meilleurs amis, Makoto, Samir et Enrique. « Désolé, les mecs, les avertit Sylvain, mais j'ai une mission de la plus haute importance à accomplir !

— Qu'est-ce que tu nous fais encore, boss ? lui demande Samir.

— Il faut que je parle à Sirénia.

— Oh les amoureux ! se moque puérilement Enrique.

— Oh, ça va, En' ! N'en rajoute pas, c'est déjà assez dur comme ça ! maugrée Sylvain.

— Ouais, n'embête pas le boss, En', le reprend Makoto. Tu sais bien que c'est son rêve de sortir avec Sirénia.

— C'est bon, lâche-moi, Mak', proteste Enrique. T'arrêtes pas de jouer les fayots !

— Oh les gars, calmez-vous ! intervient Samir. Vous allez pas vous battre pour le boss quand même ?! Il a d'autres soucis en tête !

— Oh toi, Sam', ça va ! râle encore Enrique. T'es pas mieux que Mak' ! Vous êtes tous des fayots ! Boss ! Laisse tomber cette intello et viens jouer avec nous !

— Non, En' ! rétorque Sylvain, les yeux fixés sur sa cible à l'autre bout de la cour. Ce que je m'apprête à faire est pour moi trop important pour que qui que ce soit puisse m'en empêcher. Je vous retrouve après !

— Vas-y, boss ! crie Makoto. T'es un winner !

— Pas si fort, glandu ! le reprend Samir. Tu vas le faire repérer !

— Pff… Tous des fayots… » répète Enrique.

Le cœur battant la chamade, Sylvain traverse la cour, en tentant de conserver son habituelle attitude virile et son sourire narquois, tandis que toutes les filles le dévorent des yeux et se retournent sur son passage. Il regarde fixement droit devant lui, obnubilé par Sirénia qui discute avec sa meilleure amie Adrianna. Arrivé à trois mètres des deux filles, Adrianna tourne la tête vers lui, et, voyant qu'il vient vers elles, pousse Sirénia du coude pour l'avertir. Celle-ci comprend sans même regarder et s'efforce comme d'habitude d'éviter de croiser le regard de celui qui n'a d'yeux que pour elle. Arrivé à leur hauteur, Sylvain les interpelle : « Salut les filles !

— Salut Sylvain, répond Adrianna. » Sirénia se contente de regarder à l'autre bout de la cour, feignant de ne pas s'être aperçue de la présence encombrante de cet intrus. Son amie la pousse à nouveau du coude, mais elle ne réagit pas.

« Salut… Sirénia » tente le jeune garçon.

La belle blonde tourne lentement la tête, comme si elle scrutait l'horizon qui l'entoure jusqu'à croiser le regard avide de celui qui attend désespérément une réaction de sa part.

« Oh tiens, t'es là, toi ? lui répond enfin Sirénia, d'un air indifférent.

— Euh… oui. Tu… tu vas bien, Sirénia ?

— Est-ce que j'en ai l'air ?!

— Ben…

— Qu'est-ce que tu veux ? Je t'ai déjà dit que je ne voulais pas assister à ta putain de finale de karaté de merde, c'est clair ?!

— (Des mots si sales sortant de la bouche d'une fille si belle, songe l'amoureux.) Euh… Tu sais… J'ai compris que si tu n'aimes pas le karaté, c'est parce que ton frère le pratiquait aussi et…

— Aïe… réagit Adrianna.

— TA GUEULE, SALE BÂTARD !!! hurle Sirénia, rouge de colère. Je ne te permets pas de parler de mon frère !!! DÉGAGE DE LÀ !!! »

Ne pouvant plus se contenir, Sylvain montre enfin un peu de caractère : « Non mais oh, ça va ! Je t'interdis de me parler sur ce ton ! Je n'ai rien dit de mal et cette cour est à tout le monde ! Je resterai là si j'en ai envie, c'est clair ?! »

La réaction de la furie ne se fait pas attendre : elle envoie une baffe monumentale à celui qu'elle considère à présent comme son ennemi juré, mais Sylvain, habitué à esquiver les coups, pare sa gifle en levant le bras gauche : « T'essaies de faire quoi, là ? reprend le karatéka. Comment espères-tu frapper un champion national de karaté ? »

Folle de rage, Sirénia essaie alors de lui placer un coup de pied entre les jambes, mais Sylvain fait un petit bond en arrière et bloque le pied des deux mains ouvertes l'une sur l'autre : « T'es bornée, ma parole ?! Tes coups sont trop prévisibles... T'espères quoi ?! Je voulais t'inviter à regarder avec moi le match de foot-bill' de samedi, où joue mon frère, mais je vois que je perds mon temps ! » Voyant qu'une bagarre a failli commencer, tous les élèves de la cour se sont agglutinés autour de l'épicentre de l'action pour ne perdre aucune miette de ce spectacle ahurissant : les deux meilleurs et plus sérieux élèves de l'école, garçon et fille, qui se tapent dessus... Du jamais vu...

Sans se soucier de tous les regards braqués sur elle, Sirénia, le visage à présent quasiment violet de colère, répond : « Évidemment que tu perds ton temps, connard ! Samedi ton frère joue contre les *Pumas indomptables* dont mon oncle est le coach ! Tu croyais vraiment que j'allais tranquillement m'installer avec toi dans la tribune puante des supporters de ces nullos de *Flèches d'ar'* tandis que toute ma famille supporterait les *Pumas* de l'autre côté ?!

— Si tu préfères, je peux venir dans votre tribune.

— Mais t'es con ou quoi ?! Le frère de Marc Béryl dans la tribune des *Pumas* ?! Tu veux te faire péter la gueule ?!

— Parce que tu crois qu'eux pourraient me toucher peut-être ? Ils peuvent venir, tes gars ! Je les prends tous à la fois et je leur apprends ce que c'est qu'un homme, un vrai !

— Quoi ? Tu oserais frapper les membres de ma famille ?!

— Euh... Non. Ce n'est pas ce que j'ai voulu dire. En fait...

— Mais FERME LÀ, connard ! T'es qu'une brute !

— Ah bon ? Alors pourquoi j'ai dix-neuf de moyenne dans toutes les matières ?

— Moi aussi, j'ai dix-neuf de moyenne dans toutes les matières, je te signale ! Il y a deux semaines j'ai même eu des meilleures notes que toi à tous les contrôles pendant deux jours !

— Ha ! Ça c'est parce que j'ai fait exprès des erreurs dans mes devoirs pour que tu sois la meilleure et que tu daignes enfin sourire, mais rien n'y fait ! Tu souris jamais !

— … N'importe quoi ! T'es vraiment prêt à inventer n'importe quoi pour ne pas admettre que je suis meilleure que toi ! Et pourquoi tu veux me voir sourire, d'abord ?

— Mais parce que JE T'AIME, bordel !!! »

Un grand silence s'ensuit… Personne n'aurait imaginé qu'une telle déclaration aurait pu surgir de la bouche d'aucun des deux protagonistes de cette joute verbale (qui a failli être physique) où les noms d'oiseaux fusent à tout va. Se ressaisissant quelque peu, Sirénia reprend sur le même ton qu'avant : « Ha ha ha ha ! Tu m'aimes ?! Toi ?! Laisse-moi rire ! Je te déteste, je te hais, je t'exècre et tu me dégoûtes ! J'en rajoute un peu ou c'est assez salé ? T'es qu'un bâtard de karatéka qui ne sais que frimer en prenant des poses d'athlète pour faire couiner ces poules dans la cour d'école !

— Hey ?! » s'indigne une des groupies du beau jeune homme qui assiste à la scène parmi tous les gamins rassemblés autour d'eux. Elle est de deux ans plus âgée que Sirénia, mais aussi en CM2, comme elle. « Non mais tu t'es pas regardée, toi, espèce d'intello ! Comment tu parles de Sylvain, petite pute ! Lui, c'est un mec génial !

— OUAIS, C'EST VRAI ! crient toutes les filles folles du karatéka et même quelques garçons dont Makoto, Samir et Enrique, ravis qu'une fille ait pris la défense de leur boss, tandis que la meute d'élèves rassemblés gronde et proteste et qu'on voit déjà des instituteurs tentant de se frayer un chemin entre eux pour mettre fin à cet esclandre.

— Oh, calmez-vous ! intervient Sylvain. Je vous remercie de votre soutien, mais Sirénia n'a pas tort.

— Quoi ?! lâche, sidérée, la fille qui avait pris sa défense.

— C'est vrai que je suis un frimeur, je le reconnais, Sirénia. J'en fais peut-être un peu trop, tu as raison. Mais si je fais tout ça, ce n'est que dans le but de t'impressionner pour que tu me regardes ! Mais tu ne cesses de m'ignorer ! Tu es la seule fille que j'aime, mais tu es aussi la seule qui refuses obstinément de m'accorder un regard ! Est-ce que c'est simplement parce que je suis ton rival dans les notes à l'école, ou bien est-ce parce que je pratique le karaté, comme ton frère à qui tu tenais tant, mais qui est décédé ?

— AAAAH ! » crie Sirénia en fonçant comme une folle tête baissée vers son rival. Elle avait été quelque peu adoucie par les paroles de Sylvain, bien qu'elle s'attendait à recevoir la foudre de ses camarades à cause de ces multiples insultes envers l'idole de toute l'école, mais en entendant le garçon oser parler de son frère, son sang n'a fait qu'un tour et elle s'est jetée sur lui, telle une folle sortie d'un asile, prête à le tuer ! Sylvain ne se dérobe pas ; il se met en garde et vif comme l'éclair, saute de côté au moment où la jeune fille allait l'atteindre, puis il se retourne, l'attrape par-derrière par les mains et la maintient, les bras autour de ses épaules pour l'empêcher de bouger, tandis qu'elle s'agite comme une diablesse, tentant de faire des ruades vers l'avant et manquant de peu de blesser un camarade, puis elle donne des coups de talons dans les tibias de son « garde du corps » et lui mord sauvagement le bras.

Les instituteurs, ayant enfin atteint les lieux, se mettent à quatre pour maîtriser la folle furieuse, puis l'infirmière, présente également, lui administre un sédatif, pour qu'elle se calme enfin et qu'ils puissent l'amener à l'infirmerie et l'attacher au lit avec des menottes en attendant que ses parents viennent la chercher.

Après cette scène choquante, M. Eto'o le directeur de l'E.D.F. demande à Sylvain et à quelques élèves témoins de la scène de lui raconter en détail tout ce qui s'était passé. Après avoir écouté tous les témoignages et fait le point sur la situation, il en conclut que Sylvain était innocent et avait même fait preuve d'une grande maturité pour son âge, parvenant à garder son sang froid et les idées claires, là où nombre d'adultes se seraient emportés.

Un quart d'heure après, M. Eto'o reçoit dans son bureau les parents de Sirénia afin de leur exposer la situation et de discuter avec eux des mesures à prendre concernant leur fille : « Bonjour Monsieur et Mme Netrebko, débute le directeur.

— Bonjour M. Eto'o », répond Boris Netrebko. Le père de Sirénia travaille à l'O2NP (l'Opéra national de Néo-Paris) en tant que metteur en scène. Il est passionné de musique classique et a transmis sa passion pour le chant à sa fille. C'est un homme d'une trentaine d'années, de taille moyenne et arborant un look d'artiste : cheveux bruns et longs lui tombant un peu dans le visage, barbe de trois jours et avec ce regard perçant qui semble analyser minutieusement tout ce qu'il voit pour en comprendre la nature et l'interpréter à sa façon.

« Bonjour M. Eto'o », répond à son tour Angela Netrebko. Comme on l'a vu plus haut, la maman de Sirénia, ressemble beaucoup à sa fille, mais avec une vingtaine d'années de plus.

C'est une femme très belle et séduisante qui exerce le métier de costumière, également à l'O2NP comme son mari, ce qui leur permet souvent de travailler ensemble sur la concordance des costumes et de la mise en scène des opéras dont ils sont chargés de réaliser la scénographie. Cela fait tout juste un an qu'elle a repris son métier, car la mort de Gabriel, son fils aîné l'a profondément meurtrie, au point qu'elle était tombée en dépression pendant trois longues années. Ce qui ne l'a pas empêchée de transmettre à sa fille sa passion pour la couture, seul art dans lequel elle parvenait à trouver refuge pendant ses années de dépression, même s'il était plus facile pour elle de raccommoder un bout de tissu, plutôt que de raccommoder les morceaux de son cœur brisé par la tragédie familiale que les Netrebko ont vécue.

« Veuillez entrer dans mon bureau, je vous prie, poursuit le directeur de l'école.

— Où est Sirénia ? demande M. Netrebko, l'air paniqué.

— On nous a expliqué au téléphone qu'elle avait fait quelque chose de grave, et on nous a demandé de nous rendre tout de suite à l'E.D.F., explique la maman, tout aussi inquiète que son mari. Il ne lui est rien arrivé ?

— Rassurez-vous, répond M. Eto'o, elle se porte très bien physiquement ; quant à sa santé mentale, c'est autre chose. Mais prenez la peine de vous asseoir, je vais vous exposer la situation.

— Sa santé mentale ?! s'indigne le père de Sirénia. Mais enfin, notre fille est tout ce qu'il y a de plus équilibrée, je ne comprends pas !

— C'est même une des meilleures élèves de votre école, si je ne m'abuse ! complète Mme Netrebko.

— C'est tout à fait vrai, confirme le directeur. Et j'ai moi-même été le premier surpris par son comportement hystérique.

— HYSTÉRIQUE ! s'exclament de concert les deux parents.

— Mais enfin, qu'a-t-elle fait ?! s'impatiente le metteur en scène.

— J'y viens. Mais avant toute chose, désirez-vous un verre d'eau ou un café ?

— Non merci, rétorque sèchement la costumière. Dites-nous enfin ce qui s'est passé !

— Très bien. Votre fille a été prise de ce qui semble être une crise d'hystérie. Et pour la calmer, nous avons été forcés de l'endormir à l'aide d'un sédatif et elle est actuellement attachée par les quatre membres au lit de l'infirmerie, afin que nous soyons certains qu'elle ne mette pas à nouveau en danger ses camarades ou elle-même. »

Les parents en restent cois. Consternés et bouche bée, ils ne parviennent à prononcer le moindre mot et M. Eto'o en profite pour poursuivre ses explications. Il narre aux deux parents choqués l'incroyable scène qui a eu lieu entre les deux meilleurs élèves de l'école, leur discussion, l'évocation par Sylvain du frère de Sirénia qui l'a plongée dans une colère noire, la dispute, la masse des élèves rassemblée autour d'eux, le duel et le retour au calme après avoir neutralisé « le fauve ». M. Netrebko, atterré après l'écoute de cet ahurissant récit, parvient à peine à bredouiller :

« Ce… ce que vous nous dites… me… me paraît à peine croyable… J'ai du mal à reconnaître ma fille…

— Pourtant je peux vous assurer que les professeurs présents lors de la scène ont bien vu Sirénia foncer tête baissée sur son camarade, et que j'ai moi-même pu constater quand votre fille était endormie, que ses dents étaient encore rouges du sang de Sylvain qu'elle a profondément mordu au bras pendant qu'il tentait de la maîtriser.

— Sirénia... se désole sa mère en éclatant en sanglots.

— Il est vrai qu'à la maison, explique le père en serrant contre lui sa femme et en lui tenant la main, nous nous efforçons de ne jamais parler de Gabriel, même s'il occupe nos pensées à chaque seconde et que nous n'oublierons jamais la tragédie qui l'a emporté loin de nous il y a quatre ans. Mais jamais je n'aurais imaginé que Sirénia souffrait à ce point de sa disparition... Peut-être aurions-nous dû tout de même en parler plus souvent afin qu'elle accepte plus aisément ce qui s'était passé ?

— En tout cas, reprend le directeur, il va maintenant falloir que vous en parliez avec elle, c'est certain. Par ailleurs, au vu des circonstances, je ne peux plus prendre la responsabilité, pour le moment, d'accueillir encore votre fille au sein de mon établissement. Je pense qu'il sera préférable de prendre rendez-vous avec un pédopsychiatre pour soigner votre fille, voire, si nécessaire, de lui faire suivre une thérapie. Je me permets de vous conseiller l'adresse d'un excellent spécialiste, le Docteur Escargot, qui parvient, grâce à ses méthodes, à faire sortir de leur coquille les enfants les plus récalcitrants. » M. Eto'o tend au père de Sirénia un petit carton sur lequel sont notées les coordonnées de ce docteur. « Mais je vous laisse seuls décisionnaires. Vous savez certainement mieux que quiconque ce qui est bon pour votre fille. »

Après avoir remercié M. Eto'o pour ses explications, les parents de Sirénia se rendent à l'infirmerie pour y retrouver celle qui préoccupe leurs pensées. Au moment où ils entrent dans la pièce, Sirénia a déjà les yeux ouverts, tournés vers le plafond et se tient parfaitement calme, ses mains et ses pieds liés, attachés aux quatre coins du lit. Quelle ironie pour les parents, de voir leur fille si belle, si intelligente, si talentueuse et que tout le monde admire et envie, réduite au rang de bête sauvage et dangereuse attachée à ce lit, comme un tigre serait enfermé dans sa cage. Sa maman s'approche alors d'elle pour lui parler, mais la jeune fille l'ignore, comme si elle ne la voyait pas. Son père lui caresse affectueusement le pied, afin, par une marque de tendresse, de lui rappeler qu'il l'aime, mais elle ne réagit pas, comme si elle ne le sentait pas. Elle demeure impassible, immobile, hiératique, le regard fixe, comme une statue, et refuse de parler. Seul son ventre qui se gonfle d'air et se vide de manière régulière prouve qu'elle respire encore et qu'elle est donc en vie. Elle est en vie, d'un point de vue physique, mais son esprit paraît absent. L'infirmière rejoint Monsieur et Madame Netrebko dans la pièce et libère Sirénia des liens qui l'entravaient. Cela ne la fait nullement réagir ; elle reste bras et jambes écartés et ne bouge toujours pas. Son père choisit alors de la prendre dans ses bras pour la ramener à la maison, et elle se laisse faire, tel un agneau offert en sacrifice…

Le lendemain, après avoir pris rendez-vous chez le pédopsychiatre sur recommandation expresse du directeur de l'école, ils se rendent tous les trois au cabinet du docteur Escargot. Sirénia arrive à marcher, mais elle se déplace comme un automate, son père devant la tenir par la main et guider tous ses pas. Elle continue toujours d'arborer ce regard fixe, sans vie. Arrivés au cabinet, ils sont accueillis par Sophie l'assistante du docteur Escargot qui les invite à patienter dans la salle d'attente. Une fois les patients précédents sortis, les parents et leur fille pénètrent à leur tour dans la salle de consultation : « Bonjour

Docteur Escargot, débute M. Netrebko, merci d'avoir accepté de nous recevoir si vite.

— C'est bien normal. M. Eto'o est l'un de mes meilleurs amis ; je ne pouvais pas refuser d'examiner l'une de ses élèves. Bonjour M. et Mme Netrebko, bonjour Sirénia ! » Mme Netrebko salue le docteur, mais Sirénia continue de rester impassible, comme si elle n'entendait pas. Ils pénètrent dans la salle et s'asseyent sur le canapé en face du fauteuil où s'installe le pédopsychiatre.

« Avez-vous apporté l'album de famille que je vous ai demandé ? interroge le docteur.

— Oui, le voici, répond Mme Netrebko en lui tendant le recueil de photographies.

— Je vous remercie. À présent, voulez-vous bien me laisser seul avec votre fille ? J'ai besoin de la voir seule à seul pour l'examiner. Vous pouvez patienter dans la salle d'attente. Sophie, mon assistante viendra vous chercher quand j'aurai terminé.»

Les parents s'exécutent et laissent leur fille entre les mains expertes du docteur Escargot. Sirénia est assise, droite comme une statue, les mains sur les cuisses, les yeux comme paralysés fixant obstinément le vide, droit devant elle. Le docteur s'assied en face d'elle et se présente : « Bonjour Sirénia. Je m'appelle Docteur Escargot, comme le mollusque. Tu sais, un escargot a besoin de sa coquille pour vivre, car c'est elle qui contient tous ses organes vitaux, comme le cœur, le poumon, le foie, sans lesquels il ne pourrait pas survivre. Et nous, les êtres humains, nous avons aussi chacun, notre coquille, même si elle est invisible ; on l'appelle le moi intérieur. On l'utilise quand on a besoin de réfléchir, de chercher l'inspiration… On l'utilise aussi pour discuter avec soi-même, afin de préparer des projets pour sa vie, d'imaginer ce qu'on doit faire pour construire son avenir. Cette coquille-là aussi nous est indispensable pour vivre, car sans elle, on agirait de manière inconsidérée, comme des animaux, on pourrait faire du mal aux autres sans s'en rendre compte, on ne pourrait jamais se poser et se reposer, et on finirait par se dessécher, comme un escargot qui mourrait s'il était privé de sa coquille.

Toi Sirénia, tu es actuellement enfermée dans ta coquille et tu ne veux plus en sortir. Je te comprends tout à fait : tu es bien dans ta coquille ; il y fait chaud, personne ne peut t'embêter, tu n'es plus soumise au regard des autres et personne ne peut te faire du mal. Mais dans la vie, tu ne peux pas rester toujours enfermée dans ta coquille. Si l'escargot demeure dans sa coquille, il ne peut que rester sur place ; il lui est impossible d'avancer. S'il veut se déplacer, il doit sortir de sa coquille ; là il pourra allonger son corps, ramper, et atteindre les feuilles des plantes dont il se nourrit pour survivre. De même, toi aussi, tu as besoin de sortir de ta coquille pour parler avec les gens, pour te nourrir de leur expérience afin d'apprendre d'eux et d'avancer dans ta vie. Tu dois sortir de ta coquille pour vivre tes propres expériences et grandir physiquement et mentalement.

L'escargot ne retourne dans sa coquille que quand il se sent menacé, pour se protéger. Mais toi, Sirénia, en restant dans ta coquille, tu restes tout le temps sur la défensive, personne ne peut t'atteindre et tu ne peux même plus vivre dans ce monde. Moi je suis un escargot qui ai beaucoup d'expérience : je sais très bien comment sortir de ma coquille, et je vais te réapprendre comment on fait. Tu veux bien ? » Sirénia ne réagit pas.

Le pédopsychiatre se saisit alors de l'album photo, qu'il avait posé sur la tablette à côté de lui et l'ouvre au hasard au milieu. Il en sort une photo où on voit Angela, sa mère, en train d'essayer un costume de scène qu'elle a conçu pour un opéra dont elle est chargée de la partie vestimentaire : « Sirénia, tu vois cette belle femme blonde aux cheveux bouclés comme toi ? C'est ta maman. Tu la reconnais ? » Sirénia semble regarder la photo sans la voir et ne montre toujours pas la moindre réaction.

Le docteur prend alors une photo où l'on peut voir Boris, son père en train de réaliser la maquette d'un décor pour un opéra dont il prépare la mise en scène : « Sirénia, tu vois cet homme intelligent et concentré qui construit un joli décor ? C'est ton papa. » Toujours aucune réaction.

Le psychiatre sort alors de l'album une photo représentant Gabriel, son frère, habillé en karatéka, qui porte un coup de pied sur un sac de sable : « Sirénia, tu vois ce garçon qui… » La jeune fille voyant cette image, réagit enfin : elle ouvre de grands yeux terrifiés, se met à respirer de manière haletante, crispe son visage en un horrible rictus et se met à gémir et à grogner, tout en s'agitant en tous sens et en se grattant violemment la tête avec ses ongles. « Sirénia », essaie de la calmer le docteur après avoir précipitamment rangé la photo de Gabriel dans l'album. « Détends-toi, chasse ces impuretés de ta coquille. » Et il approche ses mains de la tête de la jeune fille, pour lui faire un massage sophrologique afin de la calmer, mais à peine a-t-il effleuré son visage que Sirénia lui griffe les mains et se jette sur lui le regard plein de rage et d'affolement, pour essayer de l'étrangler ! Le praticien tente de contrôler la jeune fille en lui saisissant les poignets, mais sa colère lui confère une telle puissance surhumaine qui décuple ses forces, que le vieil homme qu'elle attaque peine à se défaire de son étreinte ! Entendant ce tumulte effarant depuis la petite salle d'à côté, Sophie, l'assistante accourt avec une seringue et injecte un calmant à Sirénia, qui ne tarde pas à relâcher la pression incontrôlable de ses mains sur la gorge du docteur Escargot, qui commençait à étouffer, et elle s'endort « paisiblement »…

Monsieur et Madame Netrebko, également alertés par ces bruits incongrus entrent en trombe dans la salle de consultation et découvrent le docteur Escargot affalé sur son fauteuil, le visage bleu et les mains soulageant sa gorge, Sirénia couchée sur lui, la tête sur son ventre les mains levées posées sur son torse et Sophie, encore toute paniquée, qui tient la seringue dans sa main droite toute tremblante.

« Mais enfin, que s'est-il passé ?! interroge abasourdi le père de la jeune fille.

— Mon Dieu, Sirénia ! s'exclame sa mère.

— Cette fois-ci, c'est certain, déclare le pédopsychiatre la voix serrée tout en toussant : la cause du traumatisme de votre fille réside dans la mort de son frère. Normalement, un enfant se remet toujours plus facilement qu'un adulte de ce genre de tragédie car il a à la fois beaucoup d'imagination et pas assez d'expérience. Mais si Sirénia souffre encore aujourd'hui à ce point du décès de votre fils, et peut entrer dans de pareils états de démence rien qu'en entendant le nom de son défunt frère ou en voyant sa photo, c'est qu'il doit y avoir une autre cause sous-jacente qu'il va nous falloir découvrir pour la guérir. En tout cas, son mutisme semble être réel : je pense qu'elle ne refuse pas seulement de parler, mais que sa crise l'en a rendue incapable. Elle pourra également retrouver l'usage de la parole quand nous aurons élucidé le mystère que recèle encore la disparition de votre fils. Si vous l'acceptez, Monsieur et Madame Netrebko, je pense que la meilleure solution pour soigner votre fille serait de nous la confier. Elle pourrait passer un séjour de deux semaines dans notre clinique ; nous avons un programme très perfectionné, spécialement adapté aux enfants, qui devrait pouvoir la guérir.

— Oui, docteur, confirme le père, je crois aussi que c'est la décision la plus sûre. Tu es d'accord, ma chérie ?

— Oui, je ne vois pas d'autre solution…

— En revanche, précise le docteur, même si cela peut s'avérer difficile, essayez de rassembler au maximum tous les éléments qui concernent le décès de votre fils Gabriel : le lieu, le moment de la journée où cela s'est passé, les circonstances, la cause, etc. Je sais qu'il est très pénible de ressasser des souvenirs si tragiques, mais je suis convaincu que c'est dans ces événements que se trouve la clé du traumatisme de Sirénia. »

Les Netrebko, quittent la clinique, laissant la santé de leur fille dans l'efficacité des méthodes du docteur Escargot et prennent deux semaines de congé pour se concentrer sur le rétablissement de leur fille, et sur l'étude des circonstances qui entourent la mort de Gabriel.

La maman de Sirénia est certaine que le meilleur moyen de trouver comment et pourquoi son fils a trépassé reste le dialogue. Les parents passent alors l'après-midi à se remémorer leurs souvenirs, concernant Gabriel et la façon dont la tragédie est survenue. Cette discussion est pour eux un exercice très éprouvant, tant ils s'étaient crus incapables d'en reparler un jour, car les événements de ce triste 34 juin 492 ont bouleversé à tout jamais la famille Netrebko.

C'était le premier dimanche des vacances d'été, pour les enfants. Gabriel avait huit ans et Sirénia quatre. Boris se souvient qu'Angela et lui étaient assis devant le téléviseur, à regarder la retransmission en différé de l'opéra-ballet *Les Ailes Blanches*, qui raconte à travers une œuvre théâtrale, lyrique et chorégraphique, la venue des Terriens sur *Eolia*, tels le Messie qui sauveraient l'univers du Malin. Ils avaient déjà assisté à la création de cet opéra, la veille au Néopéra Garnier, mais souhaitaient en visionner à nouveau l'enregistrement car ils étaient très fiers de leur œuvre ; en effet, après neuf ans de vie commune, c'était la première œuvre sur laquelle ils avaient travaillé ensemble (mise en scène de Boris et costumes d'Angela). Mais alors qu'ils jouissaient de leur succès, en contemplant à nouveau avec délectation le beau fruit de leurs efforts conjoints, dans lequel ils ont déjà pu croquer des yeux et des oreilles la veille, de même que les trois mille spectateurs présents ce soir-là, la petite Sirénia vint rompre la magnificence de cette œuvre pour leur annoncer une nouvelle tragique : « Papa, Maman !!! Gab' il est tombé du toit, il s'est fait très mal, il bouge plus ! »

Les parents se levèrent terrifiés, et coururent jusqu'au seuil de la porte où ils purent découvrir avec horreur le corps inerte de leur fils aîné, allongé sur le sol, du sang s'écoulant de l'arrière de son crâne ouvert… Boris mit sa main devant les yeux de sa fille pour la préserver de cette vision d'horreur, mais c'était trop tard, elle avait déjà tout vu et resterait marquée à tout jamais par cette image traumatisante, et les parents, impuissants devant cette fatalité contre laquelle ils ne pouvaient plus rien faire, ne purent que pleurer amèrement. Et ils furent rongés par la culpabilité : « et si nous étions restés jouer avec lui dehors… », « et si nous avions insisté pour qu'il regarde encore une fois avec nous *Les*

Ailes Blanches », « et si seulement… », « et si enfin… » Mais il était déjà trop tard… Les « si » ne pourront pas ressusciter Gabriel. Les « si » ne servent à rien… L'ironie du sort voulut même que le moment de l'opéra-ballet où Sirénia était venue leur annoncer le drame était le moment où les Terriens posèrent leurs pieds pour la première fois sur *Eolia*, moment de pure allégresse, illustré musicalement par l'absence, dans les accords utilisés, de la note sensible qui crée la tension en musique ; c'est un passage où il n'y a aucune fonction de dominante, un passage dans lequel on ne ressent aucune tension, que de la détente… Et comme ce passage est écrit en *Do majeur*, la note sensible éludée en est le *si*. Les *si* étaient absents lors de la mort de Gabriel… Effectivement, les *si* ne servaient plus à rien.

Angela se rappelle que Sirénia, surmontant son immense peine avait osé avouer à ses parents que Gabriel voulait l'impressionner en lui montrant qu'il était fort et pouvait monter sur le toit et sauter tout en bas sans se faire mal, mais qu'il avait glissé et fatalement chuté.

Mais rien de ce que les parents de la jeune fille parvenaient à se souvenir, ne pouvait expliquer que Sirénia fasse aujourd'hui de telles crises quand elle entend parler de son frère.

Le père de Sirénia se dit que le meilleur moyen de se plonger dans le passé reste les photographies. Il ouvre donc l'album photo familial et se replonge dans tout ce qu'il reste des huit années que Gabriel a vécues sur *Eolia* afin de glaner des informations et de trouver d'éventuels indices. Il revoit son fils tentant d'apprendre à marcher, faisant ses premiers pas, puis courant dans le jardin, il l'observe portant son premier kimono, s'entraînant au karaté, remportant son premier combat, il sourit en le voyant recevoir un bisou de sa maîtresse pour le féliciter de ses bons résultats scolaires lors de la fête de fin d'année à l'E.D.F., il le voit encore debout à côté de son vélo, partir se promener à bicyclette, puis plus rien. Comme tout un symbole, la dernière photo qui ait été prise de Gabriel, est une photo où, sur son vélo, on le voit s'en aller…

Les images de la vie de son défunt fils submergent le père d'une profonde mélancolie nostalgique, mais ne lui apprennent rien sur les circonstances qui entourent sa disparition. Séchant ses larmes, il revient alors au début de l'album et constate un changement entre avant et après la mort de Gabriel : il constate sur les photos, que depuis l'âge de trois ans, Sirénia jouait toujours dehors avec son cerf-volant dès qu'il faisait beau (*Eolia* étant la planète idéal pour y jouer puisque le vent y est permanent grâce à l'action de l'*Horizon des Evénements*) et qu'après la mort de son frère, on ne voit plus aucune photo où elle y joue. Il est normal que pendant les premières années suivant le décès elle n'y ait pas joué, puisqu'alors elle ne jouait plus à rien, car elle avait perdu goût au bonheur de l'enfance. Mais même après cette période, quand elle a repris goût à la vie, et qu'elle s'est mise à coudre et à chanter, elle n'a plus jamais joué avec son cerf-volant. Peut-être avait-elle déjà beaucoup mûri et trouvait puéril de faire encore voler cet aérodyne. Mais qu'est-il devenu, ce cerf-volant ? se demande M. Netrebko. Existe-t-il encore ? Boris descend alors au garage, et après une heure de recherche, il retrouve effectivement ledit objet, tout poussiéreux au fond d'une caisse à jouets, mais encore en bon état, si ce n'est qu'un bout de la cordelette où les fanions multicolores sont attachés a été sectionné. Le père de Sirénia se dit alors que ce serait une excellente idée de le nettoyer et de l'apporter à sa fille, pour lui remonter le moral en lui rappelant un objet qui faisait son bonheur pendant son enfance.

Sylvain, pendant ce temps, ne sait plus où il en est. Non sans se concentrer sur le karaté et sur son travail scolaire, il avait tout de même focalisé tous ses sentiments sur cette fille qui, il le sait maintenant, le déteste et n'aura apporté au jeune garçon que des jours d'angoisse, ne trouvant pas le courage d'aller lui parler, un trou dans le cœur et une grande cicatrice en forme de dentition sur son avant-bras gauche… Tandis qu'en compagnie de sa chatte Bastet, il se morfond dans sa chambre, étendu sur le lit, les yeux au plafond représentant le système solaire de *Déragona*, son frère Marc vient le voir pour tenter de lui changer les idées : « Yo, frérot ! Lève-toi et viens dehors avec moi, j'ai des potes qui veulent jouer au foot-bill' !

— Non, c'est pas marrant, t'es trop fort et tu gagnes tout le temps…

— Bah, tu sais ce qu'on dit : « l'important, c'est de participer » !

— Ben pour moi, l'important c'est de gagner ! C'est pour ça que je suis dèg' que Sirénia m'ait mis un râteau… se plaint Sylvain tout en caressant sa chatte.

— Mais oublie là cette pétasse, elle t'apportera rien de bon !

— Ta gueule, Marc ! » Bastet saute du lit, effrayé par la voix colérique de son maître. « Je ne te permets pas de parler d'elle comme ça ! En plus c'est pas de sa faute si elle est comme ça ; maintenant elle se fait soigner.

— Ben c'est c'que j'dis : elle a vraiment un problème c'te fille !

— …

— Allez, remue-toi un peu ! T'as rien mangé à midi et ça fait trois heures que t'es couché sur c'putain d'lit à zyeuter ces planètes au plafond. La réponse à tes questions, elle est pas dans les étoiles ! Elle est dans ta tête ! Tu peux rien faire pour Sirénia. Tout ce que tu peux faire, c'est l'oublier en te changeant les idées, alors viens avec moi !

— C'est Maman qui t'envoie, c'est ça ?

— On s'en fout, elle a raison ! Tu dois pas rester là à rien foutre ! T'es pas assez bête pour agir de façon si débile !

— Parce que tu me trouves débile, maintenant ?!

— Mais oui, merde ! T'es vraiment trop con ! Toutes les filles te courent après et tu trouves le moyen de tomber amoureux de la seule qui t'ignore !

— C'est parce qu'elle a quelque chose en plus que les autres n'ont pas.

— Et voilà, tu t'remets à sourire comme un idiot… Alors dis-moi : qu'est-ce qu'elle a en plus ?

— Elle a du caractère. » Bastet remonte prudemment sur le lit au côté de son maître.

« Eh ben si c'est ça qu'tu r'cherches tu d'vrais être content qu'elle t'ait mis un râteau ! T'as enfin trouvé une fille qui te résiste !

— Mais je ne l'ai pas encore conquise.

— Eh ben monte sur ton vélo et vas la voir à l'hôpital puisqu'elle est la seule chose qui compte pour toi ! Ce sera forcément une erreur de faire ça, mais au moins tu te bougeras et tu ressembleras un peu plus à mon frère !

— Merci Marc. Tu as entièrement raison !

— Les frangins c'est fait pour ça ! Mais je te répète que tu ferais mieux d'oublier cette fille, elle est trop compliquée et t'apportera que des emmerdes. Regarde un peu les autres, faux bonhomme ! Tu te souviens de Justine ? Elle était venue sonner à la porte en espérant que tu acceptes d'aller au cinéma avec elle et ses parents, et tu l'as gentiment envoyée balader. Elle est mignonne et sympa, cette gonzesse ! Elle est peut-être timide, mais avec elle au moins, t'aurais pas d'souci. En plus elle en pince pour toi, c'est gagné d'avance !

— Justement, ce serait trop simple. Je suis un champion de karaté, je ne vais pas me contenter d'une victoire facile avec la première venue.

— Si elle t'entendait elle serait déjà en train de chialer, là. Tu imagines si en fait je voulais te faire une surprise et qu'elle était là, à côté de moi, derrière la porte…

— Tu déconnes ?! » demande Sylvain en sursautant, faisant à nouveau déguerpir Bastet.

« Ouais, je blague. T'as d'la chance… Mais fais gaffe à c'que tu dis ! À force de dénigrer toutes les autres filles, tu vas finir par saper toutes tes chances pour de bon !

— Peu importe puisque mon cœur appartient à Sirénia ! Allez, j'y vais !

— Regardez-le, le grand amoureux ! Ton cœur lui appartient ? Fais attention qu'elle te le rende pas en charpie ton petit cœur si sensible ! Elle a les griffes assez acérées pour ça…

— Et les dents aussi, ajoute Sylvain en montrant fièrement son avant-bras blessé par la jeune fille en furie.

— J'en reviens pas… Tu vas pas m'dire que t'es fier de cette cicatrice qu'elle t'a laissée ?! T'es pas bien dans ta tête, toi…

— Maintenant que j'ai une marque d'elle sur mon corps et qu'elle a bu mon sang, nous sommes liés pour la vie !

— C'est bien c'que j'disais, t'es pas bien dans ta tête !

— Ça tombe bien, elle non plus ! Allez, je m'arrache ! Tiens, occupe-toi de Bast' ! » ajoute-t-il en lançant la chatte dans les bras de son frère avant de sortir en courant de sa chambre.

« Eh, mais attends ! … C'est pas vrai, il est borné, ce mec ; j'aurais mieux fait de la fermer…

— Miarrr ! » conclut le félidé.

Sylvain monte sur son vélo et pédale à toute vitesse pour se rendre à la Clinique Guérit Tout (la C.G.T.) où est hospitalisée Sirénia. Arrivé sur place, la réceptionniste lui apprend qu'étant donné que Sirénia vient juste d'être internée depuis un jour pour troubles psychiques graves, elle ne pourra recevoir de visites qu'au bout d'une semaine, à condition que son état se soit beaucoup amélioré. Sylvain, tout penaud, repart chez lui ; en sortant de la clinique, il regarde attentivement les fenêtres des chambres qui s'offrent à sa vue, espérant apercevoir sa bien aimée, mais en vain… « Qu'est-ce que je peux faire pour elle, maintenant ? s'interroge Sylvain. Je sais ! Je vais lui écrire une lettre que je remettrai à la dame de l'accueil demain ! »

De retour chez lui, le jeune garçon s'enferme dans sa chambre avec Bastet, toujours là pour le réconforter en toutes circonstances, et se met à rédiger sa lettre où il a décidé de laisser parler son cœur, comme il avait osé le faire quand Sirénia l'avait poussé à bout dans la cour de l'école. Il écrit ceci :

Salut, Sirénia.

Je tiens tout d'abord à m'excuser pour avoir parlé de ton frère comme je l'ai fait. Je ne savais pas que tu ne supportais pas qu'on en parle. Ça a dû être très dur pour toi, ce qui s'est passé il y a quatre ans et je te comprends tout à fait.

Je ne veux pas que tu sois triste et ça m'a fait beaucoup de peine de te voir hors de toi quand on s'est disputé, car je t'ai toujours admirée pour le calme dont tu fais toujours preuve, habituellement. Je t'ai toujours admirée pour tout le reste aussi, d'ailleurs : tu es la fille la plus belle que j'ai jamais rencontrée de toute ma vie, la plus intelligente et la plus douée en tout ! Et quand je t'entends chanter, je me retrouve transporté dans un monde merveilleux où j'aimerais rester toute la vie, car rien au monde n'est plus beau que le son de ta voix.

Sirénia, je t'aime ! Je t'aime du plus profond de mon cœur et j'aimerais tellement que tu acceptes de me parler, au moins comme à un ami. Ce qui me ferait le plus plaisir, c'est de te voir sourire ! Je voudrais tant te rendre ce sourire qu'on t'a volé ! J'espère qu'à la clinique, les médecins vont trouver ce qui te rend si triste et vont te soigner.

Je sais que tu n'aimes pas la violence et que tu me détestes parce que je pratique le karaté. Si c'est bien ça, la raison qui fait que tu m'ignores, je suis prêt à arrêter le karaté ! Parce que rien dans ma vie ne compte plus que toi ! Je t'aime, Sirénia. Et j'espère que tu vas vite guérir et que j'aurai le bonheur de te voir courir vers moi en riant de joie, quand tu sortiras de l'hôpital.

Je t'aime et je te fais plein de bisous !

Sylvain

« C'est nul comme lettre ! se dit l'auteur. C'est plus que pourri ; j'ai l'impression que c'est même pas moi qui parle… Mais bon, au moins, là j'ai osé avouer ce que je ressens et j'ai été sincère. Il me semble que les filles aiment ça. Bon ben j'irai lui apporter ça demain et les dés seront jetés ; on verra bien ! »

Le lendemain matin, Sylvain se lève très tôt, afin de pouvoir apporter sa lettre à la C.G.T. avant de se rendre à l'école. Arrivé devant le guichet de la réceptionniste, il s'adresse à cette dernière : « Bonjour madame !

— Bonjour, mon petit ! Les visites ne commencent qu'à dix heures, tu sais ? De plus, si je ne m'abuse, tu étais déjà venu hier pour voir la petite Sirénia et je t'avais dit qu'elle ne pourrait voir personne avant au moins une semaine.

— Oui, je le sais, madame, mais comme je ne peux pas voir Sirénia, j'ai décidé de lui écrire une lettre. Vous voudrez bien la lui remettre pour moi, s'il vous plaît ? demande Sylvain en lui tendant sa lettre, soigneusement cachetée dans une belle enveloppe bleue.

— Oh, une lettre d'amour ? Comme c'est mignon ! Cela fait bien longtemps qu'on ne m'en a plus écrite…

— Qu'est-ce qui vous fait dire que c'est une lettre d'amour ?

— Ça se remarque tout de suite à tes yeux et au son de ta voix quand tu parles de Sirénia. On voit qu'elle compte beaucoup à tes yeux et qu'elle occupe une place très spéciale dans ton cœur.

— Ah bon, ça se voit tant que ça ? s'étonne le garçon d'un air gêné en rougissant. Bon ben, maintenant que vous le savez, j'espère que vous voudrez bien donner cette lettre à… à ma…

— À ta chérie, c'est ça ?

— Si seulement… Non, je ne sors pas encore avec elle, malheureusement ; mais je fais tout ce que je peux pour la séduire et à chaque fois ça rate…

— C'est peut-être tout simplement parce que tu en fais trop. Tu sais, des fois il faut laisser faire les choses. Les filles aiment les garçons qui leur résistent ! Si tu ne cesses de lui courir après, elle te fuira, mais si tu l'ignores soudain, c'est elle qui viendra vers toi, tu verras !

— Oh lala, c'est compliqué une fille… Mais je ne peux pas l'ignorer, alors qu'elle est à l'hôpital ; ce serait dégueulasse de ma part ! S'il vous plaît, madame ! Remettez-lui cette lettre ! C'est très important pour moi !

— Mais oui, mon petit, ne t'inquiète pas. Je n'avais pas l'intention de la jeter. Je la déposerai sur sa table de chevet, ce matin, dès qu'elle sera partie prendre son petit déjeuner, avec un petit mot disant qu'elle vienne me voir pour me donner sa réponse. Tu n'auras qu'à revenir demain matin ! Si elle te répond, je te donnerai la lettre qu'elle t'aura écrite en retour !

— Oh merci, madame ! Vous êtes géniale ! Au fait, je m'appelle Sylvain Béryl !

— Béryl ? Comme Mathilde Béryl, la célèbre romancière ?

— Oui, c'est ma maman.

— Tu es le fils de Mathilde Béryl ?! C'est mon écrivaine préférée, j'ai lu tous ses livres !

— Ah bon, c'est vrai ? Ben, on n'habite pas très loin d'ici, vous savez ! Vous voulez qu'elle vous dédicace son dernier roman ?

— *Derrière l'horizon de la peur* ? Mais il n'est même pas encore paru !

— Ouais, mais ma mère en garde toujours quelques uns qu'elle fait imprimer avant la sortie officielle et qu'elle offre à ses plus fidèles lecteurs.

— Et tu crois qu'elle acceptera de m'en offrir un exemplaire ?!

— Bien sûr ! Ma mère est très généreuse et quand je lui aurai dit ce que vous avez fait pour moi, elle sera ravie de faire ça pour vous remercier.

— Oh, mon petit Sylvain, tu es vraiment adorable ! Tu remercieras ta maman de la part de sa plus grande fan' ! Je m'appelle Lisa Cuddy.

— Très bien, Mme Cuddy, je lui dirai.

— Tu peux m'appeler Lisa !

— D'accord, Lisa. Mais n'oubliez pas de donner ma lettre à Sirénia !

— Oh oui, n'aie crainte ; un manuscrit de la part du fils de Mathilde Béryl, ça vaut de l'or ! Ha ha…

— Eh ! Mais vous n'avez pas le droit de la lire ! C'est pour Sirénia, d'accord ?!

— Mais oui, bien entendu ! Allez Sylvain, vas à l'école ; tu vas être en retard !

— Oh arrêtez, on dirait ma mère !

— Oooh, là tu vas me faire rougir !

— Ha ha ha ! Allez, au revoir Lisa ! À demain !

— Voilà, je préfère quand tu souris ! À demain, Sylvain ! (Eh bien, voilà une journée qui commence bien ! Ah, je vais pouvoir lire *Derrière l'horizon de la peur* avant ma mère, et dédicacé par l'auteur avant sa parution officielle, en plus… Merveilleux !) »

À seize heures, après avoir obtenu un vingt en mathématiques, un vingt en conjugaison, un vingt en saut en hauteur et après avoir suivi un cours sur l'histoire d'*Eolia* qu'il connaissait déjà et encore mieux que le professeur, Sylvain, entendant la cloche de l'école sonner la fin des cours, et n'ayant pas la patience d'attendre le lendemain pour savoir si Sirénia lui a répondu, décide de se rendre immédiatement à la C.G.T. retrouver sa nouvelle amie Lisa. Arrivé à la clinique, il entre en courant dans le hall et apercevant la réceptionniste assise à son guichet comme d'habitude, il s'empresse de lui demander à bout de souffle : « Alors… Lisa… est-ce qu'elle… est-ce qu'elle a… répondu ?!

— Oui, Sylvain, répond-elle d'un air grave.

— C'est vrai ?! Mais pourquoi vous avez l'air déçue ?

— Eh bien… Contemple par toi-même la « réponse » de ta « très chère » Sirénia… »

Et Lisa dépose sur le comptoir du guichet un petit tas de papier bleu et blanc déchiré en mille morceaux ; Sylvain, reconnaissant sa propre écriture sur l'un des petits bouts réduits en miettes comprend tout de suite et sent une larme s'échapper furtivement de son œil gauche.

« Elle m'a aussi donné ça. » reprend Lisa en déposant sur la dépouille de sa lettre un autre morceau de feuille déchirée à la hâte sur laquelle le garçon peut lire ceci : « Fous-moi la paix et ne m'adresse plus jamais la parole. Sirénia ». Sylvain n'en croit pas ses yeux ; lui qui avait déballé tous les sentiments de son cœur dans cette lettre ; Marc n'était pas loin de la vérité quand il disait qu'elle me rendrait mon cœur en charpie, se désole le pauvre amoureux incompris.

« Je suis désolée, Sylvain…

— POURQUOI ?! crie Sylvain de rage, les sourcils froncés et le visage ruisselant de larmes. POURQUOI ELLE A FAIT ÇA ?! QU'EST-CE QUE J'AI FAIT DE MAL ?! MAIS QU'EST-CE QUE J'AI FAIT ???!!! répète Sylvain en envoyant valser d'un revers de la main sur le comptoir les morceaux déchirés de sa lettre.

— Sylvain ! Je comprends ta colère, mais maintenant au moins tu es fixé !

— QUOI ?!

— Cette lettre était pour toi comme une dernière tentative pour tester la résistance du cœur de Sirénia. Maintenant tu sais que son cœur est dur comme une pierre, et tu peux…

— Des pierres, j'en casse à longueur de journées au karaté, la coupe le jeune garçon les yeux emplis de haine, le poing et les dents serrés.

— Ce n'est pas ce que je voulais dire.

— Eh bien moi, c'est ce que je comprends et c'est ce que je vais faire !

— Sylvain, la colère et l'emportement n'arrangent rien ! Sirénia elle-même te l'a déjà prouvé ! Et tu as vu dans quel état elle se trouve maintenant ! Tu as vraiment envie de te rabaisser à son niveau ? »

Sylvain baisse les yeux et desserre aussitôt ses dents, comme si la lucidité des paroles de la réceptionniste de la clinique avait dissout sa haine comme un sucre plongé dans un bol de café chaud.

« Sylvain, j'espère que maintenant tu comprends ce que je te disais ce matin ; cela se résume par la maxime suivante : « suis-moi et je te fuirai, fuis-moi et je te suivrai ». Tu ne dois plus courir après Sirénia, à présent. Enfin, j'imagine qu'après ce qu'elle vient de faire, tu ne dois plus vraiment en avoir envie, mais si jamais tu es toujours amoureux d'elle, quand elle sortira de sa cure, comporte-toi de manière indifférente à son égard, et là, je peux te garantir que tu lui plairas beaucoup plus et peut-être même que c'est elle qui te courra après !

— Oui. Si vous le dites. De toutes façons je n'y comprends rien à l'amour… Pourquoi ils nous apprennent pas ça à l'école ?

— Ha ha ! Mais si tu veux un autre conseil, Sylvain, regarde un peu plus autour de toi : beau garçon comme tu es, je suis sûre que d’autres filles beaucoup plus tendres et beaucoup moins prétentieuses que Sirénia attendent désespérément un sourire de ta part, de même que toi tu l’espères de la part de Sirénia. Tu es encore tout jeune ! Tu es déjà très intelligent, mais tu as encore beaucoup de choses à apprendre ! Crois-moi, je suis certaine qu’en ce moment même, une jolie fille est en train de rêver du jour où elle aura la chance de t’embrasser sur la bouche !

— Vous devez avoir raison ! Merci Lisa ! Vous me faites vraiment penser à ma mère ; vous êtes aussi bonne conseillère qu’elle ! Là c’est sûr, vous méritez vraiment son dernier roman dédicacé ! Je vous l’apporte demain !

— Ha ha ha ! Tu es adorable, Sylvain. Si tu suis mes conseils, dans quelques jours, je te verrai marcher dans la rue main dans la main d’une jolie petite fille encore plus belle que Sirénia. Et si Sirénia vous voit, elle sera verte de jalousie et c’est elle qui viendra te prier de sortir avec elle.

— Et ce sera bien fait pour elle ! Merci Lisa, je vous remercie pour votre aide précieuse et je demanderai à ma maman si elle veut bien passer elle-même vous remettre son roman ; comme ça elle pourra discuter directement avec « sa plus grande fan » ! Je suis certain que vous vous entendrez très bien toutes les deux !

— Merci, Sylvain ! Tu n’es pas obligé de faire tout ça pour moi.

— Pourquoi donc ? Il faut que je sois méchant avec vous pour que vous me courriez après, c’est ça ?

— Ha ha ha ! Voilà, tu as tout compris ! Tu es vraiment un bon élève !

— Ça aussi je l’entends à longueur de journée à l’école ! Bonne soirée, Lisa. Je pense que demain, vous aurez la visite d’une nouvelle amie !

— Merci, Sylvain ! Hep hep hep, ajoute-t-elle en voyant le garçon repartir. Veux-tu bien ramasser tous ces bouts de papier que tu as jetés par terre et les mettre à la poubelle ?

— Hé, vous exagérez, là ! Vous le voulez ou pas, le livre dédicacé ?

— Je veux surtout que tu oublies Sirénia et que tu passes à autre chose.

— D'accord, je plaisantais… Je ramasse ça tout de suite… »

En quittant la C.G.T., Sylvain songe : « Une autre fille est peut-être en train de rêver qu'elle m'embrasse sur la bouche… À mon avis, il n'y en a pas qu'une seule… Laquelle je vais choisir ? Je verrai demain à l'école. À moins que… Mais bien sûr : Justine ! Marc, tu es génial, je l'ai toujours dit ! Bon je fais quoi, là ? Allez, soyons fous, je vais sonner chez Justine ! Là, maintenant ! C'est parti ! » Et alors qu'il marche tranquillement vers le 19 rue du petit champ, Sylvain rit de lui-même : « Ha ha ha… Il y a une demi-heure j'étais encore fou amoureux de Sirénia, et maintenant je vais sortir avec une autre ! Est-ce que j'étais vraiment amoureux ? Est-ce que je sais seulement ce qu'est l'amour ? Si ça se trouve, j'ai peut-être seulement besoin d'être amoureux, peu importe de qui… C'est ce qu'on appelle la puberté[11], il me semble. Ah, nous y voici ! Il me semble que c'est là qu'habite Justine. C'est marrant, je m'apprête à sonner à la porte de la maison d'une fille pour l'inviter à sortir et j'ai plus peur du tout, comment ça se fait ? On va dire que c'est la puberté ! Allez, *let's go* ! Ding dong !

---

11 Étant donné que sur *Eolia*, les journées ne durent pas vingt-quatre heures comme sur Terre, mais trente-deux heures et que les années ne durent pas 365, mais 444 jours, l'âge d'un garçon de huit ans vivant sur *Eolia* équivaut à presque treize ans sur Terre.

— Bonjour, le salue une petite dame en tablier, coiffée d'un chignon. Oh, mais tu es Sylvain Béryl ! Que nous vaut l'honneur de ta visite ?

— Euh… Bonjour, Madame Oçante. Je suis venu voir Justine. Est-ce qu'elle est là ?

— Oui, elle est en train de faire ses devoirs. Elle va sauter de joie quand elle va savoir qui a sonné… Attends un petit instant, je vais t'annoncer ! »

Après vingt secondes de silence, Sylvain entend soudain un cri de joie, puis quelqu'un arriver en courant.

« Sylvain ! » s'exclame une petite fille modèle à l'air angélique qui apparaît dans l'encadrement de la porte. Elle est rousse avec la raie au milieu et des tresses, des yeux verts en amande, un petit sourire gêné et porte une chemisette blanche, une jupe verte plissée et de longues chaussettes blanches. « Tu… C'est toi ? Enfin, je… je…

— Salut, Justine ! Tu ne t'attendais pas à ce que je vienne sonner à ta porte, c'est ça ?

— Non, pas du tout ! Enfin, je veux dire : oui, c'est ça !

— Désolé, je comprends que tu sois gênée ; je débarque comme ça à l'improviste.

— Non, non, c'est très bien, je suis… je suis… contente que tu sois là, dit-elle d'une petite voix, en rougissant, les yeux tournés vers son pied droit qui gratte nerveusement le sol.

— Ah, c'est cool ! Euh, ben en fait, je me demandais si tu voulais venir ce soir avec ma mère, mon frère, sa copine et moi au cinéma ; on va voir…

— Oui d'accord ! répond-elle immédiatement sans laisser le temps à Sylvain de finir sa phrase.

— Attends, je ne t'ai même pas dit le titre du film.

— Oh pardon…

— On va voir *Shrek le 212ème* en quatre dimensions.

— Oh c'est parfait, je voulais justement aller le voir !

— Ah ben c'est nickel ! Mais, tu ne demandes pas à tes parents s'ils sont d'accord ?

— Ils le seront, pas de problème. Quand ils sauront que c'est toi qui veux m'y emmener… Quand ils sauront que tu veux… sortir avec moi… oooh…

— Eh ça va ? Qu'est-ce qu'il t'arrive, Justine ?

— Non, j'ai du mal à… à réaliser… ce qui… bredouille-t-elle, sa voix baissant toujours plus d'intensité au fur et à mesure qu'elle s'exprime.

— Il ne faut pas être gênée, tu sais. Je t'ai toujours trouvée très… très gentille et j'ai envie de faire un peu plus ta connaissance, c'est tout.

— C'est vrai ? Moi aussi… Sylvain, répond-elle avec un petit rire nerveux. Je t'ai toujours trouvé… si… si beau et… et si fort… et si… intelligent…

— Arrête, tu vas me faire rougir ! Je suis content de pouvoir sortir avec toi.

— Mais… tu… tu n'étais pas… amoureux… de Sirénia ? (Oh, comment je peux lui demander ça ?!)

— Euh… Ben, si, c'est vrai, mais… Depuis qu'elle m'a dit qu'elle me déteste, ben je suis plus vraiment amoureux d'elle, quoi. Et c'est là que je me suis dit que toi, Justine, tu étais sûrement la plus belle fille de toute l'école et… » En entendant ces mots, Justine s'évanouit ! « Ouah merde ! Qu'est-ce que j'ai dit ?! Euh… Mme Oçante ! » La maman accourt.

« Doux Jésus, mais que s'est-il passé ?!

— Ben, je suis désolé : j'ai dit à Justine que… qu'elle était la plus belle fille de l'école et…

— Oooh mais tu m'as tout l'air amoureux, petit coquin ! se réjouit-elle en riant.

— Euh… ben…

— Mais oui, mais oui ! Justine est très émotive et assez fragile, tu sais. Devant un beau garçon comme toi, elle perd tous ses moyens !

— Ah… comprend Sylvain, navré.

— Aide-moi à la porter ; on va l'allonger sur le canapé. »

Et Mme Oçante prend Justine par les pieds, tandis que Sylvain la soutient par les épaules. Le jeune garçon, en marchant jusqu'au salon, observe l'intérieur de la maison qui est d'un style beaucoup plus simple et moins tape à l'œil que la maison de ses parents, les Oçante étant de condition plus modeste. Après avoir délicatement déposé le corps de poupée de l'adorable petite fille sur le canapé, Sylvain demande à la mère de Justine s'il peut appeler sa maman avec le téléphone : « Mais bien sûr, Sylvain ! Viens par ici !

— Merci, madame ! Mathilde Béryl, doux colibri pensif ! » En entendant le nom suivi du bon mot de passe, le téléphone à commande vocale appelle directement le numéro de la personne demandée.

« Allo ?

— Maman, c'est Sylvain.

— Où es-tu, mon cœur ?

— Ben, en fait, je t'appelle de chez Justine Oçante.

— Tu es chez les Oçante ?

— Oui, je t'expliquerai plus tard. Euh, je pense que je serai rentré dans une heure ; pas que tu t'inquiètes…

— C'est gentil d'avoir appelé ! Alors tu es ami avec Justine, maintenant ? Ce ne serait pas une bonne idée de l'inviter au cinéma pour voir *Shrek* avec nous, ce soir ?

— Alors toi, t'es incroyable ! Tu lis dans mes pensées ! En fait je t'appelais justement pour te demander si tu voulais bien qu'elle vienne avec nous !

— Eh oui, je ne suis pas ta mère pour rien ! Bien sûr que je suis d'accord ; ça me fait plaisir que tu penses enfin un peu aux autres filles !

— Mais tu ne trouves pas que je suis un peu…

— Coureur de jupon ? Oui, tout comme ton père, mais là, c'est une bonne chose : Sirénia n'était pas faite pour toi ; elle n'est faite pour aucun garçon d'ailleurs, pour l'instant, car elle n'est pas prête psychologiquement.

— Quoi ? Tu veux dire que tu le savais et tu ne m'as rien dit ?

— Oui, car si je te l'avais dit, tu ne m'aurais pas cru et tu aurais quand même essayé par tous les moyens de te jeter dans ses bras. Je préférais que tu comprennes par toi-même, afin que ça te marque et que tu puisses vraiment tourner la page. Je suis sûre que Justine est exactement la fille qu'il te faut : un peu timide, douce et tendre. Tu as vraiment bien choisi !

— Euh… Ben, merci. (Je ne m'attendais pas à ce qu'elle dise ça…)

— Bon eh bien, à tout à l'heure, mon chéri !

— À toute, Mam' ! »

Sylvain repart, songeur, vers le salon de la maison des Oçante, où la mère de Justine est en train de passer une serviette imbibée d'eau sur le front de sa fille, toujours inconsciente, allongée sur le canapé. « Viens donc, Sylvain. Tu peux t'asseoir à côté d'elle ; ça lui fera plaisir de te voir quand elle se réveillera. Veux-tu un jus de *caboline*, un cacao ?

— Je veux bien un cacao ; c'est très gentil, merci ! »

Sylvain s'assoit au côté de Justine et l'observe dans son sommeil, tandis que sa mère dépose à côté de lui un bol de chocolat chaud :

« Elle est belle quand elle dort, n'est-ce pas Sylvain ?

— Euh… Oui, c'est vrai ! (Justine est vraiment belle, se dit-il ; on dirait un ange. Mais c'est bizarre : quand je la regarde, je ne ressens pas la même chose que quand j'observe Sirénia. Je ne ressens rien de spécial, en fait. Peut-être parce que je suis encore amoureux de…)

— Alors, je t'ai entendu lui dire que tu l'invitais au cinéma ?

— Oui, on va voir le dernier *Shrek*.

— C'est gentil d'avoir pensé à Justine, mais pourtant elle disait que tu étais amoureux de Sirénia Netrebko.

— Euh… Oui, mais Sirénia me déteste… Ceci dit, j'ai toujours beaucoup aimé Justine aussi, vous savez ! se justifie-t-il en se réfugiant dans son bol de cacao.

— Pourtant la dernière fois qu'elle t'a invité tu as refusé.

— Euh… dit-il en avalant de travers. Kof, kof ! Oui je… Kof ! J'ai été vraiment idiot, ce jour-là, je suis désolé… Kof ! Ah, elle ouvre les yeux !

— Je vous laisse, les quitte Mme Oçante avec un petit sourire coquin.

— Salut.

— Salut. Sylvain… C'est vraiment toi ? Qu'est-ce que je fais là allongée ?

— Tu es tombée dans les pommes devant la porte de ta maison.

— Oh non… C'est trop la honte…

— Mais non, c'est pas grave ! Ta maman m'a expliqué que tu étais très émotive et donc assez fragile.

— Alors je n'ai pas rêvé ?! Tu as vraiment dit que… que pour toi j'étais… j'étais la… La plus belle fille de l'école ?

— Oui, c'est vrai, j'ai dit ça. Je suis désolé de m'être intéressé à Sirénia pendant tout ce temps alors que tu étais là et que…

— Peu m'importe ; c'est ce que nous vivons maintenant qui est beau.

— Oui, tu as raison. (Mais qu'est-ce que je raconte ?! Merde, je fais quoi maintenant ? Est-ce que je dois l'embrasser ? Je ne sais même pas comment on fait… En tout cas, je crois que pour embrasser une fille, il faut d'abord lui dire qu'on l'aime.) Justine…

— Oui ? dit-elle en souriant, les yeux brillants et pleins d'espoir.

— Je… je t'ai… je t'aim… mentionné que je viendrai te chercher avec ma mère et mon frère à vingt heures trente pour aller au ciné' ? (Et merde…)

— Euh… Non. D'accord. Ben je serai devant ma porte à vingt heures vingt-cinq, alors ! annonce-t-elle en se redressant pour se retrouver assise à côté de son futur petit copain.

— Cool ! J'ai vraiment hâte de te retrouver !

— Moi aussi… (Tu me manques déjà !)

— Bon… (Allez, putain, embrasse-la !) Je… je crois que je vais y aller.

— (Oh mon Dieu, est-ce qu'il va m'embrasser ?)

— Euh… je peux te… te faire la bise ?

— Euh… ben… oui, bien sûr ! (Oh lala, il va le faire…)

— Donc si je te fais un bisou sur la joue, comme ça : « smack ». Ça ne te dérange pas ?

— Non. (Qu'est-ce qu'il se passe, il ose pas ?)

— Et si par malheur, je dérape un peu et je te fais un bisou là, au… au coin des lèvres : « smack ». Ça ne te dérange pas ?

— N… euh… n… non. (Oh c'est pas vrai, il me fait chavirer, ça me fait tout chaud au ventre ! Mais quand est-ce qu'il va m'embrasser vraiment ?!)

— Et… et si je suis vraiment le dernier des maladroits et que… je te fais un… un bisou…

— (Bon allez, ça suffit !) Oh tais-toi et embrasse-moi !!! »

Et la prude petite Justine se jette littéralement « à lèvres perdues » sur la bouche de Sylvain qui en tombe à la renverse sur le canapé et la jeune fille se couche sur lui en se cramponnant à ses épaules, puis à son cou, tout en lui dévorant les lèvres de manière sulfureuse et incontrôlable ! « (Oh bon sang, se dit Sylvain, mais qu'est-ce qu'elle me fait ?! Elle met sa langue dans ma bouche, c'est dégoûtant ! Oh mais… elle s'arrête plus ! On dirait qu'elle veut me nettoyer les dents avec sa langue ! Oh je vais étouffer si elle continue… Mais tu vas t'arrêter, oui ?!) »

Tandis que Justine se dit : « (Oh c'est merveilleux, c'est encore mieux que dans mes rêves ! Oh Sylvain, je t'aime, je t'aime, si tu savais, oh si tu savais comme je t'aime ! Sirénia peut aller se planquer, c'est moi ta petite amie ! Je suis ta chérie rien qu'à toi pour la vie ! Oh quand je vais raconter ça à mes copines ! Vas-y, t'arrête pas ! Embrasse-moi, embrasse-moi encore mon Sylvounet d'amour !) »

Après cette scène torride pour des gamins de cet âge, Justine toujours cramponnée à Sylvain, couchée sur lui, redresse enfin son visage, un filet de salive joignant encore leurs lèvres, tandis qu'elle passe sa langue sur sa lèvre supérieure pour s'en débarrasser. Sylvain, exténué, se force à sourire pour ne pas décevoir sa nouvelle petite amie qui sourit à son tour et lui lance : « Je t'aime, Sylvain ! Tu embrasses comme un dieu !

— Ah, c'est vrai ? Moi aussi je… je n'aurais… jamais cru… qu'une fille pouvait embrasser comme ça…

— Ça t'a plu ?

— Ah ben… (Non c'était dégoûtant ! Ne recommence jamais ça !) Ah ben ouais, pas qu'un peu ! (Et crotte, j'arrive pas à contrôler ce que je veux dire quand je suis avec une fille…)

— Hum… Alors on recommence ?! »

Et le patin suivant dura à peu de choses près vingt minutes. Vingt minutes de pure extase pour Justine qui réalise son plus beau rêve, et vingt minutes de pur supplice pour Sylvain qui réalise… à quel point c'est dégoûtant d'embrasser une fille ! Ensuite, Sylvain put enfin se libérer de l'emprise buccale de sa tortionnaire folle amoureuse ; et avant de la quitter, le roulage de pelle sur le pas de la porte dura encore un bon quart d'heure, avant que Sylvain puisse enfin lui rappeler (à contrecœur) qu'il reviendra la chercher dans trois heures.

Sur le chemin de la maison, notre ami se demande si c'était une si bonne idée de décider de sortir avec Justine. D'un autre côté, avec Sirénia, ce n'est même plus la peine d'espérer ; et si une fille aussi timide que Justine embrasse de façon si sauvage, les autres doivent être encore pires ! La première chose que décide de faire Sylvain en rentrant est d'aller voir Marc. Quand il entre dans la chambre de son grand frère, il voit ce dernier qui, en capitaine sérieux et consciencieux, est en train de préparer la stratégie de son équipe, *Les Flèches d'argent* pour le derby néo-parisien de samedi contre les Pumas Indomptables. Immédiatement, Marc se tourne vers lui et lui lance :

« Alors ça y est ?! T'as emballé Justine ?!

— Ah ben je vois que les nouvelles vont vite…

— Tu vois ? Je te l'avais dit qu'elle était faite pour toi, c'te gonzesse ! Faut toujours écouter son frangin ! Alors, c'était comment ? Je parie que t'as même pas eu le cran de lui rouler une pelle !

— Bien si, justement, figure-toi ! Tu vois pas à quel point mes lèvres sont enflées ?!

— Oh, mon petit frère s'émancipe ! Bravo Syl' !

— Ouais, mais justement, c'est ça, le problème.

— Comment ça ? Elle sait pas embrasser ?

— Ben j'en sais rien, je ne sais même pas comment on embrasse, normalement ! Mais elle, c'est une vraie furie : elle s'est jetée sur moi, m'a littéralement lustré l'intérieur de la bouche entière avec sa langue et ça a duré presque une demi-heure !

— Putain le sale veinard ! Mais de quoi tu te plains, faux bonhomme, c'est génial ! Moi, avec Isabella, c'est tout juste si elle me fait un petit patin quand on se retrouve et quand on se quitte… C'est rasoir…

— Ah bon ? Alors, c'est vraiment cool pour un mec, ce qu'elle me fait, Justine ?

— Mais bien sûr, inculte ! T'as vraiment beaucoup à apprendre !

— Bon. Si tu le dis… Mais enfin, c'est dégoûtant, quand même ! C'est comme si elle me crachait dans la bouche, c'est dégueulasse !

— Ah, mais ça, c'est toujours comme ça, au début ! On trouve ça dégoûtant les premières fois, mais on s'y habitue bien vite et on en redemande ! Profites-en bien le temps que ça dure ! Dans quelques mois, si t'es encore avec elle, voire même déjà quelques semaines, si t'as pas de chance, tu seras logé à la même enseigne que moi : une petite pelle pour dire « bonjour » et une pour dire « ciao » et basta !

— Bon… Ben je vais essayer d'apprécier ça, alors. C'est vrai que si en plus, ça peut rendre mes potes jaloux que Justine me fasse des patins d'une demi-heure, ça me fera encore gagner en popularité !

— Tu crois pas que t'es d'jà assez populaire ? Laisses-en un peu pour les autres ! Moi je crois au contraire qu'en sachant que tu sors avec Justine, les autres filles qui te tournent autour vont être bien déçues ! Elles vont très certainement même devenir jalouses, voire violentes envers Justine ; et là, il faudra que tu la protèges.

— Alors ça, c'est pas un souci !

— Ouh… Défendre une fille contre d'autres filles, crois-moi, c'est pas simple, surtout pour un mec comme toi !

— Qu'est-ce que tu veux dire par là ?

— Ben attends de voir ce qui va se passer et si ça arrive, je te donnerai des tuyaux, mais pour l'instant, surtout, profite, man ! Profite ! C'est le mot d'ordre ! Tu te rends pas compte de la chance que t'as parce que c'est la première fois que ça t'arrive, mais dans quelques années, je peux te garantir que tu regretteras ces bons moments passés avec ta meuf !

— Bon ben d'accord, pas d'prob' ! Carpe diem, hein ! Et toi, tu vas aussi profiter d'Isa' ce soir au ciné ?

— Je t'ai déjà dit qu'on l'appelait Bella, pas Isa' ! Non, cette conne a un contrôle de math demain, et veut absolument passer toute la soirée à réviser pour avoir un vingt, alors qu'elle connaît déjà son cours par cœur ! C'est pourave !

— Bon, ben on sera que quatre, alors !

— Ouais ben moi je m'assois à côté de maman et je vous laisse de l'autre côté, sinon je sens que j'aurai envie de faire un meurtre… »

Et la soirée se passa comme prévu : Justine fut enchantée de rencontrer la famille Béryl. Sortir avec le garçon le plus populaire de l'école dont le frère est champion de foot-billard éolien, la mère romancière mondialement connue et le père – même si elle ne l'a pas rencontré – PDG d'une grande société aéronautique, est pour elle, petite fille d'une famille modeste, une chance incroyable ! Madame Oçante est également très fière de sa fille, même si elle se dit qu'une petite amourette entre deux gamins de huit ans ne va sûrement pas durer… Et pendant le film en quatre dimensions, à part aux moments où les sièges tremblaient et culbutaient, ou quand des jets d'eau et de boue fusaient à travers la salle, la bouche de Justine était littéralement ventousée à celle de Sylvain, qui n'a pas pu profiter du film, mais a bien eu tout le temps de visiter tous les coins et les recoins de la dentition et des amygdales de sa nouvelle petite amie. Il a aussi eu tout le temps de comprendre à quoi ressemble la passion du début, quand on sort avec une fille… Malheureusement, une chose inquiétait Sylvain : il ne ressentait aucun sentiment pour Justine.

Quand arriva le week-end, les parents de Sirénia furent enfin autorisés à rendre visite à leur fille dont le comportement s'était finalement assagi grâce aux méthodes du docteur Escargot et de son équipe. Sirénia parlait à nouveau, réussissait haut la main tous les tests d'aptitude intellectuelle qu'on lui proposait et émerveillait tout le personnel, ainsi que les autres enfants pensionnaires par son talent dans l'atelier couture et dans l'atelier chant ; mais malheureusement, elle ne souriait toujours pas. La racine de son mal-être n'avait toujours pas été éradiquée.

Quand Monsieur et Madame Netrebko entrent dans la grande salle où les enfants pratiquent chacun l'activité créatrice qu'ils préfèrent, ils aperçoivent leur fille en train de terminer la confection d'une paire de longs gants verts pour femme. En voyant ses parents arriver, Sirénia s'adresse à eux : « Bonjour Papa. Bonjour Maman. Tiens Maman, c'est pour toi : je viens de finir cette paire de mitaines ; tu pourras les porter avec ta robe de cocktail verte quand tu iras à l'Opéra.

— Oh Sirénia, ma chérie, elles sont magnifiques ! Je vais les porter tout de suite !

— Mais Maman, elles ne vont pas avec ton tailleur rouge !

— Peu m'importe. Ces mitaines ont pour ta Maman une grande valeur, car elles sont le symbole de ta guérison. Je suis tellement heureuse que tu parles à nouveau !

— Oui, mais ce rouge et ce vert ensemble, c'est trop moche…

— Oh, les filles, coupe Boris le père avec un sourire, nous ne sommes pas là pour parler chiffon ! Ha ha ! Bonjour Sirénia !

— Papa, tu ne comprends rien à l'art vestimentaire !

— Oh si, mon cœur, tu oublies que je suis metteur en scène, mais nous avons des choses plus importantes à te dire. Viens avec nous dehors, le docteur Escargot a dit que tu pouvais sortir dans le parc. Moi aussi j'ai une surprise pour toi !

— Ah ? Bon d'accord. »

La famille Netrebko sort donc dans le parc de la Clinique Guérit Tout, que le généreux soleil baigne de sa clarté éblouissante, filtrée par les branchages des arbres aux feuilles dorées, qui créent un cadre intime et apaisant. M. Netrebko pose par terre le sac qu'il a apporté avec lui et s'emploie à déballer sa surprise : « Regarde Sirénia : tu es peut-être un peu grande pour jouer à ça, mais je t'ai apporté un jouet qui faisait ton bonheur quand tu avais trois ans ! Je me souviens que tu courais en riant dans le jardin quand tu jouais avec ! »

En voyant son père sortir de son sac le cerf-volant, Sirénia ouvre de grands yeux horrifiés, tombe à genoux et se met à pleurer en criant : « NON ! NON ! NON ! PAS LE CERF-VOLANT ! NON ! OH GAB' ! NON !

— Mais enfin, que se passe-t-il ?! s'affole Angela sa mère.

— Pourquoi ce cerf-volant… ? s'interroge Boris. »

Le docteur Escargot, qui passait justement dans le parc, accourt tout de suite sur les lieux et demande : « Que s'est-il passé ?

— Eh bien, explique le père, je lui ai amené ce cerf-volant, avec lequel elle jouait toujours quand elle était toute petite et le simple fait de l'avoir vu l'a à nouveau plongée dans un état de démence !

— Ce cerf-volant… réfléchit le docteur. Ah d'accord… Je vois ! »

Quand Sirénia, couchée sur son lit d'hôpital, rouvre les yeux, elle remarque que ses parents avaient veillé sur elle et que le docteur était présent également. Elle ne dit pas un mot. Le praticien lui demande sans détour :

« Sirénia, veux-tu bien nous parler de ce cerf-volant ? »

Sirénia se contente de détourner son visage en le cachant derrière ses poings serrés et hoche la tête.

« Sirénia, reprend le docteur, je pense que ce cerf-volant est la clé de ce qui cause ton mal-être. Si tu ne peux pas en parler de vive voix, tu devrais le mettre par écrit pour l'expliquer à tes parents. Si tu trouves la force de leur dire enfin la vérité, tu pourras guérir, sourire à nouveau, et te comporter comme les autres petites filles. Il y a des feuilles et un stylo à côté de toi. C'est le plus difficile, mais le dernier des exercices que je te demanderai de réaliser. »

Et le docteur sort de la chambre. Angela s'approche de sa fille et lui dit : « Je t'aime, mon trésor. » Puis elle l'embrasse sur le front et sort à son tour, suivi par son mari qui préfère garder le silence.

Le docteur Escargot qui croit avoir compris ce qui est arrivé à Sirénia, se refuse à tout commentaire vis-à-vis des parents, estimant qu'ils doivent tout apprendre de par leur fille. Le couple décide donc d'aller se promener pendant une heure. Quand ils reviennent, ils rejoignent le docteur Escargot qui les invite à l'accompagner auprès de Sirénia qui devrait avoir terminé la rédaction de sa lettre, si elle a bien voulu l'écrire. Ils entrent tous les trois dans sa chambre, et trouvent Sirénia endormie, le visage inondé de larmes, tenant encore sa lettre dans les mains. Le praticien s'approche d'elle, retire le plus délicatement possible la lettre des mains de son auteur pour ne pas la réveiller, la remet à Mme Netrebko et se retire. Les parents débutent la lecture :

Maman, Papa, je tiens tout d'abord à vous demander pardon…

Je vous ai menti il y a quatre ans… Et si j'ai travaillé si dur à l'école pour devenir la meilleure de la classe et si j'ai tout fait pour développer des talents comme la couture, le chant ou la passion de soigner les animaux blessés, c'était en quelque sorte pour tenter de me racheter à cause d'un acte dont la gravité est impardonnable.

Le 34 juin 481, je jouais au cerf-volant devant la maison, tandis que vous regardiez *Les Ailes Blanches* à la télé. Gabriel, lui, s'entraînait à taper sur un sac de sable dans le jardin, comme le fait Sylvain aujourd'hui. Soudain, un coup de vent incontrôlable a dévié mon cerf-volant, dont la cordelette est allée se coincer entre deux tuiles du toit de la maison et je n'arrivais plus à le décrocher… J'imagine que vous devinez la suite horrible…

Gabriel n'était pas monté de son plein gré sur le toit, contrairement à ce que je vous avais raconté… Je suis allée le chercher dans le jardin et lui ai demandé, comme il était un garçon et qu'il était fort, qu'il monte sur le toit pour me libérer mon cerf-volant. Il ne voulait pas parce que c'était dangereux et que vous lui auriez interdit. Alors je me suis fâchée et je l'ai traité de « poule mouillée ». Se sentant blessé dans sa fierté de garçon, il a accepté de monter, et…

La lettre s'achève là. Seules des larmes imprimées dans le papier concluent cette confession tragique. Quand Sirénia se réveilla ses parents lui pardonnèrent, en lui expliquant que Gabriel n'était pas mort uniquement par sa faute ; un accident arrive toujours à cause d'une multitude de facteurs et pas d'un seul. Ils lui firent promettre de toujours leur dire la vérité, à présent, et de vivre sa vie, heureuse, en ne gardant dans son cœur que les bons souvenirs de ce qu'elle a vécu avec son frère, pour que sa disparition ne l'empêche pas de vivre sa vie à elle qui vivait encore, mais en portant le poids de la culpabilité. Elle resta encore deux jours à l'hôpital, puis put rentrer à la maison et y rester jusqu'à la fin de la semaine avant de retourner à l'école.

Sur les conseils du Docteur Escargot, Sirénia et ses parents décidèrent de brûler le cerf-volant dans le jardin : avec la fumée noire qui s'échappait de l'objet en feu s'envolaient tous les remords de Sirénia qui obstruaient le cœur de la petite fille de leur voile néfaste depuis quatre ans. Débarrassé de ce voile, son cœur put à nouveau resplendir du seul amour qu'elle a toujours éprouvé pour son frère et du bonheur d'être pardonnée. Le lendemain de cet « autodafé », quand Angela vint tendrement réveiller sa fille qui avait enfin pu dormir sereine, Sirénia lui répondit par un *sourire*.

Le jour suivant le match de foot-billard éolien brillamment remporté par l'équipe de Marc sur le score de 42 à 17, Sylvain se prépare à disputer sa finale départementale de karaté. Il est treize heures trente. Le combat débutera dans une demi-heure. Sylvain médite et se concentre sur les conseils de son Sensei. Soudain, sans crier gare, un petit ange aux cheveux roux fait irruption dans la pièce : « Oh Sylvain, tu es là !

— Oui, Justine. Mais j'étais en train de méditer pour évacuer toute pression de mon corps et me focaliser sur la rencontre qui m'attend.

— Oh pardon… Je te dérange, alors ? Bon… Pour me faire pardonner je vais faire quelque chose qui va forcément te donner la pêche et te faire gagner à coup sûr ! »

Elle s'assoit à côté de son bien aimé, l'enlace affectueusement dans ses bras et lui offre un long et sulfureux baiser « d'encouragement » dont elle a le secret. Elle reprend :

« Si avec ça, tu ne gagnes pas… Bonne chance, mon chéri ! Je t'aime ! À tout à l'heure ! » Et elle referme la porte derrière elle.

Sylvain, qui a perdu sa concentration sur le combat, se pose maintenant des questions sur ses sentiments pour Justine : « Je ne comprends pas. Cette fille est mignonne comme c'est pas permis, elle est adorable, elle est super amoureuse de moi, elle arrête pas de m'embrasser au point de rendre mon frère et mes potes jaloux et moi, je ne ressens absolument rien pour elle… Pourquoi ? Je ne ressens pourtant plus du tout d'amour pour Sirénia, non plus. Qu'est-ce qu'il m'arrive à la fin ? Justine est tellement adorable avec moi… Je ne peux pas lui dire que je ne ressens rien pour elle ; elle ne s'en remettrait pas… Elle qui est si sensible et qui est certaine qu'on va se marier et s'aimer pour la vie. Quand elle dit ça, je n'ai pas la force de la contredire parce que je ne veux pas lui faire de peine, mais je n'en pense pas un mot…

Bon, ça suffit ! Ce n'est pas le moment de penser à ça ! Finale. Finale départementale de karaté : voilà mon seul objectif ; gagner et me qualifier pour le tournoi national afin de défendre mon titre. Comment s'appelle mon adversaire, déjà ? Ken Mu… quelque chose, je sais plus. Je connais bien les karatékas du coin mais lui, je ne l'ai jamais vu. On verra bien. »

Shunsuke Miyagi, le maître de Sylvain vient le retrouver dans le vestiaire :

« Sylvain-san, toi être prêt ? Ça va être heure du combat.

— Je suis prêt, Sensei !

— Bien. Allons-y. »

Sylvain, l'esprit un peu ailleurs, essaie de se concentrer au maximum et marche derrière son maître en pénétrant dans la salle où le combat va avoir lieu sous les yeux d'une centaine de spectateurs, dont Mathilde et Richard, les parents du karatéka, Marc, son frère, Justine, sa nouvelle petite amie, mais aussi trois « invités surprise »… Le jeune garçon, les poings serrés et les yeux tournés vers le sol pose le pied sur le tatami, puis lève le regard vers son adversaire et se sent soudain submergé par un sentiment nouveau, mais incroyablement déconcertant : son adversaire est un garçon de dix ans assez grand à la peau bronzée, style californien, le regard profond et courageux. Sylvain, en le regardant dans les yeux, se sent comme hypnotisé, émerveillé, impuissant face à tant de beauté. « (Oh putain, mais qu'est-ce qu'il m'arrive ? J'ai vraiment plus les idées en place ! Pourquoi ce mec me semble si canon ?! C'est un mec, merde ! C'est pas possible…) ».

L'organisateur du tournoi, s'avance au milieu du tatami est présente les combattants au public : « Mesdames et Messieurs, je vous remercie d'être venus assister à cette finale départementale de karaté de la Nouvelle-France, qualificative pour le championnat national de la Nouvelle-Terre. Elle va voir s'opposer sous vos yeux le champion national en titre Sylvain Béryl de Néo-Paris à Ken Musters de la Nouvelle-Biarritz. » Et les spectateurs encouragent chacun leur favori. L'arbitre s'approche du tatami et le brouhaha du public s'estompe pour laisser place au combat. Il s'adresse aux adversaires : « Saluez l'arbitre. Saluez-vous. En garde. Hajime ! »

Sylvain ne sait pas quelle attitude adopter, face à cet adversaire déconcertant. Il est vif, se déplace très vite par petits bonds frappe juste et précis ; Sylvain parvient à parer les coups, mais ne trouve pas la force de riposter tant il est troublé par Ken. « (Bon sang, concentre-toi, t'es en pleine finale départementale, t'as pas le droit à l'erreur, se dit le champion en titre. C'est pas normal : quand je vois ce Ken se battre, je ressens exactement la même chose que quand j'écoutais Sirénia chanter ! Mais qu'est-ce qu'il m'arrive ?!) » Et tandis que Sylvain est distrait par ses propres pensées, Ken court vers lui, lui passe dans le dos, et tandis que Sylvain se retourne, son adversaire lui place un middle kick dans le flanc. « Mae geri keage ! Un point pour Musters ! »

Marc s'inquiète dans le public : « C'est pas normal ! Il se bat pas comme d'habitude !

— Ah bon ? s'étonne Justine. Mais pourquoi ?

— Je ne sais pas, mais quelque chose le tracasse, visiblement. Il n'a même pas essayé d'attaquer ! »

« Adversaires, préparez-vous pour le deuxième assaut. Hajime !

— (Allez, on se concentre et on attaque ! Mais putain, ce mec est trop beau, j'ai même pas envie de le frapper !) »

Ken, voyant Sylvain baisser sa garde s'élance vers lui, et lance un coup de pied retourné sauté du revers du pied dans le visage de son adversaire ! Sylvain tombe à terre. « Mikazuki geri uchi ! Deux points pour Musters ! »

Miyagi, s'apercevant que Sylvain n'est pas dans son assiette, demande un temps mort : « Sylvain-san, qu'est-ce qu'il t'arrive ?

— C'est mon adversaire ! Il… il est si… Il ressemble à un vieil ami que j'ai perdu il y a longtemps et quand je le regarde, je… je perds l'envie de me battre.

— Sylvain-san ne doit pas se laisser influencer par émotions.

— J'y peux rien, dès que je le regarde, je perds mes moyens…

— Si œil gêner esprit, toi pratiquer technique nuit noire.

— Vous voulez que je combatte les yeux fermés ?!

— Sylvain-san être capable. Beaucoup entraîné. Sentir déplacement air. Peau et esprit devenir troisième œil.

— Bon. Si vous le dites, Sensei. Très bien !

— Revenez sur la surface de combat pour le troisième assaut, ordonne l'arbitre. En garde. Hajime !

— (Je ferme les yeux. Je sens mon adversaire. C'est un adversaire comme les autres. Il approche. Et je frappe !)

— Oi zuki[12]. Un point pour Béryl. »

Marc est abasourdi : « Ma parole, mais il se bat les yeux fermés, il est fou ! Enfin, apparemment ça marche !

— Bravo Sylvain, l'encourage Justine, t'es le plus fort ! »

Et le combat continua ainsi. Sylvain, surentraîné par son maître, est capable de triompher d'un adversaire même sans le voir avec les yeux. Il gagna tous les assauts suivants et remporta la finale départementale. « Ura mawashi geri[13] ! Point pour Sylvain Béryl qui remporte la finale ! » Le public exulte pour féliciter le vainqueur de cette victoire aussi impressionnante qu'éclatante. Richard Béryl est très fier de son fils : « Ha, quel crâneur, mon fiston ! Il a laissé son adversaire croire qu'il était

---

12 Coup de poing direct en avançant d'un pas

13 Coup de pied en crochetant utilisé pour toucher le visage de l'adversaire

surpassé au début, puis il l'a battu les yeux fermés, au sens propre comme au sens figuré !

— Incroyable, mon Sylvain ! se dit Mathilde sa mère. Battre un adversaire les yeux fermés ! Cela me donne de nouvelles idées pour mon prochain roman.

— Oh, mon Sylvounet d'amour, s'extasie Justine. Que tu es fort ! Tu es mon prince charmant qui me protègera de tous les méchants ! Avec toi à mes côtés, je n'ai plus rien à craindre !

— Sacré Syl' ! félicite Marc. Belle victoire ! Un peu frimeur, comme toujours, mais y'a d'quoi ! »

Et à côté de la surface de combat, le maître félicite son élève : « Bravo, Sylvain-san. Maintenant, travailler discernement et sentiments. Rendez-vous chez moi, demain après école.

— Bien Sensei ! Merci pour vos précieux conseils ! Je n'aurais jamais gagné, sans vous !

— Gagner ou perdre, pas important. Important être équilibre.

— L'équilibre ?... Alors, pour ça, j'ai encore beaucoup de boulot… »

Sylvain, avant de rejoindre sa famille, souhaite encore parler avec son adversaire, maintenant qu'il peut le regarder sans crainte d'être frappé : « Euh… Ken ? Merci pour ce combat.

— C'était toi le plus fort ! Mais t'aurais au moins pu ouvrir les yeux pour te battre ; de quoi j'ai l'air, maintenant…

— Ah je suis désolé ! Ce n'était pas pour frimer ! En fait j'étais… troublé par ton apparence…

— Quoi ? Troublé ? Qu'est-ce que tu veux dire ?

— Tu n'as pas ressenti quelque chose de spécial pour moi, au cours du combat ?

— Oulah ! T'es pas net comme bonhomme, toi ! Je crois que tu ferais mieux d'aller te reposer… Allez, ciao !

— (Et merde, il est pas comme moi… Tant pis !) »

Et en se retournant, Sylvain tombe nez à nez avec quelqu'un qu'il ne s'attendait absolument pas à voir : « Salut Sylvain.

— Sirénia ?! Tu étais là ?! Mais je croyais que tu détestais le karaté ?!

— J'ai changé ! Ma thérapie à la C.G.T. a été très efficace, comme tu peux voir.

— Oui, ça change de te voir sourire !

— Bravo pour ta victoire ! C'était impressionnant !

— Oh, merci ! C'était un peu spécial, comme combat, mais je m'en suis bien sorti.

— Et pourquoi as-tu combattu les yeux fermés, à la fin ?

— Oh, ça c'était pour la frime ! Hé hé ! (Mytho…)

— Sylvain. Je tiens à m'excuser pour tout le mal que je t'ai fait. Et aussi surtout pour ma réponse à la lettre que tu m'as laissée à l'hôpital. Je n'étais pas dans mon état normal quand je t'ai répondu. En réalité, j'ai été très touchée !

— Oh, c'est pas grave, j'ai déjà oublié.

— Tu as… oublié ?

— Bonjour Monsieur et Madame Netrebko !

— Bonjour, Sylvain, répond la mère de Sirénia. Félicitations pour ce très beau combat !

— Merci !

— Bravo, Sylvain, ajoute Boris Netrebko. J'ai été très impressionné par ta technique !

— Ça me touche beaucoup ! Merci M. Netrebko ! Bon ben, salut Sirénia ! À demain à l'école !

— Hein ? Euh… oui ! A… à demain ! (Il a drôlement changé ! C'est à cause de moi ? J'espère que non… Il est très dégourdi en ma présence et ne se comporte plus en amoureux transi. Je le préfère comme ça ! Oh non… Voilà que c'est moi qui commence à avoir des sentiments pour lui…)

— Bravo, mon amour ! crie Justine bien fort pour que la blonde l'entende, à quelques mètres derrière celle-ci. Tu es le plus fort du monde, je t'aime ! SMACK !

— (Ah d'accord… conclut Sirénia, jalousement outrée. OK… Voilà qui ne va pas faciliter les choses… Sacré Sylvain ! Quel coureur de jupon, quand même…) »

Chapitre sept
Egoïsme ou altruisme ?

Mercredi matin, 14 juillet 500. Le *Créateur* a fait faire un tour de plus sur elle-même à *Eolia* et Lépita projette son regard sur ce nouveau jour où il voit toute sa vie différemment maintenant qu'il sait, et que toute la planète sait, qui il est vraiment. Toutes les hypothèses les plus invraisemblables sur ses origines étaient devenues sa réalité la plus évidente. Il est né Eolien, il est âgé de plus de deux mille ans et a vécu la majeure partie de sa vie dans le coma, enfermé six pieds sous terre, tandis que tous ceux qui étaient certains qu'il avait disparu se disputaient la possession du médaillon qui a toujours été le sien. Maintenant, le héros de la planète doit devenir le héros de l'univers. Sa mission est claire : premièrement, rallier à sa cause l'*Empereur Lapidaire* de *Rockaia* et l'*Empereur Flamboyant* de *Brazia* qui sont encore les deux seuls à ne pas souffrir sous le joug du tyran Xinyorg ; deuxièmement, délivrer *Floria* et *Liquidia* de la domination xinyenne et rendre leurs médaillons aux *Empereurs Végétal* et *Aquatique* s'ils sont encore vivants, sinon en désigner de nouveaux. Et finalement, se poser sur *Xinya* pour vaincre le tyran. Combien d'années seront nécessaires pour réaliser un tel exploit ? Peu importe. Quelqu'un doit se lever contre la cruauté de *Xinyorg* et l'empêcher de rassembler tous les médaillons, ce qui aurait de grandes chances de mener l'univers à sa perte !

Lépita, encore couché dans son lit, tourne sa tête sur le côté et sourit tristement en contemplant le merveilleux et tendre visage de sa femme Brylna, encore endormie. Elle sait qu'elle a décidé, sans en avoir conscience au départ, de passer sa vie avec quelqu'un qui ne mourra jamais, à moins qu'il ne soit tué par le propriétaire d'un autre médaillon. Quelqu'un qui va la quitter, la laisser seule avec son fils pour partir très loin, tenter de sauver l'univers tout entier… Reviendra-t-il un jour ? Ou sera-t-il emporté, succombant face aux innombrables dangers qui l'attendent ? Personne ne le sait. Sauf peut-être le *Créateur*… Lépita sait qu'il ne lui reste qu'une semaine à vivre avec son fils et sa femme et il va tout faire pour en profiter au maximum, car ces jours-là seront peut-être les derniers.

Il passe délicatement ses doigts dans les cheveux argentés de sa femme, qui se met à sourire dans son sommeil puis ouvre lentement ses grands yeux roses pour les plonger dans la lumière qui émane des yeux jaunes et dorés de l'*Empereur Céleste* couché à ses côtés.

« Bonjour, Brylna.

— Bonjour, mon chéri…

— Tu as bien dormi ?

— Comme la Belle au Bois Dormant, hi hi ! Ça fait longtemps que tu m'observes ?

— Environ dix heures.

— Ha ha… Qu'est-ce que tu racontes ?

— Depuis que j'ai récupéré les pouvoirs du médaillon, je n'ai plus besoin de dormir. Un Empereur ne dort jamais. Il doit être éveillé en permanence pour défendre sa planète. Je me couche à côté de toi par habitude et par respect envers toi, mais mon corps n'a plus besoin de dormir.

— C'est triste… Tu devrais enlever le médaillon au moins pour dormir.

— Je ne peux pas. Falkahn rode encore dans les parages. Maintenant qu'il est devenu l'ennemi public numéro un et qu'il sait que je maîtrise le médaillon, il n'y a certes que peu de chances pour qu'il vienne encore nous attaquer, mais on ne sait jamais de quoi ce fou furieux est capable. Je me dois de rester éveillé pour vous protéger, Windo et toi.

— Quel merveilleux garde du corps tu fais ! Mais qui va nous protéger quand tu partiras pour *Rockaia* ?

— Je ne partirai pas avant d'avoir mis Falkahn derrière les barreaux ou de l'avoir tué. Je ne me sentirai pas tranquille pour tenter de sauver l'univers, si je sais que ma famille est en danger à cause de ce cinglé en liberté. Avant de vouloir venir en aide à tout le système solaire, je dois d'abord savoir protéger mes proches, que j'aime.

— Lépita… Au fait, dois-je t'appeler Ptélia, à présent ?

— Non. Ptélia est le nom que mes parents m'ont donné il y a… deux mille deux cent seize ans, mais je considère que Ptélia est mort, tué par Starkos, car il a eu tort de faire confiance à son disciple. Un Empereur est au-dessus de tout et ne doit faire confiance à personne. Ptélia l'a oublié et il en a payé le prix fort. Lépita est le nom que j'ai choisi moi-même sans le savoir, il y a dix ans, pour renaître en un nouvel être qui saura mener à bien sa mission d'Empereur. Appelle-moi Lépita.

— Bien, je préfère ça. Ce sera plus facile pour Windo et moi. Mais… tu dis que tu ne dois faire confiance à personne ?

— En effet. Quand j'étais Ptélia, je n'ai jamais eu de femme. Un Empereur doit rester célibataire pour ne pas se laisser influencer par ses sentiments, et pour pouvoir se soucier du bien de toute la planète sans faire de favoritisme. L'histoire étrange qu'a connue le *Médaillon Céleste* a fait oublier à certains de mes successeurs ce principe fondamental ; je pense à Myklandrac... Mais comme je t'ai rencontrée alors que je ne savais pas que j'étais l'*Empereur Céleste*, on va dire que ça ne compte pas !

— Ha ha ! Je t'aime, mon chéri. Je sais que tu vas me laisser toute seule avec Windo pour mener à bien ta mission. Moi aussi, je serai une bonne épouse : je te resterai fidèle pendant ton absence, je t'attendrai et je prierai tous les jours pour qu'il ne t'arrive rien de grave.

— J'ai conscience que c'est une épreuve très rude que je t'impose, mais je te promets que je reviendrai.

— Tu vas certainement devoir tuer des gens au cours de ton périple... Quelle ironie que celui qui doit apporter la paix au monde doive lui-même commettre des meurtres... Si seulement l'amour suffisait à éliminer le mal... Cette nuit, j'ai rêvé que Xinyorg et toi vous serriez la main et que sa fille allait se marier avec Windo.

— Quel rêve original ! Ce serait vraiment *la* réconciliation ultime ! Tu as vraiment le cœur pur, Brylna. Moi aussi je préférerais ne pas avoir recours à la violence, mais certains êtres vils ne peuvent pas être raisonnés et refuseraient de se repentir. La mort d'êtres malfaisants est malheureusement nécessaire pour assurer la survie des justes. Les ennemis que je tuerai commettraient d'innombrables autres meurtres si je ne les éliminais pas.

— Donc tu vas tuer des gens pour les empêcher de tuer. Pourquoi auraient-ils moins le droit de vivre ? Si on oublie les Empereurs qui sont censés ne pas avoir de famille, les autres soldats ont certainement une femme et des enfants qui prient pour eux ; et tu devrais les assassiner ?!

— Brylna, la guerre oblige certains sacrifices ; mais je te promets que je ne tuerai que si c'est absolument nécessaire.

— Il n'est jamais nécessaire de tuer !

— … C'est vrai… Mais si tu veux me revoir vivant, je serai parfois obligé de supprimer celui qui veut ma peau. Et je te fais même la promesse que j'essaierai de raisonner Xinyorg, dans l'espoir que ton rêve de cette nuit s'accomplisse !

— Oh Lépita… Je suis désolée de te compliquer la tâche encore plus !... Je comprends maintenant pourquoi un Empereur ne doit pas être marié… Quand tu seras sur le champ de bataille, ne pense pas à moi ! Fais ce qui te semble juste, sans te soucier de mon altruisme exacerbé !

— Ne t'inquiète pas, ma chérie ; je sais ce que j'ai à faire, et je le ferai dans les règles de l'art. »

À cet instant, Windo fait irruption dans la chambre de ses parents et saute sur leur lit, comme il en a l'habitude. « PAPA, MAMAN !!! Vous êtes déjà réveillés ?!

— Oui, mon p'tit champion, répond son père.

— Va préparer le petit-déjeuner, mon ange, ajoute sa mère. Nous arrivons tout de suite.

— D'accord.

— Et après avoir mangé, poursuit Lépita, je t'emmènerai faire le tour dans les airs que je t'avais promis. Tu pourras voler sur mes épaules, pourfendre les nuages et aller encore plus vite que les blou-igueules[14] !

— Ouah ! Génial ! Je veux y aller, je veux y aller !

---

14 Rapace éolien au plumage bleu

— Mais d'abord, le coupe Brylna, tu dois bien manger ton petit-déjeuner. C'est le repas le plus important de la journée, qui te permettra de tenir le coup pour partir avec Papa.

— Oui, je sais... Allez, direction la cuisine ! Ha ha !

— Ah, Windo, sourit sa maman. Il déborde toujours d'énergie ! Je me demande de qui il tient, ajoute-t-elle en se tournant vers son mari avec un sourire malicieux.

— J'espère qu'il tient un peu plus de toi ; cela fera de lui un garçon parfait...

— Oooh, même après huit ans de mariage, tu cherches encore à me charmer ?

— Je ne t'ai jamais autant aimé qu'aujourd'hui et je t'aimerai encore bien plus demain, même quand je serai loin de toi.

— La flamme de mon amour pour toi scintille en mon cœur chaque jour de plus en plus fort, elle aussi. Et aucune puissance dans tout l'univers ne sera assez forte pour parvenir à l'éteindre un jour... » Et leurs bouches se retrouvent attirées l'une vers l'autre par la force inébranlable de l'amour qui les unit ; cette force-là est certainement la magie la plus puissante de tout l'univers. Ce tendre baiser contient tout l'espoir sincère d'une épouse et d'une mère, l'espoir que son mari, le père de son fils revienne indemne de son long voyage à travers les étoiles, et il contient tout l'espoir sincère d'un mari et d'un père qui ne souhaite qu'apporter la paix à sa famille et au monde entier.

Après un goulu petit-déjeuner, Windo, tout excité, monte sur les épaules de son papa, qui lui, est prêt à vivre des moments magiques avec son fils qu'il devra quitter dans quelques jours.

« Agrippe-toi bien à Papa, Windo, recommande Brylna.

— Oui Maman.

— Tu es prêt, champion ?

— OUIII !
— À tout à l'heure, ma douce !
— Soyez prudents !
— C'est parti !!! »

Et Lépita, revêtu de sa *Cape Céleste*, son fils sur les épaules, qu'il tient par les genoux pour qu'il ne tombe pas, s'envole vers les cieux dont il est le maître. Ils plongent dans les nuages, redescendent en piqué, planent au ras des rivières en laissant un doigt fendre l'eau, survolent des forêts, des champs, des lacs, des montagnes, des mers et des océans... Ils voient gambader, voler ou nager toutes sortes d'animaux. Windo pleure de joie et n'arrive pas à prononcer le moindre mot, tellement il est heureux. C'est pour lui une expérience tellement merveilleuse, jamais il n'avait ressenti pareille jouissance. Ce baptême de l'air est pour le petit garçon l'instant le plus intense et le plus palpitant de sa vie.

« Tout va bien, Win' ?
— Ouah ! C'est trop génial ! Continue, Papa !
— Je vais te montrer l'*Horizon des événements*. »

À quelques centaines de kilomètres de ce lieu légendaire, ils voient déjà au loin s'élever l'immense tornade jaune, symbole de la planète du vent, de sa puissance et de la magie de ses légendes... Ils s'approchent à une centaine de mètres.

« Ouah ! Ça souffle grave, Pap' !
— Eh oui, c'est le cyclone le plus puissant de tout l'univers, mon fils ! Mais avec le pouvoir du médaillon, je suis capable de créer une tornade aussi puissante que celle-là, tu veux voir ?

— Ouais, remontre-moi tes pouvoirs magiques comme contre Zoltahn : LA COLÈRE DE ZEUS !!! GZZZ !!!
— Ha ha ! Tu ferais un bon *Empereur Céleste*. Mais ça ce sont mes pouvoirs électriques ; maintenant je vais te montrer ma spécialité : la maîtrise du vent ! Regarde bien : *Contre-souffle tourbillonnant !* »
Et de la main tendue de Lépita s'échappe un courant d'air ultra puissant qui va s'abattre contre l'*Horizon des événements* et se met à tourner dans le sens inverse de la tornade légendaire : la lutte entre les deux tornades est impressionnante, mais au bout de trente secondes, l'*Horizon des événements* est complètement neutralisé !

« Ouah, c'est incroyable ! On voit encore la tornade, mais elle bouge plus ! Comment c'est possible ?!
— En fait elle est encore là, mais elle bouge très rapidement de droite à gauche sans pouvoir vraiment tourner, grâce à l'action de mon *Contre-souffle*. C'est plus calme, maintenant ! Viens, je vais te montrer la *Grotte étincelante* ! »

Lépita pénètre avec son fils dans l'immense tornade devenue inoffensive et ils descendent tout en bas. À une dizaine de mètres du sol, flotte une petite montagne en lévitation, d'un jaune éclatant où est creusée une caverne à vingt mètres de hauteur, dont l'intérieur irradie une lumière littéralement aveuglante.

« Ouah ! Ça brille trop fort, Papa ! J'ai mal aux yeux !
— Ne regarde pas directement l'entrée de la grotte ! Baisse ta tête et fixe ton regard sur le pied de la *Montagne Céleste*. Tu vois, Windo : c'est ici, à l'intérieur de cette grotte que je suis devenu *Empereur Céleste*. Tu n'es que la deuxième personne

au monde après moi, dans toute l'histoire d'*Eolia* à avoir le privilège de te tenir ici même. Avant de m'y rendre hier, je n'y étais pas retourné depuis… deux mille cent douze ans !

— Ouah, qu'est-ce que t'es vieux ! Comment ça se fait que tu as l'air plus jeune que grand-père ?

— Parce que quand j'ai passé le *Médaillon Céleste* autour de mon cou la toute première fois, cela a stoppé irrémédiablement mon vieillissement et j'ai obtenu la vie éternelle. Mais à l'époque, j'étais un Eolien. Je n'ai obtenu l'apparence que j'ai aujourd'hui qu'il y a dix ans, quand Myklandrac qui portait mon médaillon a utilisé son pouvoir juste au-dessus de mon corps enfoui sous terre.

— C'est incroyable… convient Windo, même s'il a un peu de mal à comprendre. Mais comment t'as fait pour rentrer dans l'*Horizon des événements* la toute première fois ? Tu pouvais pas encore faire de *Contre-souffle tourbillonnant*, pourtant ! Et comment t'as fait pour y voir quelque chose dans la *Grotte étincelante* ? Même en fermant les yeux, on doit être ébloui !

— Je suis désolé, mon fils, mais ça, ce sont des secrets ancestraux que je ne peux révéler à personne, pas même à toi. Personne n'a le droit de savoir ni comment j'ai obtenu le médaillon, ni quelles sont les épreuves que j'ai dû passer dans la grotte pour l'obtenir.

— Même à moi, tu peux pas le dire ?! Mais qui t'en empêche ?

— Le *Créateur*. Il nous regarde et nous épie à chaque instant. La légende raconte que si un Empereur révèle quoique ce soit sur ce qu'il a vu dans la grotte où il a obtenu le médaillon, ou qu'il explique comment il a fait pour y entrer, il se retrouve immédiatement foudroyé par son propre médaillon et disparaît à tout jamais. Je ne sais pas si cette légende est vraie, mais je préfère ne pas vérifier…

— Ça fait peur, cette histoire…

— Bon, on ferait mieux d'y aller : mon *Contre-souffle tourbillonnant* commence à perdre de son effet et l'*Horizon des événements* va se remettre à tourner. Vite ! Sauve qui peut ! »

Et une fraction de seconde après qu'ils sont sortis de la tornade immobile, cette dernière se remet à tournoyer de plus belle.

« Bon, reprend l'*Empereur Céleste*, que dirais-tu d'aller rendre une petite visite à Sylvain ?

— Sylvain Béryl ?!

— Oui ! C'est mon co-équipier, j'ai des choses à lui dire concernant notre mission.

— Trop cool ! Ouais, on y va !

— *Let's go !* »

Le père et son fils volent donc à toute vitesse vers la Nouvelle-Terre (les non Terriens n'ont normalement pas le droit de poser le pied dans ce pays, mais l'*Empereur Céleste* est au-dessus des lois), puis ils se posent dans l'impasse du rhinocéros blanc à Néo-Paris et marchent jusqu'à la porte du numéro 1.

« Ouah ! s'étonne Windo en titubant, ça fait tout bizarre de marcher à nouveau sur le sol !

— C'est parce que tu n'as pas encore l'habitude de voler sur mes épaules. Allez sonnons ! *DING DONG* ! »

Une charmante dame à l'abondante chevelure rousse leur ouvre la porte : « Oh, Lépita ! Pardon : l'*Empereur Céleste* Ptélia, en personne vient nous rendre visite, accompagné de son fils ? Quel honneur !

— Bonjour, Mme Béryl. Appelez-moi Lépita. Je vous présente mon fils, Windo.

— Bonjour madame ! salue poliment le petit Terralien.

— Bonjour Windo ! Tu suis déjà ton papa dans ses aventures ?

— Ha ha ! rit l'Empereur. Ne lui mettez pas de telles idées en tête ! Je reste avec mon fils pour qu'il profite encore de ma présence tant que je suis toujours sur *Eolia* et afin de le protéger. Sylvain est là ?

— Oui, bien sûr. Je crois qu'il étudie un livre sur les autres planètes du système solaire pour préparer son voyage sur *Rockaia*. Il va nous manquer une fois parti… Mais vous êtes sûr qu'il est vraiment prêt pour une telle mission ? Il n'est pas soldat, et il n'a même pas encore passé son service militaire !

— Vous avez raison, Mme Béryl, mais je tiens à ce que votre fils nous accompagne pour ses qualités de stratège, avant tout. Il ne sera pas continuellement exposé au danger, je vous rassure. Il sera un peu dans la même situation que votre voisine Sirénia qui nous accompagnera aussi dans le cadre de ses études de médecine, alors qu'elle n'a que douze ans, comme Sylvain. De plus, je suis venu chercher votre fils pour l'emmener aux FAMÉ afin qu'il suive une formation accélérée de soldat.

— Bon. Apparemment vous avez pensé à tout ; mais c'est le rôle d'une mère de s'inquiéter pour son fils, n'est-ce pas ?

— Je suis tout à fait d'accord, mais ne vous inquiétez pas : je veillerai sur lui, comme s'il était mon propre fils.

— Parfait ! Je vous fais confiance, alors. Je vais le chercher.

— Merci, Mme Béryl.

— Vous pouvez m'appeler Mathilde !

— Très bien ! Merci, Mathilde. »

Quelques secondes plus tard, le jeune karatéka fait son apparition : « Ptélia ! Bonjour ! C'est ton fils ?

— Appelle-moi Lépita, s'il te plaît. Oui, c'est mon fils Windo.

— Bonjour Monsieur Sylvain, répond le petit garçon.

— Bonjour, Windo ! Alors, que me vaut l'honneur de ta visite, Lépita ?

— Tu sais que nous partons pour *Rockaia* dans six jours ?

— Oui, bien sûr ! Je suis en train d'étudier tout ce qu'on sait sur la deuxième planète du système solaire pour me préparer. Tu savais qu'il y fait une température moyenne de trois cents degrés Celsius ?! Il nous faudra de sacrées combinaisons pour ne pas se retrouver transformés en clidons rôtis !

— Ha ha ha ! rit Windo.

— Oui, il va falloir qu'on se prépare sérieusement. Mais avant cela, je suis venu te parler d'un autre danger qui se prépare encore sur *Eolia.*

— Falkahn ?

— Exactement. Je ne quitterai pas la planète avant d'être débarrassé de ce sadique !

— Que comptes-tu faire ?

— Je vais arpenter toute la planète en gardant mon fils en lieu sûr avec moi pour essayer de le débusquer, mais j'aurai du mal à le trouver tout seul. Je vais demander aux soldats des FAMÉ de le chercher aussi et j'aimerais que tu te joignes à nous.

— Je veux bien, mais je n'ai pas encore mon permis, donc il faudra que je vole dans un vaisseau avec les soldats.

— Bien sûr. Tu peux t'y mettre dès aujourd'hui ?

— Là, maintenant ?

— Eh oui ! L'ennemi peut frapper à tout moment !

— OK, je me prépare en vitesse et je te suis. »

Trois minutes plus tard, Sylvain est de retour, vêtu d'un blouson vert pardessus un survêtement de jogging gris et des baskets vertes. « Tu es prêt ? lui demande Lépita.

— C'est bon ! On peut y aller !

— Bon. Windo, monte sur mes épaules ! Sylvain, tu n'as qu'à t'accrocher à ma taille.

— Quoi ?! Tu n'es pas venu en *Plume*[15] ?!

— Eh non ! Tu oublies que le maître de l'air que je suis peut voler !

— Bon ben je m'accroche à toi, alors… Allons-y !

— *Let's go* !!! »

Et nos trois amis s'envolent vers la caserne des FAMÉ. L'entrée est gardée par deux Eoliens aux aguets tenant un fusil laser au bout de leur queue. Voyant approcher l'*Empereur Céleste*, ils se mettent au garde à vous (l'équivalent de la posture assise chez le chien) et une fois que nos amis se sont posés, ils saluent simultanément :

« Général Ptélia, Commandant Béryl, à vos ordres !

— Bonjour, chers soldats ! Je vous prie de m'appeler Lépita.

— À vos ordres, Général Lépita !

— (Bon… passons…) Sylvain Béryl, Windo mon fils et moi-même sommes venus rendre visite au Colonel Myklandrac et à Zoltahn.

— Nous vous ouvrons les portes sur le champ ! Si vous voulez vous donner la peine d'entrer.

— Merci bien. »

---

15 La *Plume d'or* conçue par l'arrière-arrière-grand-père de Sylvain est le moyen de locomotion le plus commun sur *Eolia*.

La base des FAMÉ est un complexe immense qui comprend une école d'entraînement au tir et au combat sur terre, une école d'aviation, d'aéronautique, d'ingénieurs en équipement militaire ultramoderne et en génie mécanique, et une école de pilotage de véhicules militaires en tous genres pour combattre aussi bien sur terre, que sur l'eau et dans les airs, mais aussi sous l'eau, sous terre et bien sûr, dans l'espace. La caserne de Pradiax où se trouvent nos héros est l'antenne principale des FAMÉ, mais d'autres casernes sont encore implantées sur la planète et on y dénombre environ trois millions de soldats en tout. Après avoir pénétré dans l'enceinte de la caserne on débouche sur une gigantesque cour avec différentes pistes de décollages, et où tous les divers bâtiments se dressent tout autour en la forme d'un carré géant. Lépita entre en communication télépathique avec Myklandrac pour l'avertir de leur arrivée, et trois minutes plus tard, le Terralien vient rejoindre nos amis, accompagné du cyborg Zoltahn. Après les salutations respectives – au cours desquelles Lépita commence à être agacé de répéter à tout le monde qu'il ne souhaite pas qu'on l'appelle Ptélia – l'*Empereur Céleste* débute :

« Chers amis, si nous sommes venus vous voir, c'est pour vous confier une mission essentielle.

— Laquelle, mon *Empereur* vénéré ? l'interroge Zoltahn.

— Je sais que nous devons préparer activement notre départ pour *Rockaia*, mais avant cela, je souhaite plus que tout retrouver et capturer Falkahn. Colonel Myklandrac, en ma qualité de général, je t'ordonne de mobiliser soixante-quinze pour cent de nos effectifs pour qu'ils se mettent à la recherche du fugitif et qu'ils le capturent vivant, ou le tuent, si nécessaire, mais nous ne quitterons pas *Eolia* avant d'être certains que ce danger public soit mis hors d'état de nuire ! Fouillez partout : dans les grottes, dans les arbres, au fond de l'océan, retournez chaque grain de sable, s'il le faut, mais attrapez-moi ce fou furieux ! Et je veux que Sylvain vous accompagne ; cela lui fera un bon entraînement pour préparer l'aventure qui nous attend. Formez-le. Faites de lui un soldat et partez à la recherche du traître !

— Bien, mon général ! obéit le colonel.

— À vos ordres, noble Empereur ! ajoute Zoltahn.

— Pas la peine d'être si formels, mes amis. Je préfère que vous me considériez comme un co-équipier, plutôt que comme un supérieur.

— OK mec, ça roule, convient Myklandrac.

— Et aussi, ordonne bien aux vingt-cinq pour cent des effectifs restants de garder toutes les casernes, tous les aéroports et tous les endroits où Falkahn pourrait se trouver un véhicule pour fuir. Je suis sûr qu'il va essayer de voler un vaisseau ou de se procurer des armes ; s'il y parvient, il fera une prise d'otage pour que je lui remette le médaillon… Je le connais bien, le bougre ; il ne faut lui laisser aucune chance !

— Nous ferons selon vos instructions, grand Lépita, accepte le cyborg.

— Arrête de lui passer de la pommade, mec ! Allez ciao, Lépi', compte sur nous, on s'occupe de tout ! On va pêcher du gros ! Sylvain, tu viens avec nous ?

— J'arrive ! À plus tard, Lépita !

— Bonne chance, les gars ! Je vous fais confiance ! »

Et le colonel terralien, le karatéka terrien et le cyborg éolien s'en vont informer les FAMÉ de la marche à suivre pour retrouver l'ennemi public numéro un.

« Nous aussi, on va chercher le méchant, Papa ? demande Windo.

— Non. Nous avons autre chose de très important à faire. Mais pour ça, nous devons nous rendre dans un endroit spécial. Monte sur mes épaules ! »

Le fils de l'Empereur s'exécute, et Lépita décolle et se dirige vers une grande étendue déserte qu'on appelle *la Plaine du vide* ; il s'agit d'une vaste étendue de terre parfaitement plate, uniquement recouverte de hautes herbes jaunes, où il n'y a aucun arbre et aucune habitation sur trente hectares environ. Lépita s'y pose et utilise son *Souffle tranchant* pour tondre rapidement toutes les hautes herbes qui l'entoure sur cent mètres carrés : à cet instant, pendant quelques secondes, on aperçoit des centaines de petits animaux qui vivent dans les hautes herbes qui se mettent à courir en tous sens pour rejoindre les herbes encore hautes alentour. Puis l'Empereur laisse son fils poser pied à terre, et s'adresse à lui en ces termes : « Mon fils, si je t'ai amené ici, c'est pour te confier à toi aussi une mission de la plus haute importance : tu voudrais aussi être un super héros comme ton Papa ?

— Oh oui ! Ce serait trop cool !!!

— Parfait. Écoute-moi bien, Windo. Quand j'aurai quitté la planète pour aller sauver l'univers, *Eolia* sera en danger car je ne serai plus là pour la protéger. Les armées de *Xinya* risquent de venir vous attaquer ! Normalement, nos armées devraient pouvoir repousser une attaque extraterrestre si *Xinya* attaquait avec ses vaisseaux ; mais si un Empereur venait vous menacer, ce serait beaucoup plus compliqué. Windo, si tu es d'accord, je veux que tu deviennes mon suppléant sur *Eolia*.

— Ton suppléant ?!

— Oui, comme un… *Empereur Céleste* remplaçant !
— C'est possible, ça ?
— Oui, grâce à ceci ! » Lépita dénoue la *Cape Céleste* de son cou et l'attache au cou de son fils. Celui-ci reste bouche bée, tant il est impressionné et émerveillé de se retrouver vêtu de cette étoffe dorée et scintillante.

« Maintenant, lève ton bras vers le ciel et dis *Rayon Lumineux*.
— *Ray... Rayon Lumineux !* » Et une immense gerbe de lumière s'élève très haut dans le ciel, jusqu'à passer à travers les nuages.
« Ouah !...
— Et voilà. Maintenant, tu as les mêmes pouvoirs que moi.
— C'est trop génial !
— Mais les choses ne sont pas si simples : quand quelqu'un qui ne porte pas le *Médaillon Céleste* est revêtu de sa cape, il peut utiliser les pouvoirs du médaillon, mais seulement pendant une journée éolienne, soit trente-deux heures, pas une seconde de plus. Passé ce délai, la cape devient terne et perd tous ses pouvoirs. Pour la recharger, il faut que le porteur du médaillon, autrement dit moi, remette la cape à son cou. C'est pourquoi il va falloir que tu fasses très attention à ce que je vais te dire : quand je serai parti, si tu acceptes cette mission, tu garderas cette cape pliée, de la façon que je te montrerai tout à l'heure, et tu la cacheras sous le matelas de ton lit. Ne la montre jamais à Maman et surtout ! Surtout : ne dis jamais à Maman que je t'ai donné la *Cape Céleste*. Tu peux garder ce secret pour ton Papa ?
— Euh… d'accord !
— Ne t'inquiète pas. Je mettrai la cape sous ton lit le jour de mon départ, et Maman ne se doutera de rien. Il faudra juste que tu ne lui en parles jamais. Si elle apprend que je t'ai laissé

la cape pour que tu me remplaces, elle sera folle d'inquiétude et ne te laissera jamais t'en servir. Mais tu es le seul en qui j'ai la plus totale confiance. Alors je vais tout t'expliquer, et après, tu me diras si tu veux prendre en charge cette mission.

Pendant cette semaine, avant que je parte, tous les deux, on viendra ici tous les jours, et je te formerai à te servir de tous les meilleurs pouvoirs magiques du *Médaillon Céleste.* Je te laisserai aussi un petit manuel qui récapitule tout : je te l'écrirai cette nuit, pendant que Maman dort, et tu devras le garder caché aussi, avec la cape. Tu pourras étudier ce manuel aussi souvent que tu veux, pendant mon absence, mais surtout, ne déplie jamais la cape, sinon, elle ne restera active que pendant trente-deux heures, puis perdra tous ses pouvoirs. Ta mission sera d'utiliser les pouvoirs célestes de la cape si jamais un Empereur attaquait la planète ; tu devras alors le combattre et le neutraliser. Je sais que ce que je te demande est très difficile à faire pour un enfant, mais je vais t'entraîner pour que tu deviennes imbattable ! Alors, tu veux bien te charger de cette mission, mon fils ?

— Oui ! D'accord, Papa ! »

Lépita sait très bien que c'est une folie de demander à son propre fils, qui n'a que huit ans, de risquer sa vie, peut-être même de se sacrifier, pour le bien de la planète. Il sait aussi que son fils est si jeune qu'il n'est même pas en mesure de comprendre à quel point cette mission est périlleuse. Mais l'*Empereur Céleste* qu'il est, doit penser avant tout au bien de la planète toute entière, et non seulement à celui de sa famille, même si elle compte plus que tout au monde à ses yeux. Windo est assurément trop jeune pour porter sur ses frêles épaules le poids du rôle d' « *Empereur Céleste* suppléant », mais dans quelques années, il deviendra un jeune Terralien fort et courageux, comme son père et saura se préparer à relever ce défi, sans jamais révéler le secret de son rôle à sa mère. Étant donné que Lépita va bientôt quitter la planète, il se doit de former son fils dès maintenant, même s'il est trop tôt, pour que Windo sache comment agir si le danger insurmontable de la présence hostile d'un autre Empereur venait à menacer la sécurité d'*Eolia*. En tout cas, la perspective pour Windo de devenir un super héros le comble d'envie et d'excitation ; il ressent beaucoup de fierté à l'idée que son père l'ait choisi lui, comme successeur et il va travailler d'arrache-pied pour être digne de ce rôle. Bonne chance, Windo !

Le soir venu, Sylvain, revenu bredouille de sa chasse au Falkahn, partage le dîner avec ses parents et son frère : « Alors, lance Marc, c'est bientôt, le départ pour *Rockaia*, frérot ! Tu te sens comment ?

— Bof… Je ne sais pas trop où j'en suis… Je suis excité à l'idée de partir, mais, quand j'y réfléchis, même si je rêvais de devenir *Empereur Céleste* pour pouvoir vivre cette aventure, le fait d'y participer en tant que « simple Terrien » sans médaillon, c'est quand même un petit peu risqué…

— Ah ! intervient Mathilde, sa mère. Enfin on en parle ! Sylvain, es-tu vraiment certain de vouloir risquer ta vie au combat, toi qui n'es même pas soldat ?! Les batailles auxquelles tu devrais participer n'auraient rien à voir avec les matches de karaté que tu as l'habitude de disputer !

— Je sais, Maman ! … Les gens que je devrai combattre possèdent certainement des armes très perfectionnées, et dans ce genre de bataille, mes aptitudes de karatéka ne me serviront pas à grand-chose… Mais je m'entraîne aux FAMÉ à me servir d'un fusil-laser, en ce moment.

— Et tu penses qu'une seule semaine sera suffisante pour faire de toi un soldat ?! demande Richard, son père.

— Non, bien sûr. J'ai plus confiance en mes poings qu'en ces maudites armes, mais aux FAMÉ, ils disent tous que je me débrouille très bien pour un débutant ! De plus, je vous rappelle que pour aller sur *Rockaia*, au moment où les orbites d'*Eolia* et de *Rockaia* seront au plus proche l'une de l'autre dans six jours, il faudra quand même encore trois mois de vol en vaisseau spatial ; et ma formation de soldat se poursuivra pendant cette période. Et enfin, comme Lépita m'a nommé commandant, tout le monde me respecte et obéit à mes ordres.

— Ha ! sourit ironiquement Mathilde, ce Lépita… Il est bien gentil et doit certainement être un Empereur admirable, mais il n'aurait jamais dû te demander de l'accompagner pour te battre à ses côtés alors que tu ne portes aucun médaillon et que tu n'es même pas soldat !

— Mais Maman, tu ne comprends pas ! D'accord, il faut que j'apprenne à me servir d'un fusil pour savoir me défendre contre les soldats qui nous attaqueront, mais sur le champ de bataille, je ne serai pas un simple militaire ! D'ailleurs je vous rappelle que Sirénia partira aussi avec nous dans l'équipe médicale. Lépita m'a engagé pour mes qualités de stratège. Je serai chargé, avant tout, de préparer les batailles sur le papier, de donner des ordres sur la manière d'assiéger un bâtiment, pour élaborer des stratégies d'attaque ou pour négocier avec l'ennemi, éventuellement ! Je ne me battrai qu'en cas d'extrême nécessité ; un peu comme le roi dans un jeu d'échec. Lépita sera « la reine », Myklandrac et Zoltahn « les tours » et les autres soldats qui viendront avec nous…

— Des pions ?! coupe Richard. Tu ne crois pas que tu prends un peu la grosse tête, mon fils ? Laisse-moi t'expliquer comment je vois les choses : tu as été nommé commandant, d'accord. À présent, c'est ton devoir d'aller sur *Rockaia.* Le Roi lui-même te l'a ordonné, après que Lépita t'a désigné comme commandant en second. Et tu te dois de t'y rendre, aussi pour assurer la réputation de la famille Béryl.

— Richard ! s'indigne son épouse.

— Laisse-moi finir, Mathilde ! Sylvain, tu dois garder les pieds sur terre avant de t'envoler pour l'espace ! La mission qui t'attend, même si tu ne dois y participer que comme… stratège, comme tu dis, comporte des risques innombrables ! Tu vas certainement mettre maintes fois ta vie en jeu, si tu joues ton rôle à fond. Et il est essentiel que tu saches exactement quelle est ta place et quel est ton rôle dans cette mission. Tu as peut-être été nommé commandant, mais tu n'es qu'un débutant, Sylvain ! Certes, ton grade fait que les autres soldats te respectent, mais si tu commences à te prendre pour le roi et à ne considérer les autres soldats qui risqueront leur vie pour toi que comme des pions, laisse-moi te dire que tu fais fausse route !

— Papa ! Ce n'était qu'une métaphore ! J'ai beaucoup de respect pour les soldats des FAMÉ ! Je m'entends déjà très bien avec certains d'entre eux et nous allons certainement devenir de vrais amis qui marcherons main dans la main vers notre but commun : empêcher Xinyorg d'obtenir tous les *Médaillons de Déragona.* Je sais parfaitement quel est mon rôle et je l'assume ! Et même si pour l'instant, j'ai encore des doutes quant à mes chances de me débrouiller au cours d'une guerre, je fais confiance à toutes les valeurs qui seront ma force pour triompher : le courage, l'amitié, l'honneur et l'amour de mon prochain.

— Ah, voilà ce que j'espérais t'entendre dire ! Bravo, Sylvain ! se réjouit son père. Si ton aïeul Firmin t'entendait, il serait fier de toi ! Néanmoins je reste sceptique quant à tes chances d'être prêt pour la bataille en trois mois seulement.

— Papa, rétorque Marc, tu sais bien que Sylvain est actuellement en formation aux FAMÉ, ce sont des militaires professionnels et ils sauront bien avant de partir si ton fils est au point ou si le jeter dans l'arène serait trop dangereux.

— Marc a raison, reprend Mathilde. Laissons Sylvain se préparer et on en reparlera la semaine prochaine. Sylvain, tu n'as que douze ans, mais tu te comportes déjà en adulte. Je prierai pour toi tous les jours et je suis certaine que tu deviendras un grand héros !

— Moi aussi, Syl', ajoute Marc. Les valeurs dont tu parles, tu les pratiques déjà depuis tout petit. Je suis sûr que tu vaincras dans cette guerre.

— Merci de votre confiance, Papa, Maman, Marc. Maintenant, j'ai besoin d'être un peu seul. Je vais sortir me promener ; j'ai besoin de réfléchir à tout ça. »

Et le jeune homme quitte la maison familiale, marchant dans la clarté mordorée du crépuscule, l'esprit encore embrumé par toutes les paroles échangées à table, sa mission, son futur départ, ses amis, ses relations… En réalité il n'est pas sorti pour se changer les idées, mais il a un rendez-vous. Il se dirige vers le Conservatoire de musique où Sirénia prend ses cours de chant, il pénètre dans la cour et se rend derrière le bâtiment, là où personne ne passe à cette heure tardive de la journée. Un autre jeune garçon l'y attend : il a de longs cheveux bruns et bouclés, le teint basané, type hispanisant et son visage très doux s'éclaire immédiatement quand il voit son ami s'approcher de lui. « Bonsoir, Sylvain.

— Bonsoir, Pedro. » Et sans échanger un seul mot de plus, Sylvain s'approche tout contre le dénommé Pedro et passe ses bras autour de sa taille, tandis que son ami passe les siens autour de son cou, puis les deux garçons laissent leurs lèvres irrémédiablement attirées s'unir tendrement dans un long baiser passionné.

« Sylvain, commence Pedro, as-tu parlé de nous deux à tes parents ?

— Non, désolé… Je ne sais pas comment leur annoncer…

— Mais enfin, tu sais à quel point c'est important pour nous deux ! Tu vas partir la semaine prochaine et moi, je ne pourrai pas te suivre. Imagine qu'il t'arrive malheur ! Personne ne me croira si je raconte que tu étais mon petit ami !

— Alors c'est ça ? Tu crois que je vais me faire tuer ?!

— Mais…

— Je croyais que tu avais plus confiance en moi que ça !

— Bien sûr que j'ai confiance en toi ! Mais je sais aussi que toutes les filles tournent autour de toi et que si tu avouais enfin à tout le monde qui tu es vraiment, ça leur éviterait de se faire des faux espoirs. Et nous deux, on n'aurait plus besoin de se cacher !

— Ouais… Je sais tout ça, on en a souvent parlé… Mais mes parents ont déjà du mal à accepter que je parte en guerre ; si en plus je leur avoue que je suis gay, ça va trop être un choc pour eux…

— C'est toujours un choc ! Moi, quand j'ai fait mon « coming out » devant mes parents, ça a été un vrai drame : mon père m'aurait jeté de la maison si ma mère ne m'avait pas défendu ; et depuis, il ne m'a plus adressé la parole. Ça fait déjà six mois… C'est triste de savoir que je dégoûte mon père à ce point, mais maintenant au moins, il n'y a plus de mensonge entre nous et je me sens enfin libéré du poids de se secret trop lourd à porter ! Toi aussi tu dois avoir envie que ça sorte, non ?

— Oui, évidemment ! Mais avec mon père qui me parle de l'honneur de la famille, ma mère qui me donne des conseils pour aborder les filles et mon frère qui essaie vainement de me faire comprendre que Sirénia est amoureuse de moi... Ils ne vont jamais comprendre ! Et moi, je vais partir très loin, peut-être pour très longtemps et au lieu de m'inquiéter de savoir si je manque à ma famille, je me demanderai peut-être plutôt s'ils n'ont pas trop honte de moi...

— Raison de plus pour te dévoiler le plus vite possible ! Ça leur laissera peut-être le temps de comprendre et d'accepter avant que tu ne partes ! Et rappelle-toi qu'il n'y a aucune honte à avoir !

— Ouais... En tout cas, il faut absolument que j'en parle à Sirénia ! Maintenant que je sais ce qu'elle ressent pour moi, il ne faut plus qu'elle souffre en silence pour rien.

— Oui, tu as raison. Elle va m'en vouloir à mort... Dire qu'on chante toujours en duo, elle et moi, pour le conservatoire. Quand elle apprendra que je sors avec le garçon qu'elle aime, ça va assurément la dégoûter à mort... Mais il vaut mieux qu'elle sache la vérité pour qu'elle n'espère plus en vain ce que tu ne pourras jamais lui donner.

— Ouais... Il y a quatre ans, j'étais amoureux d'elle... C'est déjà tellement loin, maintenant...

— Et maintenant c'est elle qui t'aime. C'est quand même bizarre que tu n'aies découvert qu'après coup que tu étais homo. Tu étais même sorti avec une fille, non ?

— Oui, Justine. Je me rappellerai toujours du jour où je l'ai plaquée… Elle ne s'en est toujours pas remise ! La pauvre… Aujourd'hui encore, elle me tourne autour, elle aussi.

— Tu vois, c'est ça qui me dérange ! Toutes les filles te courent après, sans savoir que vu tes penchants, elles n'ont, quoi qu'il arrive, aucune chance. Il faut absolument que tout le monde sache qui tu es vraiment ! Il n'y a aucune honte à avoir ! Tu es comme ça, tu n'y peux rien ! Ça n'enlève rien à ta valeur ! Cette annonce va peut-être même redorer le blason des gays en général : ton exemple montre qu'un gay peut aussi être très fort et courageux, et partir en guerre pour sauver l'univers !

— Ouais… Oui, tu as raison, mon cœur ! Je crois que je vais y aller tout de suite !

— Là, maintenant ?! Tu n'as pas envie de passer un peu de temps avec moi ?

— Je croyais que c'était si important pour toi que je sois « out » au plus vite !

— Oui, mais il y a un juste milieu…

— Ouais mais là, il faut que ça sorte, j'en peux plus de mentir à tout le monde ! Notre discussion m'en a vraiment fait prendre conscience. Je vais tout de suite aller chez Sirénia, puis j'irai tout révéler à ma famille !

— Tu es bien sûr de toi ?

— Plus que jamais ! Et demain soir, je passerai directement chez toi !

— C'est fabuleux ! On va enfin arrêter de se cacher et tout le monde saura qu'on s'aime ! Depuis le temps que j'en rêve…

— Eh bien ce rêve va devenir réalité ! Allez, j'y vais ! À demain, chéri !

— Grosse merde pour ton coming out !

— OK ! »

Sylvain s'apprête à quitter son cher et tendre, mais celui-ci le retient : « Dis donc, mon trésor ! Tu n'oublies pas quelque chose ?...

— Oups ! Désolé… » Et les deux garçons échangent encore un tendre baiser.

Sylvain se retourne à nouveau pour partir et reste figé sur place en se rendant compte que quelqu'un les observait !

« Irina ?! Mais qu'est-ce que tu fais là ?! s'exclame le jeune homme.

— Sylvain ?! C'est pas possible… Toi ?! Tu… Oh mon Dieu, quelle horreur !!! » et la jeune fille s'enfuit tout bonnement en courant sans demander plus d'explications.

« Eh bien, voilà une bonne chose de faite ! commente Sylvain. C'est pratique : la solution « je suis gay » est encore plus efficace que le bon vieux « j'ai déjà quelqu'un ».

— En voilà déjà une qui ne te tournera plus autour ! en déduit Pedro.

— Oui ! En revanche, c'est sûr que là, elle va le raconter à tout le monde, donc je ferais mieux de me révéler tout de suite, avant d'être « outé » à mon insu !

— J'en ai bien peur. Allez, file, ma caille !

— Oui, mon poulet ! J'y vais tout de suite ! »

Et le karatéka se met en marche vers le 3 impasse du rhinocéros blanc pour procéder à des révélations qui s'annoncent tendues et douloureuses… Arrivé sur le pas de la porte, avec beaucoup d'appréhension, il hésite un peu avant de sonner et cela ne manque pas de lui rappeler le jour, il y a quatre ans, où il avait sonné à cette porte pour la première fois pour inviter Sirénia à son match de karaté (une des seules fois où il y a quelque chose « qu'a raté » dans sa vie). À présent il a plus d'assurance qu'à cette époque, mais ce qu'il s'apprête à dire est tellement difficile qu'il se demande encore s'il a fait le bon choix. Quand enfin il se décide à sonner, il est coupé dans son élan, car la porte s'ouvre déjà sans qu'il se soit annoncé, et le jeune homme voit apparaître celle qu'il était venu rencontrer.

« Sylvain ?

— Salut, Sissi. Tu vas bien ?

— C'est plutôt à moi de te le demander : comment vas-tu depuis ton séjour à l'hôpital ?

— Ça va. J'ai juste une bosse derrière la tête. Tu sortais ?

— Ben oui, j'allais justement sonner chez toi, moi aussi. Il faut qu'on parle.

— Oui, effectivement. Je crois qu'on a beaucoup de choses à se dire, en effet. Je peux commencer ?

— OK. Mais tu ne veux pas qu'on s'assoie quelque part ?

— Ouais, t'as raison. » Et ils traversent la rue pour s'installer côte à côte sur un banc public où ils ont l'habitude de s'asseoir pour discuter. « Sissi… Je crois que je te dois des explications sur ce que tu as vu avant-hier à l'hôpital.

— Tu parles de ton visage enfoncé dans la poitrine de cette traînée quand j'ai voulu te rendre visite avec mon bouquet de fleurs ?!

— Euh… Ouais, voilà. Cet épisode-là, en effet.

— Tu sais, j'ai eu tort de réagir comme ça, en partant en courant ! Tu as le droit de fourrer ton nez dans la poitrine de qui tu veux : ça ne me regarde pas, après tout !

— Non, Sissi, ne dis pas ça. Je sais que ce que tu as vu t'a fait beaucoup souffrir. J'ai compris, maintenant. J'ai enfin compris ce que tu ressens pour moi et que tu as essayé de me révéler par tes acrostiches.

— Ah.... OK... Et ? Tu... Enfin tu...
— Ben je suis très touché... Ça m'a énormément stupéfait !
— Mais ? ... Tu sors déjà avec une traînée, je sais.
— Ben en fait non. Cette... traînée, comme tu dis, s'est accrochée à moi comme une sangsue depuis la fin de mon combat contre Lépita ! Alors que je ne l'avais jamais vue auparavant ! Elle a pas voulu me lâcher, j'y pouvais rien ! Elle était super collante et... et entreprenante et... Mais moi je n'ai aucun sentiment pour elle, je te rassure.
— Ah ? Tu l'as quittée ?
— Euh... En quelque sorte, oui... Pour simplifier, on va dire que c'est elle qui a rompu avec moi il y a tout juste quelques instants.
— Oh ? Et pourquoi ce revirement soudain ?
— Disons qu'elle a compris que je n'étais pas fait pour elle...
— Qu'est-ce que tu essaies de me dire ? Là tu me caches quelque chose, je te connais !
— (Bon allez, je lâche tout !) Je suis gay.
— ...
— Je suis homosexuel, Sirénia. Je sors avec Pedro. Pedro Dalmacio.
— ...
— Sissi, dis quelque chose, tu m'inquiètes ! »

Une larme commence à perler au coin de l'œil droit de la jeune fille, puis dégringole jusqu'au bord de ses lèvres. Sirénia, la bouche à moitié ouverte, paraît complètement perdue et n'ose pas tourner sa tête vers son interlocuteur, assis à côté d'elle. Lentement, elle incline progressivement son visage pour voir si Sylvain n'est pas sur le point d'éclater de rire, car elle se dit qu'il y a peut-être une chance pour qu'il soit en train de lui faire une blague du plus mauvais goût ; mais voyant à l'expression de sa figure qu'il a l'air le plus sérieux du monde, les traits du visage de la jeune fille commencent à se crisper, comme si elle implorait qu'on lui dise enfin la vérité, mais sans parvenir à prononcer un mot. Sylvain confirme : « Je suis sérieux, Sirénia. Je suis amoureux d'un homme. » Les deux yeux de Sirénia se mettent à ruisseler, tandis que son visage se retrouve complètement déformé par la souffrance atroce que ressent la jeune fille. Elle fond littéralement en larmes en hoquetant, la bouche ouverte et les yeux fixés sur celui qui vient de tuer en elle tout espoir. La voix brouillée par la peine qui l'envahit, elle essaie de protester :

« C'est… C'est pas vrai… C'est pas possible… Je… Je te connais… Je suis… Je suis ta meilleure a… ami… i… ie… POURQUOI ?! POURQUOI TU ME DIS ÇA MAINTENANT ?!

— Je suis désolé, Sirénia…

— NON ! TU N'AS PAS LE DROIT !!! C'EST PAS… C'est pas possible… C'est pas…

— Sissi, je… Je n'ai jamais eu la force de t'en parler avant. C'était très dur à admettre pour moi aussi, au début…

— TU M'AIMAIS !!! » lance-t-elle soudain en pointant le jeune homme du doigt. « TU N'AS JAMAIS ÉTÉ GAY, CE N'EST PAS VRAI !!!

— Je… Je pense que je l'ai toujours été, sans le savoir…

— NON, TU MENS ! Je sais que tu m'aimais… Je sais…

— Sirénia, à l'époque où je voulais sortir avec toi, je ne savais même pas ce que c'était que l'amour ! Je n'avais même encore jamais embrassé quelqu'un ! J'avais jeté mon dévolu sur toi parce que je me disais que les garçons devaient aimer les filles, que tu étais une fille formidable, que tu paraissais inaccessible et que moi, j'avais le goût de la compétition…

— Non…

— Mais quand je suis sorti avec Justine, je me suis rendu compte que je trouvais ça dégoûtant d'embrasser une fille… Et peu à peu, j'ai compris que c'était les autres hommes qui m'attiraient, en réalité.

— Alors… Tu ne m'as jamais aimée ?...

— Je ne sais pas… J'ai toujours trouvé que tu es une fille incroyable, belle, intelligente, talentueuse… Mais… Je pense que j'avais simplement besoin d'être amoureux et que je ne comprenais pas vraiment ce que je ressentais.

— Mais… On a partagé tellement de choses, tous les deux ! Je croyais te connaître par cœur ! On a passé tellement de temps ensemble, on a ri, on a pleuré, on s'est toujours confié l'un à l'autre ; et je sentais que quelque chose de très fort était enfin en train de naître entre nous ! Ça fait quatre ans, Sylvain ! Quatre ans que je t'aime de tout mon cœur, sans jamais arriver à te l'avouer… parce que j'avais honte d'être amoureuse de toi ; car quand toi, tu voulais sortir avec moi, je t'avais violemment repoussé… Quatre ans d'espoir silencieux, inavoué… Si tu savais le nombre de fois où j'ai cru qu'on allait s'embrasser ! On a passé des moments forts, tous les deux, une véritable complicité était née…

— Mais elle est toujours là, cette complicité, Sissi !

— Ce n'est plus pareil ! Rien n'est pareil parce qu'il n'y a plus d'espoir, maintenant… S'il n'y a plus d'espoir, il n'y a plus d'envie, plus de rêve, plus de… plus rien…

— …

— Je croyais te connaître par cœur et jamais… Jamais je n'aurais pu imaginer que tu cachais un tel secret…

— L'homosexualité est un fardeau lourd à porter, tu sais ?

— NON JE NE SAIS PAS ! Parce que je ne suis jamais posé la question, figure-toi ! Parce que jamais je n'aurais pu imaginer que… Que tu pouvais être *gay*… Ce n'est pas toi, je n'arrive pas à y croire… Toi que toutes les filles admirent, toi que tout le monde envie, toi que tout le monde respecte…

— Et le fait d'être gay me rend moins respectable ? C'est ça ?!

— …

— Je comprends ta souffrance aujourd'hui, mais est-ce que tu crois que pour moi c'est facile ?! Que je n'ai pas eu énormément de mal à admettre que je n'étais pas comme tout le monde ?! Que je n'ai pas eu honte pendant des années, sans oser en parler à personne, parce que j'avais peur d'être différent ?! Peur du regard des autres ?! Peur qu'on me ridiculise, que les gens se foutent de moi quand ils sauront qui je suis vraiment ?! Peur qu'ils disent « eh, t'as vu la tapette ? Sale PD ! Dégage ! Vas te faire enculer ! » Jusqu'au jour où j'ai compris qu'il ne servait à rien de lutter contre ce que je suis. Même si je n'ai jamais voulu être comme ça ! Je *suis* homosexuel, je n'y peux rien ! Aujourd'hui je l'assume et j'ai jugé nécessaire de t'en parler à toi la première, car tu es une des personnes qui comptes le plus à mes yeux et que tu méritais le plus de connaître la vérité depuis que je sais enfin ce que tu ressens pour moi… Pour que tu sois fixée. Que tu n'aies plus à espérer… en vain. J'en ai assez de me cacher ! Ça fait trop longtemps que ça dure ! Quand je vais en parler à mon père tout à l'heure, je suis certain qu'il va vouloir me frapper, qu'il va me renier, me dire que je suis la honte de la famille ! Mais je m'en fous, il faut que ça sorte ! Je me dois d'en parler avant de partir pour *Rockaia* ; sinon j'aurai des remords de ne pas avoir osé me révéler au grand jour par pudeur. Je me sentirais alors honteux de ne pas avoir eu le cran d'avouer cette vérité si lourde à porter… Je ne pourrais pas me concentrer sur mon aventure, car j'aurais l'esprit ailleurs… et je me ferais tuer.

— Oh Sylvain ! sanglote Sirénia en se jetant dans ses bras. Je ne veux pas que tu meures ! Je tiens trop à toi ! Pourquoi est-ce si compliqué, l'amour ? Alors que c'est si simple, en vérité ! Regarde : tu me tiens dans tes bras, je meurs d'envie de t'embrasser ; tu pourrais m'offrir un baiser…

— En effet, je pourrais… Mais je n'en ai aucune envie. Je n'ai pas envie de tromper Pedro. Et de toute façon, ça me dégoûterait…

— Quoi ?! se remet à sangloter la jeune fille. *Je* te dégoûterais ! C'EST ÇA ?!

— Non, Sissi, ce n'est pas de ta faute ! Imagine, si je te demandais d'embrasser… je ne sais pas, moi… tiens : Justine ! C'est comme si tu devais embrasser Justine !

— …

— Je suis gay, Sirénia ! Je n'y peux rien ! Il faut que tu comprennes que rien n'est possible entre nous deux ; à part bien sûr notre amitié. Notre amitié durera pour toujours ! Les choses seraient tellement plus simples si j'étais hétéro, mais ce n'est pas le cas ; je ne peux lutter contre ma propre nature. J'ai déjà vaincu de nombreux adversaires au karaté, mais je ne pourrai jamais me vaincre moi-même, si tu vois ce que je veux dire.

— Eh bien moi, je peux me vaincre, moi-même, et c'est ce que je vais faire ! Si vraiment je n'ai aucune chance que tu m'aimes un jour, je ne vois pas pour quelle raison je devrais continuer de vivre ! Je préfère mourir que de vivre en sachant que tout est perdu !!!

— SIRÉNIA ! »

Soudain, une voix glaciale et sadiquement enjouée s'élève de derrière un buisson près de nos deux amis : « Tu veux mourir, dis-tu ? Ça tombe plutôt bien. Je peux même t'y aider, si tu le souhaites. » Et la silhouette d'un Eolien pointant un pistolet-laser vers la jeune fille en pleur se dessine sinistrement.

« FALKAHN ! » s'écrit Sylvain.

L'Eolien attrape Sirénia et la fait se lever du banc en la maintenant fermement d'une patte autour de son cou, tandis qu'il pointe son pistolet contre la tempe de son otage ; puis il poursuit : « Bonsoir, Sylvain. Très cher vice champion des arts martiaux d'*Eolia*. Comment vas-tu ?

— Lâche tout de suite Sirénia !

— Allons, allons, calme-toi, mon petit. Et si on parlait un peu ?

— Tue-moi, ordonne soudain Sirénia, calmement.

— Tais-toi, sale Terrienne ! Sylvain, appelle tout de suite l'*Empereur Céleste* ! Il détient quelque chose qui m'appartient. Tu veux bien ?

— Tue-moi, répète la belle otage.

— Tu vas la fermer, toi ! rétorque sèchement Falkahn.

— Tu veux que j'appelle Lépita ? répond le karatéka. La raclée qu'il t'a infligée la dernière fois ne t'as pas suffi ?

— Ha ! Je vois que tu es aussi arrogant que lui, sale chien au sang impur ! Tu oublies que j'ai un otage ! Appelle Lépita, maintenant ! Ou je la descends !

— Eh ben vas-y ! lui ordonne Sirénia. Qu'est-ce que t'attends ? Tue-moi !

— Qu'est-ce que tu dis, sale chienne ?

— Tue-moi ! Vas-y ! Appuie sur la gâchette ! Je m'en fous de mourir ; la vie n'a plus aucun sens ! Allez !! Tire !!! Fais-moi éclater la cervelle !!!

— Mais elle est devenue folle ! s'offusque le scientifique sidéré par cette attitude follement suicidaire. Tu vas fermer ta grande gueule, oui ?!

— Sirénia, à quoi tu joues ?! lui crie Sylvain qui ne sait quel comportement adopter.

— Allez, tue-moi, TUE-MOI !!! Tu vas tirer, oui ?! Éclate-moi la tête comme une pastèque, que j'en finisse avec cette vie de merde, où plus rien ne me retient !

— FERME-LA ! Et tiens-toi tranquille !

— Allez, putain, tire ! Vas-y ! Tue-moi !

— LA FERME !

— TUE-MOI !

— TAIS-TOI !!!

— VAS-Y, TUE-MOI !!! »

Et soudain, sentant que Falkahn est vraiment déstabilisé par l'attitude obstinément fataliste de Sirénia, cette dernière claque un fabuleux coup de coude dans la mâchoire de l'Eolien qui lâche prise, puis elle lui attrape la main qui tient l'arme pointée sur elle et lui tord le bras pour qu'il lâche le pistolet, que Sirénia s'empresse de ramasser pour tenir à son tour le tortionnaire en joug !

« Merde, c'est pas vrai ! (Comment ai-je pu me laisser avoir par cette faible Terrienne ?!) » se plaint lamentablement Falkahn, couché par terre en se tenant le poignet.

— Alors, on fait moins le malin, l'Eolien ? se moque la belle blonde.

— Sissi, tu es incroyable ! se réjouit Sylvain, stupéfait. Où as-tu appris à faire ça ?

— Je ne sais pas ; j'ai fait ça sans m'en rendre compte ! Falkahn ! Maintenant tu vas bien sagement te rendre et aller en prison, c'est d'accord ?!

— Sales chiens ! Allez au diable !

— Hé, on se calme ! somme Sirénia tout en tirant un rayon laser sur le sol juste à côté d'une patte postérieure de l'Eolien pour lui signifier qu'elle ne plaisante pas. On n'est pas là pour rigoler, OK ?! Sylvain ! Appelle Lépita par *mobipat*[16], pendant que je tiens ce fou furieux en mon pouvoir ; il saura quoi en faire !

— À vos ordres, chef ! »

Mais alors que pendant une seconde, Sirénia tourne la tête vers Sylvain, Falkahn en profite pour mettre la main dans sa poche et en sort une bombe à fumigène qu'il jette sur le sol. Instantanément une véritable purée de pois s'élève, accompagnée d'un sifflement strident provenant de la bombe d'où s'échappe une fumée épaisse et lacrymogène qui s'étend très rapidement, masquant l'Eolien à la vue de nos deux amis.

« Aaah, ça me brûle les yeux ! souffre la jeune fille.

— Sirénia ! Tire ! Tire dans tous les sens vers le brouillard pour essayer de l'atteindre ! »

La tireuse improvisée s'exécute et lance des rayons laser dans tous les sens. Des dizaines de rais de lumière verte tirés au hasard transpercent l'épais nuage de fumée espérant atteindre leur cible. Deux minutes plus tard, la fumée se dissipe enfin et Sirénia, essoufflée, cesse de tirer. Les deux amis essaient de scruter le sol, leurs yeux encore brûlants du gaz lacrymogène qui a violemment altéré leur vision, mais du peu qu'ils parviennent à

---

16 Téléphone portable permettant de joindre directement l'esprit d'un Eolien où d'un Terralien. Cet appareil permet aux Terriens (qui ne disposent pas du don de télépathie) de communiquer à distance avec les autres êtres vivants sur *Eolia*.

voir, ils ne trouvent apparemment pas de corps d'Eolien allongé sur le sol, ni de trace de sang.

Tous les habitants des maisons alentour, dont les parents de Sirénia et la famille de Sylvain, alertés par tout ce tapage, sortent de chez eux pour voir ce qu'il se passe, et les interrogations fusent de toutes parts : « Qu'est-ce qu'il s'est passé ?! C'est quoi toute cette fumée ?! Qui a tiré ?! C'est la guerre ?! Quelqu'un est blessé ?! »

Marc hèle son frère tout en courant vers lui : « Frérot, ça va ?! Que s'est-il passé ?! Tu vas bien ?!

— Je crois, oui ! Falkahn nous a attaqués ! On a pu s'en sortir grâce à Sirénia, mais je crois qu'il a réussi à s'échapper ! Personne n'a été touché ?! »

Angela, la mère de Sirénia crie soudain : « Mon Dieu ! Il y a un jeune homme couché sur le trottoir !

— Un jeune homme ? répète Sylvain interloqué. Oh non, c'est pas vrai !!! Mon Dieu, dites-moi que ce n'est pas lui ! Oh, non ! PEDRO !!! »

Sylvain court de toutes ses forces vers son bien aimé allongé et sévèrement touché à la poitrine, comme en témoigne un filet de fumée noire s'échappant encore de son torse meurtri. Sylvain se jette à genou et prend la main du blessé dans les siennes: « Pedro !!! Que faisais-tu ici ?!

— Ah… Je… Je savais que Si… que Sirénia serait un ob… un obstacle entre nous deux, mais… jamais je n'aurais… pu… imaginer qu'elle m… me tuerait…

— C'est de ma faute, mon cœur, c'est moi qui lui ai demandé de tirer ! Oh bon sang, tu es gravement blessé ! Il faut vite te conduire à l'hôpital !!!

— Non ! C'est trop tard… Ma vie s'achève ici, Sylvain… J'ai eu tort de… de ne pas te faire confiance… J'ai voulu… venir ici pour… pour t'espionner… et entendre ce que tu dirais à Sirénia… Et voilà… j'en ai pay… payé les frais !

— Pedro, ne dis pas ça ! Vite ! Un docteur ! Sirénia ! Fais quelque chose ! »

Mais personne ne réagit. Tous sont abattus et détournent le regard, car ils savent qu'il est trop tard pour le malheureux mourant, qui ajoute : « Sylvain, mon amour : je n'aurai peut-être… vécu que treize ans, mais… j'aurai au moins eu la chance… de t'aimer… et d'être… aimé par toi… Sois heureux, mon trésor… C'est tout ce que je peux… encore… te souhaiter. Je t'aime… » Et sur ces paroles, Pedro rend son dernier souffle.

Sirénia, effondrée, tombe à genoux, les mains à terre tenant encore le pistolet laser entre ses jambes écartées. Son père Boris court vers elle : « Sirénia ! Pourquoi as-tu tiré ?! C'est quoi ce pistolet ?! crie-t-il en le lui retirant tout de suite des mains.

— Il est… à Falkahn. répond Sirénia d'une voix éteinte, en remuant à peine les lèvres, le regard perdu vers le sol. J'ai pu… lui voler… J'ai tiré… dans la fumée… et j'ai touché… j'ai touché… » Elle tourne alors son visage ruisselant de larmes vers son père : « Je ne savais pas qu'il était là… Je ne voulais pas… Je ne voulais pas… le tuer… » Et elle s'écroule dans les bras de son père accroupi en face d'elle pour évacuer toute sa peur, son incompréhension, sa colère et sa peine.

La scène est atroce. Dans la rue si calme de cette belle ville où il ne se passe quasiment jamais rien de grave, plane une sombre nuée morbide et maladive. Les effluves encore présents de la bombe à fumigène se mêlent à la torpeur tétanisante de la fraîcheur des nuits éoliennes qui commence à s'abattre sur ces gens qui n'ont dans leur esprit que de belles idées, mais qui vivent bien malgré eux les prémices d'un véritable cauchemar. Les murs et les fenêtres de plusieurs maisons ont été endommagés par les rayons laser tirés par Sirénia, l'amour entre Sylvain et la jeune fille a disparu à tout jamais, engouffré dans l'abîme de leurs divergences sexuelles, Sylvain a perdu celui qu'il aime et se sent de surcroît couvert de honte, car tout le monde a maintenant compris qu'il est homosexuel, Sirénia est sans le vouloir, devenue une meurtrière suicidaire, et un autre tueur sanguinaire, prêt à frapper à tout moment rode toujours dans les parages…

M. Béryl s'empresse d'appeler la police, qui n'a plus eu à enquêter sur une affaire d'homicide depuis plus de sept ans à Néo-Paris (une vieille dame avait alors malencontreusement marché sur un chaton qui était mort sur le coup). Les agents emmènent tous les témoins au poste pour prendre leur déposition et on contacte les parents de Pedro pour qu'ils viennent identifier le corps de leur fils. Après avoir entendu tous les témoignages, la police conclut à la mort accidentelle. Même si Sirénia n'aurait jamais dû tirer au hasard dans la fumée, la police la félicite pour son courage, car bien qu'étant coupable d'homicide involontaire et de graves dégradations de biens immobiliers, elle a tout de même failli arrêter à elle seule l'ennemi public numéro un. En tout cas, ses parents et les agents pensent qu'il est préférable qu'elle suive à nouveau une thérapie psychiatrique chez le

Docteur Escargot qu'elle connaît déjà très bien, afin de réfréner ses pulsions suicidaires.

Il est déjà trente et une heures trente quand Sylvain, Marc et leurs parents rentrent enfin à la maison à bord de la *plume* familiale. Comme chacun d'eux le sait, tout commentaire à propos de ce qu'ils viennent de vivre serait trop douloureux sans le recul nécessaire ; c'est pourquoi aucun mot n'est échangé ni à propos de l'homosexualité de Sylvain, ni concernant la mort de Pedro, ni même au sujet de l'attaque de Falkahn. Épuisé, mais traumatisé par ce qu'il vient de vivre, le jeune karatéka couché dans son lit ne parvient pas à trouver le sommeil. La nuit est longue, trop longue… Impuissant face à l'ampleur de la tragédie qu'il vient de vivre, il ressasse encore et encore les événements dont il vient d'être le malheureux acteur. Il comprend à présent ce qu'a vécu Lépita quand le médaillon l'a forcé à assister aux vicissitudes de sa vie passée, si ce n'est que Sylvain, lui, sait que ces souvenirs-là, hélas, sont bien les siens. Il voudrait pouvoir faire n'importe quoi pour revenir en arrière et agir différemment afin d'éviter que le drame ne se reproduise, mais à présent il est trop tard. Sylvain sait très bien que sur le champ de bataille, des décisions capitales devront être prises instantanément et que la moindre erreur de jugement pourrait tout faire basculer, comme cela vient juste d'arriver ; cela le fait encore plus douter de ses chances de réussite au cours de la mission périlleuse qui l'attend.

À cause de lui, Sirénia, qui était pleine de joie de vivre avant le championnat des arts martiaux, est devenue dépressive et suicidaire, et l'homme qu'il aime, avec lequel il vivait une véritable idylle a perdu la vie par sa faute. La culpabilité le ronge et lui fait perdre toute sa lucidité et son sens du discernement qui font pourtant sa force en temps normal. Il souhaiterait tellement pouvoir s'endormir afin de tourner la page sur ce qui vient de se passer et se plonger dans des rêves détachés de la réalité, où tout pourrait être plus beau et où les actes commis n'auraient aucune conséquence sur autrui, mais rien n'y fait : cette nuit-là, la mélatonine[17] ne parvient pas à surpasser l'angoisse et les remords qui hantent les pensées de jeune garçon. Il passe donc la nuit sans fermer l'œil, en proie au doute et au ressentiment, et se lève encore plus épuisé qu'avant d'être allé se coucher, tandis que la lueur rougeoyante de l'aurore laisse pénétrer ses premiers rayons à travers les rideaux de sa fenêtre. Cette aube augure un jour nouveau, celui de toutes les décisions capitales nécessaires avant le début de l'aventure. Qui sera capable de relever le défi ?

---

17 Hormone sécrétée par l'épiphyse, qui permet de réguler les rythmes biologiques et notamment de s'endormir.

Chapitre huit
La fin du commencement…

Jeudi matin 15 juillet 500. Encore un nouveau jour sur *Eolia*. Lépita a veillé toute la nuit, tout en restant dans le lit conjugal aux côtés de Brylna, afin qu'elle se sente rassurée. Il a profité du sommeil de sa femme pour rédiger pour son fils un manuel dans lequel il a consigné minutieusement toutes les incantations et formules magiques qu'il a inventées pour se servir des pouvoirs faisant appel à la foudre et au vent que le *Médaillon Céleste* peut générer, en précisant qu'il est encore possible de créer d'autres pouvoirs magiques similaires inédits. En effet, les *Médaillons de Déragona* recèlent des pouvoirs sans limite et permettent à leur détenteur de matérialiser n'importe quel attaque magique, tant que cette attaque fait appel à l'élément que commande le médaillon en question, que celui qui l'utilise parvient à visualiser dans son esprit l'apparence et les effets de son attaque et qu'il lui donne un nom.

Alors que le rougeoyant soleil de l'aurore commence à faire resplendir ses premiers rayons à l'horizon, l'*Empereur Céleste* sent que Myklandrac essaie d'entrer en communication télépathique avec lui : « Bonjour Myk' ! Que me vaut l'honneur de ton appel de si bonne heure ? Vous avez trouvé Falkahn ?

— Bonjour Lépi'. Oui et non. C'est un peu compliqué… avoue le colonel un peu embarrassé.

— Alors, explique-toi !
— Hier soir, Falkahn a fait une apparition devant chez Sylvain Béryl.
— Comment ?! » s'exclame le Terralien sidéré.

Et le colonel de lui raconter tous les événements de la veille au soir. Lépita, comprenant la gravité de la situation, ordonne alors tout de suite à Myklandrac d'envoyer des soldats dans l'impasse du rhinocéros blanc à Néo-Paris afin de surveiller jour et nuit les alentours, de manière à éviter que Falkahn ne récidive, ou de l'arrêter s'il tente quoi que ce soit ; d'autres soldats reçoivent aussi l'ordre de surveiller la maison de Lépita où Brylna reste seule pendant la journée. L'*Empereur Céleste* décide de prendre tout de suite contact avec Sylvain, principal témoin de la scène, pour que ce dernier lui raconte en détail ce qu'il s'est passé.

Un peu plus tôt à Néo-Paris, Sylvain sort de sa chambre, descend les escaliers, puis, en ouvrant la porte de la cuisine, s'aperçoit que ses parents et son frère sont déjà attablés en train de prendre leur petit déjeuner et alors qu'il s'avance jusqu'à sa place habituelle, tous les regards sont braqués sur lui. Il s'assoit comme d'habitude à la droite de sa mère, Marc en face de lui, et son père à sa droite, en bout de table. Il prononce un timide « bonjour », sans oser regarder personne. Le père est le premier à lui répondre :

« Bonjour, Sylvain. Tu n'oses même pas me regarder, je vois. Où sont passées ta fierté et tes belles idées de grandeur, d'honneur et de courage que tu revendiquais hier soir, encore ? Ce n'est pas mon fils que je vois assis à ma gauche, comme chaque matin ! Tu n'es plus qu'une loque ! » Personne n'ose répliquer. « Sylvain, regarde-moi ! » Le jeune homme lève des yeux rouges, timides et incertains vers celui que le sermonne, et ce dernier poursuit :

« Tu m'as beaucoup déçu hier soir, tu dois t'en douter. Non seulement, c'est Sirénia, qui n'est qu'une fille, qui a réussi à maîtriser ce dangereux Eolien, alors que toi, homme soi-disant fort et courageux qui t'apprêtes à partir en mission pour « sauver » l'univers, tu es resté planté là sans rien faire, mais en plus, ce qu'a dit ton ami Pedro avant de mourir laisse envisager te concernant, des tendances que je ne soupçonnais pas, qui me répugnent au plus haut point et qui couvrent notre famille entière de déshonneur !

Pedro est mort par *ta faute*, j'espère que tu en as conscience ! Comment as-tu pu demander à Sirénia de tirer au hasard dans la fumée, alors que vous ne voyiez pas du tout ce qui était derrière ?! Vous étiez en plein quartier résidentiel !!! Le simple port d'une telle arme ici est interdit ! Vous auriez pu tuer bien plus de monde, avec votre folie !!! Il pouvait y avoir n'importe qui de l'autre côté de cette purée de pois : des voisins sortis prendre l'air, des badauds interloqués par la scène, des enfants en train de jouer dehors ! Vous avez eu une chance inouïe en ne tuant qu'une seule personne ! Et l'idée que vous causeriez immanquablement de terribles dégâts en tirant bêtement dans le vide ne t'a pas non plus effleuré l'esprit, bien sûr : maintenant les Netrebko se retrouvent avec une facture colossale à régler pour dégradations de biens immobiliers – dont ta mère et moi-même avons décidé de prendre en charge la moitié des frais, car c'était ton idée *à toi* de tirer.

Sylvain, tu viens de prouver par ton incompétence, ton manque de discernement et ton égoïsme que tu n'es décidément pas un homme responsable ; et tu veux partir à l'aventure sous les vivats de tout le peuple éolien te portant aux nues, pour devenir un héros intersidéral ?! Ha ! Tu n'es pas prêt pour ce voyage, c'est certain. Tant que tu n'as pas treize ans, c'est moi qui prends les décisions : tu n'iras *pas* sur *Rockaia* ! »

Cette annonce retentissante jette un froid autour de la table – même si Mathilde se sent à moitié rassurée que son fils ne soit potentiellement plus exposé aux dangers qu'imposerait cette mission – et l'aventurier déchu préfère baisser les yeux plutôt que de tenter d'affronter la colère paternelle et de subir des foudres encore plus dévastatrices en retour. M. Béryl conclut : « Quant aux dernières paroles de Pedro, si ce qu'il a dit est vrai, je préfère ne même pas l'évoquer. Et si tu as encore ne serait-ce qu'une once de respect pour moi, mon fils, je te prierais de faire comme si de rien n'était, et de ne jamais me présenter *celui* qui partagera ta vie, si tu trouves quelqu'un d'autre un jour, car je trouve cela dégoûtant, dégradant et humiliant pour l'honneur des Béryl. J'espère m'être bien fait comprendre ! Bon. Je vais au boulot. À ce soir. » Et le père se lève de table, puis quitte la maison sans se retourner.

Un peu plus tard dans la matinée, à la Clinique Guérit Tout, Sirénia et ses parents patientent dans la salle d'attente d'être reçus par leur pédopsychiatre, le Docteur Escargot. Quand celui-ci ouvre la porte de sa salle de consultation, il est stupéfait de voir à quel point la jeune fille a changé : « Sirénia ! Comme tu as grandi depuis quatre ans ! Bonjour, ma petite ! Bonjour à vous, M. et Mme Netrebko ! Tu es vraiment devenue une ravissante jeune femme. Veuillez entrer je vous prie. »

L'intérieur du cabinet n'a pas changé depuis quatre ans : toujours le même canapé pour les patients, le même fauteuil pour le praticien, les mêmes tableaux aux murs, la même assistante – Sophie doit maintenant avoir la trentaine – et l'âge ne paraît pas non plus avoir d'emprise sur le psychiatre qui n'a pas pris une ride de plus et qui, après que tout le monde s'est installé, prend la parole : « D'après ce que m'a dit Sophie, Sirénia semble manifester un nouveau trouble psychique ?

— Oui, effectivement, commence Angela, elle vient d'apprendre que…

— Mme Netrebko, l'interrompt le docteur, si cela ne vous fait rien, j'apprécierai que ce soit votre fille qui en fasse le récit. Si je ne m'abuse, elle n'a pas perdu l'usage de la parole cette fois-ci.

— Non Docteur, répond Sirénia. Mais mon état n'en est pas pour autant moins grave…

— Loin de moi cette idée. Veux-tu bien nous expliquer ce qu'il t'arrive, Sirénia ?

— Oui… Sylvain Béryl, mon voisin, est mon meilleur ami depuis plus de quatre ans. Si vous vous souvenez encore, c'est le garçon qui était amoureux de moi quand nous étions petits, et contre qui je m'étais emportée et que j'avais voulu frapper dans la cour de l'école parce qu'il avait évoqué la mort de mon frère…

— Je me souviens. Tu peux poursuivre, je t'en prie.

— Quand j'ai été guérie de mon traumatisme, c'est moi qui suis tombée amoureuse de lui, mais je n'ai jamais osé lui avouer, car j'avais honte d'éprouver de l'attirance pour lui, alors que j'avais moi-même bafoué ses sentiments quand lui voulait sortir avec moi. J'avais finalement décidé de lui révéler mon amour à l'issue de la Finale du Championnat Mondial des Arts Martiaux, quel qu'en soit le résultat.

— Très beau combat. Continue.

— Mais je viens d'apprendre hier... » Sirénia, les poings serrés froissant les plis de sa jupe, commence à sangloter de rage. « Je viens d'apprendre que... QUE JAMAIS IL N'ÉPROUVERA LE MOINDRE SENTIMENT AMOUREUX À MON ÉGARD PARCE QU'IL EST GAY !!! » Et des torrents de larmes se mettent à ruisseler sur les joues de la jeune fille.

« Je comprends, Sirénia. Nous allons...

— Je n'ai pas fini ! Le coupe la belle blonde, la voix brouillée par la douleur. Ma vie entière, malgré tout ce que je pouvais réaliser autour, était tournée vers l'accomplissement d'un seul et unique rêve : avouer mon amour à Sylvain pour qu'il m'aime en retour, que nous fondions une famille et que je vive avec lui pour toujours ! Mais maintenant... Maintenant que je sais que ce rêve ne se réalisera jamais, je ne vois plus d'intérêt à continuer de vivre et j'ai envie d'en finir au plus vite avec cette existence insipide !

— Sirénia ! laisse échapper Boris choqué.

— Très bien. M. et Mme Netrebko, voulez-vous bien nous laisser ? J'ai besoin de m'entretenir seule à seul avec votre fille. »

Les parents retournent un peu angoissés en salle d'attente, et Sirénia, la tête un peu baissée garde ses yeux perçants rivés sur le Docteur Escargot.

« Sirénia, débute le psychiatre, es-tu vraiment sûre d'aimer ce Sylvain Béryl ?

— Quoi ?! Quelle question ? Évidemment : je l'aime de tout mon cœur ! Cela fait des années que je le considère comme l'homme de ma vie !

— Je comprends. Mais t'es-tu déjà demandée pourquoi tu l'aimes ?

— Pourquoi je l'aime ? Parce qu'il est intelligent, séduisant, très fort, rassurant…

— D'accord, d'accord. Je vais tourner ma question différemment : pourquoi tu l'aimes *lui*, et pas un autre garçon intelligent et séduisant, etc. ?

— Je n'arrive pas à comprendre le but de votre question… Le sentiment amoureux est quelque chose sur laquelle on n'a aucun pouvoir. Comme on dit, on « tombe » amoureux, ce n'est pas quelque chose qu'on décide. Vous devriez le savoir, non ?

— Voilà ! C'est ce que je voulais t'entendre dire.

— Hein ?

— Tu dis que ce sentiment amoureux est quelque chose qui ne dépend pas de toi. Et pourtant, tu as le pouvoir sur ta vie : tu pourrais te suicider si tu le voulais vraiment. Donc, en résumé : tu serais prête à prendre le pouvoir sur ta vie et à y mettre fin, car quelque chose sur laquelle tu n'as aucun pouvoir n'a pas pu se réaliser. Tu ne vois pas comme une incohérence ?

— Euh…

— Rien n'a changé, en réalité. Tu n'as pas choisi de tomber amoureuse de Sylvain. Pourquoi choisirais-tu de quitter cette vie terrestre, alors que le motif de ce choix serait le non accomplissement de quelque chose que tu n'as pas choisie ?

— … » Sirénia reste bouche bée devant cette analyse apparemment farfelue qui, pourtant, est tout à fait cohérente.

« Sirénia, la vie est une chance. Certes, il est vrai que certaines personnes souffrent, car elles ont fait des choix qu'elles regrettent, et elles demeurent ensuite rongées par le remords durant toute leur existence. Mais ce n'est pas ton cas. Alors la seule chose que tu as à faire : c'est de vivre, afin de garder le pouvoir sur ce qui dépend de toi, de trouver ta voie en réalisant des choses sur lesquelles tu peux avoir le contrôle, et non pas de choisir d'en finir parce que quelque chose que tu ne pouvais pas contrôler ne s'est pas passé comme tu l'espérais. Cette espérance elle-même, que tu ressentais, n'étais pas un sentiment que tu avais choisi. Donc peu importe qu'elle n'ait pas été satisfaite, puisque ce n'est pas toi qui l'as voulue. Comprends-tu mon raisonnement ?

— Waouh ! Hallucinant ! Je ne sais pas où vous êtes allé chercher ça, mais… Donc si on suit votre raisonnement, on ne devrait prendre en considération dans sa vie que les choses qu'on a décidées soi-même. De même, je devrais toujours me méfier de ce qui m'arrive sans que je l'ai décidé, car cela pourrait me conduire dans des chemins que je n'ai pas choisi d'emprunter ; mais en même temps, si les événements qui découlent de ce que je n'ai pas décidé sont défavorables, cela ne devrait pas m'atteindre, car en fait je n'ai pas choisi de me retrouver dans cette situation.

— Exactement.

— D'accord, je veux bien. Mais ma souffrance, elle, est bien réelle ! Et je n'ai aucun contrôle sur elle non plus ! Si vous admettez que je n'ai pas choisi de tomber amoureuse de Sylvain, comment pouvez-vous me demander de ne pas être malheureuse ?!

— Ce n'est pas mon but. Le plus grave problème qui nous intéressait était le fait que tu voulais mettre fin à tes jours. J'espère qu'à présent, tu as compris que ce serait tout à fait ridicule et dénué d'intérêt.

— Euh… Oui.

— En revanche, la souffrance que tu ressens est tout à fait compréhensible. Tu vas encore souffrir quelques temps, c'est certain. Et tu souffriras encore dans ta vie à cause d'autres événements qui te tomberont dessus sans que tu les aies demandés. Mais au lieu de t'apitoyer sur ton sort, tu dois considérer ce qui t'est arrivé comme une expérience positive, car elle t'aura aidée à comprendre des choses que tu ignorais et qui t'aideront à mieux surmonter tes éventuels futurs échecs. Il faut vivre les choses pour les comprendre. Maintenant que tu as vécu cette expérience, une fois que tu auras pris un peu de recul, tu seras capable de réconforter quelqu'un d'autre à qui il arrivera la même chose. On ne peut pas toujours choisir ce qui nous arrive, mais on peut choisir de réagir de multiples façons face à ce qui nous arrive. Et c'est cela que je te demande de faire. Comme on dit, « ce qui ne nous tue pas, nous rend plus forts. » Mais si tu choisis de mourir, tu ne pourras jamais plus devenir plus forte. Tu choisiras d'être une lâche qui n'a pas su affronter sa propre existence et tu disparaîtras en faible. C'est tout ce qu'on retiendra de toi. Est-ce donc là ce que tu souhaites ?

— … Non. Évidemment non.

— Alors tu as compris.

— Bon sang… Vous êtes fort, docteur !

— C'est mon métier.

— Ah oui ! Il y a autre chose qui me perturbe un peu, aussi, ça me revient : j'ai tué quelqu'un hier soir.

— Bon… Je crois qu'il va nous falloir plus de temps.

— Mais étrangement, je ne m'en veux pas. J'ai tué sans le faire exprès le garçon avec qui Sylvain entretenait une relation.

— Oui, donc c'est normal : tu as simplement éliminé un gêneur.

— Quoi ?

— C'est comme cela que les choses fonctionnent dans la vie.

— Pardon ?

— Tout le monde devrait réagir ainsi. Quand un être nous barre la route, il faut l'éliminer pour pouvoir continuer à avancer. Il n'y a rien de plus naturel.

— Docteur, vous allez bien ?! » Sirénia se lève d'un sursaut.

« Fini de jouer. J'en ai marre de me prendre pour un psy ! Tu m'emmerdes avec tes problèmes, être inférieur ! » Et le docteur Escargot sort un poignard de sa poche, bondit sur Sirénia, l'attrape par les cheveux, passe dans son dos et en plaçant la lame du poignard contre la gorge de la jeune fille, il se sert de son autre main pour l'empêcher de crier.

« Alors, on fait moins la maligne, hein ? Tu vas regretter de m'avoir ridiculisé, hier soir, sale peste !

— (Falkahn !)

— Oui, c'est moi ! Tu peux penser sans crainte, je lis dans ton esprit comme dans un livre ouvert.

— (Fils de pute, vas te faire mettre !)

— Oh, voilà de bien vilaines pensées, dans une si jolie tête. »

Sirénia qui conserve toujours l'usage de ses mains tente alors de saisir la main droite de l'Eolien qui tient le poignard contre sa gorge, mais Falkahn, d'un geste rapide, donne deux coups de couteau sur chacun des avant-bras de son otage.

« HHHMMM ! » essaie de crier la jeune fille dont la bouche est toujours couverte par la main gauche de son tortionnaire qui replace le poignard sous son cou. Sirénia, qui se retrouve les deux bras entaillés, serre ses deux mains contre les plaies pour tenter d'endiguer l'hémorragie.

« Inutile de tenter quoi que ce soit, ma mignonne. Tu as beau pouvoir te servir de tes mains, tu oublies que comme je lis dans tes pensées, je peux deviner le moindre de tes faits et gestes et t'empêcher d'agir avant même que tu ne bouges un muscle.

— (Ah, putain, ça fait mal ! Comment as-tu fait pour usurper l'identité du docteur ?!)

— Facile. Je l'ai tué et j'ai créé un clone de son corps dans lequel je suis entré.

— (Qu'attends-tu de moi ?!)

— Toujours la même chose. Je veux obtenir le *Médaillon Céleste*. Et je vais me servir de toi comme otage. Pas très original, n'est-ce pas ?

— (Non, ça devient franchement redondant…)

— Tu dois te demander : pourquoi j'ai joué les psys avec toi ?

— (Non, mais tu vas me le dire…)

— Le problème est que tu te fichais de mourir. Alors il fallait bien que je te fasse comprendre que tu ne devais pas te tuer, afin que tu aies à nouveau peur de la mort !

— (T'es vraiment tordu, comme mec…)

— Ce que j'aime, c'est que ma proie souffre. Où serait le plaisir, sinon ?

— (Tu n'es qu'un putain de sadique !)

— Merci, je vais prendre ça pour un compliment. Trêve de plaisanterie ! Maintenant tu vas faire exactement ce que je te demande : tu vas appeler Sylvain Béryl et lui demander d'inviter Lépita à me rejoindre ici avec le *Médaillon Céleste* !

— (Ah bon ? Et pourquoi je ferais ça ?)
— Parce que je tiens une lame acérée juste contre ta gorge et qu'il me suffirait d'un minuscule geste pour t'ôter la vie, connasse !
— (Ben vas-y, ducon ! On s'est déjà retrouvé dans la même situation hier soir, il me semble. Je t'avais demandé de tirer, tu l'as pas fait et ensuite je t'ai ridiculisé ! Tu veux qu'il t'arrive la même chose ?)
— Maudit être inférieur, tu n'as décidément toujours pas peur de la mort. Très bien, alors je vais changer de stratégie : veux-tu être torturée ?
— (Oh non, ça va pas recommencer !)
— Ha ha, là tu fanfaronnes moins, hein ? Je vais d'abord continuer de te cisailler tendrement le bras droit ! »

Falkahn retire alors son poignard de sous la gorge de Sirénia pour s'attaquer à son bras, mais la jeune fille qui s'attendait à souffrir davantage entend l'Eolien sous les traits du Docteur Escargot pousser un petit cri sourd, puis l'étreinte de la main qui couvrait sa bouche se relâche et il s'affale face contre terre à côté d'elle. Sirénia, à la fois soulagée et stupéfaite, fait volte-face et se retrouve nez à nez avec Sophie, l'assistante du Docteur Escargot qui tient une matraque à la main.

« Sophie ! s'exclame Sirénia, vous étiez ici ?
— Oui, mais je n'ai pas le temps de t'expliquer. Je vais lui mettre ces menottes et j'appelle tout de suite la sécurité et la police. Sirénia, vas retrouver tes parents pour qu'ils t'emmènent immédiatement aux urgences soigner tes avant-bras.
— Oui, j'y vais tout de suite. Merci, Sophie. »

Au 1 impasse du Rhinocéros Blanc, rien ne va plus dans la tête de Sylvain : il n'a déjà pas pu fermer l'œil de la nuit à cause des événements tragiques de la veille, mais maintenant il se voit en plus retirer l'autorisation de partir pour *Rockaia*. Alors qu'il est toujours assis à la table de la cuisine la tête dans les mains, sa mère assise à sa gauche passe un bras autour de ses épaules pour serrer son fils contre elle, mais celui-ci se redresse. Elle ose prendre la parole et lui dit :

« Sylvain, ton père a raison. Je reconnais qu'il a été un peu dur, mais il est certain que tes actes d'hier soir prouvent que tu n'es pas encore prêt à réagir avec discernement en cas de grand danger. Or c'est justement le genre de situation dans lequel tu te trouveras le plus souvent si tu pars en guerre.

— Oui, je sais, rétorque son plus jeune fils, mais ce n'est pas parce que j'ai fait une erreur que ça veut forcément dire que je ne suis pas prêt. Tu penses peut-être que tous les soldats sont irréprochables ? Bien sûr que non ! Tout le monde fait des erreurs ! C'est bien pour ça qu'on dit que l'erreur est humaine !

— Syl', intervient Marc, comment peux-tu prétendre être prêt alors que tu ne sais même pas ce qu'est la guerre !

— Ah parce que toi tu sais ce que c'est, peut-être ?!

— Oh là, les garçons ! les retient Mathilde, on se calme, ça ne sert à rien de s'énerver. Sylvain, laisse parler ton frère.

— Syl', avant de partir en guerre il faut acquérir de l'expérience sur le terrain.

— Ah ouais ? Et comment tu espères que j'acquière l'expérience de la guerre autrement qu'en partant en guerre ?

— Je parle d'entraînement aux FAMÉ, triple idiot ! Cette unique semaine d'entraînement qu'on te laisse afin de savoir si tu peux partir pour *Rockaia*, c'est beaucoup trop court, même si on y ajoute les trois mois d'entraînement supplémentaires pendant le voyage ! Parce qu'une fois que tu seras parti, tu ne pourras plus reculer ; et tu n'auras toujours eu que six jours pour déterminer si tu es prêt. Cette formation devrait normalement te prendre au moins un an. Et tu la feras de toute manière l'année prochaine puisqu'à treize ans, tu seras majeur et tu devras passer ton service militaire, comme tous les hommes de cette planète.

— Oui, ça je suis au courant, mais Lépita et les autres partent dans cinq jours et ils ont besoin de moi !

— À mon avis, reprend Mathilde, quand Lépita aura eu vent de ce qui s'est passé hier soir devant chez nous, il n'aura plus tellement envie que tu les accompagnes dès la semaine prochaine.

— MAMAN ! s'insurge le soldat déchu.

— Frérot, c'est Maman qui est dans le vrai ! Tu n'es pas prêt, reconnais-le ! Ça ne sert à rien de se mentir à soi-même.

— Pff, vous êtes chiants quand vous avez raison, s'incline Sylvain. Bon, et qu'est-ce que je fais maintenant ? J'imagine que vous allez me demander de contacter Lépita pour lui expliquer tout ça ?

— Si ce n'est pas déjà fait, répond le grand frère. Je te rappelle que les flics chez qui on était hier soir savent qui tu es et sont en contact avec l'armée, et donc avec Lépita.

— Ah ouais, d'accord… En gros je suis mal barré, quoi…

— Appelle Lépita, » lui ordonne la romancière.

Sylvain, qui préfère s'isoler pour avoir cette terrible discussion avec son futur ex-coéquipier, monte dans sa chambre, s'assoit sur son lit et empoigne son *mobipat*. Mais avant même de pouvoir appeler Lépita, le téléphone se met à sonner et le jeune homme s'aperçoit que c'est justement celui qu'il voulait contacter qui essaie au même moment de le joindre : « Allo, Lépita ?

— Bonjour Sylvain.

— Tu tombes bien, je m'apprêtais justement à t'appeler.

— Sylvain, je sais tout ce qui s'est passé hier soir ; Myklandrac, qui l'a su par la police, m'a tout expliqué, mais j'aimerais que tu me donnes encore des détails.

— Ah, tu sais tout ? D'accord… Lépita, je suis vraiment désolé, j'ai agi comme un idiot…

— Peu importe, les choses se sont passées ainsi, on ne peut plus rien y faire, pour l'instant ; il faut donc accepter la situation telle qu'elle est et prendre les mesures qui s'imposent. Tu es toujours sur le coup ?

— Ben, en réalité… Mon père est furieux après ce qui s'est passé et ce matin, il vient de m'interdire de partir avec toi pour *Rockaia*.

— Comment ?! Mais c'est inadmissible ! Je t'ai désigné comme mon bras droit et en tant qu'*Empereur Céleste* mes ordres vont au-delà de ceux de tes parents. Je peux et je veux t'emmener avec nous, même si tu es mineur et que tes parents s'y opposent !

— Ah oui, c'est vrai ? Mais… Je veux dire… peine à s'exprimer le karatéka, tu ne penses pas que ma bourde d'hier… ce serait comme une preuve que je ne suis pas encore prêt pour partir en guerre ?

— Attends, tu essaies de te trouver des excuses pour ne pas partir ? Je croyais que tu en rêvais depuis le début ! Tu veux te défiler, maintenant ?!

— Non, mais mes parents et mon frère pensent que… comme la raison pour laquelle tu veux que je t'accompagne est le fait que je sache analyser les situations et prendre les bonnes décisions au bon moment, et que justement hier soir j'ai prouvé qu'en réalité je n'en suis pas toujours capable, cela fait que c'est peut-être un peu prématuré de vouloir tout de suite agir sur le terrain dans cinq jours.

— Bon, alors, déjà : tu ne seras pas sur le terrain dans cinq jours. Je te rappelle qu'il faut trois mois en vaisseau spatial pour se rendre jusque sur *Rockaia*, donc ta formation de soldat se poursuivra encore pendant notre voyage.

— Oui, je sais bien ; j'avais déjà fait cette remarque à ma famille hier soir.

— Bon. Et deuxièmement, est-ce que tu crois que tout le monde est infaillible ? Même moi qui suis l'*Empereur Céleste*, respecté et vénéré depuis des siècles, je suis passé tout près de perdre face à toi en finale du championnat des arts martiaux parce que j'ai du mal à maîtriser ma fougue. Tout le monde a des défauts, personne n'est parfait ! Et ce n'est pas parce que tu as fait une erreur de jugement qu'on peut dire que tu es un complet abruti et que tu n'as plus qu'à rester à la maison.

— C'est exactement ce que j'ai dit à ma mère et à mon frère, mais comme je me sentais en situation de faiblesse, j'ai fini par me laisser convaincre par leurs arguments…

— Ne t'occupe plus de ce que pense ta famille : concentre-toi sur notre objectif et notre mission ! Et ne t'inquiète pas pour la sécurité de ta voisine et de vos familles : des soldats des FAMÉ vont venir dès aujourd'hui pour sécuriser votre rue en cas de récidive de Falkahn. Quant à tes parents, j'en fais mon affaire : je vais rendre une petite visite à ton père au siège de *Déragonaccess* et je vais lui expliquer ma manière de penser ! Après je viens te chercher et je parlerai aussi à ton frère et à ta mère.

— Euh… OK. J'espère que ça va bien se passer !

— Sois sans crainte, je suis l'*Empereur Céleste*. Tout le monde me doit obéissance.

— Ouh la ! Si c'est sur ce ton-là…

— Bon. On se voit dans une heure environ, OK ?

— OK, ça roule ! À tout à l'heure, Lépita ! »

Plus tard dans la matinée, à la C.G.T., Sirénia sort du cabinet du Docteur Escargot avec les deux avant-bras en sang. Immédiatement, ses parents, qui déjà patientaient avec beaucoup d'anxiété, se lèvent en sursaut et accourent, les yeux pleins de détresse et d'incompréhension vers leur fille : « Sirénia !!! crient de concert les deux parents. Que t'est-il arrivé ?! ajoute Angela.

— Ce n'était pas le Docteur Escargot dans le cabinet, c'était Falkahn !!!

— Comment ?! s'exclame Boris.

— Encore lui ?! ajoute sa femme.

— Mais pourquoi es-tu blessée ? » l'interroge le metteur en scène, tandis que quatre agents de la sécurité arrivent en trombe et pénètrent avec précipitation dans le cabinet.

« Ah, ils vont enfin le neutraliser, déclare la jeune fille avec soulagement.

— Sirénia, vas-tu enfin nous expliquer ?! poursuit Angela qui commence à perdre patience.

— Allons vite aux urgences, je vous expliquerai en route. »

L'*Empereur Céleste*, qui a pris la ferme décision de défendre son coéquipier pour qu'il l'accompagne dans sa quête pour sauver l'univers s'envole vers le siège social de la firme *Déragonaccess*. Voyant arriver le héros, la secrétaire de Richard Béryl n'hésite pas avant de demander directement au PDG s'il veut bien le recevoir. M. Béryl laisse Lépita entrer dans son bureau : « Bonjour, cher *Empereur Céleste*.

— Bonjour, M. Béryl.

— Veuillez vous asseoir, je vous en prie. »

Lépita s'exécute et le PDG poursuit : « J'imagine que vous êtes venu me parler de mon plus jeune fils, pour m'annoncer qu'au vu des événements survenus dans ma rue hier au soir, vous ne le jugez plus digne de vous accompagner dans votre voyage interstellaire, n'est-ce pas ?

— C'est tout à fait faux, cher ami. Je suis venu vous parler du commandant des Forces Armées Militaires d'*Eolia*, Sylvain Béryl, pour vous annoncer que malgré votre refus de le voir m'accompagner dans mon voyage interstellaire, je n'ai toujours pas renoncé à ce qu'il soit mon bras droit au cours de cette aventure.

— Je vous demande pardon ? Vous voulez vous payer ma tête ?!

— Non, le coût en serait un peu trop élevé, je pense…

— Vous osez vous moquer de moi ?

— M. Béryl, soyons un peu sérieux : votre fils Sylvain est un génie du combat, agile, athlétique, intelligent et c'est aussi un fin stratège. Les erreurs de jugement qu'il a commises hier soir ne remettent pas en cause ses qualités. J'ai besoin de lui pour accomplir la mission que notre Roi Vihndorn III souhaite nous voir mener à bien. Certes, il est mineur et vous êtes son père, mais votre autorité parentale ne va pas au-delà de mon statut d'*Empereur Céleste*. Si je décide qu'il m'accompagne, il m'accompagnera, que vous le vouliez ou non.

— Mais enfin, je ne vous permets pas ! Un père n'a donc même plus le droit de décider de ce qui est bon pour son fils dans ce pays ?!

— Pardon ? Un père ? Vous ? Vous osez prétendre être un père en interdisant à un jeune homme plein d'avenir de réaliser son rêve en devenant un héros aux yeux de toute la planète ? Je vous rappelle qu'on ne parle pas de remporter un vulgaire tournoi d'arts martiaux, cette fois, mais il s'agit tout simplement de sauver l'univers ! Est-ce que vous croyez que le Roi Vihndorn III acceptera de se plier à votre jugement égoïste de père qui croit pouvoir tout décider à la place de son fils ? Ou plutôt qu'il approuvera ma décision de voir un fier Terrien pétri de talent partir avec l'*Empereur Céleste* pour délivrer les peuples opprimés de notre système solaire ?

— …

— Je vois. Vous préférez garder le silence.

— Lépita, sachez que tout *Empereur Céleste* que vous soyez, je ne vous permettrai pas de continuer à me parler sur ce ton moralisateur d'orateur idéaliste qui ne pense qu'à sa mission et ne fait aucun cas de la vie d'un jeune garçon trop immature pour voir ses frêles épaules porter le poids de cette on ne peut plus périlleuse mission ! Vous me traitez d'égoïste, mais c'est vous qui ne pensez qu'à votre propre intérêt ! Vous vous foutez bien de savoir que mon fils risquera la mort à tout moment !

— Vous vous trompez lourdement sur mon compte, M. Béryl. N'avez-vous donc pas assisté à la finale du Championnat Mondial d'Arts Martiaux d'*Eolia* ? Je suis un être altruiste au plus haut point ! Ne vous souvenez-vous pas que j'avais souhaité dans un premier temps que ce soit votre fils qui devienne l'*Empereur Céleste*, tant sa performance m'avait impressionné ? J'éprouve beaucoup d'admiration et de respect pour Sylvain et bien entendu, je ferai tout ce qui est en mon pouvoir pour qu'il ne lui arrive rien de grave au cours de notre périple. J'en prends la responsabilité. Je veillerai sur lui comme s'il était mon propre fils.

— Vous avez l'air sincère. » Le PDG marque un temps de silence. « Mais je n'aime pas vos manières ni votre ton arrogant et supérieur. Même s'il est vrai que… vous êtes un héros légendaire vivant sur cette planète depuis des siècles… Enfin bref, de toute façon la loi est la loi et je ne peux que m'y conformer. Vous avez gagné : Sylvain partira avec vous. Mais rappelez-vous ceci : s'il arrive quoi que ce soit de fâcheux à mon fils au cours de votre aventure, je vous en tiendrai personnellement pour responsable.

— C'est entendu ! Merci pour votre compréhension. Je vous prie de m'excuser d'avoir été un peu dur avec vous, mais je pense que vous comprenez bien que c'est l'avenir du monde qui est en jeu ! Faites confiance à votre fils : c'est un grand homme. Je vais à présent me rendre chez vous pour emmener Sylvain à la caserne afin qu'il poursuive sa formation de soldat. J'en profiterai pour expliquer la situation à votre femme.

— Non, laissez ! Je vais l'appeler moi-même pour lui dire que notre fils va nous quitter. De toute façon, si vous lui disiez que j'ai fini par plier, elle ne vous croirait jamais !

— D'accord, je vois. Cela m'épargnera de soutenir à nouveau le même plaidoyer. Je vous quitte alors, M. Béryl. Veuillez encore m'excuser pour ma rudesse.

— Oh laissez tomber… Au revoir, votre altesse !

— Au revoir, votre… présidence. »

À peine Lépita a-t-il mis le pied dehors qu'il reçoit un contact télépathique : « Salut Lépi', c'est encore Myk' !

— Ah salut ! Comment vas-tu ?

— Très bien ! J'ai une excellente nouvelle !
— Quoi ? À propos de Falkahn ?!
— Dans le mille ! Il a été mis hors d'état de nuire !
— C'est pas vrai ?! C'est merveilleux, mais comment ?!
— Viens avec Sylvain aux FAMÉ, je vous raconterai tout !
— OK ! On sera là dans un quart d'heure environ, si tout va bien.
— Ça marche ! À toute ! »

Sirénia, de son côté, a fait sa déposition auprès des forces de l'ordre à propos de ce qu'il s'est passé dans le cabinet du Docteur Escargot. La police commence donc à mener son enquête pour reconstituer les faits. Un premier mystère se dresse : Falkahn a dit à Sirénia qu'il a créé un clone du corps du psychiatre dans lequel il est entré, après l'avoir assassiné ; ce qui sous-entend que le corps du docteur doit se trouver quelque part, or il n'est pas à son domicile et reste introuvable pour l'instant. Sans doute le corps est-il caché dans un laboratoire qui sert de quartier général à Falkahn, mais que les FAMÉ n'ont toujours pas retrouvé.

Après être allé chercher Sylvain, et avoir tout appris des derniers méfaits de l'ennemi public numéro un par Myklandrac, Lépita décide de laisser le jeune Terrien à la caserne pour sa formation, et de rendre une petite visite à Falkahn à la C.G.T. La chambre où le savant fou se trouve est gardée par deux agents à l'intérieur de la pièce et un à l'extérieur. Voyant s'approcher l'*Empereur Céleste*, l'officier se met au garde-à-vous : « Mes respects, mon général.
— Bonjour, mon agent. Je viens rendre visite à Falkahn.
— Bien sûr. Je vous ouvre la porte immédiatement.

— Bonjour messieurs, salue l'empereur à l'attention des deux officiers présents dans la chambre. Voulez-vous bien me laisser seul avec ce nuisible individu ?

— À vos ordres, mon général », répondent-ils simultanément.

Lépita s'approche du lit sur lequel celui qui a l'apparence du Docteur Escargot est allongé, complètement ligoté et dans l'incapacité d'effectuer le moindre geste. Notre héros s'adresse à lui : « Bonjour, pourriture, comment vas-tu ? On fait moins le fier, hein ?

— Mon cher Empereur, je crains qu'il ne s'agisse d'un affreux malentendu. Tout le monde croit que je suis Falkahn, mais je suis William Escargot, pédopsychiatre, né le 1er octobre 467 à Néo-Marseille…

— Ta gueule, usurpateur ! Je ne marche pas dans ton jeu ! Tu as très bien pu apprendre tous ces détails dans les papiers du Docteur Escargot avant de le tuer.

— Non, je vous assure que c'est bien moi. S'il vous plaît, faites venir mon assistante Sophie Legrand : elle connaît les détails sur des anecdotes que nous avons vécues avec certains patients et que nous sommes les seuls à connaître. Si j'arrive à raconter ces anecdotes avec précision et que Sophie confirme la véracité de mes dires, vous verrez bien que je suis le seul et unique Docteur Escargot.

— Pff, ça ne prouverait rien du tout ! Je sais très bien que les *Eoliens* savent lire dans les pensées. Tu as très bien pu lire ces anecdotes dans les pensées du docteur avant de le supprimer. Rien de ce que vous ferez ne me fera douter que vous êtes Falkahn ; il nous a déjà assez berné.

— Pourtant vous êtes déjà en train de me vouvoyer, alors que vous me tutoyiez au départ, et vous parlez maintenant de Falkahn à la troisième personne, ce qui prouve qu'inconsciemment vous commencez à être convaincu de mon identité.

— Oh, ça va, ne commencez pas à jouer les psys avec moi.

— Si cela peut vous aider dans votre enquête, je pense aussi que jamais un être aussi présomptueux et aussi imbu de sa personne que Falkahn n'aurait choisi d'abandonner son propre corps pour entrer dans le corps d'un autre simplement pour piéger une jeune fille, même si cela le conduirait à vous ravir le *Médaillon Céleste*. Il est beaucoup trop fier et narcissique pour cela. De plus il déteste les Terriens ; un raciste comme lui ne supporterait pas de vivre ne serait-ce qu'une minute dans le corps de cette race qu'il méprise par-dessus tout.

— Oui, ce n'est pas faux. OK, je vais quand même inviter votre assistante à nous rejoindre pour qu'elle puisse prouver que vous êtes bien celui que vous prétendez être.

— Je vous en prie. »

L'expérience est sans appel : Sophie, qui travaille avec le Docteur Escargot depuis plus de neuf ans et le connaît comme s'il était de sa propre famille, affirme sans l'ombre d'une hésitation que l'homme qui est ligoté dans ce lit est bien son patron. Ce dernier se retrouve complètement abasourdi quand on lui raconte ce qu'il a fait – ou plutôt ce qu'on lui a fait faire – à Sirénia Netrebko ; en effet, il ne garde aucun souvenir de ce qui s'est passé après que Falkahn est entré par effraction dans son domicile. On s'emploie alors à libérer le docteur de ses liens et à soigner le dos de son crâne sur lequel Sophie a porté un coup de matraque pour l'assommer. Lors des soins, une curieuse découverte est effectuée : le médecin qui s'occupe de soigner son collègue découvre qu'une puce électronique avait été greffée sur le dos du crâne du psychiatre. C'est certainement ce dispositif conçu par le diabolique scientifique qui a permis à ce dernier de contrôler à distance les gestes et les paroles du praticien. Adroitement, mais sans le savoir, l'assistante d'Escargot avait brisé cette puce en frappant son patron, faisant par là même recouvrer ses esprits au psychiatre. Falkahn n'avait donc pas pris possession du corps du Docteur Escargot, mais seulement de son esprit. Ce qui signifie que l'insaisissable Eolien court toujours dans la nature…

La chasse au Falkahn se poursuit donc, les soldats chargés de surveiller les alentours des demeures des Béryl, des Netrebko, de Lépita et aussi du Docteur Escargot, à présent, gardent donc leurs postes, et personne ne peut encore dormir sur ses deux oreilles.

Après une nouvelle journée de recherche pour les FAMÉ, une nouvelle journée d'entraînement secret de Windo par son père et une nouvelle journée de formation de soldat pour Sylvain, ce dernier partage le dîner avec sa famille. Son père, qui se sent humilié par Lépita, ne prononce pas le moindre mot pendant ce repas. Le karatéka monte ensuite dans sa chambre. Il devrait dormir puisqu'il a déjà une nuit de sommeil à rattraper, mais, consciencieux de la préparation de sa future mission, il préfère encore étudier le manuel de commande d'un aéronef.

Marc, quant à lui, regarde des vidéos de quelques matches de l'équipe de foot-billard de Kaldonia, les *Super Souris*, une équipe constituée uniquement de Terraliens, qu'il affrontera dans quatre jours, la veille du départ de son frère pour *Rockaia*, lors du dernier match de qualification pour la Coupe du Monde de Foot-billard Eolien, le rêve de tout joueur pratiquant ce sport.

Marc a en effet été sélectionné depuis trois ans dans l'équipe nationale de foot-billard de la Nouvelle-Terre, seule équipe de la planète à n'être constituée que de Terriens et il en est même devenu le capitaine.

Le foot-billard Eolien est un sport très exigent qui nécessite une bonne préparation stratégique afin d'aborder la confrontation dans les meilleures conditions possibles. Voici les règles de ce sport : chaque équipe dispose de douze joueurs : trois gardiens, protégeant chacun une fosse, trois défenseurs, qui protègent les fosses mais sur la pelouse, trois milieux de terrain, chargés de récupérer les ballons et de distribuer le jeu, et trois attaquants qui doivent marquer des buts dans les fosses adverses.

Les gardiens sont ici appelés les fosseurs, car ils évoluent uniquement dans leurs fosses, dont ils n'ont pas le droit de sortir. De forme circulaire, les fosses mesurent six mètres de diamètre et un mètre cinquante de profondeur (ou seulement cinquante centimètres de profondeur pour les fosseurs éoliens, car étant quadrupèdes, ils sont moins élevés en taille que les Terriens et Terraliens bipèdes), disposées sur les côtés de la longueur du terrain, comme sur une table de billard classique, trois d'un côté et trois de l'autre. Les fosseurs doivent donc de préférence être de grande taille, pour disposer d'une bonne vue sur le terrain malgré la profondeur de leur fosse et aussi bien sûr, pour pouvoir couvrir la plus grande surface possible pour s'allonger et parer les tirs adverses. Le sol des fosses est recouvert d'une matière qui reconnaît la substance du ballon (fait de cuir de youronx) et déclanche une sirène, accompagnée de flashes lumineux, dès qu'un ballon entre en contact avec lui, pour signifier qu'un but a été inscrit. Ce sol ne réagit pas au contact des pieds du fosseur, car ses chaussures sont faites dans une autre matière. Le rôle du fosseur est donc bien évidemment d'empêcher tout ballon de toucher le sol de sa fosse, et ceci avec n'importe quelle partie du corps, sauf pour les Eoliens et Terraliens, qui eux, n'ont jamais le droit de se servir de leur queue, afin que le jeu soit équitable par rapport aux Terriens qui sont dépourvus de cet organe.

Les défenseurs portent le nom de bouledogues, car ils doivent protéger leurs fosses comme un chien de garde défend son territoire. En revanche il leur est interdit de rentrer dans la fosse, car c'est une zone réservée au fosseur. Les bouledogues doivent empêcher les attaquants de marquer, leur voler le ballon, puis le passer aux avants ou participer eux-mêmes à l'attaque, comme au football.

Les milieux de terrain, poste où évolue Marc, sont surnommés les cerveaux. C'est le poste le plus exigent et le plus difficile à tenir, car il nécessite de savoir se servir à la fois de ses jambes, mais aussi de sa tête : en effet, ce sont les cerveaux qui sont chargés d'obtenir les balles, nécessaires à marquer les buts. Pour ce faire, ils doivent courir jusqu'à la ligne de corner d'un côté ou de l'autre du terrain, au choix, et entrer dans une des six petites pièces complètement insonorisées (il y en a une par cerveau, trois sur chaque largeur du terrain), où ils se voient poser une question de culture générale sur un écran tactile avec quatre possibilités de réponse (c'est pourquoi on appelle ces pièces les salles de la question, en abrégé *salquest*). Le public présent au stade voit les questions sur un écran géant, mais ne peut pas aider le cerveau à y répondre, puisque ce dernier est dans une salle coupée acoustiquement du monde extérieur. Néanmoins, si un cerveau ne connaît pas la réponse à une question, il peut, s'il le souhaite, demander le vote du public (les différents supporters ne pouvant répondre qu'aux questions de l'équipe qu'ils supportent grâce à un petit boîtier avec les boutons A, B, C et D). Le cerveau voit alors s'afficher sur son écran combien de pourcents de supporters ont voté pour chacune des réponses afin de l'aiguiller vers la réponse qui semble être la bonne (comme cela se faisait dans un célèbre et ancien jeu télévisé terrien). Un cerveau peut demander aussi souvent qu'il le souhaite le vote du public, mais son équipe perd un point à chaque vote demandé. Et si un cerveau répond faux, il fait perdre trois points à son équipe. En revanche, s'il répond juste, un ballon est éjecté par une trappe située au plafond de la pièce où il se trouve, et le cerveau peut ensuite, soit passer la balle à un attaquant et retourner tout de suite répondre à une autre question, soit aller prêter main forte en défense, soit participer à l'attaque, pour combiner une action avec ses partenaires et éventuellement marquer lui-même. Une même équipe peut avoir en sa possession jusqu'à trois ballons simultanément, ce qui rend ce sport souvent difficile à suivre pour les spectateurs, puisqu'il peut y avoir plusieurs actions intéressantes à plusieurs endroits en même temps sur le terrain.

Et enfin, les attaquants sont surnommés les rapaces, car ils doivent courir vers les fosses, tel un rapace fonçant sur sa proie et marquer en prenant le plus de hauteur possible, car les buts, devant être marqués dans la fosse, obligent à tirer de préférence du haut vers le bas. À ce titre, les tirs de la tête ou en reprise de volée piquée ou encore les lobs sont le plus souvent utilisés. Suivant la distance depuis laquelle les joueurs marquent leur but, ils gagnent plus ou moins de points, de un à dix au maximum. Cette distance est automatiquement calculée par ordinateur, et les points marqués en conséquence apparaissent sur le tableau d'affichage avec la distance depuis laquelle le buteur a marqué, son nom, le nombre de buts qu'il a marqués dans la saison et sa place dans le classement mondial des buteurs. Un but ne peut pas être marqué deux fois de suite dans la même fosse ; une fois d'un but a été marqué dans une fosse, il faut avoir marqué dans les deux autres fosses avoir de pouvoir marquer à nouveau dans la première. De plus, une fois qu'un ballon est entré dans une fosse, il y reste jusqu'à la fin du match, ce qui peut devenir très handicapant pour les fosseurs les moins doués ou les moins chanceux, qui se retrouvent à évoluer dans une fosse jonchée de balles. Le comportement des footbilleurs sur le terrain est contrôlé par six arbitres de champ, étant donné le grand nombre de ballons possible simultanément sur le terrain.

Marc visionne donc des extraits de grands matches remportés par les *Super Souris* de Kaldonia afin de cerner leurs points forts, mais aussi des extraits de leurs matches soldés par une défaite pour savoir ce qu'ont fait leurs adversaires pour les mettre en défaut. Soudain, alors qu'il est concentré devant son écran sur une action, le foot-billeur est distrait par le bruit incongru de quelqu'un frappant à la fenêtre de sa chambre ! Il tourne alors son regard et, à sa grande stupéfaction, il aperçoit Sirénia qui essaie de se hisser sur le rebord. Marc éteint son poste de télévision, accourt vers elle, ouvre la fenêtre et l'aide à pénétrer dans la pièce. « Sirénia, qu'est-ce que tu fais là ?

— J'avais besoin de parler à un ami…

— Mais pourquoi tu as voulu entrer par la fenêtre ?

— Je voulais que personne ne me voie.

— Mais justement, comment t'as fait pour ne pas te faire repérer par les soldats qui patrouillent dehors ?

— Je sais être très discrète.

— Je vois… Tu m'étonneras toujours ! De quoi voulais-tu me parler ?

— De Sylvain.

— Et merde… J'avais espéré si fort que tu ne sois pas venue pour ça.

— Pourquoi ça ? Tu as honte de ton frère ?

— Mais non, mais tu sais très bien qu'après ce qu'il s'est passé entre vous hier soir, tu n'as plus le droit, pour ton propre intérêt, d'approcher Sylvain.

— Oui, c'est pourquoi c'est à toi que je suis venu parler.

— Ça revient quasiment au même. D'ailleurs, si ta visite était honnête, tu ne serais pas rentrée par la fenêtre.

— OK, c'est vrai, mais maintenant que je suis là, autant en profiter !

— Très bien, j'espère pouvoir t'aider. Assieds-toi sur la chaise de bureau, moi je prends le lit.

— Marc, tu n'avais jamais remarqué que Sylvain était gay ?

— Jamais ! J'ai été sidéré quand j'ai appris ça hier soir, mais il n'en reste pas moins mon frère, c'est toujours le même et mon rapport avec lui ne va pas changer.

— C'est très bien, ça, mais c'est quand même incroyable qu'il ait pu garder si longtemps ce secret sans que personne ne s'en aperçoive…

— Il a toujours été viril, toutes les filles lui courent après… On ne pouvait se douter de rien ; si ce n'est qu'il repoussait toutes les avances depuis quatre ans…

— Oui, comme toi Marc : d'ailleurs, pourquoi es-tu toujours tout seul ?

— Oh, moi, même si j'admire les filles, je suis trop pris par le foot-billard pour pouvoir me consacrer à l'une d'elles. Le sport avant tout !

— C'est dommage, tu es quand même toi aussi un beau garçon. » Sirénia se lève en le dévisageant langoureusement.

« Oh là, qu'est-ce que tu me fais, là ? » Il se lève à son tour. Sirénia le repousse de la main afin qu'il retombe assis sur le lit.

« Tais-toi et admire… » Sirénia, qui est vêtue d'un débardeur noir et d'une jupe plissée à carreaux orange qui descend jusqu'aux genoux, commence à croiser ses bras au niveau de sa taille pour enlever le haut de son ensemble. Marc toujours assis sur le lit reprend : « Je crois pas que ce soit une bonne idée.

— Ah bon ? Tu crois ça ? » Et la belle blonde retire délicatement son débardeur, puis, se retrouvant en soutien-gorge, elle fait un peu tourner au-dessus de sa tête le vêtement qu'elle vient de retirer et le lance vers Marc qui l'attrape au vol. Il hausse alors un peu le ton : « Sirénia, tu joues à quoi ?!

— Quoi, ça ne te plaît pas ? Tu viens pourtant de me dire que toi, tu admires les filles… poursuit-elle en se dandinant un peu.

— Là n'est pas la question ! Pense un peu à Sylvain !

— Sylvain ? Il est gay et n'a que faire de mes sentiments pour lui. Toi au moins, tu es un vrai mec qui aime les femmes ! » affirme-t-elle avec un regard enjôleur, son derrière tourné vers le jeune homme, tout en roulant des hanches, les mains sur sa taille. Elle fait alors glisser ses mains le long de ses fesses, tout en retirant sensuellement le bas de son ensemble, et laisse finalement sa jupe descendre, jusqu'à ce qu'elle atteigne ses pieds.

« Sirénia, tu ferais mieux d'arrêter tout de suite et de rentrer chez toi !

— Rentrer chez moi ? Alors que le spectacle commence à peine ? Certainement pas. Tu n'aurais pas de la musique ? demande-t-elle en levant la jambe droite pour lancer du pied sa jupe sur le lit à côté de Marc.

— Non, mais tu te crois où, là ? Dans une boîte de strip-tease ?

— Peut-être bien… Après tout, maintenant que j'ai perdu toute chance que Sylvain m'aime un jour, peu m'importe ce qu'il peut advenir de mon destin ! Quoi qu'il m'arrive, rien ne pourra plus jamais me consoler. Alors je préfère plutôt me procurer des sensations fortes en jouant un numéro de charme au frère de celui que j'aime, en imaginant que ce spectateur n'est autre que l'homme qui enchante mes pensées depuis quatre ans… » Sirénia s'assoit sur la chaise de bureau et dénoue les lacets de ses chaussures.

Marc rétorque : « Bon Sirénia, ça commence à bien faire : d'accord, tu es une très jolie fille, n'importe quel mec dans ma situation ferait tout pour en profiter, voire même aller plus loin, mais moi je suis un homme intègre qui sais maîtriser mes émotions ; c'est pourquoi j'ai été nommé capitaine de l'équipe nationale de foot-billard ! Tu n'arriveras à rien avec moi !

— Vraiment ? En es-tu si sûr ? lui demande l'effeuilleuse qui dévoile à présent ses pieds délicats en ôtant doucement ses chaussettes. Elle se lève à nouveau et recommence à se dandiner.

— Au fait, tu espères quoi de moi ? demande Marc en faisant mine d'être insensible à ce numéro de charme.

— À ton avis ? Je suis en train de te séduire pour pouvoir passer la nuit avec toi, bien sûr…

— Je vois : c'est du style « comme je ne peux pas avoir le beau karatéka, je vais essayer avec son grand dadais de frère, c'est toujours mieux que rien »…

— Oh, mais tu te sous-estimes donc à ce point-là, mon joli Marc ?

— Ne m'appelle pas comme ça ! Je t'appréciais juste parce que tu es notre voisine et que tu étais une fille correcte et sérieuse, amoureuse de mon frère, mais là, tu te comportes comme une traînée ! Cette histoire t'a fait complètement perdre la boule, ma parole ?

— Hmm, c'est amusant que tu parles de boule : il y en a justement deux qui…

— Ça suffit !!! crie Marc en se levant.

— Assis, j'ai dit ! » lui répond Sirénia en le repoussant violemment sur le lit. Le jeune homme se relève immédiatement, prend un regard sévère et réplique : « Mais t'as complètement pété les plombs, ma parole ! Rhabille-toi tout de suite ! lui ordonne-t-il en lui tendant son débardeur.

— Garde-le donc, c'est pour toi : en souvenir de notre première nuit ensemble !

— Mais il ne va pas y avoir de nuit ensemble, espèce d'obsédée ! Tu vas remettre tes fringues et rentrer chez toi !

— Je ne te permets pas de me parler comme ça ! » Et Sirénia, rouge de colère, se jette sur Marc en criant ; elle saute, les bras en avant, vers le foot-billeur pour l'agripper aux épaules et le plaquer sur le lit, puis alors qu'il couché, elle lui assène un coup de genou dans les parties et lui lance : « Maintenant tu vas te tenir tranquille ! »

Soudain, alerté par tout ce tapage, Sylvain entre précipitamment dans la chambre de son frère et voit sa voisine vêtue uniquement de sous-vêtements noirs, à genoux sur le lit contre Marc couché sur le côté et plié en deux. Cette scène inattendue le sidère au plus haut point : « Sissi ?! Qu'est-ce que tu fais là… dans cette tenue ?! Marc, qu'est-ce qu'il t'arrive ?! » La jeune allumeuse tourne un visage faussement apeuré vers celui qui vient de faire irruption dans la pièce : « Oh Sylvain, tu es là ! Marc est devenu fou ! Il a essayé de me violer ! Alors, je me suis défendue comme j'ai pu ! » Elle se relève et va se jeter contre Sylvain.

Marc, la voix troublée par la douleur, rétorque : « Sylvain, ne la crois pas… Cette allumeuse a commencé à se foutre à poil pour coucher avec moi, mais j'ai voulu l'en empêcher…

— Menteur ! réplique la belle blonde. C'est toi qui t'es jeté sur moi !

— Attendez, tous les deux ! intervient Sylvain. Sirénia !

— Oui ? dit-elle timidement avec une voix de petite fille.

— Tu dis que mon frère a essayé de te violer, mais alors, pourquoi as-tu enlevé tes chaussures ?

— Mais c'est lui qui m'a forcée à les enlever, sinon il menaçait de me frapper ! Il dit que ça l'excite, de voir les pieds des femmes !

— Marc, c'est vrai ? demande Sylvain.

— Pff ! Ridicule. Elle raconte n'importe quoi ! » Marc se redresse pour s'asseoir sur le lit, mais il souffre toujours. Sirénia, choquée, reprend :

« Quoi ?! Mais c'est pas possible d'être aussi malhonnête ! Tu pourrais au moins reconnaître les faits, sale pervers !

— Putain mais j'vais lui en mettre une à cette pétasse ! s'emporte le foot-billeur.

— Marc, reprend le karatéka, qu'est-ce que Sirénia fait dans ta chambre, d'abord ?

— Elle est rentrée par la fenêtre et m'a dit qu'elle voulait « parler à un ami » et après elle a commencé à essayer de m'allumer…

— Encore un mensonge ! réplique la jeune femme. C'est lui qui m'a appelée sur mon portable pour me demander de le rejoindre ! Je suis sûre que ça fait un moment qu'il a des vues sur moi, et maintenant qu'il sait que tu es gay, il s'engouffre tout de suite dans la brèche ! confie-t-elle à Sylvain.

— Wah, mais c'est du grand n'importe quoi, j'hallucine… répond l'accusé. On nage en plein délire, là.

— Sirénia, poursuit Sylvain, est-ce que toi, tu étais intéressée par Marc ?

— Bien sûr que non !

— Mais alors pourquoi tu es venue ?

— Pour discuter et lui faire comprendre qu'il n'a aucune chance parce que même si je sais maintenant que tu es gay, mon amour pour toi ne s'éteindra jamais !

— Oh, comme c'est mignon, ironise Marc. Ne crois pas un mot de ce qu'elle dit, frérot, elle fabule complètement. Eh dis donc, jeune fille si prude et honnête, explique-nous donc pour quelle raison tu es entrée par la fenêtre ?

— Parce que les soldats ne m'auraient jamais laissée entrer chez vous.

— Exact. Alors – tout en sachant que la vérité, c'est que je ne t'ai jamais appelée, bien entendu – si, selon ta version, je t'aurais contactée, mais que tu ne voulais pas sortir avec moi, pourquoi ne m'as-tu pas simplement éconduit par téléphone ?

— Eh bien, parce que je préfère voir les gens en face pour parler de ça, se défend Sirénia.

— Ah ouais ? rétorque Marc. Tu aurais pris le risque de sortir de chez toi sans te faire remarquer et de te hisser jusque dans ma chambre par la fenêtre en manquant à tout moment de te faire repérer par les soldats qui surveillent nos maisons, rien que parce que tu voulais me parler en face du fait que tu ne veux pas sortir avec moi ?

— Oui, je suis une femme d'honneur.

— J'hallucine... Syl', tu ne vas pas croire ça, quand même ?

— Hum, réfléchit le karatéka. Sirénia, mon frère a raison, ton histoire ne tient pas debout.

— Quoi ?! Tu préfères le croire lui, alors qu'il a essayé de me violer ?!

— Qu'est-ce qui me prouve qu'il a essayé de te violer ?

— Mais tu as vu comme je suis vêtue ?

— Selon Marc, c'est toi qui t'es déshabillée.

— Bien sûr, tu m'as déjà vue me mettre toute nue devant toi pour te séduire, peut-être ?! Tu crois que c'est dans mes habitudes ?!

— Non, mais depuis hier soir, tu as un comportement des plus étranges, et ça ne m'étonnerait pas que tu aies à nouveau pété les plombs, comme il y a quatre ans.

— Et voilà, maugrée la jeune femme. C'est moi la victime et en plus je suis incomprise... Venez, on va en parler à vos parents, pour voir ce qu'ils en pensent !

— Mais ça va pas ?! s'exclame Marc.

— Ah, tu vois ? Pourquoi tu ne veux pas qu'on aille les voir si selon toi, tu es réglo, hein ?

— Mais ça n'a rien à voir ! J'ai juste pas envie que nos parents soient mêlés à ça !

— Ha ! La bonne excuse... De toute façon, c'est à Sylvain que je veux parler. Tu veux bien qu'on aille dans ta chambre ?

— Au point où on en est... se résigne le plus jeune des deux frères.

— Quoi ?! s'étonne Marc. Tu vas la laisser entrer dans ta chambre ?!

— T'inquiète. Qu'est-ce que tu veux qu'il m'arrive ? Je sais me défendre, je te signale.

— Ouais, mais bon, c'est glauque comme situation, là. Cette fille n'est pas dans son état normal, je t'assure ! Eh d'ailleurs, remets voir ton débardeur et ta jupe et reprends tes chaussettes et tes chaussures qui traînent par terre, là. »

Sirénia se rhabille, et elle et Sylvain se dirigent tous deux vers la chambre à l'autre bout du couloir. Ils s'assoient côte à côte sur le lit comme ils en ont toujours eu l'habitude quand ils veulent discuter, en meilleurs amis qu'ils sont depuis des années. La visiteuse débute : « Sylvain, je suis navrée pour ce qui s'est passé dans la chambre de Marc. En réalité, tout s'est passé exactement comme il l'a dit : il n'a jamais essayé de me violer, mais c'est moi qui ai tenté de le séduire en lui faisant un numéro de charme. Malheureusement, ou heureusement peut-être, mon plan a complètement échoué parce que ton frère est tout le contraire d'un pervers et n'a pas voulu me laisser continuer.

— Mais pourquoi tu as fait ça ? Tu as voulu me rendre jaloux ?

— Oui… Je souffre trop depuis que je sais que tu ne pourras toujours m'aimer que comme une amie… et qu'on ne sera jamais comme un homme et une femme amoureux l'un de l'autre qui s'embrassent, marchent main dans la main, vivent ensemble et finalement fondent une famille. C'était ça, la vie dont je rêvais. La vie qui m'attend maintenant ne me dit plus rien. Alors j'ai eu envie de tout tenter, même les choses les plus extrêmes pour essayer par tous les moyens de donner vie à ce rêve… devenu inaccessible à présent.

— Sissi, regarde-moi. De toute façon, même si tu avais réussi à séduire Marc, rien n'aurait pu me faire plus plaisir que le fait que mon frère et ma meilleure amie sortent ensemble, tu sais. Tu n'aurais jamais pu me rendre jaloux en t'y prenant comme ça, bien au contraire ! Marc est toujours tellement plongé dans son foot-billard qu'on dirait qu'il n'y a que ça qui l'intéresse dans la vie ; s'il sortait enfin à nouveau avec une fille, ça lui ferait beaucoup de bien, je pense. Et toi, Sissi, tu es tellement bouleversée par ce qui nous arrive à tous les deux, que j'aimerais tellement qu'un autre garçon te fasse m'oublier. En plus, je sais qu'avec Marc, tu serais vraiment en confiance.

— Alors tu y avais déjà pensé ?

— Non, je viens d'y penser à l'instant. Moi… Je suis trop perturbé par le fait que l'homme de ma vie soit mort hier soir. J'essaie de passer à autre chose pour ne pas trop souffrir, par exemple en me concentrant sur la mission qui m'attend, mais j'aurai beaucoup de mal à remonter la pente, c'est certain…

— Mais – désolée de te poser encore la question, mais – tu n'es donc vraiment pas du tout attiré par moi ?

— Sissi, tu es ma meilleure amie depuis des années. Je t'ai toujours vue comme ma meilleure amie et même presque comme une sœur. Je ne veux pas que les choses changent entre nous. On a parlé de tout pendant toutes ces années, on s'est tout confié, sur tous les sujets, sauf le sujet le plus important : l'amour. Toi, tu n'avais jamais osé m'avouer que tu es amoureuse de moi, et moi, je n'avais jamais osé t'avouer que je suis homo. Mon attirance pour les hommes fait que je ne pourrai jamais être attiré par toi, Sissi. Mais je t'aime énormément en tant que meilleure amie et ça, je refuse que ça change !

— Sylvain, s'il te plaît… Je manque beaucoup d'affection en ce moment… Tu ne veux pas juste me prendre dans tes bras ?

— Bon, d'accord, viens par là. »

Et Sylvain l'entoure de ses bras musclés et réconfortants, en passant la tête par-dessus l'épaule de celle qui fait glisser ses mains sur son dos, puis passe ses doigts dans sa chevelure. Sirénia caresse tendrement de ses doigts la nuque de Sylvain, puis remonte un peu plus haut. Elle fait preuve d'une douceur extrême et Sylvain, au bout d'un moment, finit par sentir monter en lui un sentiment nouveau qui le déconcerte étrangement : il se sent partir vers un autre monde où tout lui semble permis et cette sensation lui procure une perception différente de sa conception des choses. Cette jeune femme de douze ans qu'il serre contre lui… Elle qui le caresse avec tant d'affection… Elle qui a rompu toutes les barrières de son cœur en lui avouant sa passion et son amour pour lui… Tout lui semble soudain si évident : il laisse alors ses mains glisser le long de la taille de Sirénia, puis les remonte vers ses épaules, il écarte un peu son visage pour pouvoir contempler les yeux de celle qui n'attend qu'une seule chose depuis quatre ans, et ils se laissent tous deux emporter par le transport enivrant d'un tendre baiser passionné.

Qu'arrive-t-il à Sylvain ? Comment lui qui est homosexuel et vient juste de perdre l'homme de sa vie la veille peut soudain être attiré par une femme ? Peu importe, nos deux protagonistes ne se posent pas de question, mais laissent leur passion et leurs pulsions contrôler leurs sens ! Ils se laissent complètement aller, ils ne cessent de s'embrasser passionnément, ils se caressent l'un l'autre, puis se déshabillent pour semer des baisers partout l'un sur le corps de l'autre ! Plus rien ne peut les arrêter… Sauf peut-être… La porte de la chambre qui s'ouvre pour laisser apparaître Marc ! Inquiet de l'état dans lequel se trouvait Sirénia avant qu'il ne la laisse seule avec son frère, il est venu voir si tout va bien. Il se retrouve absolument abasourdi par ce qu'il voit : son frère, dont il vient d'apprendre la veille son homosexualité, et sa voisine secrètement folle amoureuse de ce dernier depuis des années, sont tous deux nus sur le lit de la chambre de Sylvain et s'ébattent passionnément !

S'apercevant qu'ils ne sont plus tous seuls, ils s'immobilisent un instant et tournent simultanément leur regard vers celui qui apparaît dans l'encadrure de la porte : à ce moment, Sirénia est couchée sur le dos, les jambes écartées et Sylvain, les mains posée sur les seins de la jeune femme, est en train de lui lécher le nombril… Marc reste là bouche bée, à la fois paralysé devant cette image surréaliste et affreusement gêné de les avoir surpris au cours d'une scène si intime. Il déclare alors en détournant les yeux: « Je n'ai rien vu, je ne comprends absolument rien à ce qui se passe, mais je suis vraiment ravi pour vous deux… Et un peu choqué aussi… » Et il referme la porte derrière lui.

Sirénia qui, couchée sur le dos, a la tête en arrière, se redresse pour voir la réaction de Sylvain qui lui, a toujours le menton posée sur le ventre de la belle blonde. Ils s'observent pendant cinq secondes sans dire un mot, puis ils se mettent en même temps à éclater de rire et reprennent de plus belle leur exploration intime. Dans l'euphorie du moment, ils ne s'empêchent pas de laisser éclater le désir physique qu'ils éprouvent l'un pour l'autre en laissant leurs corps brûlants d'envie se déchaîner de façon torride !

Enfin, épuisés par ce qu'ils viennent de faire, ils restent couchés sous les draps, allongés l'un contre l'autre, tous deux ont des étoiles dans les yeux et se sentent si bien, comme si le Paradis les avait accueillis en son sein… Le fait de s'être donnés l'un à l'autre avait assurément comblé le vide qu'ils ressentaient au fond de leurs cœurs. Tout paraît normal à Sylvain, qui pourtant était certain d'être homosexuel encore une heure auparavant. Il lance tout de go à Sirénia : « Sissi, tu crois que je suis bisexuel ?

— Ha, ha ! En voilà une question bien placée pendant cette scène si romantique !

— Non, je suis sérieux. Je croyais n'aimer que les hommes et pourtant, quand tu m'as caressé la tête, j'ai senti des sensations nouvelles qui m'ont fait éprouver de l'attirance pour toi. Et maintenant, comme si tout était normal, on est couchés l'un contre l'autre après avoir fait l'amour…

— Peu importe que tu sois bi ou pas ; à présent tu es à moi !

— C'est vrai, mais on n'est pas là pour se poser des questions ; il faut qu'on passe aux choses sérieuses.

— Ouais t'as raison, l'heure est venue de passer à l'action !

— Bon. Premièrement il faut qu'on s'occupe des gardes ; voilà le plan… »

Après s'être concertés pour savoir comment agir, le couple se rhabille, puis Sirénia ouvre la fenêtre et ils descendent tous deux le plus discrètement possible le long de la gouttière et se cachent derrière un buisson pour éviter d'être repérés par les deux officiers qui patrouillent. Après que le premier est passé non loin d'eux, Sirénia, qui n'avait volontairement pas remis sa culotte, la jette un peu plus loin sur le sol, près du passage où le soldat effectue sa ronde. Quand il revient sur ses pas, apercevant cette attrayante pièce de lingerie, il s'accroupit pour la ramasser, l'observe un moment, puis la porte à ses narines et en conclut : « Hum… Quel parfum exquis ! Ça, c'est au moins du treize ans ! » Sylvain, vif comme l'éclair, se jette sur le soldat par-derrière, saisit la tête de ce dernier entre ses deux mains et effectue un quart de tour violent sur la gauche ; après un craquement, le corps du soldat s'affale aussitôt, sans que la victime ait eu le temps de crier. Sirénia, rejoignant le tueur, retire sa culotte de la main du garde qui la tenait encore et déclare : « Ah là là… C'est tellement facile de piéger un homme… Les femmes ne se rendent que trop rarement compte des atouts qu'elles ont sur elles…

— Oui, enfin, c'est quand même moi qui lui ai brisé la nuque, rétorque le karatéka.

— Mouais, mais qu'est-ce que tu aurais fait à ma place ? Tu aurais piqué une culotte à ta mère ?

— On s'en fout, mets-toi à couvert ! La coupe le jeune homme en chuchotant, y'a encore un soldat qui patrouille de l'autre côté de la maison ! Je vais cacher le corps de celui-là derrière le buisson. Tiens, prends son fusil-laser, ça pourra toujours nous servir ! Et tâche de t'en servir mieux qu'hier soir !

— Ha ha, très drôle… »

Après avoir discrètement inspecté les alentours, en tenant compte des allers et venues de l'autre soldat qui patrouille encore, le duo peut tranquillement quitter les lieux. Ils marchent pendant environ une heure pour atteindre la forêt la plus proche. Arrivés dans une clairière, ils aperçoivent un vaisseau spatial des FAMÉ stationné là tous feux éteints. Quand ils arrivent à proximité du vaisseau, une portière munie d'un escalier s'ouvre et ils pénètrent à l'intérieur. Le vaisseau décolle et un quart d'heure après, il se pose près de *Placédonia* à environ un kilomètre de la maison de Lépita. Sylvain seul, sort du vaisseau.

Le jeune homme s'avance vers la maison de l'Empereur, elle aussi surveillée par deux officiers, mais des Terraliens cette fois. Le premier qui patrouille le repère tout de suite, braque son arme sur lui et lance : « Qui va là ?
— C'est moi, le commandant Béryl ! Je dois voir le général Lépita en personne de toute urgence ! »

L'*Empereur Céleste*, dont les facultés sensorielles sont accrues par le pouvoir de son médaillon, a tout entendu, sors immédiatement par la fenêtre sans réveiller sa femme, saute jusqu'à terre et s'adresse à son co-équipier : « Bonsoir Sylvain, pourquoi viens-tu me rendre visite à une heure si tardive ?
— Lépita, je suis désolé de te déranger si tard, mais l'heure est grave : Zoltahn est venu nous attaquer cette nuit !
— Comment ?!
— Je ne sais pas comment il s'y est pris, mais il a réussi à supprimer les deux gardes qui patrouillaient dans ma rue et il a enlevé Sirénia ! Il semblerait qu'il soit toujours sous le contrôle psychique de Falkahn !
— Bon sang ! Ma *Colère de Zeus* ne lui avait donc que temporairement remis les idées en place… J'imagine qu'ensuite il s'est servi de Sirénia comme appât pour que tu le suives, et maintenant tu vas m'emmener jusqu'à lui pour que je remette le *Médaillon Céleste* à Falkahn afin de la sauver.
— C'est exactement ça.
— Ensuite Falkahn va sortir de derrière un arbre un fusil-laser à la main, il me dira qu'il me laissera la vie sauve à condition que je lui donne le médaillon sans faire d'histoire, et une fois qu'il aura le médaillon autour du cou, il me tuera quand même pour essayer ses nouveaux pouvoirs, on connaît la chanson…

— Je suis désolé, on pourra essayer d'improviser sur place mais là on n'a pas le choix…

— OK, vas-y, je te suis.

— Général, le retient l'officier de garde, souhaitez-vous que je vous accompagne ?

— Non, je vous prie de rester ici pour garder la maison.

— À vos ordres, mon général ! »

Mais, au bout de cinq minutes, alors que Sylvain marche devant l'*Empereur Céleste*, ce dernier entraperçoit soudain une minuscule petite chose qui brille sur le dos du crâne de son ami terrien. Comprenant tout de suite, sans préambule, il lance : « Court-circuit ! » Un petit éclair jaune jaillit alors de la main du Terralien et va s'abattre sur ce petit objet accroché à la tête du karatéka. Celui-ci porte aussitôt les mains à son occiput en criant : « Aïe ! Putain ! Qu'est-ce que… ? Mais… Où suis-je ?

— C'est bien ce que je pensais ! s'exclame l'*Empereur Céleste*.

— Lépita ? Pourquoi es-tu… ? Qu'est-ce qui se passe ? On est où, là ?

— Juste à la sortie de *Placédonia*, tout près de chez moi.

— Tu viens de me frapper le dos du crâne, ou quoi ?! C'est quoi ce truc carbonisé ? demande-t-il en retirant ce qu'il reste de l'objet suspect de derrière sa tête.

— Je viens de te débarrasser d'une puce électronique : un dispositif dont Falkahn se sert pour contrôler les faits et gestes de celui qui porte ce minuscule appareil.

— Pardon ?!

— Tu es venu me trouver pour me dire que Zoltahn est arrivé chez vous à Néo-Paris, qu'il a enlevé Sirénia et t'a conduit jusqu'ici pour que tu m'emmènes le rejoindre pour remettre le *Médaillon Céleste* à Falkahn afin de sauver ta meilleure amie.

— Quoi ?! Mais je ne souviens de rien !

— Oui, le psychiatre de Sirénia a subi la même expérience que toi ce matin et lui non plus ne se souvenait de rien quand la puce a été désactivée. Il semblerait que les pensées de celui qui porte ce dispositif soient entièrement dirigées vers l'esprit de celui qui le contrôle, si bien que pour le porteur, quand il revient à lui, c'est le trou noir. Est-ce que tu te rappelles avoir vu Zoltahn chez toi aujourd'hui ?

— Absolument pas ! La dernière chose dont je me souvienne avant de me retrouver ici avec toi c'est… Je suis dans ma chambre, assis sur mon lit avec Sirénia, on discute, elle me demande de la prendre dans mes bras, ce que je fais, et après… Comme tu disais : le trou noir…

— Sirénia… C'est elle qui t'aurait implanté la puce, alors ?!

— Quoi ?! Mais non, pourquoi ?! Ou alors… Attends ! Tu m'as dit que le psychiatre de Sirénia s'était aussi vu implanter la même puce qu'à moi ?

— Oui…

— Et j'imagine que Sirénia est allée le consulter ce matin, n'est-ce pas ?

— Oui…

— Serait-il possible… que le docteur contrôlé par Falkahn ait placé une puce sur Sirénia pendant la consultation, permettant à ce fou de prendre le contrôle de ses pensées et de ses gestes, afin qu'elle-même place sur moi une troisième puce pour me contrôler moi aussi ?

— Bon Dieu ! Tu dois avoir raison ! Quelle réaction en chaîne du diable ! C'est du Falkahn tout craché !

— Donc si ce qu'on vient de dire est vrai, Sirénia est faussement tenue en otage par Zoltahn puisqu'en réalité Falkahn contrôle toujours son esprit. De plus, à l'heure qu'il est, Falkahn a dû se rendre compte que ma puce a été retirée puisque le contact avec mon esprit a été coupé.

— Ce qui veut dire qu'il va s'attendre à ce qu'on lui tende un piège…

— Piège qui ne fonctionnera donc pas. Bon, voilà ce qu'on va faire… » Et le jeune homme élabore un plan d'action avec son co-équipier, avant qu'ils ne reprennent leur chemin vers l'endroit où Zoltahn est censé les attendre. Étant donné que Sylvain n'est plus contrôlé par Falkahn, il ne se souvient plus où est l'endroit en question, mais comme ils avaient commencé à marcher un peu avant que Lépita ne détruise la puce, ils décident de continuer tout droit dans la direction vers laquelle ils étaient en train de se diriger, car Lépita sait qu'une clairière se trouve plus loin dans la forêt, ce qui est un endroit idéal pour poser discrètement un vaisseau.

Au bout de cinq minutes, nos amis voient se dessiner la forme d'un vaisseau spatial posé au sol, avec à son pied un cyborg tenant en joug avec un fusil-laser une jolie blonde les poignets dans le dos, apparemment menottés. Alors que, vraisemblablement, Zoltahn n'a pas encore remarqué leur approche, nos deux amis mettent le plan de Sylvain à exécution : Lépita, qui grâce à la puissance que lui confère son médaillon, peut se déplacer à une vitesse de cinquante mille kilomètres par seconde, prend Sylvain sous son bras droit et fonce en volant vers le cyborg qui est toujours en train de braquer son arme vers la voisine de Sylvain. L'effet de surprise fait mouche : Lépita exécute un formidable coup du pied gauche sur le fusil-laser de Zoltahn afin de le faire valser et de le rendre inutilisable, tandis que Sylvain, toujours tenu par l'Empereur empoigne Sirénia et la serre contre lui pour la mettre hors de danger.

Lépita atterrit un peu plus loin et relâche Sylvain qui tourne aussitôt vers lui le visage de son amie, puis il la jette violemment sur le sol en pestant : « Merde !

— Mais tu fais quoi, imbécile ?! T'es malade ?! le sermonne le Terralien.

— Ce n'est qu'une vulgaire marionnette… On s'est fait avoir comme des bleus…

— Ha ha ha ha ha !!! rit de bon cœur le cyborg. Mais ce sont mes co-équipiers qui sont venus me rendre visite ? Quelle bonne surprise ! Vous êtes déçus d'avoir trouvé une poupée à la place de votre amie ? » Lépita lui répond :

« Zoltahn ! Alors c'est vraiment toi qui as enlevé Sylvain et Sirénia ?

— Enlevés ? Non, je les ai juste invités à venir boire un verre, c'est tout.

— Alors Falkahn a repris le contrôle de ton esprit ?

— Mon maître n'a jamais cessé de me faire confiance ! De plus, comme tu peux voir, il a réparé ma main gauche ! fanfaronne-t-il en exhibant sa nouvelle main métallique toute brillante.

— Où est Sirénia ?! hurle Sylvain. »

C'est alors que, comme l'avait prévu l'Empereur, Falkahn apparaît en sortant de sa cachette derrière un arbre, un fusil-laser à la main, un autre au bout de la queue et la vraie Sirénia qui marche, à moitié cachée derrière lui. Zoltahn prend en main le fusil que son maître tenait par la queue et le braque sur

Sirénia, pour tenir en son pouvoir son véritable otage, cette fois. Le savant déclare : « Ah, quel casse-tête pour réussir à t'amener jusqu'à moi, mon très cher et vénéré *Empereur Céleste* ! J'ai dû entrer par effraction chez cet imbécile de docteur pour lui implanter un contrôleur psychique afin de pouvoir le mener à la baguette. Je lui ai fait placer deux autres de ces dispositifs sur le dos du crâne de cette sale Terrienne : un pour elle-même, et un qu'elle a implanté sur cet autre dégoûtant Terrien qui t'accompagne. Hé hé hé ! Quel plan machiavélique ! Je frôle la perfection ! C'était très amusant de manipuler à ma guise tous ces pantins, hé hé hé ! »

Sylvain comprend alors un peu mieux pourquoi son amie s'était donnée en strip-tease devant son frère et se demande qu'est-ce que le savant fou a bien pu faire d'autre pendant qu'il contrôlait son esprit et celui de sa voisine. « Pas mal le coup de la poupée, hein ? leur demande ironiquement le quadrupède. J'imagine que c'est ce cher Sylvain qui a eu l'idée géniale de nous attaquer par surprise pour sauver la petite, mais je ne suis pas dupe.

— Connard, le canarde le karatéka. Tu as ruiné mon plan, t'es content ?!

— Hé hé hé ! Tu auras beau te creuser les méninges autant que tu voudras, j'aurai toujours un coup d'avance sur toi ! Dès que mon contrôle psychique avec toi a été rompu, j'ai flairé le coup foireux. C'est tellement dommage que je ne puisse plus te contrôler à ma guise ; je t'ai vraiment fait faire n'importe quoi ! D'ailleurs, raconte-moi, toi qui es homosexuel : qu'est-ce que ça fait d'avoir baisé avec une femme ?

— Pardon ?! lâche le karatéka décontenancé.

— Eh oui, tu as fait ça il y a environ deux heures avec cette créature que mon Zoltahn tient en joug, tu ne t'en rappelles pas ?
— Mais quel enfoiré de connard de... Comment as-tu osé ???!!!
— Ha ha ha ha ! Et tu ne sais pas la meilleure ? D'après ce que j'ai lu dans l'esprit de ta sale Terrienne de voisine, elle est en ce moment en pleine période d'ovulation ! La nature fait bien les choses, n'est-ce pas ?
— Fils de pute !
— Oui ? Tu parles de l'enfant qu'elle va mettre au monde ?
— Putain, mais je vais te la fritter ta sale gueule !
— Arrière, jeune crétin, le met en garde l'Eolien en pointant vers lui son arme. Revenons-en au fait. Maintenant que mon plan parfait a fonctionné, je vais enfin m'emparer de ce brillant pendentif doré que tu portes, cher futur ex-Empereur ! »

Lépita lance alors : « Bravo. Je dois avouer que ton plan était vraiment bien rodé. Tu nous as eus.
— Oh, ce défaitisme ne te va pas, mon petit Ptélia... s'étonne le scientifique. Quel coup fourré me prépares-tu ? Je te résume la situation : Zoltahn a le doigt sur la gâchette de son fusil-laser dont le canon est pointé droit sur la tête de cette maudite Terrienne, alors je te conseille de ne pas tenter quoi que ce soit ! Même avec ta super-vitesse, tu n'irais pas plus vite que la fraction de seconde qu'il faudrait à mon serviteur pour descendre son otage si tu oses essayer de nous embrouiller. Sylvain, mon ex-esclave : c'est toi qui vas m'apporter le *Médaillon Céleste* ! Allez, Empereur ! Donne-le lui ! Et attention, Terrien, tu as intérêt à tenir le médaillon par la chaîne ; je ne veux pas que tu puisses jouir toi aussi des pouvoirs célestes.

— Falkahn, commence le Terralien, je sais qu'une promesse faite par toi ne vaut pas plus que la crotte d'un clidon mais est-ce que tu me jures qui si je te donne le Médaillon, tu laisseras la vie sauve à mes amis terriens ?

— Mais bien sûr, fais-moi confiance ! Ai-je déjà manqué à ma parole ?

— Je te sais aussi mythomane que mégalomane, mais de toute façon, je n'ai pas d'autre choix que de t'obéir, vu les circonstances. Sylvain, je te confie le *Médaillon Céleste.* » Au moment où Lépita retire le médaillon, ses yeux qui brillaient d'une lueur jaune dorée reprennent leur couleur marron naturelle.

Le jeune homme s'empare de ce précieux objet de tant de convoitise et, tenant la chaînette à deux mains tendues devant lui, il s'avance vers Falkahn sans dire un mot, résigné à cette sale besogne. Soudain, alors que Sylvain arrive à deux mètres du savant fou, celui-ci lui tire un rayon laser dans le genou gauche. « Aaah !!! crie le jeune homme en posant l'autre genou à terre, fils de pute !

— Ma mère n'est pour rien là-dedans, je te rassure. Mon bon Sylvain, tu as beau être moins intelligent que moi, je préfère te voir à genou que debout. J'ai lu dans tes pensées ce que tu allais faire ! Croyais-tu vraiment pouvoir me tromper si facilement ?

— Non, mais qui ne tente rien n'a rien…

— En l'occurrence, tu n'as rien, si ce n'est un genou en moins, hé hé hé ! Ça te dirait d'en perdre un deuxième ? » Et l'Eolien laisse partir de son fusil un deuxième laser qui démolit le genou droit de Sylvain qui lâche le médaillon devant lui et s'affale face contre terre. « Un troisième, peut-être ? Oh non, suis-je bête, tu n'en as plus ! Ha ha ha, je suis un véritable humoriste !

— Putain de sadique ! l'insulte le karatéka qui souffre le martyr.

— Oui ? On me demande ? Maintenant, tu ne peux plus faire grand-chose, être inférieur. Et toi non plus, mon petit Ptélia ! Quel agacement insupportable ce doit être pour le personnage irascible que tu es d'être réduit au rang de spectateur impuissant, hé hé hé !

— Tu ne l'emporteras pas au Paradis, répond simplement l'Empereur sans médaillon.

— Le Paradis ? Je pensais que c'était plutôt l'Enfer qui m'était réservé ? De toute façon, je ne connaîtrai ni l'un ni l'autre puisque j'obtiendrai la vie éternelle que confère le *Médaillon Céleste* après t'avoir supprimé ! Ah, quelle jouissance ! Voici enfin arrivé le moment dont j'ai tant rêvé ! Le *Médaillon Céleste* est bien là, par terre devant moi : ce ne peut pas être un faux puisque j'ai bien vu tes yeux perdre leur couleur dorée quand tu l'as retiré. IL EST ENFIN À MOI !!! »

L'Eolien se baisse pour ramasser le trésor absolu d'*Eolia* et le passe autour de son cou. Aussitôt ses yeux prennent une teinte dorée et il sent monter en lui la puissance infinie que confère ce précieux pendentif. « Oooh, cette force qui monte en moi, c'est si bon ! Ah enfin, je la ressens, cette énergie, cette incommensurable puissance qui afflue dans mon être ! Mon aïeul Starkos l'avait déjà ressentie, mais ce crétin est décédé malgré tout, car il ne savait pas qu'il ne t'avait pas achevé, ce fameux jour où il t'avait pourtant si habilement trahi. Mais moi, le grand Falkahn de Trovlihnkia, je vais réussir là où mon ancêtre a échoué. Prépare-toi à mordre la poussière, Ptélia ! Le glas qui sonne la fin de ta trop longue vie va enfin sonner ! Comment te sens-tu, maintenant que tu sais que tu vas mourir ?

— Je préfère rester digne jusqu'au bout et accepter le sort que me réserve le destin, si c'est ainsi que les choses doivent se produire. » Sylvain, qui ne peut toujours pas bouger, recroquevillé sur lui-même, rétorque aussitôt :

« Non, Lépita, tu ne peux pas abandonner ! Oh non, ce n'est pas possible…

— Ptélia, déclare le nouveau détenteur du Médaillon, je vais à présent avoir le grand honneur de t'abattre avec cette fameuse technique que Starkos avait utilisée contre toi sans parvenir à t'achever, il y a deux mille ans. Ce n'est qu'un juste retour des choses. Prépare-toi à mourir !

— Fais ton office, bourreau, se résigne l'Empereur déchu.

— NoOoOoOn ! crie d'horreur Sylvain qui sait que la fin est proche.

— Voici ma victoire ! scande triomphalement l'Eolien. BALAYAGE FOUDROYANT !!!!

— CONTRE BALAYAGE FOUDROYANT !!! réplique simultanément Lépita.

— COMMENT ?! » s'exclame Falkahn sidéré.

Le fameux balayage foudroyant consiste en une vague d'éclairs jaunes qui ne frappe pas qu'à un seul endroit mais qui se déplace sur le sol du lanceur jusqu'à la cible. Les deux balayages lancés de concert s'abattent l'un contre l'autre, provoquant une explosion électrique qui entraîne alors un jaillissement d'éclairs fusant de toutes parts. Zoltahn, dont le corps est robotisé, est touché de plein fouet par un des jets et tombe en arrière à la renverse, court-circuité. Sirénia, par une chance inouïe n'est pas atteinte directement, mais un éclair ayant frôlé son épaule lui a cramé une bonne partie de sa chevelure du côté gauche.

Sylvain, qui était au plus près de l'action, semble en revanche rudement atteint.

« Comment peux-tu encore lancer des attaques électriques sans médaillon ? questionne le scientifique atterré.

— Ha ha ! Tu parais stupéfait, mon petit Falkahn ? Certes, tu portes à ton cou le *Médaillon Céleste*, mais moi je porte sur mes épaules la *Cape Céleste*, qui permet à son porteur de conserver les pouvoirs du Médaillon pendant une journée éolienne, même sans médaillon.

— La *Cape Céleste* ?! Quelle est donc cette diablerie ?!

— Ton étonnement ne me surprend pas. L'existence de cette cape est tombée dans l'oubli car seul le véritable *Empereur Céleste*, celui qui possède la vie éternelle, peut voir cette cape apparaître sur ses épaules. Elle avait été enterrée avec moi par Starkos il y a deux mille ans, puis elle s'est décomposée sous terre au fil des années. Aucun autre *Empereur Céleste* après moi n'a porté cette cape, étant donné que je vivais toujours, et elle est enfin réapparue sur mes épaules il y a quelques jours, en ta présence, d'ailleurs !

— Sale vermine puante ! Tu ne cesseras donc jamais de me mettre des bâtons dans les roues ! Mais n'oublie pas que je porte toujours ce putain de médaillon ! Prends ça : *ORAGE* !!! » À cet instant un cumulo-nimbus apparaît dans le ciel et le tonnerre se met à gronder.

« Hmm, pas très efficace… conclut Lépita. Tu manques d'imagination. Essaie autre chose.

— Sale bâtard ! Voyons, euh… *Gros éclair* ! » Cette fois, une projection foudroyante s'abat sur Lépita qui s'écroule instantanément. « HA HA HA HA !!! Ça y est ! Je te l'ai bouclée, ta grande gueule ! Minable être inférieur ! »

Puis le porteur de la *Cape Céleste* se relève comme si de rien n'était et lance : « Désolé de t'avoir fait de faux espoirs ! C'est juste pour la mise en scène que je suis tombé, et pour voir ta sale tête arborer ce regard ébahi. En fait ton éclair ne m'a strictement rien fait : tu n'es pas aussi intelligent que tu veux bien le faire croire !

— Comment ?!

— Tu oublies que le *Médaillon Céleste* et donc par extension la *Cape Céleste* permettent d'être protégé contre toute forme d'électrocution. Le pouvoir du médaillon est à la fois offensif et défensif. L'ignorais-tu ?

— Aaah, tu m'exaspères comme jamais on ne l'a jamais fait !!! C'est toi… avec tes grands airs et ta connaissance du médaillon ! Tu m'as déconcentré… Je n'arrive plus à réfléchir !

— Ah ben bien sûr, c'est de ma faute maintenant. Ah il est beau le grand savant ! Comme tu es pathétique…

— Mais pourtant l'ancêtre avait réussi à te plonger dans le coma avec un *Balayage foudroyant* : comment il avait fait alors ?

— L'ancêtre ? Tu parles de Starkos ? Il se trouve qu'à l'époque j'étais un Eolien, comme toi ; et comme j'étais quadrupède, la cape me gênait parce que je marchais toujours dessus, donc je la portais repliée. Or quand on la plie, elle n'agit plus. Encore un exemple qui prouve que les Terraliens sont supérieurs aux Eoliens, contrairement à ce que tu dis. Voilà pourquoi pendant le très court instant où ton aïeul a pris en main le médaillon, je n'étais plus protégé contre l'électricité. Ça va ? Ta curiosité est satisfaite ?

— Enfoiré ! *BALAYAGE FOUDROYANT !!!* » Et une salve d'éclairs sort de la main de Falkahn pour s'abattre contre Lépita, sans le moindre effet.

« Ça va, tu t'amuses bien ? l'interroge ironiquement le véritable Empereur. C'était quoi ? Tu voulais juste vérifier ? »

Alors Falkahn tire à l'aide de son fusil plusieurs rayons laser sur son adversaire.

« Non non non. Ça non plus, ça ne me fait rien.

— Aaah, ce n'est pas possible !!!

— Regarde bien : je peux faire pareil que toi avant, ça fait des « guilis », tu vas voir : *Balayage foudroyant* ! » Et un nouveau jet d'éclairs part cette fois de Lépita vers le scientifique qui après un sursaut, se rend compte que cette attaque lui paraît inoffensive. « C'est marrant, hein ?

— Lépita, l'interrompt Sylvain d'une voix rauque, lui qui gît toujours à terre sans genoux et électrocuté, t'as pas bientôt fini de rigoler, finis-le pour de bon !

— Il a raison, confirme l'Empereur en opinant du chef et en pointant le jeune homme du doigt, il est temps d'en finir, confirme-t-il en jetant un regard déterminé vers son ennemi juré.

— Ha, reprend plus confiant le savant, que peux-tu donc contre moi ? Tu oublies que moi aussi je suis immunisé contre tes attaques.

— Ah oui ? Mais tu sais, tout bon Eolien que tu prétends être, tu omets une chose capitale : *Eolia* est avant tout la planète du vent : *RAFALE TOURBILLONNANTE !!!* » Et un courant d'air ultra-puissant s'échappe de la main du lanceur pour emporter l'Eolien dans une valse dévastatrice, qui le fait virevolter dans les airs en spirale, et la victime est soudain projetée avec une violence incroyable contre l'arbre de derrière lequel il était sorti quelques minutes plus tôt ! Falkahn s'écrase si fortement contre le tronc, que ce dernier craque sous le coup et s'effondre en arrière, laissant l'Eolien lamentablement couché sur la souche restante, encore tout hébété.

Lépita s'approche tranquillement de la victime de son attaque et triomphe : « De même que notre planète, le *Médaillon Céleste* est avant tout le médaillon du vent. En revanche, ce que toi, tu as voulu faire contre moi, c'est du vent ! » Et tel un courant d'air ultra-rapide, Lépita fuse à présent vers Falkahn pour lui retirer le médaillon et le ceindre à nouveau, ses yeux irradiant aussitôt leur teinte jaune, dorée et lumineuse. Mais contre toute attente, Falkahn, qui malgré la violence de la *Rafale tourbillonnante* était parvenu à ne pas lâcher son fusil-laser, s'en sert pour tirer un rayon laser en plein dans le cœur de Sirénia.

« Mon Dieu ! s'écrit Lépita, je dois la soigner tout de suite ! » Il s'élance le plus vite possible vers la jeune fille qui était en train de s'écrouler, il la rattrape d'une main dans le dos et applique son autre main contre le cœur transpercé de la belle blonde, laissant ses pouvoirs curatifs soigner immédiatement la blessée avant qu'il ne soit trop tard. Bien entendu, Falkahn, le roi de la diversion, en aura profité pour filer sans laisser de trace. « Bon sang, il a encore réussi à s'échapper… Peste soit de ce vaurien ! Ne t'inquiète pas, Sirénia, je suis intervenu à temps, tu vas survivre. » La jeune fille est inconsciente, l'Empereur en profite pour retirer et détruire entre ses doigts le contrôleur psychique qu'elle portait encore.

« Lépita ! le hèle Sylvain, ton médaillon est capable de soigner les blessures ?

— Évidemment. Chacun des six médaillons de Déragona confère à son porteur le pouvoir de guérir tous types de blessures. En revanche, les médaillons ne peuvent ni ressusciter les morts, ni guérir les plaies infligées par un autre médaillon. Le seul médaillon capable de ses deux prodiges est le *Médaillon Aquatique* que recèle la planète *Liquidia* : ce fantastique médaillon de l'eau est celui qui possède les plus grands pouvoirs régénérateurs. Il peut en effet ramener à la vie n'importe qui étant décédé autrement que par vieillesse et il sait également guérir les *Blessures Impériales*, comme on les nomme. Mon médaillon n'a pas ces pouvoirs-là, mais il peut aisément réparer les plaies provoquées par un fusil laser, par exemple. Je vais venir te soigner aussi dans quelques minutes.

— Merci Lépita. C'est bon de t'avoir avec nous. Je suis dégoûté que mon plan ait échoué, mais grâce à toi on s'en est quand même sorti. Lépita, franchement, est-ce que tu penses que je suis prêt à partir à l'aventure avec toi ?

— La vraie question que tu dois te poser c'est : en as-tu envie ?

— Bien sûr.

— Alors ne te pose plus de question. « Sans cesse remettre l'ouvrage sur le métier. » À force de persévérer, on finit toujours par y arriver. Falkahn avait certes « un coup d'avance sur toi » comme il dit, mais ton plan était bon et c'est pour cela que je veux que tu m'accompagnes. Deux têtes valent mieux qu'une pour élaborer des stratégies gagnantes et on m'a dit aux FAMÉ que tu commences à devenir un soldat efficace aussi. Aie simplement confiance en toi.

— D'accord. Merci, Lépita. Mais maintenant, viens me soigner par pitié… Ça fait mal, putain ! Deux lasers et un balayage foudroyant, je me demande comment j'ai fait pour rester en vie !

— Tu vois ? Et en plus t'es un bon encaisseur !

— Ouais, on va dire ça… Je sais que je vais en prendre d'autres, des coups, et tu sais quoi ? J'ai hâte !

— Alors ta place est à mes côtés !

— Merci, Lépita !

— Sinon, en ce qui concerne Sirénia, il faudra que tu lui parles de ce que Falkahn a fait avec vous et qu'elle fasse un test de grossesse.

— Ouais, je sais… Je ne sais pas comment je vais lui annoncer ça, mais…

— Allez, c'est à ton tour de passer sous mes mains expertes !

— Ah, enfin ! Je commence légèrement à défaillir !

— Ha ha ! Laisse-moi faire, je vais te remettre sur pieds ! »

L'*Empereur Céleste* soigna donc Sylvain après avoir sauvé Sirénia. Il les ramena chez eux et emmena Zoltahn au laboratoire des FAMÉ afin qu'on étudie le fonctionnement de son corps cybernétisé et qu'on lui permette de reprendre totalement le contrôle sur son propre esprit. Les jours suivants se déroulèrent sans encombre : Sylvain devenait de plus en plus doué au maniement des armes et savait se débrouiller sur le terrain aussi intelligemment que pendant un combat de karaté ; son expérience du combat rapproché lui conférant une certaine aisance en tant que soldat en guerre. Et le mystérieux meurtre du soldat retrouvé mort la nuque brisée derrière un buisson au pied du 1 impasse du rhinocéros blanc fut imputé à Falkahn, faute de preuves…

Windo apprenait assidûment à se servir des pouvoirs du médaillon de son père à l'aide de la fameuse *Cape Céleste.* Quant à Falkahn, on n'entendait plus parler de lui ; ce qui n'était pas forcément plus rassurant…

Le jour se lève sur le lundi suivant, 19 juillet 500 : veille du départ vers *Rockaia* et jour du dernier match de qualification pour la Coupe du Monde de Foot-billard Eolien pour l'équipe nationale de la Nouvelle-Terre, les *Terriens Terribles*, dont Marc Béryl est le capitaine, contre les *Super Souris* de Kaldonia. C'est là l'un des seuls événements lors duquel des non Terriens peuvent pénétrer le territoire de la Nouvelle Terre. Les Néo-Terriens jouent à domicile au Parc des Princes de Néo-Paris et tous nos héros sont venus assister à ce match décisif pour le frère de Sylvain. Il faut dire que le foot-billard est LE sport national sur toute la planète, et même si le départ pour sauver la planète *Rockaia* est prévu le lendemain, personne ne voulait manquer ce grand rendez-vous de la scène internationale qui allait peut-être permettre à Marc de se qualifier pour la première fois de sa carrière en Coupe du Monde.

Le match qui va se dérouler revêt une importance symbolique pour la planète puisqu'il oppose la seule équipe constituée exclusivement de Terriens à une équipe qui ne compte dans ses rangs que des Terraliens. C'est donc vraiment une confrontation interraciale, qui n'est pas sans rappeler la dernière Finale du Championnat Mondial des Arts Martiaux d'*Eolia*, dont les adversaires étaient également des représentants de chacune de ces deux mêmes espèces.

Le coup d'envoi est donné ! Au départ, aucun ballon n'est présent sur le terrain. Les cerveaux sont chargés de se diriger vers les *salquest* afin de répondre le plus rapidement et le plus justement possible aux questions posées, afin de pourvoir leur équipe en ballons pour tenter d'aller inscrire des buts.

Les trois cerveaux de chaque équipe pénètrent donc chacun dans une salle de la question, les six questions posées s'affichent simultanément sur les écrans géants que les spectateurs peuvent scruter et quelques secondes plus tard, les six milieux de terrain sortent de leurs pièces respectives avec chacun un ballon au pied. En effet, les premières questions posées aux cerveaux sont toujours très simples, mais la difficulté augmente au fur et à mesure que le match avance : Marc, capitaine et cerveau de son équipe s'est par exemple vu poser la question suivante : « Qui est l'actuel vice champion du monde du monde des Arts Martiaux d'*Eolia* ? Réponse A : Zolthan, réponse B : Myklandrac, réponse C : Sylvain Béryl, réponse D : Lépita. » Marc s'empresse de presser le bouton marqué de la lettre C, puis une trappe s'ouvre au plafond de la salle, un ballon en tombe, et le capitaine retourne sur le terrain, balle au pied.

La balle de foot-billard éolien est environ 50 % plus grosse qu'une balle de football. Comme dans ce sport terrien, les joueurs peuvent se servir de toutes les parties du corps, sauf les épaules, les bras et les mains, pour faire avancer le ballon, à l'exception des fosseurs qui peuvent se servir de leurs mains.

Marc en bon dribleur, progresse balle au pied et tente de pénétrer dans la zone d'attaque, tandis que les deux autres cerveaux de son équipe passent chacun leur balle à un rapace, et retournent chercher un autre ballon en répondant à une seconde question. Même schéma tactique chez les *Super Souris* : un cerveau qui attaque et les deux autres qui vont se ravitailler en ballons (en sachant que les nouveaux ballons obtenus ne pourront être utilisés que quand deux des trois autres balles seront entrées dans une fosse, puisqu'il ne peut y avoir que trois ballons par équipe sur le terrain). C'est le système classique, le plus souvent utilisé par la majorité des équipes pour débuter un match.

Connaissant la valeur du capitaine Terrien, les Terraliens prennent le risque d'envoyer deux bouledogues sur lui plus lui subtiliser le ballon, tandis que le troisième bouledogue de l'équipe de Kaldonia tente d'enrayer l'attaque de l'un des rapaces néo-terriens. Ce dernier essaie de crocheter le défenseur, mais celui-ci voit clair dans son jeu et suit son mouvement latéral pour choper rapidement la balle grâce un tacle debout parfaitement régulier et partir vers le milieu de terrain. L'autre rapace terrien qu'aucun bouledogue n'avait attaqué va affronter seul le fosseur qui garde la fosse gauche du côté kaldonien. Ce dernier s'approche du bord de sa fosse vers lequel le rapace se dirige ; celui-ci tente alors de le lober, mais le Terralien ne se laisse pas prendre au piège : il exécute un salto arrière, se rattrape sur ses mains, puis effectue une ruade de ses pattes arrières pour renvoyer le ballon dans la zone de défense.

Marc, lui, se retrouve donc nez à nez avec deux bouledogues : le premier se jette dans ses pieds d'un tacle glissé rageur pour tenter de lui subtiliser la balle : le capitaine effectue une petite louche pour envoyer la balle par-dessus le défenseur et lui saute au-dessus à son tour, mais le second bouledogue se jette en l'air d'un bond prodigieux pour récupérer la balle ! Le Terrien le contre en levant haut le pied pour retenir le ballon en l'air tout en faisant chuter à terre le défenseur qui avait sauté sur la balle. Après cette action impressionnante, il se rue vers la fosse centrale et s'apprête à combiner avec le troisième rapace qui n'avait pas encore touché de ballon : le cerveau court vers le côté droit de la fosse, tandis que l'attaquant s'avance vers le côté gauche, Marc centre et le rapace effectue un retourné acrobatique pour faire piquer la balle vers la fosse : le fosseur terralien plonge et repousse la balle d'une claquette du bout de la main droite. A ce moment, l'autre rapace terrien, qui avait tenté de lober le premier fosseur et a maintenant récupéré la possession de sa balle, effectue un second lob derrière le gardien que Marc est venu affronté. Le portier, étant encore à terre après avoir repoussé le premier assaut, ne peut rien faire contre ce deuxième tir. Des sirènes se mettent à retentir et le nom du buteur s'affiche sur les écrans géants : « Miroslav Lobovic, but à 2 points (5 mètres de distance) pour les *Terriens Terribles*, son 37ème de la saison, 6ème place au classement mondial des buteurs ».

De l'autre côté du terrain, les Terraliens utilisent la double attaque : deux rapaces, chacun un ballon au pied se passent l'un l'autre leur balle respective pour mystifier les défenseurs grâce à de sublimes combinaisons. Arrivés devant la fosse centrale, ils tirent de concert aux deux extrémités de la fosse : le gardien terrien parvient à stopper l'une des deux balles mais pas l'autre. Cette fois les sirènes retentissent de l'autre côté et on voit apparaître sur les écrans : « Ryguitahl, but à 3 points (9 mètres de distance) pour les *Super Souris*, son 20ème de la saison, 12ème place au classement mondial des buteurs ».

Mais alors que le match bat son plein et que tous les spectateurs de cette belle lutte sont absorbés par la passionnante compétition sportive qui se joue, un drame effroyable et totalement inattendu se produit soudain : une explosion, apparemment provoquée par une bombe, retentit dans la Tribune Est où étaient assis uniquement des spectateurs terraliens ! La structure des gradins éclate, s'affaisse complètement et s'écroule dans un nuage de fumée, des milliers de Terraliens périssent dans cet attentat, d'autres milliers de cris d'effroi s'élèvent de toutes parts dans le stade, tout le monde veut s'enfuir et on se met à courir en tous sens, puis une ombre menaçante se met à recouvrir le stade et tous les yeux se lèvent vers le ciel où se dessine la forme d'un vaisseau spatial blanc aux formes élancées encore jamais vues sur cette planète et la voix de son pilote se met à retentir projetée par un porte-voix : « Bonjour à tous, minables êtres inférieurs ! Quelle exquise délectation de faire périr par milliers ces horribles bâtards qui n'auraient jamais dû voir le jour sur notre noble planète ! »

Lépita, qui assistait au match depuis la tribune Sud se lève : « Falkahn ! » Immédiatement, il s'envole vers le vaisseau et balance : « *SPHÈRE ÉTINCELANTE* !!! » Une grosse boule lumineuse jaune chargée de puissance électrique et pétillante d'étincelles se forme dans la paume de la main droite de l'Empereur, qui tend ensuite le bras droit, plaque sa main gauche contre l'intérieur de son coude droit et la sphère s'en retrouve projetée à une vitesse sidérante et va s'abattre sur l'objet volant, mais contre toute attente, elle se désintègre lamentablement au lieu d'accomplir son office. Falkahn, satisfait de voir que l'attaque n'a pas eu le moindre effet, se met à narguer son ennemi juré : « Non, mon petit Ptélia ! Ce bijou que je pilote est ma toute dernière création : j'ai passé des années à le peaufiner, je l'ai perfectionné ces derniers jours et le voici : le *Paladin Céleste*, un vaisseau entièrement insensible à toute forme d'attaques électriques ! Tu ne peux rien contre moi !

— Ordure ! peste l'Empereur.

— Je suis venu faire un dernier coup d'éclat avant de tirer ma révérence, minables rats ! Écoutez-moi bien : moi, le grand

Falkahn de Trovlihnkia, j'ai décidé de quitter cette planète, car ce que vous avez fait d'*Eolia* est une honte ! Cette planète a toujours appartenu aux Eoliens et vous Terriens, avez osé la salir en répandant votre race impure sur nos belles contrées dorées, et vous avez poussé le vice jusqu'à vous accoupler avec nous Eoliens, afin de donner naissance à d'autres créatures encore plus répugnantes qui m'horripilent par-dessus tout, vous Terraliens, et toi Ptélia, qui à l'origine étais un Eolien comme moi. Quelle décadence… Tout me dégoûte ici-bas. Je vais donc partir là où on saura reconnaître mon talent et apprécier mes qualités à leur juste valeur ! Mais un jour… Un jour, je reviendrai ! Et ce jour-là, ma vengeance sera terrible !

— C'est vraiment ultra cliché comme réplique, répond négligemment Lépita.

— Moque-toi de moi comme tu voudras, mais aujourd'hui, tu ne peux pas m'atteindre.

— Ah bon, tu crois ça ? Voyons un peu : *TORNADE DÉFERLANTE !!!* » Une terrible tornade se met alors à tourbillonner tout autour du *Paladin Céleste*, mais le scientifique garde le contrôle de son engin malgré tout en s'extirpant du typhon par le haut et en s'élevant vers le ciel.

Falkahn hurle : « Adieu, monde pourri !!! » L'*Empereur Céleste* reprend son envol, pourchasse aussitôt le vaisseau et tente encore de le déstabiliser avec des attaques venteuses, mais le Paladin continue fièrement sa course, il va bientôt quitter la stratosphère !

« C'est fini, lance le savant par télépathie à l'adresse de celui qui le talonne. Je vais sortir de la couche d'ozone et tu ne pourras plus me poursuivre dans l'espace ! Seul le *Médaillon Obscur* permet de se déplacer dans la matière noire ! Adieu, misérable chien ! Tu m'auras donné du fil à retordre et je n'ai pas réussi à te prendre ce médaillon qui me revenait de droit, mais ce n'est que partie remise ! Un jour je te vaincrai !

— Ce jour n'est pas prêt d'arriver ! Tu auras beau t'entraîner cent ans, tu ne pourras toujours que fuir devant ma sainte colère ! Disparais ! Et ne reviens plus jamais troubler la quiétude de notre belle planète !

— Cette planète est à moi ! Un jour vous serez tous mes esclaves ! Adieu !!! »

Et le vaisseau quitte l'atmosphère éolienne et continue sa course dans l'espace. Où va-t-il ? Seul son pilote le sait… Notre héros redescend alors vers le stade et s'emploie à soigner les blessures de quelques spectateurs qui n'étaient pas morts, mais avaient été gravement blessés. Le match de foot-billard est bien sûr annulé et reporté à une date ultérieure non encore définie. Marc, tout couvert de poussière des décombres que l'attentat de l'infâme Eolien a projetés sur la pelouse se relève et va voir comment se portent les fosseurs Terraliens qui étaient les plus proches du drame. Heureusement, plus de peur que de mal de ce côté-là. Mais la perte de tous ces spectateurs innocents et injustement abattus est une tragédie pour la planète.

Falkahn est enfin parti, mais quand reviendra-t-il ? Nos héros vont malheureusement être obligés de quitter eux aussi *Eolia* tout en prenant le risque d'être absents quand ce tueur reviendra. Mais n'ayons aucune crainte, les soldats des FAMÉ seront présents pour veiller au grain, d'autant plus que ce qui attire la convoitise du scientifique est surtout le *Médaillon Céleste*.

Et le jour du grand départ arrive, le Mardi 20 juillet 500 : dix grands vaisseaux des FAMÉ commencent à faire vrombir leurs moteurs et s'apprêtent à décoller pour un voyage de trois mois environ, cap vers la deuxième planète du système solaire de *Déragona*, la planète orange *Rockaia*.

Les parents de Sirénia – elle qui, suite aux dégâts causés à ses cheveux lors du combat entre Lépita et Falkahn, a choisi de modifier sa coupe en un carré plongeant – sont très émus de devoir laisser leur jeune fille de douze ans partir pour une si périlleuse mission. Boris son père lui confie, plein d'émotion: « Tu vas beaucoup nous manquer, ma petite sirène. » Et il la serre dans ses bras.

« Ne t'inquiète pas, Papa, je vais faire ce dont j'ai toujours rêvé ! Il ne peut rien m'arriver de plus beau ! C'est au travers de ce voyage intersidéral que je vais accomplir mon destin et contribuer à ma petite échelle au Salut de l'Univers !

— Tes paroles soufflent en nos cœurs comme une douce brise pleine d'allégresse, reprend Angela sa mère, nous avons toute confiance en toi. Au revoir, ma chérie, prends bien soin de toi et reviens-nous entière.

— Oui, Maman, je te le promets.

— Ma fille, ajoute Boris avec un regard un peu inquiet, concentre-toi surtout sur ta mission et ton rôle d'infirmière stagiaire dans l'Armée, et essaie d'oublier Sylvain, car tu sais à présent qu'il est inutile de continuer à espérer qu'il réponde un jour à tes attentes.

— Je sais, Papa, j'en ai déjà longuement parlé, notamment avec le Docteur Escargot, le vrai, et je me suis fait une raison. C'est pourquoi il m'a autorisée à partir, cesse de te faire du mouron.

— Très bien, alors je te souhaite bon courage pour ta mission et rappelle-toi que ta mère et moi t'aimons de tout notre cœur !

— Merci. Au revoir Papa, au revoir Maman ! À bientôt ! »

Mais Sirénia, contrairement à ce qu'elle a laissé croire à son père, est surtout ravie de suivre Sylvain dans son aventure. En revanche, elle ne se doute pas qu'en plus de porter toujours l'espoir de concrétiser son amour pour le jeune homme, elle porte surtout son enfant…

Sylvain serre virilement la main de son père et de son frère, puis embrasse sa mère. Il commence à se diriger vers son vaisseau, puis se retourne et leur demande : « Alors, vous pensez toujours que je ne suis pas prêt ?

— Tes résultats à l'entraînement sont honorables, à ce qu'on dit, lui répond Marc.

— Nous avons confiance en toi, Sylvain, ajoute Mathilde sa mère, mais ne prends pas trop de risque.

— Le seul moyen de savoir si tu es prêt, avance Richard son père, est de te jeter à corps perdu dans la bataille. Défonce tout, Sylvain !

— Merci Papa ! Et merci à vous tous ! Je vous aime par-dessus tout ! À bientôt !

— À bientôt ! », répondent-ils de concert.

Lépita embrasse passionnément Brylna pour la dernière fois avant cette longue séparation, puis il serre dans ses bras son fils tout en le portant et lui glisse par télépathie : « J'ai caché la *Cape Céleste* sous ton lit comme prévu. N'oublie pas de relire régulièrement le manuel que je t'ai rédigé et rappelle-toi bien de tout ce qu'on a appris ensemble.

— Oui Papa, c'est promis, lui murmure le jeune Terralien.

— Au revoir Chérie, au revoir Windo ! Vous êtes mes plus beaux trésors ! »

L'*Empereur Céleste* se tourne alors vers Zoltahn : « Mon ami, es-tu prêt à partir ?
— Non, mon cher Empereur.
— Comment cela ?
— Il vous reste une chose à régler avant que nous ne partions.
— Quoi donc ?
— Cette nouvelle main gauche que Falkahn m'a greffée... Elle ne devrait pas terminer mon bras, je n'en veux pas. Vous me l'aviez tranchée de votre pied ce soir où j'étais contrôlé pour la première fois par le sadique et j'étais satisfait de l'absence de cette main, qui symbolisait mon crime envers vous. Lépita, s'il vous plaît, tranchez-moi cette main à nouveau.
— Mais tu es fou, Zoltahn ! Nous partons en guerre, nous avons tous besoin d'être le plus fort possible. Ta vie est plus importante que cette histoire de symbole !
— Mon honneur et ma fierté ont été accablés par mon propre comportement, même si je n'étais pas responsable de mes actes ! Je ne pourrai pas me battre correctement si je reste doté de cette main dont je ne me sens pas digne. Cette main a péché et doit disparaître ! Ne vous inquiétez pas : je serai encore bien assez fort avec une seule main, faites-moi confiance. Allez-y, tranchez-la, je vous en conjure !
— Tu es dingue, mais je sais qu'il est inutile d'essayer de te faire changer d'avis... Kakato-otoshi, comme la dernière fois ? » L'Eolien acquiesce et tend le bras gauche. Le Terralien lève haut la jambe droite et rabat le talon vers le bas si rapidement qu'on aurait dit un coup du tranchant d'une épée ; le poignet est sectionné net, puis la main tombe à terre, quelques étincelles

s'en échappant encore, et Zoltahn l'écrase brutalement de son pied droit métallique. Plusieurs soldats, dont Myklandrac, se retourne vers eux, effrayés, se demandant s'il n'y aurait pas déjà des dissensions internes au sein de l'équipe et Lépita leur lance : « Tout va bien : c'est juste un rituel avant de partir en guerre ! Une manière de se donner du courage ! »

Le colonel Myklandrac hoche la tête, les yeux au ciel, pour manifester son incompréhension, puis il annonce à l'adresse de tous ceux qui s'apprêtent à quitter les terres jaunes d'*Eolia* : « Allez, tous à bord !!! Parés au décollage !!! » Tous les soldats, astronautes, équipes de médecine et autres cuisiniers et scientifiques montent à bord des gigantesques vaisseaux. Chacun des voyageurs pense à l'aventure qui les attend. Nous y sommes enfin : rappelez-vous des *Saintes Légendes Ancestrales* qui disaient « *le jour où des ailes noires s'abattront sur vous et vos familles pour provoquer chaos et destruction, des anges venus d'un autre monde en péril vous protègeront de leurs ailes blanches et s'installeront parmi vous. Liés avec eux jusqu'au sang, vous formerez un peuple nouveau et puissant, et ensemble, vous sauverez du mal l'univers tout entier.* » Les puissantes armées éoliennes formées de soldats éoliens, terriens et terraliens sont prêtes à en découdre, face aux belliqueux Xinyens qui s'apprêtent à lancer leur assaut sur *Rockaia*, après avoir déjà conquis *Liquidia* et *Floria*.

Les moteurs grondent, plein d'espoir en l'avenir du système solaire que nos héros vont s'acharner à délivrer du joug de Xinyorg ! Partez ! Allez sauver le monde et apporter la paix ! Mais n'oubliez jamais que la puissance la plus prodigieuse de tout l'univers… c'est l'Amour.

Imprimé en France
ISBN 979-10-203-0840-5
Dépôt légal : 1er trimestre 2016